Sorpréndeme

Sorpréndeme

Megan Maxwell

Esencia/Planeta

Obra editada en colaboración con Editorial Planeta – España

Los personajes, eventos y sucesos presentados en esta obra son ficticios.
Cualquier semejanza con personas vivas o desaparecidas es pura coincidencia.

© de la imagen de portada: Shutterstock
© de la fotografía de la autora: Archivo de la autora

© 2013, Megan Maxwell
© 2013, Editorial Planeta, S.A. – Barcelona, España

Derechos reservados

© 2014, Editorial Planeta Mexicana, S.A. de C.V.
Bajo el sello editorial PLANETA M.R.
Avenida Presidente Masarik núm. 111, 2o. piso
Colonia Chapultepec Morales
C.P. 11570, México, D.F.
www.editorialplaneta.com.mx

Primera edición impresa en España: noviembre de 2013
ISBN: 978-84-08-12082-7

Primera edición impresa en México: noviembre de 2014
ISBN: 978-607-07-2477-0

Impreso en los talleres de EDAMSA Impresiones, S.A. de C.V.
Av. Hidalgo núm. 111, Col. Fracc. San Nicolás Tolentino, México, D.F.
Impreso en México - *Printed in Mexico*

Esta novela está dedicada con cariño a todas las personas que, tras leer la trilogía «Pídeme lo que quieras», vieron en Björn un auténtico bombón (que lo es).

¿Preparados?
¡Espero que les guste!

1

Alto...

Moreno...

Ojos azules...

Sexy...

Simpático...

Así es Björn Hoffmann.

Disfrutar de una noche de sexo caliente en el Sensations para un hombre como él era lo más fácil y divertido del mundo.

Las mujeres, e incluso algún hombre, se volvían locos porque fijara su leonina mirada en ellos y les propusiera entrar en un reservado. Björn era caliente... muy caliente.

Por norma, los hombres que entraban solos en ese o en cualquier otro club de intercambio de parejas no tenían derecho a elegir. Ellos eran los elegidos. Pero Björn no funcionaba así. Él escogía. Él decidía. Él seleccionaba.

Esa noche, tras una semana de mucho estrés y trabajo, conducía su elegante auto deportivo gris hacia el Sensations mientras escuchaba en el CD de su vehículo *Let's stay together*, de Al Green, uno de sus cantantes preferidos.

> *I'm, I'm so in love with you*
> *Whatever you want to do*
> *is all right with me*
> *'Cause you make me feel so brand new*
> *And I want to spend my life with you.*

La música, como solía decir su buena amiga Judith, amansaba a las fieras, y tararear música *soul* mientras conducía lo relajaba y estimulaba para la noche de sexo que tenía por delante.

No había llamado a ninguna de sus conquistas. No lo necesitaba.

Sólo quería sexo, sin cenas ni charlas de por medio. Las mujeres le encantaban. Se la pasaba bien con ellas. Eran maravillosas y excitantes. Por ello intentaba rodearse de las que eran como él. Que pensaban como él. Que actuaban como él. Que sólo demandaban sexo. Sólo sexo.

Al llegar al Sensations, Björn metió el coche en un estacionamiento cercano. La vigilante sonrió al verlo. Ese tipo había ido allí más veces y cuando la miraba se sentía especial.

Una vez salió del estacionamiento, Björn entró en el club y al llegar a la barra se encontró con varios amigos. Charló con ellos cordialmente hasta que vio a una pareja que conocía y con la mirada se entendieron. Minutos después, en compañía de dos de sus amigos, Carl y Hans, Björn se acercó a la pareja. George y Susan sonrieron al verlos. No era la primera vez que jugaban juntos, y minutos después los cinco se encaminaron hacia uno de los reservados. No hacía falta hablar. Todos sabían lo que querían. Todos sabían lo que buscaban. La noche prometía ser morbosa y calentita.

Al entrar en el reservado, George se sentó en la cama mientras los otros se quedaron de pie.

Susan, una mujer de hermosa figura y pelo largo y sedoso, estaba dispuesta a disfrutar del sexo con esos hombres y, mirándolos, se mordió los labios a la espera de que comenzara su caliente juego. Sus pezones ya estaban duros y su vagina lubricada. Temblaba mientras pensaba en el placer.

Björn sonreía. Le gustaba sentir la excitación de las mujeres. Por ello, tras dejar su copa sobre una mesita, se acercó a ella y le preguntó al oído:

—¿Estás preparada, Susan?

—Sí.

—¿Dispuesta a que juguemos contigo? —insistió pasándole las manos por el pecho.

Ella asintió y se le aceleró la respiración.

Sin necesidad de tocarla, por su gesto, Björn ya sabía que sus fluidos traspasaban la fina tela de sus pantaletas. Nunca, ninguna mujer, en sus treinta y dos años de vida, había rechazado ese íntimo acercamiento. Les gustaba. Las excitaba. Björn era tan *sexy*, tan varonil, que todas, absolutamente todas, caían bajo su influjo, y más cuando miraban sus ojos azules.

A Susan le gustaba jugar con varios hombres. No le gustaban las mujeres. Su apetito sexual era insaciable y a su marido le encantaba verla en esa tesitura. Era su juego. Eran sus normas y les encantaba disfrutar del morbo y del placer.

Susan se dio la vuelta para mirar a Björn de frente. Su mirada lujuriosa hablaba por sí sola. Lo deseaba. Deseaba que la tocara. Se moría por sentir placer y se empapaba al imaginar cómo iban a jugar con ella esos hombres.

Lentamente, comenzó a desabrocharle los botones de la blusa, mientras la respiración de ella se aceleraba. Dos segundos después, vio sus pechos erguidos, sus duros pezones, y murmuró:

—Susan, me encantan tus pechos.

—Son para ti —ofreció ella.

Björn sonrió. Se sentó en la cama y le hizo una señal con el dedo para que se acercara mientras todos observaban. Ella obedeció y cuando estuvo frente a él, excitada llevó su maravilloso pezón derecho hasta la boca de Björn, que lo aceptó gustoso. Durante varios minutos lo lamió y succionó hasta ponérselo duro como una piedra. Ella sonrió.

George, el marido de Susan, se levantó. Le bajó el cierre de la falda, que cayó a sus pies. Acto seguido, desabrochó dos cadenitas doradas que unían la tanga y ésta cayó al suelo también, dejando al descubierto su afeitado pubis y su redondo y apetecible trasero.

—Interesante —susurró Hans, acercándose para darle una nalgada.

George, el marido, sonrió. Comenzó el juego. Se desabrochó el pantalón y se lo quitó junto con los calzoncillos. Se sentó en la cama y, tocándose el duro pene, miró a Carl y murmuró:

—Yo también quiero jugar.

Carl se acercó a él sin demora, y George le quitó el pantalón y los calzoncillos. Ante él apareció una caliente erección y sin pensarlo se la metió en la boca. La degustó. La disfrutó mientras Carl cerraba los ojos y apretaba sus nalgas hacia él con placer.

Susan, excitada al presenciar la escena, suspiró mientras Björn, cada vez más gustoso, le chupaba los pezones y Hans comenzaba a tocarla por atrás.

La intensidad del momento subía. Susan y George habían encontrado lo que habían ido a buscar en ese lugar. Björn disfrutaba del manjar que ella le ofrecía sin reservas. Pero cuando la mujer intentó desnudarlo, él la detuvo y musitó.

—Lo haré yo.

—¿No quieres que te ayude?

Björn negó con la cabeza. No le gustaba estar en manos de nadie. Él decidía cuándo se quitaba la ropa o cuándo se la ponía. Ése era su juego. Todas lo aceptaban y Susan no iba a ser menos.

Mientras Björn se desnudaba y dejaba su ropa sobre la silla, pulcramente doblada, Hans había masturbado a la mujer, que ya estaba empapada y deseosa del pene que ante ella se mostraba potente y viril.

Björn sonrió. Sabía de su magnetismo. Se sentó desnudo en la cama y, sin apartar los ojos de Susan, recorrió su depilado monte de Venus y le indicó.

—Acércate.

Ella lo hizo y él la tocó. Bajó su mano lentamente hasta meterla entre sus piernas y comprobó que estaba mojada, muy mojada. Hans, desde atrás, le estrujó los pezones mientras ella cerraba los ojos como signo de goce y su marido continuaba con su placentera felación.

Durante varios minutos, Björn paseó una y otra vez sus dedos por la humedecida hendidura, hasta que ella separó las piernas para facilitarle el acceso. Él se arrodilló ante ella y posó su boca sobre el pubis. Lo mordió. Y cuando la sintió vibrar de placer, con sus dedos le abrió los labios vaginales y metió su boca entre sus piernas. Susan jadeó. La boca de Björn era impetuosa, y cuando le chupó el clítoris con deleite, ella sólo pudo jadear y disfrutar.

Minutos después, Björn se dio por satisfecho. Se incorporó y, sujetándola por la cintura, la acercó un poco más a él.

Sin hablar, metió un dedo en su mojada vagina y segundos después otro.

—¿Te gusta que juegue contigo así?

Susan tembló y asintió. Separó más las piernas y se agarró a sus hombros, dejándose masturbar con fuerza por él, mientras Hans le estrujaba las caderas y le susurraba cosas calientes y muy... muy subidas de tono al oído que a ella la volvían loca.

Un gruñido de satisfacción les hizo saber que Carl había llegado al clímax con la felación de George. Björn, que continuaba masturbándola con los dedos, de pronto paró y dijo:

—Súbete a la cama y ponte de rodillas sobre tu marido.

Estimulada y deseosa de sexo, hizo lo que ese adonis le había pedido. Una vez la tuvo como deseaba, Björn se subió a la cama tras ella y acercando la boca a su oído, murmuró:

—Ahora ponte sobre él y deja caer tus pechos en su cara.

Cuando Björn vio que George se los metía en la boca, musitó:

—Quiero que le digas a tu marido lo que deseas que pase y luego cuánto disfrutas mientras te cojo.

—Sí —jadeó excitada.

—Abre las piernas, Susan.

No era la primera vez que jugaban a eso.

Instantes después, mientras Björn la masturbaba, ella comenzó a decirle a su marido que quería que se la cogieran todos. Deseaba varios penes para ella y que no pararan en horas. George, al oírla, se masturbó con fuerza bajo su cuerpo. A ambos les gustaba jugar y Björn, agarrando su duro pene, se puso un preservativo y lentamente se introdujo en ella mientras Susan jadeaba.

—Así... todo... todo...

Björn paró y, dándole una nalgada, exigió:

—No me pidas nada. Cuéntale a tu marido lo que te hago, ¿entendido?

Encendida por su voz y por lo que él le pedía, susurró:

—Björn me ha abierto las piernas y me está cogiendo. —El mencionado dio un empellón que profundizó su arremetida y ella, jadeando, añadió—: Me ha metido todo su pene, cariño. Me gusta. Me siento llena... más...

Abrasado al escuchar lo que ella relataba, el marido la agarró por la cintura y la movió para encajarla más en Björn.

—Más. Quiero que te coja más —siseó.

Björn sonrió al oírlo y se incrustó en ella hasta tenerla totalmente empalada.

—¿Así, George? ¿Quieres que me coja así a tu mujer?

Susan jadeó. La lujuria y el morbo que sentía en ese instante no la dejaban hablar y George, enloquecido por el momento, afirmó:

—Así... cógetela así.

Björn sonrió. Le gustaban esos juegos y con una fuerte estocada murmuró, sujetándola del pelo para que levantara la cabeza:

—Cuando yo salga de ti, entrará Carl y después Hans. El último en tomarte será tu marido y cuando él acabe, te volveré a coger, ¿quieres eso, Susan?

—Sí... sí...

Ese tipo de sexo era duro, caliente, morboso, desinhibido y a todos les gustaba. En especial a Susan y George, que eran quienes lo demandaban. Björn incrementó su ritmo mientras los pechos de ella, bamboleantes, caían sobre la cara de su marido, que se masturbaba mientras escuchaba toda clase de proposiciones subidas de tono por parte de Carl y Hans.

Deleite. Placer. Eso era lo que todos sentían en ese instante.

Uno a uno, los hombres fueron penetrándola.

Uno a uno, ella los recibió gustosa.

Uno a uno, la poseyeron como ella demandaba hasta llegar al

éxtasis, y cuando el marido finalizó, Björn la tomó de la mano, la llevó hasta la regadera y allí mismo, tras ponerle ella un preservativo con la boca, volvió a penetrarla. Cuando acabó ese nuevo ataque, la llevó de nuevo a la cama y preguntó:

—¿Qué te parece cómo la pasa tu marido?

Acalorada a pesar del baño que se acababa de dar, miró a George. Éste disfrutaba mientras era penetrado por Carl por el ano y éste le hacía una felación a Hans. Durante varios minutos, jadeos varoniles tomaron el reservado.

Björn los observó junto a Susan. Ese tipo de sexo no era lo que le gustaba, a él le gustaban las mujeres, pero disfrutaba observando. Cuando el trío llegó al clímax y se levantó para bañarse, la cama quedó libre. Björn, excitado por lo visto, rasgó un preservativo y una vez se lo hubo colocado, dijo mirándola:

—Siéntate sobre mí.

Ella se clavó en él a horcajadas. Con maestría, Björn la movió en busca de su propio placer. Le gustaba llevar la voz cantante y ahora quería disfrutar él. Ella jadeó ante la profundidad y cuando creía que no podría profundizar más, Björn se movió con rotundidad. Ella gritó y al ver que él sonreía, murmuró:

—Me gusta cómo me haces tuya.

—Dime cuánto te gusta —exigió Björn.

—Mucho... mucho... ¡Oh, sí! —gritó, mientras él la penetraba una y otra vez.

Los tres hombres salieron de la ducha y se quedaron alrededor de la cama. Björn, al verlos, dijo ensartándola de nuevo:

—Susan, dile a tu marido por qué te gusta que te coja.

—Me llena entera. Es duro... muy duro... no pares —chilló, abriéndose más para él.

Y Björn no paró y continuó disfrutando de lo que más le gustaba. El sexo.

El sexo sin compromiso.

El sexo por puro placer.

El sexo sin amor.

El sexo caliente y morboso.

Excitado por los chillidos de su mujer, George no pudo más y exigió participar. Björn sonrió. Apretó a Susan sobre él y segundos después su marido introdujo su duro pene por el mismo lugar por donde Björn la penetraba. Entre los dos le llenaron la vagina mientras se oían sus placenteros gemidos y sus excitadas respiraciones.

Susan chillaba de placer. Eso era lo que deseaba. Le gustaba sentirse totalmente cogida. Se relamía de gusto mientras ellos dos tomaban su cuerpo y disfrutaban. Una y otra vez se hundieron en ella y cuando Björn no pudo más, se dejó ir.

Cuando ambos salieron de ella, Björn se levantó y fue directo al baño, mientras Hans y Carl ocupaban su lugar y Susan volvía a ser penetrada. Ella quería. Ella lo deseaba. Ella se entregaba gustosa a los hombres, ansiosa de dar y recibir placer.

Mientras el agua corría por su cuerpo, Björn cerró los ojos. El sexo lo relajaba, lo cautivaba, pero una parte de su vida estaba incompleta. No lo quería reconocer, pero algo en él quería tener lo que otros amigos, como Frida y Andrés o Eric y Jud, tenían. Una vida sexual plena con una pareja acorde.

El problema era que él era muy exigente y no lo satisfacía cualquier mujer. A los dos minutos de conocerlo, todas babeaban por él y eso lo desconcertaba. Él necesitaba conocer a una mujer que lo sorprendiera. ¡Que lo volviera loco! Pero nunca ninguna lo sorprendía lo suficiente como para que su interés fuera más allá de la primera cita. Tenía amigas. Muchas amigas. Pero ninguna especial.

Una vez cerró el agua de la regadera, observó cómo los demás continuaban con su particular baile sobre la cama. Se tocó el pene. Se lo rozó con los dedos y una nueva erección creció en él. El sexo era excitante y lo que aquellos hacían lo excitaba. Cuando vio que el orgasmo había tomado el cuerpo de Carl, se puso un nuevo preservativo y, mojado, se dirigió de nuevo a la cama, agarró a la mujer y la penetró por el ano. Ella gritó. Y cuando la tuvo empalada, agarró con fuerza sus caderas y comenzó a moverla a su antojo mientras ella jadeaba enloquecida. El marido, al verlo, rápidamente se colocó delante de ella y le introdujo el pene en la boca. Susan relamió, chupó y ninguno paró hasta notar que sus cuerpos se tensaban y finalmente se dejaban llevar por el placer.

Tres horas después, Björn salió solo del club. Fue hasta el estacionamiento donde había dejado su coche y, tras saludar a la vigilante, que al verlo se sonrojó, se subió en él y se dirigió a su casa mientras la música de Al Green volvía a sonar. Tenía que descansar.

2

Ɛl cielo estaba precioso.

Era uno de aquellos días en que disfrutaba pilotando, mientras cantaba *I gotta feeling* de The Black Eyed Peas.

> *I gotta feeling that tonight's gonna be a good night*
> *That tonight's gonna be a good night*
> *That tonight's gonna be a good, good night*
> *Tonight's the night. Let's live it up*
> *I got my money*
> *Let's spend it up*

Melanie miró su reloj. Las 15.18. En treinta y cinco minutos aterrizarían en la base estadounidense de Ramstein, al oeste de Alemania.

Allí los esperaban varias ambulancias militares que se encargarían de llevar a los estadounidenses heridos de bala o por explosivos que ella transportaba en su avión.

Se tocó los ojos. Estaba cansada, pero la dosis de adrenalina que le proporcionaba la música la mantenía despierta. Volar desde Afganistán agotaba a cualquiera, y en esa última fase del viaje, las ganas de aterrizar se acrecentaban. Bajó el volumen de la música para dirigirse a Neill:

—Pásame el agua.

Éste giró su sillón y Fraser, que estaba detrás de él, le entregó una botellita. Melanie, Mel para los amigos, bebió y les dio las gracias.

Mel, Neill y Fraser eran piloto, copiloto y jefe de carga del *Air*

Force C-17 Globemaster, respectivamente, y regresaban de Afganistán. Habían llevado provisiones a algunas bases estadounidenses operativas y regresaban con algunos militares heridos que serían atendidos en el hospital militar estadounidense de Landstuhl.

—¿A qué hora saldremos para Múnich? —preguntó Neill.

Melanie sonrió. Estaba deseando ver a su hija, pero hasta el día siguiente no podría ser. Tanto ella como Neill tenían lo que más querían esperándolos en Múnich. Ambos estaban deseando llegar a lo que llamaban «hogar».

—A primerísima hora —respondió.

—No despegues sin mí. Estoy deseando ver a mi familia.

Mel asintió, volvió a subir el volumen de la música y los tres comenzaron a cantar a voz en grito.

Cuando acabó la canción y el silencio tomó la cabina, Fraser apuntó:

—Teniente, recuerda que esta vez voy con ustedes a Múnich.

—¿Alguien especial esperándote? —preguntó la joven, divertida.

Fraser, al oírla, murmuró:

—Una preciosa azafata de largas piernas y boca escandalosa.

Neill soltó una carcajada y Mel se burló.

—Tonto.

Fraser la miró y, divertido, respondió:

—Teniente, no sólo de pan vive el hombre y yo no soy de piedra.

Mel rio. Ella no era de piedra, aunque sus compañeros así lo pensaran y, mirando a Fraser, añadió:

—Esta vez no te puedo ofrecer el sofá de mi casa. Mi madre está allí.

—No te preocupes. Mónica me ofrece su cama.

—Guau... aquí hay rollo —se burló Neill.

Fraser sonrió y le chocó la mano a éste:

—Dulce y tentadora, así es Mónica —bromeó, lo que provocó la risa de sus compañeros.

—¿Ése es el pájaro de Robert? —preguntó Fraser señalando un avión.

Los tres observaron el avión que se alejaba y la teniente respondió:

—No. He quedado con él para jugar un billar y tomar unas cervezas esta tarde. Me habría avisado por radio si hubiera partido.

Un silencio tomó la cabina del avión hasta que Mel preguntó:

—¿Qué pasa con la música?

Divertidos, ellos dos sonrieron y, sin necesidad de hablar, Neill cambió el CD. Oprimió *play* y la voz de Bon Jovi llenó el cubículo. Los primeros acordes de *It's my life* empezaron a sonar y los tres comenzaron a mover la cabeza y a cantar a viva voz mientras se ponían sus anteojos de sol. Aquello era un ritual. Su ritual. Siempre la misma canción. Eso significaba que llegaban a casa. A su hogar.

> *It's my life*
> *It's now or never*
> *I ain't gonna live forever*
> *I just want to live while I'm alive*

Esa canción y su significado era especial para ellos. La escuchaban siempre cuando partían o llegaban de un viaje. Era el principio y el fin de todo. Y como decía Bon Jovi: «No voy a vivir para siempre, sólo quiero vivir mientras esté vivo».

Vida... esas cuatro letras para ellos lo representaban todo.

Por su trabajo, veían demasiadas cosas desagradables.

Por su trabajo, habían aprendido a ser unos supervivientes.

Por su trabajo, Mel perdió al hombre que quería.

Mientras la joven tarareaba, se concentraba en aterrizar. Restó potencia y levantó la parte frontal del avión. Cuando el tren central tocó la pista, Mel extendió los frenos aéreos al máximo y activó los del tren de aterrizaje, mientras la aeronave reducía poco a poco su velocidad. Una vez bajó a 40 o 50 nudos, redujo la potencia de los motores y el avión se fue deteniendo hasta que ella, tomando de nuevo los mandos, lo guió hasta el hangar que le indicaban sus compañeros de tierra.

Una vez que apagó los motores, abrió el portón trasero del avión y comenzó el desembarco. Neill, Fraser y ella se quedaron a rellenar unos informes. Cuando acabaron y bajó de la cabina, oyó:

—Teniente Parker.

Ella miró y, tras un formal saludo militar, respondió:

—Teniente Smith.

Una vez bajaron las manos, ambos sonrieron. Ante ella estaba Robert Smith, un buen amigo y piloto de otro *C-17*.

—¿Cómo ha ido el vuelo, Mel?

—Normal... como siempre.

Ambos rieron y él añadió:

—Esta vez no podremos tomarnos unas cervezas. Salgo para el Líbano en cuanto carguen mi pájaro.

—¿Despegas hoy?

Robert asintió y dijo:

—Sí. En teoría no iba a ser hasta mañana, pero necesitan urgentemente suministros y nos han adelantado un día el viaje.

Ambos asintieron. Sus vidas eran así y Mel, guiñándole un ojo, preguntó:

—¿Cómo está Savannah?

El hombre, al pensar en su mujer, sonrió y respondió:

—Contenta por el traslado. Ahora está en Fort Worth acondicionando la casa. Yo espero estar con ella en el plazo de unos meses. Por cierto, le tengo que dar las gracias a tu padre. Me ha dicho Savannah que la está ayudando con el papeleo.

Mel asintió.

—Papá te conoce, eres mi amigo y sabe que a mis amigos hay que cuidarlos.

Ambos rieron y él dijo:

—Dale un beso grande a la princesa.

—Mi madre está aquí en Alemania con ella.

Al oírla, Robert maldijo y luego añadió:

—Diablos, me hubiera gustado ver a Luján. Dale un saludo de mi parte y sobre todo muchos besos a esa muñequita llamada Sami que es mi debilidad.

—Lo sé —rio Mel y al ver que se acercaba García, la copiloto de Robert, murmuró—. Quedan pendientes esas cervezas para otra ocasión, ¿te parece?

El hombre asintió y, tras una sonrisa, la volvió a saludar con la mano y se alejó.

Mel lo miró alejarse recordando los buenos momentos que habían pasado juntos. Volviendo a la realidad, se centró de nuevo en revisar su pájaro. Una vez acabaron Mel y sus hombres, tomó unos papeles que le entregaba Neill y dijo:

—Iré a entregárselos al comandante Lodwud.

Fraser y Neill asintieron y ella echó a andar hacia la oficina del hangar 12. En su camino, varios hombres la saludaron con disciplina militar y ella les devolvió el saludo. Una vez llegó ante el despacho del comandante, llamó a la puerta con determinación. Pronto oyó la voz grave del comandante y sin dudarlo entró.

El hombre, un militar de unos cuarenta años, alto y fornido, se levantó de la mesa al verla y ella dijo:

—Señor, se presenta ante usted la teniente Parker.

El comandante asintió.

—Teniente Parker.

Mel esbozó una sonrisa. Tiró los papeles sobre la mesa y dijo, mientras echaba el pestillo de la puerta y se bajaba el cierre del uniforme militar:

—Tenemos veinte minutos. Aprovechémoslos.

Sin demora, el comandante se le acercó y, mientras paseaba su boca por el cuello de ella, se entregaba al disfrute del sexo.

Nada de besos...

Nada de cariños...

Nada de amor...

Sexo en estado puro demandaban los dos, y cuando las manos de él ascendieron hasta los pechos de ella y los miró, Mel murmuró:

—El tiempo es oro, comandante.

El hombre, enloquecido por la entrega que siempre le mostraba en sus escarceos sexuales aquella joven, no lo dudó. Con rudeza, se metió los pechos en la boca para succionárselos, mientras la envolvía entre sus brazos y la ponía sobre la mesa. Los papeles que había encima cayeron al suelo cuando Mel quedó tendida en ella y su ropa, junto a la del comandante, comenzó a volar por la estancia.

—Teniente... —susurró él, duro como una piedra, cuando ella se ofreció abriéndose de piernas.

Mel sonrió. Quería lo que había ido a buscar y, mirándolo, exigió:

—Hagámoslo. El tiempo pasa y mis hombres me esperan.

Deseosos de continuar con aquello, el comandante la tomó en brazos y se introdujo con ella en el baño del despacho. Sus jadeos allí no se oirían. Cuando él cerró la puerta, la miró y, dejándola en el suelo, murmuró:

—Dese la vuelta.

Mel, provocándolo, susurró:

—Démela usted..., señor.

El comandante sonrió y, con brusquedad, le dio la vuelta. Acercó su erección a su trasero y, restregándose contra ella, dijo mientras tomaba del armarito del baño un preservativo y lo abría:

—Separe las piernas y agáchese. —Mel obedeció—. Sujétese al borde de la bañera.

Una vez se puso el preservativo y ella estuvo como él quería, acercó la boca a su oído y murmuró:

—Recuerde, teniente, nada de jadeos o todo el mundo se enterará.

—Recuérdelo usted también, comandante —replicó ella.

La joven deseaba sexo. Le urgía y, dejándose manejar como una muñeca, permitió que él le abriera más las piernas, le separara los húmedos labios vaginales y la penetrara. El ataque fue tan asolador que tuvo que morderse el labio inferior para no gritar. Una vez estuvo dentro, el hombre le masajeó las nalgas y preguntó:

—¿Le gusta así, teniente?

—Sí..., señor...

Él volvió a penetrarla una y otra... y otra vez. Aquello era una maravilla. Lo deseaba, lo gozaba y cuando recuperó el control de su cuerpo, con un rápido movimiento se apartó del hombre, se dio la vuelta y exigió:

—Siéntese, señor.

Sorprendido por el cambio de juego, él iba a protestar cuando ella, cogiéndole el pene con la mano, insistió mientras le mordía la barbilla.

—Siéntese... he dicho.

El hombre, excitado, hizo lo que ella pedía y se sentó sobre el excusado. Sin demora, Mel se colocó sobre él para introducirse el duro pene en su totalidad en su interior. Sin dejarlo hablar, guió uno de sus pechos hasta la boca de él, que rápidamente se lo mordisqueó.

—Así..., chúpemelos.

Sus movimientos se hicieron más intensos.

El morbo entre ambos era evidente y el calor en el baño era inmenso. Las caderas de Mel bailaban de adelante hacia atrás, introduciéndose el pene una y otra vez, a un ritmo asolador, mientras el comandante la sujetaba de las caderas y la ayudaba en su loco movimiento. Los jadeos de él subían de tono y ella, enloquecida, se agarraba a sus hombros y le metía sus pechos en la boca para mitigar el sonido.

Un placer demoledor llenó el cuerpo de Mel y por fin explotó.

Cuando todo acabó, durante unos segundos se quedaron el uno en brazos del otro. No hablaron. No se besaron. No se acariciaron. Hasta que ella se levantó y, tras limpiarse, sin mirarlo, salió al despacho, donde recogió su ropa y comenzó a vestirse. Segundos después, él se reunió con ella en su despacho y, cuando estuvieron vestidos, Mel esbozó una sonrisa y murmuró:

—Como siempre, ha sido un placer, comandante Lodwud.

El hombre sonrió y, dejándose de formalismos, se acercó a ella y preguntó:

—Creía que llegarías antes. ¿Qué ha ocurrido?

—Problemas en la recogida.

Él asintió. Paseó sus ojos castaños por ella y preguntó:

—¿Pasarás la noche aquí?

—Sí.

—Tengo una reservación para hoy en un hotel. Buena cena, buena compañía... sexo. ¿Qué me dices, Mel?

La joven tendió la mano con descaro. El comandante sonrió. Abrió el cajón de su mesita y, tirándole una llave, dijo:

—Hotel Bristol. Habitación 168 a las veinte treinta.

—Allí estaré.

Lodwud sonrió. El sexo con Mel y sus juegos siempre eran morbosos, y cuando vio que ella se cerraba el uniforme caqui, añadió:

—Hasta luego, teniente.

—Adiós, señor.

Caminó hacia la puerta, la abrió y, saliendo del despacho, regresó junto a sus hombres y su avión, de donde no se movió hasta que estuvo completamente vacío.

A las seis de la tarde, tras despedirse de sus hombres y acordar reunirse con Fraser y Neill en el aeropuerto a las siete de la mañana del día siguiente, abordó un taxi y llegó al hotel. Con la llave que el comandante le había dado, abrió la puerta y sin demora se desnudó. Necesitaba con urgencia darse un baño.

Cuando salió del baño, puso música en su teléfono celular. Le gustaba mucho un grupo español llamado La Musicalité. En especial la canción *Cuatro elementos* y cantó.

> *Dolor que no quiero ver,*
> *dolor que nunca se va,*
> *no puedo decir adiós,*
> *ni quiero decir jamás,*
> *tumbado al amanecer,*
> *llorando porque tú vuelvas otra vez.*

Eso era lo que ella sentía. Dolor. Un dolor que no quería ver y al que no podía decir adiós. Mike no la dejaba. ¿O quizá no se dejaba ella misma?

Bailó. Se subió a la cama como una chiquilla y bailó descontrolada hasta que, cansada, abrió su mochila, sacó ropa interior limpia y se la puso. Después miró la bolsita de marihuana que un amigo le había facilitado y, sin dudarlo, se preparó un cigarrillo.

Con los ojos velados por los recuerdos, se lo fumó. Sabía que no estaba bien que fumara aquello, pero en ese momento le daba igual. Estaba sola. En ese instante era dueña de su vida y hacía lo que quería. Tras ese cigarrillo llegó otro y después otro y, cuando miró el reloj, no se sorprendió al ver que eran las 20.21. El comandante no tardaría en llegar y así fue. Escasos minutos después, la puerta se abrió y, al verla sentada en ropa interior en la cama, fumando, él sonrió.

Sin hablar, se quitó la gorra y la chaqueta, se sentó junto a ella y preguntó, quitándole el cigarrillo de la mano para dar una fumada:

—¿Estás bien?

Sin querer dejarle ver sus emociones, Mel respondió:

—Sí.

—¿Y qué haces fumando esta mierda?

Ella sonrió.

—Evadiéndome un poco.

Lodwud la entendió, pero dispuesto a que no continuara por aquel camino, dijo:

—Esta mierda no es buena, Mel.

—Lo sé y es la última vez que me permito fumarla. —Ambos rieron y ella prosiguió—: Tampoco es bueno lo que hacemos aquí o en el despacho del hangar y seguimos haciéndolo. Ah, y por cierto, esta mierda no es buena, pero bien que estás fumándotela ahora.

Ambos sonrieron y finalmente él dijo, dando otra fumada:

—El día que tú o yo encontremos a alguien que nos importe, dejaremos de hacerlo, ¿no crees?

Mel se encogió de hombros. No tenía la más mínima intención de encontrar a nadie.

—Eso está por verse. Pero hasta que eso suceda, quiero seguir divirtiéndome contigo. Tú y yo nos conocemos. Sabemos que esto es sexo sin compromiso y respetamos unas normas —respondió.

Ambos sonrieron. No se besaban y no se pedían explicaciones. Ésas eran sus condiciones y Mel, abrazándolo, añadió:

—Vaya pareja que somos tú y yo. El amor nos ha destrozado la vida y sólo nos quedan estos momentos tontos que en cierto modo fabricamos. Ni Daiana ni Mike se lo merecen, pero aquí estamos tú y yo... como siempre.

Lodwud asintió. Daiana era la cruel mujer que lo abandonó por un alemán. Pasados unos minutos, el comandante tomó las riendas del juego y, sacándose un pañuelo oscuro del bolsillo, fue a vendarle los ojos a ella, pero Mel se negó. Eso lo sorprendió.

—¿No quieres pensar en Mike?

—Sí. Como siempre, tú serás Mike y yo seré Daiana. Pero no quiero pañuelo. Estoy tan drogada que hoy no lo necesito.

—De acuerdo.

Tomó la mano de ella y se la llevó a la entrepierna para que lo tocara.

—Quiero una Daiana caliente, receptiva y segura de lo que desea y, cuando esté saciado de ella, quiero que Daiana finalice el juego como ya sabes —murmuró en su oído.

Tocándolo como sabía que le gustaba, Mel bajó el tono de voz y respondió:

—Mike..., vamos a jugar.

Aquél era un juego peligroso entre los dos. Dos almas resentidas. Dos personas carentes de cariño que de vez en cuando se reunían en la habitación de un hotel e imaginaban que eran otros quienes los poseían.

—Ponte de rodillas, Daiana.

Mel aceptó y, sin necesidad de que dijera más, hizo lo que a Mike le gustaría. Le quitó los pantalones, el calzoncillo y se metió su pene en la boca. Durante varios minutos lo chupó, lo degustó, lo provocó hasta tenerlo duro como una piedra.

El comandante se dejó hacer mientras pensaba que quien lo succionaba era Daiana y, cuando no pudo más, sacó el pene de su boca e indicó:

—Desnúdate y siéntate en la cama.

Cuando estuvo totalmente desnuda ante él, Mel se sentó. Lodwud sonrió y, poniéndose de rodillas ante ella, murmuró:

—Me encantan tus pezones, cariño.

Ella sonrió y musitó con voz sensual:

—Y a mí me encanta que me los chupes, Mike.

La invitación fue formalmente aceptada y el comandante devoró lo que ella le ofrecía. Con sensualidad, Mel puso su mano en la cabeza de él y lo apretó contra sus pechos. Lodwud se volvió loco. Chupó, mordisqueó y cuando ella tuvo los pezones como a él le gustaban, dijo:

—Abre las piernas... así... así... muy bien, Daiana. —La lujuria tomó sus ojos al ver brillar los jugos de ella y pidió—: Ábrete con los dedos. Quiero ver cómo me invitas a chuparte.

Excitada al escuchar a Mike pidiéndole eso, con el índice y el anular hizo lo que le pedía y murmuró mientras lo sentía entre sus piernas:

—Así... así te gusta.

Lodwud, sentado en el suelo, le agarró las piernas y, jalándola, acercó la boca directamente al centro de su deseo. El grito de Mel ante aquel ataque fue devastador, mientras él mordisqueaba los labios de su vagina enloquecido.

—Mike, cariño, estoy a punto de caerme de la cama.

El comandante la sujetó por la cintura y, tumbándose en el suelo, colocó su boca debajo de ella y continuó. Su lengua parecía estar en todas partes y Mel jadeó al sentir cómo tiraba de su clítoris, arrancándole oleadas de placer.

La cama les sobró. El suelo fue su colchón y en él se revolcaron de todas las maneras habidas y por haber, mientras imaginaban a dos personas que nunca más regresarían a ellos.

—Vamos..., entrégate a mí. Pon las piernas alrededor de mi cintura y búscame —exigió él, dándole una nalgada—. ¡Búscame, Daiana!

Cuando Mel lo hizo, el comandante jadeó y ella se arqueó.

—Mike...

—¿Te gusta lo que te hago?

—Me encanta, Mike..., me encanta. Sigue...

Durante varias horas, el sexo frío e impersonal reinó en la habitación. Ése era el sexo que en los últimos años habían practicado y que a ambos les satisfacía. Tras varios asaltos en los que los dos llegaron al clímax, fumaban desnudos tirados en la cama, cuando ella preguntó:

—¿Qué hora es?

Lodwud miró el reloj que tenía en el buró.

—Las doce y veinte de la noche.

El silencio tomó de nuevo la habitación y de pronto él preguntó:

—¿Por qué seguimos pensando en Daiana y Mike?

—Porque somos idiotas —rio con amargura Mel e, intentando no pensar más en ello, añadió—: Y ahora voy a continuar con ello y voy a buscar a un tercero que quiera jugar.

Lodwud sonrió.

—Aún recuerdo a la mujer que encontré para nuestra última cita. Se volvió loca entre tú y yo.

Mel soltó una carcajada y cuchicheó:

—Tú sí que te volviste loco entre ella y yo.

Levantándose de la cama, se puso las bragas, una camiseta y los pantalones de camuflaje. No contaba con más ropa para cautivar. Una vez se hubo vestido, miró a Lodwud y éste dijo:

—Es la una en punto. Si a las dos no has vuelto, seré yo quien elija.

—Ni hablar. Hoy decido yo.

Una vez salió de la habitación del hotel, caminó con decisión hacia el bar. Por norma, elegían hoteles cercanos al aeropuerto para verse. Por norma, la gente que se alojaba en esos lugares estaba de paso y buscaba en la mayoría de las ocasiones una noche divertida sin ataduras.

Cuando Mel entró en el bar, escaneó el lugar con decisión. Varias parejas charlaban amigablemente y algunos hombres o mujeres bebían solos en la barra. Ella buscaba un hombre y los observó con cuidado. El primero que vio no le gustó, demasiado viejo y barrigón. El segundo no estaba mal, pero se quedó con el tercero: un ejecutivo de su edad. Acercándose hasta la barra, dijo, mirando al mesero:

—Un whisky doble con hielo.

No fallaba. Con solo pedir esa bebida, el hombre que estuviera a su lado volteaba a verla sin falta. Sin tiempo que perder, Mel sonrió y, tras un par de parpadeos, él giró su silla. Ella miró el reloj, la una y diez. Iba bien de tiempo.

Con una sonrisa en los labios, habló con el hombre. Su nombre era Ludvig. Era sueco y estaba de paso por Alemania. Era perfecto. Le explicó que trabajaba para una empresa de automóviles y que estaba de viaje visitando varios países. A la una y veinte Ludvig ya le había mirado el pecho en varias ocasiones y a la una y media ella ya le había puesto una mano en la pierna. A las dos menos veinte el sueco ya se había insinuado y Mel le había hecho su caliente propuesta de un trío. A las dos menos diez, el sueco aceptó y a la una y cincuenta y dos, Mel abría la puerta de su habitación y, mirando a Lodwud, que sonrió al verla entrar, comentó:

—Vamos, chicos..., quiero jugar.

Tras dos calientes asaltos con aquellos dos hombres, todo terminó. Mel despidió al sueco, que se fue encantado de la habitación. Cuando cerró la puerta y se volvió hacia Lodwud, éste, mirándola, caminó hacia ella y observó:

—Daiana, eres una chica... muy... muy mala.

Mel sonrió y, tocando su erección, asintió.

—Sí, Mike..., reconozco que lo soy.

A la mañana siguiente, Mel se fue al aeropuerto militar. Al llegar, un muchacho se acercó a ella y, tras saludarla con un movimiento de la mano, dijo:

—Buenos días, teniente Parker.

—Buenos días, sargento.

Él, con gesto serio, añadió:

—Teniente, el mayor Parker está al teléfono y quiere hablar con usted.

Sorprendida por la hora, Mel cogió el teléfono que le tendía y, separándose unos metros, saludó:

—Buenos días, mayor.

—Teniente, ¿cómo fue ayer el vuelo?

Mel sonrió. Su padre. Aquel hombre al que muchos temían por su mal carácter, con ella era un bombón, y respondió:

—Bien. Todo fue perfecto, como siempre.

—Me han dicho que ahora sales para Múnich.

—Sí.

—¿Has descansado lo suficiente?

Pensó en la noche loca que había pasado con Lodwud y afirmó:

—Sí, papá. He descansado.

Todos se preocupaban por ella y su vida. Algo innecesario. Mel se había convencido de que podía con todo lo que se propusiera y dijo:

—Papá, llevo fuera de casa doce días y estoy deseando ver a Sami y...

—Bien —la cortó—. Lo entiendo... lo entiendo. Pero habla con tu madre. Me ha llamado dos veces y ya sabes lo pesadita que se pone.

Al oír eso, Mel sonrió. Sus padres se habían separado hacía poco más de un año.

—Tranquilo. Lo haré.

—Por cierto, ¿has vuelto a pensar en lo de Fort Worth?

—No, papá...

—Debes hacerlo, Melanie. Quiero tenerlas cerca a ti y a la niña. Tu hermana regresará el año que viene y...

—¿Y mamá?

—Tu madre ya es mayorcita para saber qué quiere hacer —respondió él con tono cortante.

Mel sonrió y prefirió no preguntar más sobre el tema, por lo que dijo:

—Papá, dejemos el asunto del traslado para otro momento.

—De acuerdo, hija. Pero recuerda, tu familia está aquí. En Alemania no tienes nada.

Para Cedric Parker no era fácil vivir tan lejos de sus hijas y de su mujer. Especialmente de Melanie, su mayor orgullo. Después de varios minutos hablando con su padre, ella cerró el teléfono celular y tomó un sobre que le ofrecía el mismo militar que le había llevado el teléfono.

—Teniente, aquí tiene lo que solicitó.

Mel sujetó con fuerza el sobre. Dentro estaban las llaves del helicóptero que la llevaría junto a su hija y, abriéndolo, preguntó:

—¿Todo bien por aquí, sargento?

El joven asintió y una vez la volvió a saludar con la mano, se dio la vuelta y se marchó. En ese instante llegaron Neill y Fraser.

—Diablos..., dormiría un mes —murmuró Fraser frotándose los ojos.

—Yo también, amigo. Estoy agotado.

La teniente Parker, al oír a sus amigos, sonrió.

—Vamos, *muñequitas*, suban al helicóptero, quiero ver a mi hija —se burló.

Aquel mismo día, después una hora de vuelo, llegaron al aeropuerto de Múnich alrededor de las nueve de la mañana. Allí, tras dejar el helicóptero en un hangar particular, con sus mochilas a cuestas, abordaron un taxi. Primero dejaron a Neill y después continuaron hacia la casa de Mel. Cuando llegaron, la madre de ésta la abrazó al verla.

—¡Qué alegría tenerte aquí de nuevo, cariño!

Dejándose abrazar, Mel cerró los ojos y, feliz, murmuró:

—Hola, mamá.

Segundos después, Luján saludó a Fraser mientras Mel soltaba su mochila y corría a ver a su hija. Abrió con cuidado la puerta de la habitación y entró. Con una sonrisa, observó a la pequeña Samantha dormida en su cuna. Era preciosa. La niña más bonita que había visto nunca y, sin poder remediarlo, los ojos se le llenaron de lágrimas. Era igualita a su padre. Su pelo, su sonrisa...

—Cariño —susurró Luján entrando en la habitación—. Vamos, he preparado algo de comer para ti y para Fraser. Seguro que están hambrientos.

—En seguida voy, mamá. Dame un segundo.

Luján asintió. Le partía el alma ver la triste mirada de su niña al contemplar a su hija dormida. Todos habían intentado con ahínco que Mel rehiciera su vida, pero no había dado resultado. Se negaba. No podía olvidarse de Mike.

Cuando se quedó sola de nuevo en la habitación con su hija, con cuidado se acercó a ella, le tocó los rizos rubios y sonrió.

—Hola... —susurró Fraser tras ella.

La conocía. La conocía muy bien y sabía que tras aquella dura apariencia de teniente del ejército de Estados Unidos, sufría. Nunca olvidaría su reacción cuando supo lo que le había sucedido a Mike. Su desesperación, su llanto y su impotencia al enterarse tras su muerte de cosas poco agradables.

Embarazada de siete meses, Mel se encerró en sí misma y no quiso hablar de ello con nadie. Sólo era feliz cuando estaba con la pequeña Sami o pilotando su *C-17*. Pero a pesar de la felicidad que la niña le proporcionaba, sus ojos nunca más volvieron a brillar como lo hacían antes. Desconfiaba de todos los hombres y eso sólo se lo debía a Mike. Al hombre que quiso y que la defraudó.

—¿Qué te parece cómo está la princesa? —preguntó Mel, tragándose sus lágrimas.

Fraser sonrió.

—Preciosa. ¿Cuánto tiempo tiene ya?

—Casi veinticinco meses.

Los dos se miraron en silencio y Mel murmuró:

—Cómo pasa el tiempo, ¿verdad?

Ambos asintieron y Fraser, intentando desviar el tema, bromeó:

—Esta niña va a romper muchos corazones. Y te lo digo yo, que de eso sé mucho.

Se rieron y Fraser, tomándola por la cintura, murmuró:

—He hablado con mi azafata. Llegará al aeropuerto esta tarde.

—Perfecto.

Con cuidado, salieron de la habitación. Entraron en la cocina, donde Luján les había preparado una tortilla de papas y, mientras comían, la mujer le dijo a su hija que debía regresar a Asturias. Su abuela, Covadonga, tenía que ir al médico y se había negado a hacerlo con Scarlett, su hermana.

—La abuela y Scarlett —rio Mel—. No quiero ni imaginármelas a las dos solas.

—Tu hermana en ocasiones es peor que tu abuela —dijo Luján—. Te lo puedo asegurar. Cuando se enoja, amenaza con marcharse a Fort Worth y tengo que convencerla de que no lo haga ante los gruñidos de tu abuela.

—Mamá, Scarlett terminará marchándose. Sabes que se trasladó a Asturias sólo por un tiempo.

—Lo sé, hija, lo sé.

Fraser las escuchaba, pero no decía nada. Hacía unos años, Scarlett y él habían tenido algo que sólo Mel conocía y que se rompió cuando Scarlett vio a su hermana sufrir por la pérdida de Mike. De un día para otro decidió dejar a Fraser y a éste no le quedó más remedio que aceptarlo. En su momento lo pasó fatal, pero finalmente lo aceptó. Aquélla era su vida y entendía que ella no quisiera formar parte de la misma.

Una hora después, el cansancio acumulado por el largo viaje se hizo evidente. Luján los miró a los dos y dijo:

—Fraser, Mel, ¡a descansar!

—Mamáááá...

Fraser soltó una risotada y, mirando a la madre de su amiga, contestó:

—Gracias por la comida, pero yo me voy. Tengo planes con una preciosa mujer.

Luján sonrió y Fraser, levantándose, dijo:

—Ahora a dormir en la camita, mi teniente. Tienes cara de no haber descansado bien anoche.

Mel asintió. Su noche de sexo loco le estaba pasando factura.

Entró con cuidado en la habitación y sonrió al ver a la pequeña sentada en la cuna.

La niña abrió sus bracitos y se le dibujó una sonrisa de oreja a oreja.

—Mamiiiiiiiii.

Sin demora, la teniente Parker corrió a abrazar a su hija. Aspiró su olor a inocencia y sonrió encantada al escucharla hablar con su media lengua. Feliz, la sacó de la cuna y la dejó en la cama mientras ella se desnudaba y se ponía la pijama.

Una vez terminó, se metió en la cama con la pequeña y comenzaron a jugar. La risa de Sami era lo mejor. Lo más bonito que había en el mundo, y eso, como siempre, la llenaba de felicidad.

¡Qué maravilla estar con su hija en casa!

Pasados unos minutos, la pequeña se acurrucó contra su cuerpo y, contenta por estar junto a su mamá, se relajó y durmió. Con cariño, Mel observó el rostro plácido de su hija. Era preciosa, maravillosa, divina, y le dio un beso de amor en la frente.

Con cuidado de no despertarla, tomó su cartera, de donde sacó una carta. Una carta dolorosa, pero que releía cientos de veces. Con la luz de una linterna, la iluminó y leyó:

Mi querida Mel.

Si tienes esta carta en tus manos es porque nuestro buen amigo Conrad te la ha hecho llegar y eso significará que yo he muerto. Quiero que sepas que eres lo mejor que he tenido en mi vida, a pesar de que en ocasiones me he comportado como un idiota contigo. Siempre has sido demasiado buena para mí y tú lo sabes, ¿verdad?

El motivo de esta carta es para disculparme por todo lo que vas a descubrir ahora de mí. Me avergüenza pensarlo, pero así es mi vida y ante eso nada puedo hacer, salvo ofrecerte disculpas y esperar que no me odies eternamente.

Deseo que conozcas a un hombre especial. Un hombre que te cuide, te lleve de fiesta con él, baile contigo, quiera a nuestro hijo y te dé esa familia que yo sé que tú siempre has querido formar. Espero que ese hombre sepa valorarte como yo no he sabido y que seas lo primero para él. Te lo mereces, Mel. Te mereces encontrar a una persona así. No todos son como yo y, aunque sabes que te quise a mi manera, también sabes que eso nunca fue suficiente para ti.

A nuestro bebé dile que su padre lo hubiera querido mucho, pero deja que quiera como a un padre a ese hombre que espero que algún día llegue a tu vida. Eres fuerte, Mel, y sé que saldrás adelante. Tienes que rehacer tu vida. Prométemelo y rompe esta carta después.

Los quiere,
Mike

Como siempre que terminaba de leer la carta, lloró y no la rompió.

3

En los juzgados, aquel día todo salió bien para Björn. Había ganado dos juicios y eso lo hacía sentir satisfecho.

—¿Nos vemos esta noche? —le preguntó una rubia espectacular.

Björn sonrió. Era la abogada de la parte contraria. Paseó sus azules ojos por el cuerpo de ella y, abriendo una agenda, le pidió:

—Dame tu teléfono. Si no te llamo esta noche, te llamaré cualquier otra, ¿te parece?

La mujer sonrió y, tras apuntarle su teléfono, le guiñó un ojo, se dio la vuelta y se marchó. Björn la siguió con la mirada hasta que ella desapareció de su vista. Después miró su agenda y sonrió cuando leyó el número de teléfono y el nombre de Tamara.

Una vez abandonó los juzgados, fue directo a Jokers, el restaurante de su padre:

—Papá, dame una cerveza bien fría —le pidió al entrar.

Con una gran sonrisa, Klaus hizo lo que su hijo le pedía y le puso la jarra delante.

—¿Has tenido un buen día hoy, hijo? —se interesó.

Björn dio un gran trago y con complicidad murmuró:

—Buenísimo. He ganado el juicio de Henry Drochen y el de Alf Bermeulen.

Klaus aplaudió. Estaba muy orgulloso de él. Además de ser un excelente hijo, era un gran abogado y un conquistador. Durante un rato, Björn le explicó lo ocurrido en los juzgados con sus casos, y el hombre disfrutó escuchándolo.

Cuando llegó la hora de comer, Klaus dijo:

—Tu hermano ha llamado esta mañana.

Björn sonrió al pensar en Josh, su único hermano, y preguntó:

—¿Cómo le va en Londres?

—Bien, hijo, ya lo conoces —rio Klaus—. Como siempre, le va bien en lo suyo. Ah..., me ha dicho que lo llames. Por lo visto, mañana viene a Múnich con una flota de coches y entre ellos uno que tú querías.

Al oír eso, Björn miró a su padre y preguntó:

—¿Va a traer el *Aston*?

—No lo sé, hijo. Sólo me ha dicho que lo llames.

Sin dudarlo, Björn lo llamó.

Dos timbrazos y Josh descolgó.

—No me digas que vas a traerme el coche que quiero pero con el volante a la izquierda.

Josh soltó una carcajada y respondió:

—Te lo digo... y te lo confirmo. Un precioso *Vanquish*, color burdeos, ¿sigues interesado en él?

—Por supuesto. Siempre y cuando me des buen precio y te quedes con el *Aston* que tengo ahora.

—No hay problema, Björn. Tu *Aston* se venderá fácilmente y el buen precio, ¡ni lo dudes! Eres mi hermano, carajo.

Ambos rieron y, tras conversar un rato, se despidieron hasta el día siguiente.

Después de comer con su padre, Björn salió de Jokers y pasó por su despacho. Durante un par de horas se concentró en preparar los juicios que tenía para dos días después, hasta que le sonó el teléfono celular.Era su amigo Eric.

—¿Qué pasa, imbécil?

Eric, al oír ese saludo, soltó una risotada y puntualizó:

—Eso sólo me lo dice mi mujercita. No te acostumbres. —Ambos rieron y Eric prosiguió—: El domingo Jud hará una comida en casa, vendrás, ¿verdad?

—¿Irán mujeres guapas?

Eric soltó una carcajada y contestó:

—Más guapa que mi mujer, ¡imposible!

Ahora el que soltó la carcajada fue Björn. Su amigo se había casado con una española encantadora y algo loca y estaba totalmente enamorado de ella. Eran como la noche y el día, pero se adoraban.

—Si se te ocurre no venir, Jud te busca y te trae de la oreja.

—No lo dudo —afirmó Björn divertido.

Si algo tenía claro de Jud es que era una mujer fuera de serie. Le encantaba su personalidad, su decisión y, sobre todo, la confianza que siempre había depositado en él para todo.

—Iré. Dile que allí me tendrá. ¿Llevo el vino?

—Por favor. ¿Vendrás con compañía?

—¿Hace falta llevarla?

—No. Pero es por saber cuántos seremos.

Divertido, Björn murmuró:

—Llevaré el vino y compañía.

—De acuerdo. Ahora te dejo, que tengo una reunión en diez minutos.

Una vez colgaron, Björn sonrió. Eric y Jud eran sus mejores amigos. Unos amigos que siempre estaban para lo bueno y para lo malo. Con una sonrisa maliciosa, al pensar en la esposa de su amigo, abrió su teléfono celular y marcó un número.

—Hola, preciosa —dijo en tono meloso.

La mujer, al oírlo, bajó su tono de voz y respondió:

—Hola, Björn, justamente pensaba en ti.

—¿Pensamientos buenos o malos?

La risa cristalina de ella resonó y contestó:

—Ambas cosas. Buenos porque son placenteros y malos porque eras muy... muy malo.

—Interesante —susurró él al escucharla.

Aquella sensual y morbosa mujer era una de sus conquistas. Se llamaba Agneta Turpin y era una de las presentadoras más guapas y conocidas de la CNN alemana. Su relación era excepcional. Sexo... sexo y más sexo, sin exigencias ni ataduras. Una combinación perfecta, porque era lo que ambos buscaban.

—¿Qué harás el domingo, Agneta?

—Desnudarme para ti... si lo deseas.

Ambos rieron y Björn aclaró:

—Nada me gustaría más, pero me acaba de llamar mi amigo Eric. El domingo va a haber una comida en su casa, ¿quieres ser mi acompañante?

—Comida... en plan familia.

Al entenderla, Björn explicó:

—Sólo comida y prometo que Jud ni se te acercará.

Agneta valoró la proposición. Conocía a los amigos de él y precisamente Judith, la mujer de Eric, y ella nunca habían hecho buenas migas. No le gustaba nada cómo la miraba. Pero comer con Björn significaba sexo nocturno en su casa o en la de él. Y sin pensarlo dos veces, contestó:

—De acuerdo. Te acompañaré.

—¡Perfecto!

Continuaron hablando hasta que él preguntó:

—¿Dónde estás?

—En este momento llegando a casa. Ha sido un día agotador, por lo que ahora me desnudaré y me meteré en un relajante y maravilloso *jacuzzi* lleno de espuma.

—¿Sola?

Agneta, tras soltar el bolso sobre su carísimo sofá de diseño, respondió:

—Todo depende de ti.

Björn miró su reloj y, levantándose, musitó:

—Desnúdate y prepárate. En veinte minutos estoy en tu casa con un amigo.

Colgó el teléfono. Agneta era caliente y eso le gustaba. Metió en su maletín el teléfono celular y unos documentos. Como su casa y el despacho sólo estaban separados por una puerta, dejó el maletín sobre la mesa del comedor y, sin quitarse el carísimo traje *Armani* que llevaba, bajó a la cochera y abordó su auto deportivo tras telefonear a su amigo Roland.

Cuando llegó a la puerta de la casa de Agneta, llamó al portero automático. Subió en el elevador y, al llegar al rellano del lujoso edificio, vio la puerta abierta. Al oír la música que provenía del interior, sonrió. Sade cantaba *No ordinary love*.

Sin demora, abrió la puerta, entró y la cerró. Acto seguido, ante él apareció una sensual Agneta vestida únicamente con una bata de raso rojo. Se miraron. No hablaron mientras ella se desabrochaba la bata y ésta resbalaba por su cuerpo hasta caer al suelo.

Björn la observó con deleite. Sus ojos devoraron el bonito y fino cuerpo de aquella mujer, mientras notaba cómo su erección comenzaba a crecer. Sin apartar los ojos de ella, se quitó el largo abrigo de cuero que llevaba. Después el saco oscuro y se desanudó la corbata.

—Acércate y date la vuelta —pidió Björn.

Agneta hizo lo que le decía.

Él se quitó la camisa blanca y la dejó sobre una silla. Después se deshizo del cinturón, se acercó a ella y, pasándoselo por el trasero desnudo, preguntó cerca de su oído:

—¿Has sido buena?

—No. Hoy he sido muy... muy mala.

La contestación lo hizo sonreír y con el cinturón le dio un azote en el trasero. Ella jadeó y suplicó.

—Otro.

Repitió la operación y ella volvió a jadear.

Acto seguido, Björn soltó el cinturón, que cayó al suelo al tiempo que se desabrochaba el pantalón. Cuando se quedó desnudo como ella, se puso un preservativo que había tomado y siseó:

—Te voy a coger como se coge a las chicas malas.

No dijo nada más. No hacía falta.

Le abrió las piernas con rotundidad, la expuso a él y de un duro y certero empujón la penetró. Agneta gritó mientras Björn buscaba su propio placer y ella encontraba el suyo. Ambos eran egoístas en eso. Su placer imperaba sobre el de la otra persona y, enloquecidos, se volvieron a empalar el uno en el otro sin importar nada más. Ése era su juego. Un juego buscado y consentido por los dos. Una vez alcanzaron el orgasmo, cuando él salió de ella, Agneta murmuró:

—Tengo el *jacuzzi* preparado.

En ese instante sonó el timbre de la casa y Björn comentó:

—Perfecto, Roland ya está aquí.

Aquella noche, cuando Björn llegó a su casa, estaba cansado y saciado de sexo.

Al día siguiente, no muy lejos de la casa de Björn, la teniente Melanie Parker hablaba con su madre mientras ésta hacia la maleta para regresar a Asturias.

—Robert mandó saludos para ti.

—¿Robert Smith?

—Sí, mamá. Iba a ir a tomar una copa con él ayer, pero le adelantaron la hora de despegue y no se pudo.

Luján, al pensar en aquel muchacho amigo de su hija de toda la vida, sonrió.

—Qué guapo es Robert y qué monada es Savannah. Aún recuerdo su boda, ¡qué bien la pasamos!

Al recordar aquella boda, un año antes, Mel sonrió y su madre preguntó:

—¿Consiguieron el traslado a Fort Worth?

—Sí. Y, por cierto, papá les está ayudando mucho con todo el papeleo.

Oír hablar de su marido, a Luján le hizo perder la sonrisa.

—Tu padre, cuando quiere, es un amor y cuando no, ¡un ogro! —cuchicheó.

Mel soltó una carcajada y su madre prosiguió:

—¿Cómo vas con el curso de diseño que estás haciendo por Internet?

—Abandonado, mamá. Apenas tengo tiempo.

Luján suspiró y añadió:

—A *Peggy Sue* ya le he puesto comida. Por cierto, qué asquito me dan esas ratas.

—Mamá, no es una rata, es el hámster de Sami —rio Mel al recordar que Robert se la había comprado a la niña.

—No le den tanto de comer, está tan gorda que casi no se puede mover —insistió Luján mirando aquel bichejo blanco.

Mel miró a *Peggy Sue* y sonrió. El hámster verdaderamente estaba muy gordo.

—Bien, mamá. Intentaré controlar a Sami —respondió.

Luján sonrió, pero mirando a su hija, musitó:

—Me voy preocupada por ti, quiero que lo sepas.

—Mamá, no tienes por qué preocuparte.

—¿Cómo no me voy a preocupar, Mel? —protestó la mujer—. Eres igualita a tu padre. El ejército corre por tus venas y ante eso nada puedo hacer. Pero tienes que pensar en tu hija. Ella te necesita. Necesita una madre que la cuide y la mime y, sobre todo, ¡que le dure muchos años! Pero, ¿no te das cuenta de que tu trabajo no es compatible con tu vida?

Su madre tenía razón.

Por su situación de madre soltera todo era muy complicado. Cada vez que tenía que partir a alguno de sus viajes sufría por tener que dejar a la pequeña, aunque con esfuerzo y tesón siempre lo conseguía. En Múnich, Dora, una vecina de la edad de su madre y, sobre todo, de total confianza, se ocupaba de la niña cuando ella hacía viajes cortos, aunque cuando duraban más de cuatro días, era la propia Luján la que se trasladaba a Múnich para cuidar a su nieta o Mel se la llevaba a Asturias.

—Escucha, mamá, me gusta lo que hago y...

—Ya sé que te gusta lo que haces. Te repito que eres como tu padre. Él antepuso el ejército a la familia y mira lo que pasó.

Mel resopló y su madre continúo:

—No entiendo cómo tú hermana y tú pueden ser tan diferentes. Ella nunca ha querido saber nada del ejército, pero tú...

—Mamá, Scarlett es Scarlett y yo soy yo. ¿Cuándo te vas a dar cuenta de eso?

—Nunca —gritó la mujer, enfadada—. Yo quiero una hija que no corra peligro. Quiero una hija que sea feliz con una familia. Quiero una hija que se deje cuidar por un buen marido. ¿Por qué no piensas lo que digo?

Molesta por la misma cantinela de cada vez que se veían, miró a su madre y replicó:

—Tú tenías todo eso. Una vida sin peligros, una familia feliz y un hombre que te cuidaba. Creo que precisamente tú eres la persona menos indicada para hablar así.

Al oírla, Luján cerró los ojos y, sentándose en la cama, respondió:

—Tienes razón. Yo tenía todo eso. Pero no olvides que también vivía con la incertidumbre de si tu padre regresaría de sus misiones o no. También vivía con sus drásticos cambios de humor. También vivía con sus pesadillas nocturnas cuando regresaba de sus misiones. ¿Quieres que continúe?

Mel negó con la cabeza. No había sido justa con su madre y, abrazándola, murmuró:

—Está bien, mamá, perdóname. Tienes razón y yo no soy nadie para decirte lo que te he dicho.

—Escucha, Mel, sabes que adoro a tu padre. Lo quiero a pesar de que él me odie por haberme separado. Pero lo que no quiero es que algún día alguien te odie a ti porque antepongas el ejército a la familia.

—Mamáááá...

—No quiero que tengas pesadillas como él. No quiero que tu vida sea sólo el ejército. Quiero que tu vida se normalice y puedas ser feliz con un hombre que...

—No tengo intención de ser pareja de nadie.

—Pero, ¿por qué, cariño? Mike era un hombre bueno, pero estoy segura de que podrás encontrar a otro que te llene por completo el corazón.

Luján no sabía la triste realidad de lo que descubrió sobre Mike e, intentando que guardara el recuerdo que de él tenía, Mel añadió:

—No necesito un hombre, mamá. Vivo muy bien como lo hago. Yo soy la dueña de mi vida y no necesito que nadie venga a mangonearme.

—A lo que tú llamas «mangonear», yo lo llamo «querer». ¿No vas a volver a querer a nadie?

—Ya los quiero a ti, a papá, a Sami, a Scarlett, a la abuela...

Desesperada por la terquedad de su hija, Luján insistió:

—Sami crecerá.

—Eso espero, mamá. Los pañales son muy caros —se burló.

—¿Qué crees que opinará ella de que tú te vayas y la dejes sola?

—Nunca estará sola. Para eso los tengo a ustedes.

—Por supuesto que nos tienes a nosotros, cariño, pero la pequeña te lo reprochará a ti —siseó Luján mirando a su hija—. Ya ha
perdido a su padre y no puede perderte a ti también.

—Mamáááá...

—¿Has olvidado las cosas que le decías a tu padre cuando eras
pequeña y se marchaba? ¿Crees que Sami no te las dirá a ti?

—Mamáááá...

—¿Has olvidado cómo llorabas cuando se iba o cómo te asusta-
bas cuando regresaba de alguna misión y tenía aquellas horribles
pesadillas?

—Yo no tengo pesadillas, mamá.

—¡Las tendrás!

La joven cerró los ojos. Su madre tenía razón. Había comenzado
a tener pesadillas. Pero nada, excepto su propia hija, la ataba al mundo e, intentando no pensar en ello, se levantó y murmuró:

—Mira, mamá, de momento quiero seguir con lo que hago. No
hay ningún hombre en mi vida y soy feliz. Tengo lo que necesito y...

—¿Cómo que tienes lo que necesitas?

—Mamáááááá...

—Tú necesitas estabilidad emocional, hija. Un hombre que te
abrace, que te quiera, que te mime...

—No quiero nada de eso, mamá. Nada... nada.

Luján no se daba por vencida.

—Desde que ocurrió lo de Mike, ¿has vuelto a tener alguna cita?
—insistió.

—No.

—Entonces, ¿cómo puedes tener todo lo que necesitas?

Sin querer revelar su vida íntima, miró a su madre y musitó:

—Si te refieres a si me he acostado con algún hombre, la respuesta es sí. Ese terreno lo tengo muy bien cubierto.

Boquiabierta, Luján la miró y susurró:

—Uy... qué sinvergüenza.

Ese comentario hizo que ambas rieran; abrazando a su madre, Mel murmuró:

—Tú tranquila, mamá. Hasta el momento mi vida va bien. Tengo un trabajo que me gusta, una familia que me cuida, una hija preciosa y un amplio abanico de hombres que me dan lo que yo necesito, cuando yo quiero y como yo quiero.

—No quiero escuchar más.

—Pero si has sido tú quien me ha preguntado... —replicó Mel.

—Melanie Parker Muñiz, he dicho que no quiero escuchar más.

Ella sonrió. Siempre que se enfadaba, su madre decía su nombre y apellidos completos.

Luján, horrorizada por lo que su hija insinuaba, cerró la maleta y añadió:

—Tú y yo volveremos a hablar de esto, jovencita. No me hace ninguna gracia que vayas de flor en flor, como seguro que hace tu padre.

—Mamáááááá...

—Ahora, vamos, llévame al aeropuerto o perderé el avión de regreso a España.

Media hora después, abuela, hija y nieta se dirigían al aeropuerto. A la salida, un mimo le regaló a la pequeña una calcomanía con una carita sonriente. Mel sonrió y pensó que aquello era una buena señal. ¡Había que sonreír más!

4

En la agencia de autos, un enorme tráiler descargaba los coches —mientras Josh Hoffmann, un alto directivo de Aston Martin, indicaba a los trabajadores el lugar donde colocar los caros y elegantes vehículos.

Aquel día habían llevado varios de gran lujo y los clientes más adinerados, avisados por él, habían ido a echarles un vistazo. Mientras los hombres observaban embobados los coches, Josh se deshacía en atenciones con sus mujeres.

Al igual que su hermano Björn, se las ganaba al instante y raro era que una fémina no se fijara en él. Pero a diferencia de Björn, tenía los ojos y el cabello castaño y una cara inocente que nada tenía que ver con lo que era en realidad.

Gracias a su magnetismo, con apenas veintisiete años era un alto ejecutivo de la empresa Aston Martin y un hombre que viajaba por el mundo. Cuando la puerta de la agencia se abrió y entró Björn, para Josh ya no existió nadie más. Adoraba a su hermano y éste lo adoraba a él.

Con una divertida sonrisa, Josh caminó hacia él y lo abrazó, ante la atenta mirada de varias mujeres, que suspiraron al verlos. Eran dos jóvenes guapos y triunfadores y su fama de *gentlemen* los acompañaba. Tras darse un caluroso abrazo, el menor de los hermanos Hoffmann, dijo:

—Ven, vamos a ver tu coche.

Sin demora, caminaron hasta un lateral de la agencia y, cuando llegaron ante el impresionante coche, Björn silbó y Josh dijo:

—Aquí lo tienes, hermanito. *Aston Martin Vanquish Coupé*. Máxima velocidad 295. Aceleración de 0 a 100 en 4.1 segundos. Motor doce cilindros en V. Tapa de cilindros de aluminio. Inyección. Tracción trasera. Automático, seis velocidades.

—Mío —afirmó Björn, tocándolo con deleite.

Desde que vio aquel coche en una revista, hacía más de un año, supo que debía ser suyo y por fin estaba ante él.

Josh sonrió. Le encantaba el gesto de placer de su hermano y, abriendo una de las dos puertas del vehículo, lo animó:

—Ven, vamos a dar una vuelta.

Björn asintió. Se montó junto a su hermano y sacó el coche de la agencia. Con sumo cuidado, condujo por las calles de Múnich. Aquella máquina era impresionante y, cuando salieron a la autopista, simplemente voló.

Una hora después, cuando regresaron a la agencia, Björn lo tenía aún más claro. Aquel impresionante coche debía ser suyo, y ante las risas de su hermano, afirmó:

—Lo quiero mañana.

—¡¿Mañana?!

—Sí. Mañana.

—Björn, tengo que arreglar papeles y...

Él miró a Josh con exigencia y lo interrumpió:

—Mañana te dejo mi viejo *Aston* para llevarme éste. Y ahora mismo vamos a comenzar a mover los papeles para que yo lo pueda disfrutar. Por el seguro no te preocupes, llamo a Corina y ella me pasa el del *Aston* a éste. ¿Con quién más hay que hablar?

Josh sonrió y, mirándolo, respondió:

—Acompáñame. Tendremos que hacer varias llamadas, pero lo solucionaremos.

Si algo tenían claro los hermanos Hoffmann era que siempre se salían con la suya.

Esa tarde, Mel paseaba con su hija por una concurrida calle de Múnich. Hacía frío. En enero siempre hacía un frío siberiano en aquella ciudad.

En compañía de su pequeña, se paró ante cientos de puestos para comprarle mil regalos y la niña aplaudió emocionada. Eso hizo reír a Mel. Su hija era su felicidad. Su mejor regalo. Cuando entró en una cafetería para tomar algo, sonó su teléfono celular. Al ver que era un número especial, contestó:

—Teniente Parker al habla.

—Buenas, teniente.

Mel sonrió. Era su buen amigo Fraser y, sentándose en una silla, preguntó:

—¿Por qué me llamas desde ese número?

—Porque sabía que contestarías.

Torciendo el gesto, ella protestó y murmuró:

—Sabes que fuera de la base soy Melanie, nada de teniente Parker.

—Lo sé..., lo sé...

Ambos rieron y, finalmente, Mel preguntó:

—¿Qué tal todo con la azafata de Air Europa?

—Bien... muy bien. ¿Ya se ha ido tu madre?

—Sí. Anoche la llevé al aeropuerto y ya está en Asturias con la familia.

—Perfecto.

Un extraño silencio se hizo entre ellos y Mel inquirió:

—¿Qué ocurre, Fraser?

Tras maldecir en un inglés muy de Kansas, él dijo:

—¿En serio tu hermana va a regresar a Fort Worth?

Mel resopló y contestó:

—Eso parece. Sabes que se fue a España por una temporada tras la separación de mis padres, pero tarde o temprano Scarlett tiene que rehacer su vida.

—Tienes razón. —E intentando pensar en otra cosa, le espetó—: ¿Dónde estás?

—Comprando regalos para Sami. Me encanta malcriarla. ¿Y tú?

—Con Mónica en su casa.

—¡Guau, eso suena bien!

Fraser sonrió e, intentando olvidarse de la hermana de ella, añadió:

—Sólo te diré que desde ayer no hemos salido de la cama.

—¿Lo pasaste bien entonces?

—Y lo voy a seguir pasando. Sólo te he llamado por si necesitas algo, pero en cuanto cuelgue, regreso a la cama con Mónica. Estoy muy necesitado.

Ambos rieron y Mel murmuró:

—Regrese a la cama, sargento, olvídese de otras mujeres y disfrute de su necesidad.

Una vez colgó, miró a su pequeña de ojos azules y dijo:

—El tío Fraser te manda besos, Sami. ¿Quieres merendar?

La pequeña aplaudió y unos señores que había a su lado sonrieron.

Samantha era una preciosidad de niña, además de simpática, y allá donde fuera siempre llamaba la atención con su coronita de princesa. Le gustaba la gente y lo demostraba sonriendo y acercándose a todo el mundo. A diferencia de su madre, era rubia, pero las dos tenían un rasgo común: sus ojos azul claro.

Mel disfrutó de las gracias de su hija y los comentarios de quienes la rodeaban mientras dibujaba en una servilleta.

Aquella tranquilidad, en aquel lugar, le encantaba. Nada tenía que ver con la intranquilidad que vivía cuando estaba de misión.

Mientras observaba cómo una señora bromeaba con su pequeña, sonrió. Pero su sonrisa desapareció cuando recordó las palabras de su madre al referirse a que Samantha la añoraría cuando creciera. Sabía que tenía razón. Pero aquél era su trabajo.

Tras pedir un café y unos sándwiches, madre e hija merendaron.

Horas más tarde, cuando regresó a su casa, Dora, la mujer que se quedaba con Sami cuando ella estaba fuera, pasó para ver cómo estaba la niña. Tras charlar con ella durante un rato, Mel preguntó:

—Dora, ¿podrías quedarte con Sami unas tres o cuatro horas esta noche?

La mujer dijo:

—¿Tienes una cita?

Ella asintió. Tras la conversación con Fraser, supo que necesitaba salir esa noche y, mirándola, respondió:

—Sí. Tengo una cita.

5

❧

Melanie decidió ir a Sensations, un club en el que sólo había estado un par de veces, pero donde lo había pasado muy bien.

Desde que Mike murió, ella no había querido rehacer su vida, pero decidió seguir jugando a los juegos que practicaba desde antes de conocerlo a él. Aunque esta vez en solitario. Sabía lo que quería y sabía lo que buscaba, y allí lo iba a encontrar.

Sin miedo a nada, la joven traspasó la puerta del club, fue hasta el guardarropa y allí dejó su largo abrigo.

Los hombres que pasaban por su lado la miraban. Alta, *sexy*, morena y con unas proporciones más que aceptables gracias a toda la gimnasia que hacía por su trabajo.

Ataviada con un bonito y corto vestido negro de cuero, un pañuelo de seda en el cuello y subida en unos impresionantes zapatos de tacón, pasó con decisión a la segunda sala y fue directo a la barra. Allí pidió un *Bacardí* con *Coca-Cola* y, antes de que el mesero le sirviera la bebida, ya tenía a dos hombres a su alrededor.

Mel los miró, uno de ellos le pareció interesante y al otro directamente lo descartó. Centrándose en el rubio de ojos claros que le había gustado, preguntó:

—¿Cómo te llamas?

—Carl, ¿y tú?

—Melanie.

Cuando el mesero dejó ante ella su bebida, Mel dio un trago y el llamado Carl inquirió:

—¿Estás sola?

Ella no respondió y él insistió:

—¿Qué busca una chica como tú en un lugar como éste?

Mel sonrió y respondió con sinceridad:

—Lo mismo que tú.

Él se acercó un poco más a ella. Mel no se movió y preguntó:

—¿Quieres tocarme?

—Sí.

—Tócame entonces.

La mano de él comenzó a subir por sus muslos. Al sentir el roce, a Mel se le se le pusieron los vellos de punta y, sin avergonzarse, dijo:

—Busco dos hombres. Ya he encontrado uno. Ahora llegará el otro.

Carl sonrió. No entendía a qué se refería, pero no le importó. Era una guapa y sensual mujer y supo que la iba a pasar bien. Durante un rato charlaron de sexo. Hablar de eso en aquel tipo de lugar era lo más normal del mundo y, cuando todo estuvo claro, Carl propuso:

—Vayamos a la pista de baile.

—No. Mejor al cuarto oscuro.

—Perfecto —asintió el hombre.

Mel dio otro trago a su bebida, bajó del taburete y comenzó a caminar hacia donde sabía que estaba esa sala. Al entrar, oyó música festiva.

Durante varios minutos, las manos de Carl volaron por su cuerpo, mientras ella cerraba los ojos y se dejaba hacer. Le gustaba imaginar que Mike observaba y que pronto sus manos fuertes se unirían al hombre que ella había elegido. Y así fue. Segundos después, sintió otro par de manos a su espalda que la tocaban. Mike.

Excitada por el momento y a oscuras, no podía ver la cara de ninguno de los dos y eso le gustó. Las manos de ellos volaban por su cintura, sus pechos, su trasero y, cuando ya no pudo más, dijo, volviéndose hacia el hombre cuyo rostro no había visto.

—No hables y no permitas que te vea la cara si quieres que te permita jugar conmigo.

Él asintió y ella con decisión añadió:

—Pasemos a un reservado.

Ellos la siguieron. Mel no miró la cara del segundo hombre en ningún momento, ni él se dejó ver. Ella no quería. Sólo quería pensar que era Mike. Necesitaba fantasear con él aunque en ocasiones lo odiara. Cuando entraron en el reservado, Mel puso música y la voz de Bon Jovi llenó la estancia. El desconocido, tras ella invitarlo, le bajó el cierre del vestido de cuero y, cuando éste cayó al suelo, Mel salió de él.

Carl se desnudó y, acercándose, preguntó:

—¿Puedo acostarte en la cama?

—No. —Y agarrándolo con decisión, ordenó, mirándolo a los ojos—: Ponte de rodillas ante la cama y espera a que yo vaya.

Carl no dudó. Estaba claro que a aquella mujer nadie le decía qué tenía que hacer. Una vez estuvo arrodillado ante la cama, con una jarrita de agua y un paño limpio, la observó y vio que, sin mirar al tipo que estaba tras ella, decía:

—Quítame la ropa interior y tócame como si fuera tuya. No preguntes. Sólo haz lo que quieras sin preguntar.

Al sentir que él hacía lo que ella le había pedido, Mel cerró con fuerza los ojos y tarareó *Have a nice day*, de Bon Jovi. Esa música la transportaba a tiempos pasados, en los que Mike y ella jugaban con otros y lo pasaban bien.

El desconocido hizo lo que ella pedía y, tras quitarle las pantaletas y dejarlas sobre una silla, le metió un dedo en la vagina con seguridad; ella jadeó. Durante varios minutos, aquel hombre prosiguió su juego, mientras Mel se dejaba masturbar por él.

—Voy a sentarme en la cama —anunció de pronto deteniéndolo—. Quítame el pañuelo que llevo en el cuello y átamelo sobre los ojos. No quiero verte, pero quiero que sigas jugando conmigo, ¿entendido?

Sin decir nada más, la joven caminó hacia la cama. Se sentó ante Carl y, al levantar la vista, vio que el desconocido había desaparecido, hasta que lo sintió tras ella. Notó cómo le desanudaba el pañuelo de seda negra del cuello y se lo ataba alrededor de la cabeza, tapándole los ojos.

Excitada, se tumbó en la cama y se abrió de piernas ante Carl. Se expuso totalmente a él, que supo lo que tenía que hacer. La lavó. Una vez la secó, se puso las piernas de ella en los hombros y, sin demora, la devoró. Acercó su boca a la deliciosa y depilada vagina que le ofrecía gustosa y, con ansia, la deleitó.

Los jadeos de Mel llenaban el espacio. Aquello era maravilloso.

¡Sexo!

Como decía Fraser, era necesario y se decidió a disfrutarlo a tope.

Carl, encantado con aquella entrega, le puso las piernas sobre la cama y la hizo abrir los muslos. Ella obedeció. Ante él quedó más expuesto aún el centro de su placer. Aquel pubis depilado en forma de corazón era maravilloso y tentador, y con los dedos le abrió los labios para tener mejor acceso.

Chupaba...

Succionaba...

Y cuando su lengua, tras un rato de juego, se enredó en su clítoris, Mel se arqueó. Agarrándola por la cintura, él la encajó más en su boca y ella se estremeció hasta que se dejó ir. Enloquecida por el placer que había sentido, se incorporó y exigió, tomando las riendas del momento:

—Acuéstate en la cama. Quiero cogerte.

Carl, levantándose del suelo, volvió a acceder a lo que ella pedía. Una vez se acostó en la cama, se puso un preservativo y, rápidamente, Mel se sentó a horcajadas sobre él y se empaló. Excitada, movió las caderas en busca de placer. Lo necesitaba.

Durante varios minutos, sus jadeos, acompañados de los de Carl, sonaron en el reservado, hasta que el desconocido, que había permanecido en un segundo plano, se subió a la cama y, tras ponerse un preservativo, hizo lo que ella había pedido y participó sin preguntar.

Carl, al ver las intenciones del otro hombre, la acostó sobre él. Mel sintió que le untaban gel en el ano y, para dilatárselo, le metieron un dedo, dos, hasta que instantes después chilló de gusto al sentirse penetrada.

Hombres no le faltaban nunca. Por suerte, su genética la dejaba elegir y ellos nunca se negaban. Pero en ese instante, en ese momento, sentirse llena y deseada era espectacular.

—Mike... sigue... sigue —suplicó.

El desconocido supo que lo de Mike iba por él y, agarrándole los pechos desde atrás, la empaló una y otra vez con golpes secos, mientras Carl la penetraba por la vagina sin parar.

Esa noche, sobre las once, Björn llegó al Sensations acompañado por una guapa pelirroja. Maya era exquisita y, como él, sólo demandaba sexo caliente. Tomaron algo en la barra y allí rápidamente contactaron con otra pareja.

Después de una primera copa llegaron otras más y, antes de entrar en uno de los reservados, Björn fue al baño. Al pasar por delante de una de las salas privadas, la música de rock que salía de allí llamó su atención. Levantó la cortina y observó a dos hombres y una mujer en una cama.

—Besos no... —susurró ella.

Esa negación, que había escuchado siempre de su amiga Judith, le llamó la atención y se paró a observar. Con deleite, observó la curvatura de la espalda de ella y sus ojos se fijaron en un tatuaje que llevaba. No lo veía claro por la luz tenue, pero parecía un atrapasueños. Llevado por la curiosidad y la música entró en el reservado y, sin hacer ruido, se acercó y pudo ver con claridad el tatuaje. Efectivamente, era un atrapasueños.

Sin decir nada, observó el juego de aquellos tres. Era el tipo de sexo que lo enloquecía. Dos hombres y una mujer disfrutando sin inhibiciones. Ella se le antojó deliciosa y apetecible. Sus gemidos, cuando menos, eran delirantes y su entrega maravillosa. No supo cuánto tiempo estuvo observándola, hasta que recordó a la guapa pelirroja que lo había acompañado y decidió salir de allí, ir al baño y regresar donde la había dejado.

Veinte minutos después, mientras Björn y su pelirroja conversaban sentados ante la barra del bar, el cortinaje del reservado se abrió. Vio salir a una muchacha de pelo corto y morena, pero no le vio la cara. Rápidamente la identificó como la mujer del reservado.

Nunca la había visto por allí y eso llamó su atención, mientras recorría con su azulada mirada aquel cuerpo y admiraba lo bien que le quedaba el vestido de cuero negro. Sin moverse de su asiento, Björn la observó y, cuando ella desapareció del club, la pelirroja, deseosa de sexo, le propuso al oído:

—¿Pasamos a un reservado?

Björn, olvidándose de la morena, sonrió y murmuró:

—Por supuesto, preciosa. No veo el momento de desnudarte.

Cuando Mel llegó a su casa, de madrugada, Dora sonrió al verla y preguntó:

—¿Qué tal tu cita?

Ella, quitándose los altos tacones, sonrió y respondió:

—Bien. Muy bien.

Cuando Dora se marchó a su casa, Mel fue a ver a su hija. Estaba dormida. Acto seguido se desnudó y se metió en la regadera, donde las gotas de agua se confundían con sus lágrimas al pensar, como siempre, en Mike. ¿Por qué no lo podía olvidar?

6

❧

El domingo, cuando Björn llegó a la casa de sus amigos Eric y Judith en su nuevo *Aston Martin* y con la compañía de Agneta, tuvo que hacer esfuerzos para no reír al ver la cara de su amiga Judith. Estaba más que claro que ella y su acompañante no estaban en la misma onda.

Tras saludar y enseñarles el nuevo coche, Eric invitó a Agneta a entrar en el salón y Judith, agarrándolo a él del brazo, musitó:

—No entiendo qué ves en Fosqui.

Björn rio al escuchar el apodo por el que la llamaba y contestó:

—Es mona y me divierto con ella. Por cierto, le prometí que no la incomodarías, por lo tanto, compórtate, preciosa, ¿de acuerdo?

Judith puso los ojos en blanco y, sonriendo, dijo:

—Ésa es tonta..., pero tonta de manual.

—Jud... no empieces.

—Por Dios, Björn, ¿cómo te puedes divertir con esa perra estreñida? Es la mujer más aburrida que he conocido en mi vida.

Él soltó una risotada. Judith era única. Estaba claro que Agneta y ella nunca serían amigas y respondió:

—En la cama es todo menos aburrida.

Judith frunció el ceño y replicó:

—Desde luego, qué básicos son los hombres a veces. Esa mujer es de lo más desagradable, ¿y porque es una fiera en la cama sigues con ella?

—Conmigo no es desagradable.

—Contigo normal —rio ella—. Pero con el resto de la humanidad es una estúpida que ni te cuento. Ya puedes controlarla o esta noche se va calentita de aquí. Recuerda que la última vez que nos vimos, esa idiota se permitió el lujo de llamarme asesina porque me gustan los filetes de ternera, y que conste que no le dije lo que pensaba yo de ella porque era tu acompañante.

—Agneta es vegetariana. No le hagas caso.

—Pero carajo, Björn, ¿por qué la tienes que traer aquí?

Muerto de risa, él abrazó a su amiga y respondió:

—La he traído para hacerte enojar, ¡tonta! Pero tranquila, se portará bien si tú haces lo mismo.

Al oírlo, Judith sonrió y cuchicheó con complicidad:

—Serás imbécil...

Entre risas entraron al salón, donde había más invitados. Eric y Jud los fueron presentando a todos y, cuando llegaron a una joven que tenía en brazos al pequeño Eric, divertida, Jud preguntó:

—¿Recuerdas a Melanie?

Björn miró a la joven vestida con pantalones de mezclilla y suéter negro de cuello vuelto y negó con la cabeza.

Judith prosiguió:

—Es una amiga española.

¿Él conocía a aquella guapa mujer española y no tenía su teléfono?

¡Imposible!

Aquella morenaza de pelo corto y negro como el azabache no le hubiera pasado desapercibida. Con curiosidad, paseó la mirada por su cuerpo. Los pantalones le quedaban muy bien y el suéter negro le marcaba unos bonitos y tentadores pechos que deseó tocar. Estaba observándola abstraído cuando de pronto oyó:

—¡Hombre, pero si es el mismísimo James Bond!

Al oír eso, Björn cambió el gesto y rápidamente supo quién era aquella mujer.

Su mente se reactivó en décimas de segundo y la identificó como la guapa mujer que meses atrás ayudó a Judith a salir del elevador y la llevó al hospital el día de su parto. Por ello, y sin muchas ganas de confraternizar con ella, siseó:

—Vaya... vaya... pero si es Superwoman.

Mel, al contrario que él, al oírlo abrió la boca, sorprendida, contestó:

—Caramba, ¿cómo me has reconocido?

Björn, desconcertado por la burla en la cara de la joven, preguntó:

—¿Dónde has dejado el disfraz, *guapa*?

Mel cruzó una mirada divertida con Judith y, clavando sus ojazos azules en los de él, respondió acercándosele:

—En el Batmóvil, tontito. Pero, chis..., no digas nada. Lo tengo allí por si debo salvar el mundo de cualquier espía que esté al servicio de la Inteligencia británica.

Judith soltó una carcajada. Ver la expresión de Björn no era para menos.

No entendía qué le ocurría a su buen amigo con aquella chica, pero la divertía. Björn era un tipo con un humor excelente y, por lo que veía, Mel también, pero él se negaba a entrar en su juego. Finalmente, sin muchas ganas de hablar, lo vio darse la vuelta y marcharse a platicar con Eric.

Mel dejó al pequeño Eric en la sillita y, mirando a Jud, preguntó:

—¿Crees que todavía me odia por no haberte llevado él al hospital aquel día?

Judith se encogió de hombros y, segura de lo que decía, respondió:

—Sólo te diré que es el mejor tipo que conozco después de mi marido, y que no entiendo por qué reacciona así contigo.

En ese momento se oyó ruido de cristales estrellándose contra el suelo. A Agneta se le había caído un vaso y éste se había hecho añicos. Rápidamente, Mel buscó a su hija. La encontró justo al lado del estropicio, llorando, y corrió hacia ella. Aunque antes de llegar, observó cómo la pequeña se agarraba al vestido de Agneta y ésta, de un tirón, se apartaba de su lado, lo que hizo que la niña se cayera.

Björn intentó atrapar a la pequeña al vuelo, pero finalmente acabó sentada en el suelo. Al verla llorar, él se agachó, plantó una de sus manos en el suelo y la cargó.

—Ya está, cariño... no pasa nada —susurró Melanie, quitándole a la niña de los brazos, mientras pensaba que aquella mujer, la tal Agneta, era una idiota.

La pequeña, asustada, continuaba llorando y la corona rosa de princesa que llevaba en la cabeza se le cayó al suelo y Björn la recogió. Todos la miraban y Mel, olvidándose de todo, la acunó hasta que se le pasó. Lo importante era su hija, el resto le daba igual. Cuando Sami se tranquilizó, le enseñó uno de sus diminutos dedos y cuchicheó:

—*Teno* pupa.

Al ver la sangre, Mel actuó con celeridad. Cogió una servilleta y, con delicadeza, la limpió. No era nada grave. Sólo una pequeña herida, pero mirando a su pequeña, dijo, caminando hacia su enorme bolso:

—Vamos, cariño, mamá te curará.

Eric, que estaba junto a su mujer, rápidamente le indicó que pasara a la cocina y allí sacó de un armario un pequeño botiquín.

Con cariño, Mel y Judith atendieron a la niña, le dieron un chocolate y le pusieron una tirita de las Princesas Disney en el dedo. Pero ella quería que su madre pronunciara las palabras mágicas por lo que, cuando le enseñó el dedo, Mel sonrió y dijo:

—La Bella Durmiente te curará mágicamente y el dolor se irá, ¡tachán... chán... chán!, para no volver más.

Sami soltó una carcajada y Mel comentó, mirando a su amiga:

—Si me hubieran dicho que yo iba a hacer estas cursiladas por mi hija, nunca lo hubiera creído.

Ambas rieron y cuando regresaron al salón, todos las observaron. Mel llevaba a la pequeña en brazos:

—Sami, diles a todos que estás bien —la animó mirándolos.

Mientras la dejaba en el suelo, la rubia de ojos azules, con una enorme sonrisa, les enseñó el dedo con el curita y murmuró:

—*Toy* bien.

Todos sonrieron y Björn, acercándose a ella, se agachó y preguntó:

—¿Cómo te llamas?

Ella pestañeó con gracia y respondió, agarrada a las piernas de su madre:

—*Pinsesa* Sami.

Mel añadió, protegiéndola con cariño:

—Se llama Samantha. La llamamos cariñosamente Sami y ella se ha otorgado el rango de princesa.

Björn, divertido por el desparpajo de la pequeña, asintió y, enseñándole la corona que se le había caído, preguntó:

—Ésta seguro de que es tuya, ¿verdad?

La niña, encantada, asintió. Se la quitó de las manos, se la colocó en la cabeza y aclaró:

—Soy una *pinsesa*.

Él sonrió y ella, acercándose, frunció los labios y, sin dudarlo, le plantó un sonoro beso en la cara que hizo reír a casi todos. A Björn en primer lugar.

Enternecida por ese beso, Mel sonrió y, cuando la pequeña se alejó corriendo, cogió una servilleta, limpió la mejilla de Björn manchada de chocolate y, ante el gesto de sorpresa de éste, le pidió:

—Enséñame la mano.

—¿Para qué?

—Dame la mano —insistió Mel.

Björn, al ver que todos lo miraban, se rindió y lo hizo. Ella, dándole la vuelta con cuidado, observó la palma y le comunicó:

—Te has clavado un pequeño cristalito. No te muevas y te lo quitaré.

Divertido por aquello, él se burló:

—Esto es como lo de la espinita. ¿Si me la quitas seremos amigos eternamente?

Mel lo miró y agregó:

—Lo dudo.

Sin moverse, la observó y vio cómo ella, con delicadeza, lo limpiaba y le retiraba un pequeño cristal incrustado en la piel. Una pequeña gotita de sangre salió y Mel, sin pensarlo, cogió un curita rosa de las Princesas Disney como el que le había puesto a su hija y se la colocó.

—*Pinsesasssssssssss* —aplaudió la niña, acercándose.

Cuando Mel acabó, lo miró y, divertida, dijo al ver que su hija los observaba:

—Que sepas que la Bella Durmiente te curará mágicamente y el dolor se irá, ¡tachán... chán... chán!, para no volver más.

Alucinado por aquellas tontas palabras, Björn la miró y, parpadeando, dijo:

—Estás loca, ¿no?

Mel, al ver que su hija los observaba con atención, murmuró:

—Disimula y sonríe. Sami nos está mirando y cree en el poder de esas palabras.

Él, al ver a la pequeña con su coronita rosa de plumas a su lado, sonrió y, centrando de nuevo su atención en la madre de la criatura, susurró:

—¿Qué tal si la Bella Durmiente me cura otra cosa?

—¿El cerebro quizá?

Ambos se miraron y, con una torcida sonrisa, Björn respondió:

—Si quieres llamarlo así, no me importa, y a él tampoco.

Mel soltó una carcajada y, agachándose para mirar a su hija, musitó:

—Idiota.

Björn, divertido por lo ocurrido, sonrió, mientras Mel bromeaba con su pequeña, cuando Agneta, a su lado, se lamentó:

—¡Maldita niña! Por su culpa me he manchado el vestido.

Mel, al oír ese comentario, se enervó. ¿Quién había dicho eso?

Al levantar los ojos, vio que se trataba de la acompañante de James Bond, y antes de que pudiera responder, Judith, que la había oído también, replicó con voz desafiante:

—Lo importante es que la niña esté bien, no tu vestido, Agneta.

Ésta suspiró y, cuando vio que Judith se alejaba, miró a Björn, que estaba a su lado, y protestó:

—Tu amiguita, la simpática, como siempre poniéndose de parte de todos menos de la mía. Esa mocosa me ha manchado el vestido con su sangre y ahora resulta que yo no puedo protestar.

Mel no pudo callar y, mirándola, respondió:

—Siento que mi hija te haya manchado tu bonito vestido, pero en su defensa te diré que lo ha hecho sin querer. Por otro lado, ten cuidado con lo que dices, porque soy su madre y me puedo ofender si la vuelves a llamar «mocosa». Y antes de que digas nada más, te diré que mi hija tiene dos años y medio y aún es bebé y tú tienes al menos cuarenta años y la mentalidad para razonar y entender las cosas.

Ese comentario hizo sonreír a Björn, pero disimuló. Estaba claro que la nueva amiga de Jud no se quedaba callada.

—¡Tengo treinta y dos años! —saltó Agneta, tremendamente ofendida.

—¿En serio? —preguntó Mel con burla.

—Sí —afirmó la otra, ceñuda.

—¿No me engañas? —insistió la joven.

Agneta, echando humo por las orejas porque todos la miraban cuestionando su edad, aclaró con gesto contrariado:

—Treinta y dos. Ni uno más.

Mel, divertida, asintió y murmuró con malicia mientras se alejaba:

—Vaya... pues qué mal te conservas.

Inconscientemente, Björn volvió a sonreír. Le gustara o no, aquella mujer tenía su gracia y se lo acababa de demostrar. Con disimulo, la siguió con la vista y recorrió lentamente su cuerpo. Se detuvo en su trasero. Era de lo más tentador. Agneta, a su lado, siguió dando explicaciones de su edad.

Cuando todos se marcharon, miró a Björn y, molesta, musitó:

—Esa mujer es antipática.

—¿Quién? —preguntó él, aun sabiendo la respuesta.

—La morena. La madre de la mocosa.

Björn, al ver la sonrisita en la cara de su amiga Judith, le enseñó el curita de las princesas y ésta se carcajeó. Después agarró a Agneta por la cintura y le dijo:

—Ven, vamos a beber algo.

Un buen rato después, todos se relajaron y pasaron al gran salón para disfrutar de la comida. Como siempre, Simona les preparó unos exquisitos manjares que todos degustaron con deleite. Sin poder remediarlo, la mirada de Björn voló hacia Mel, pero nunca conseguía que sus ojos conectaran. Eso lo molestó. Aquella mujer sólo parecía tener ojos para su pequeña.

Una vez acabaron el almuerzo, los comensales comenzaron a hablar y Judith, tras darle un cariñoso beso a su marido, se levantó de la mesa y se encaminó hacia otro salón para ver a su hijo. Antes de entrar, vio por la ventanita de la puerta a Mel sola en la cocina. Al entrar, un olor llamó su atención y preguntó:

—¿Estás fumando?

Con la ventana abierta, Mel la miró y, antes de que pudiera responder, Judith se acercó y ella susurró:

—¿Tú fumas?

Jud sonrió.

—Sólo de vez en cuando o cuando quiero hacer enojar a Eric.

Entre risas, se sentaron ante la mesa de la cocina.

—¿Se ha dormido Sami?

—Sí, y tu hijo también. —Ambas sonrieron y Mel añadió con la corona de plumas de su hija en la mano—: Simona me ha dicho que no nos preocupemos por nada. Ella estará en el salón por si se despiertan.

—Ay, mi Simona —suspiró Judith, al pensar en aquella mujer a la que tanto adoraba—. Sin ella mi vida no sería igual.

Simona y su marido, Norbert, vivían en la casa y se ocupaban de que todo estuviera bien; era maravillosa. Jud se levantó.

—¿Qué quieres beber? Yo me muero por una *Coca-Cola* —preguntó a Mel abriendo la nevera.

—Otra *Coca-Cola*, como tú.

Judith las sirvió y Mel dejó la coronita sobre la mesa y le ofreció otro cigarrillo. Judith aceptó sin dudarlo.

—Tu trabajo de azafata tiene que ser maravilloso —le dijo—. Eso de viajar tanto y conocer países tiene su encanto.

Mel sonrió. Meses atrás, cuando Judith le preguntó a qué se dedicaba, ella le contó que era azafata. Pero tras ver que Judith era una buena amiga a la que no debía engañar, se le acercó y cuchicheó:

—Si te cuento un secreto, ¿lo guardarías?

—Claro, Mel.

—Para mí es muy importante que lo hagas, Judith, ¿lo prometes?

—Que sí, mujer... que sí.

Ella se retiró el flequillo de la cara y se acercó más a su amiga.

—No soy azafata, soy piloto —le confesó.

Boquiabierta, Judith la miró.

—¿En serio? Carajo..., qué increíble.

Divertida al ver su sorpresa, Mel respondió con burla:

—Soy Superwoman, ¿qué esperabas?

Ambas rieron.

—¿Para qué compañía trabajas? —preguntó Judith.

Esa pregunta hizo soltar a Mel una carcajada y respondió:

—¿En serio me guardarás el secreto?

—Pero vamos a ver, ¿cómo te tengo que decir que sí?

Entonces Mel susurró:

—Para la del tío Sam.

Judith parpadeó. Y cuando entendió lo que aquello significaba, exclamó sorprendida:

—¡¿Cómo?!

—Soy piloto del ejército estadounidense.

—¿Eres militar?

Mel asintió y añadió:

—Piloto un *C-17 Globemaster*. Vamos, para que me entiendas, un enorme avión que seguro que has visto alguna vez en las noticias, de esos que se abren por atrás y se encargan de llevar provisiones a ciertos operativos y...

—¿Lo dices en serio?

—Totalmente en serio. Ante ti tienes a la teniente Parker de la US Air Force. Soy el chico que mi padre siempre quiso tener y por desgracia no tuvo. Por rebeldía me alisté en el ejército con la intención de demostrarle que no hace falta tener algo colgando entre las piernas para ser valiente y tener voz de mando. —Ambas rieron—. Y aunque reconozco que me gusta lo que hago, desde que tuve a Sami no sé si hago bien.

—¿Por qué?

Mel dio una fumada a su cigarrillo y respondió:

—Porque odio dejarla sola. Odio ver cómo llora cuando me separo de ella y odio pensar que algún día me lo pueda reprochar. Por eso, desde hace tiempo intento hacer un curso a distancia de diseño gráfico, pero nada, ¡imposible concentrarme en él! Aunque lo tengo que hacer. Quizás el día de mañana lo termine y pueda cambiar de profesión.

Judith entendió a su amiga y, antes de que pudiera decir nada, Mel añadió:

—Por favor, es muy importante que me guardes el secreto. Cuando estoy fuera de la base, suelo utilizar el apellido español de mi madre, Muñiz. Eso evita muchas preguntas.

—Pero, chica, ¡eres lo máximo! Carajo, ¡eres piloto estadounidense! Bien por ti.

Mel sonrió y Judith, sin entender muy bien por qué quería mantenerlo en secreto, preguntó:

—No se lo diré a nadie, pero dime, ¿por qué?

—Porque no me gusta que los demás sepan de mi vida. Además, a mucha gente los militares estadounidenses no les caemos bien. Por lo tanto, quiero seguir siendo, para ti y para todos, sólo Melanie Muñiz, ¿entendido?

Judith asintió. Nunca se lo hubiera esperado. Deseosa de saber más, preguntó:

—¿Y tu marido también es militar?

Mel bebió un trago de su bebida y luego, asintió.

—Sí.

—¿Está de misión y por eso nunca lo he conocido?

El dolor asomó a los ojos de Mel y Judith lo vio. Pero antes de que pudiera disculparse por la pregunta, su amiga dijo:

—Mike murió en Afganistán y no era mi marido...

Horrorizada, Jud puso una mano sobre la de ella.

—Lo siento, Mel. No quería que...

—No pasa nada —murmuró ella, mirándola—. Tú no sabías nada y es normal que me hayas preguntado por Mike. —Y tras un tenso silencio, añadió—: Murió cuando yo estaba embarazada de siete meses, en una misión.

—Dios, Mel... Lo siento...

Se hizo el silencio y Jud preguntó, para desviar el tema:

—¿Y cómo te organizas con tu trabajo y con Sami?

—Dora, una maravillosa vecina que se queda con ella, o Romina, la mujer de Neill, son quienes me echan la mano. También mi madre viene de Asturias o yo llevo a Sami allí.

—Pues a partir de ahora me tienes también a mí, ¿entendido? —Mel asintió y Judith añadió—: Considérate como alguien de mi familia para pedir ayuda cuando la necesites.

Agradecida, ella le apretó la mano.

—Gracias, Judith. —Y al ver la tristeza en su mirada, susurró—: Fue terrible perder a Mike. La peor experiencia de mi vida. Pero Sami y su sonrisa me hacen saber que él vive en ella y por eso yo tengo que ser feliz.

Sobrecogida, Judith la escuchó. No quería ni imaginarse lo dolido que tenía que tener el corazón. Si a ella le hubiera pasado algo así, directamente se habría muerto con Eric, pero Mel le estaba demostrando una entereza increíble y que era de admirar.

—No conocí a Mike, pero estoy segura de que él querría que retomaras tu vida y fueras feliz, ¿verdad?

Mel asintió.

—En serio, Mel —insistió—, me tienes aquí para todo lo que necesites y...

En ese momento se abrió la puerta de la cocina. Björn apareció ante ellas y, al verlas allí sentadas, preguntó:

—¿A qué huele aquí?

Björn, que de tonto no tenía un pelo, al ver cómo se miraban, añadió:

—Bien. Olvidaré el olorcito que hay aquí y no preguntaré más.

Caminó hacia el refrigerador, tomó una cerveza y, tras abrirla y dar un trago, preguntó:

—¿Conspiración de superheroínas españolas?

Ambas rieron y Judith preguntó:

—¿Qué tal? ¿La princesa te curó la herida?

Él, mirándose el curita rosa, se burló:

—Mi herida está perfecta, ¿de acuerdo? —Y acercándose a ellas, preguntó al ver lo que tenían en las manos—: Ustedes no saben que fumar perjudica la salud?

—De algo hay que morir, ¿no? —replicó Mel, y al ver la cara de él, preguntó a su vez—: ¿Tú no fumas, James Bond?

—No.

—¿Ni siquiera un cigarrito de mota de vez en cuando para relajarte?

Asombrado por su descaro, Björn respondió:

—Pues no. No me gusta esa mierda, y te pediría que dejaras de llamarme por ese ridíc...

—Por favorrrr..., eres como tu novia. ¡Qué poquito sentido del humor tienes, tontito!

—¿Mi novia? —Y al ver que ella sonreía, aclaró—: Mira, guapa, Agneta no es mi novia, es sólo una amiga y si vuelves a llamarme tonto... te juro que...

—Eh... eh... eh... eh... —gritó Mel, haciéndolo callar—. No me interesa tu vida privada ni me interesas tú. Por lo tanto, te lo puedes ahorrar.

Sorprendido por el desparpajo de ella para callarlo, iba a decir algo cuando Jud indicó:

—No se te ocurra decirle a Eric que me has visto fumar, ¿entendido?

Al oírla, Mel miró a su amiga y preguntó en tono socarrón:

—Además de no tener sentido del humor, ¿el muñequito es una vieja chismosa?

Boquiabierto, Björn gruñó:

—Lo de muñequito te lo puedes ahorrar. Lo de *vieja* me acaba de ofender y en cuanto a lo de *chismosa*, déjame decirte que...

—Eh... eh... eh... —gritó Mel de nuevo. Ese método nunca falla-ba—. No me interesa lo que pienses.

Incrédulo por lo ridículo que se sentía ante ella, protestó:

—¿Quieres dejar de tratarme como a un imbécil?

—¿No eres un imbécil? —preguntó Mel.

Björn, enfadado y con ganas de estrangularla, siseó:

—Por supuesto que no lo soy.

—No, Mel... eso te lo aseguro yo —intervino Judith—. Björn es un un hombre muy agradable cuando quiere, aunque no crea en el poder de las Princesas Disney.

Las dos mujeres se miraron con complicidad y Mel dijo en voz baja, mientras se ponía la coronita de plumas rosa de su hija:

—Vaya con James... Me cuesta creerlo.

Divertida, Jud iba a contestar cuando Björn gruñó:

—Mira, listilla...

—Princesa, por favor —aclaró Mel con burla, señalándose la corona.

Judith soltó una carcajada sin poderlo remediar. Mel era diverti-dísima y Björn, mirando a la descarada de la coronita rosa, siseó:

—Me estás sacando de mis casillas como poca gente lo consigue en este mundo. En menos de cinco minutos me has llamado muñe-quito, tonto, chismoso y vieja y sólo te lo voy a decir una vez más antes de irme: me llamo Björn, no James ni ninguno de los absurdos nombres que me has puesto. ¿Entendido, *princesita*?

Mel sonrió. Le encantaba sacar de quicio a los hombres y sin cambiar su gesto, preguntó:

—¿Seguro?

—¿Seguro de qué? —gritó él, fuera de sí.

—¿Seguro que no te llamas James, muñequito?

Björn maldijo. Aquella mujer era insufrible y decidió darse la vuelta y olvidarla, pero Mel lo llamó:

—James... James..., tienes el cierre del pantalón abierto.

Rápidamente, él hizo ademán de subírsela y, al darse cuenta de que era mentira, la miró y ella soltó con burla:

—¡Caíste, tontito!

Al ver que iba a entrar de nuevo en su absurdo jueguecito, Björn se dio la vuelta y, con su cerveza en la mano, salió de la cocina a grandes zancadas.

Una vez se quedaron solas, ambas comenzaron a reír y Jud dijo, mientras Mel se quitaba la corona de la cabeza:

—¿Por qué eres tan mala con él?

—¿Yooooooooooooo...?

—Pobrecito. Björn es un encanto de hombre.

Mel, divertida, dio un trago a su *Coca-Cola* y respondió:

—Judith, me muevo en un mundo lleno de hombres y o te espabilas o te espabilan. Por lo tanto, decidí espabilarme y ser yo la que juegue con ellos. ¿Has visto qué furioso se ha puesto?

—Ya te digo, Mel. Yo creo que es la primera vez que lo he visto así de enojado con una mujer. Creo que lo has sorprendido.

—¿En serio?

—Sí —afirmó Judith.

Mel, divertida por lo conseguido, se encogió de hombros y murmuró:

—Me encanta sorprenderlos.

Judith sonrió. Estaba segura de que aquella sorpresa a su amigo en el fondo también le había gustado, aunque se empeñara en negarlo.

Aquella noche, sobre las diez, todos los invitados se marcharon a sus casas. Con mimo, Mel cogió a su pequeña y la metió en su vehículo. Tras asegurarse de que estaba sujeta en su sillita, la tapó con una manta. Una vez cerró la puerta del coche, se volvió hacia Judith y, abrazándola, dijo:

—Gracias por la invitación. Lo he pasado muy bien.

—Gracias a ti por venir. Te llamo pasado mañana para comer juntas, ¿te parece bien?

—De acuerdo.

Una vez dentro de su coche, cuando iba a arrancar, a su lado se detuvo un impresionante auto deportivo color burdeos. Mel miró al conductor y se encontró con los impresionantes ojos de Björn que la retaban. Ella sonrió, y sin poder remediarlo, le guiñó un ojo y articuló para que él la entendiera:

—*Sayonara*, tonto.

Dicho esto, arrancó su auto utilitario y se fue dejando de nuevo a Björn sin palabras.

7

Dos días después, Judith y Mel acordaron ir de compras. Se pasaron media mañana en un centro comercial, adquiriendo cosas para los niños y para ellas.

—Creo que a Sami le encantará esta corona de cristales y brillantes multicolores. Tenemos mil coronitas, pero es que le gustan mucho. Mi niña es toda una princesa —rio Mel.

Una vez la compró y la guardó en la bolsa, las tripas le rugieron y Judith dijo:

—Vamos, te voy a llevar a comer al mejor restaurante que hay en Múnich.

Media hora después entraban en Jockers, y Klaus, padre de Björn, al reconocer a Judith, rápidamente la saludó.

—Pero cuánta mujer guapa y preciosa por aquí —comentó jocoso.

—Ya sé a quién ha salido tu hijo —se mofó Judith y, tras darle un beso en la mejilla, dijo divertida—: Te presento a mi amiga española Melanie Muñiz.

—¿Española? Qué maravilla —asintió Klaus.

Mel le tendió la mano con una grata sonrisa.

—Encantada, señor.

Klaus le guiñó un ojo a la joven y cuchicheó:

—Sí me llamas Klaus te lo agradeceré. Eso de señor me recuerda el ejército.

—¿Un recuerdo malo? —preguntó Mel, curiosa.

Klaus, tras asentir con la cabeza, murmuró:

—Mi segunda mujer me dejó por un jodido gringo.

—¿Era militar? —preguntó Judith.

El hombre cabeceó e, intentando sonreír, añadió:

—Sí. Comandante, para más señas. Por eso te digo que lo de «señor» no me agrada, como tampoco suelen agradarme los estadounidenses.

Las jóvenes se miraron y en ese momento Judith entendió lo que Melanie le había dicho y respondió:

—Vaya, Klaus, no lo sabía. Lo siento.

—Es algo que pasó hace unos años y ninguno quiere recordar. En especial mi hijo mayor, que fue quien tuvo que tratar con ese yanqui en el divorcio.

Conmovida por aquello, Mel susurró:

—Lo siento, Klaus.

El hombre asintió y, esbozando de nuevo una sonrisa, dijo:

—Creo que se me pasaría el disgusto con un saludo de esos españoles.

Judith, al ver la buena conexión entre ellos, repuso:

—Pero qué zalamero eres, Klaus. ¡Tú quieres dos besos!

—Pues claro, muchacha, ¿acaso lo dudas?

Mel sonrió y, acercándose a él, le dio dos besotes en las mejillas y tras ello, preguntó:

—¿Se pasó el disgusto?

El hombre asintió y afirmó con una encantadora sonrisa:

—Totalmente.

Los tres sonrieron y Klaus comentó:

—¿Sabes que me encanta tu nombre?

Mel abrió los ojos y, sonriendo, añadió:

—Entonces, seguro que te gusta la película *Lo que el viento se llevó*, ¿verdad?

El hombre asintió.

—Es la mejor película de todos los tiempos, aunque sea estadounidense.

Ella soltó una carcajada y, acercándose a él, expuso:

—Para mis padres también. Con decirte, Klaus, que mi hermana se llama Scarlett y yo Melanie, te lo digo todo.

Alucinado, preguntó:

—¿En serio, jovencita?

—En serio, Klaus. Esos nombrecitos son la cruz de nuestras vidas.

Al decir eso, los tres sonrieron y Klaus las llevó hasta una mesa. Tras aconsejarlas sobre qué comer, se fue y Judith comentó:

—Siento lo que ha dicho sobre los estadounidenses. Yo no pienso igual. Creo que hay gente buena y mala en todos lados.

Mel sonrió.

—Estoy acostumbrada. Por eso te dije que me guardaras el secreto.

Judith asintió y, aún sorprendida, preguntó:

—¿De verdad tu hermana se llama Scarlett?

—Sí... mis padres fueron así de originales, y que conste que si yo hubiera sido un niño, me habría llamado sin duda alguna Rhett, como el protagonista.

Entre risas, las dos devoraron lo que Klaus les ponía delante. Todo estaba exquisito y Judith, tras beber un trago de su bebida, preguntó:

—¿Sales con alguien?

—No.

—¿Por qué?

—No tengo tiempo, Judith. Entre mi trabajo y Sami estoy muy ocupada. —Y anclando la mirada en ella, añadió—: Pero tranquila, tengo amigos con quienes pasar un ratito divertido. Ésos nunca me faltan.

Al entenderla, Judith asintió y murmuró:

—Siento mucho lo de Mike. Debió de ser terrible.

Mel dio un trago a su bebida y musitó:

—Lo fue y lo es. Todavía pienso en él más de lo que se merece.

Sorprendida al oírla, Judith la miró y Mel aclaró:

—No sé por qué te cuento esto, pero necesito aclararte que Mike me defraudó.

—¡¿Cómo?!

—Cuando murió, me enteré de que yo no era la única mujer que existía en su corazón. Digamos que gracias a él tengo lo más bonito que hay en mi vida, que es Sami, pero también gracias a él no creo en los hombres ni en el amor. ¡Ni loca!

—No todos los hombres son iguales, Mel.

—Permíteme que desconfíe y te diga que el que Eric sea un loco enamorado de su mujercita, no quiere decir que todos sean como él.

Ambas sonrieron y Judith añadió:

—Algún día te contaré mi historia con Eric. No fue fácil, pero el amor que nos profesamos pudo con todo y aquí nos tienes. Y antes de que digas nada más, creo que si le dieras la oportunidad a un...

—Judith —la cortó ella—, lo último que quiero hoy por hoy en mi vida es un hombre. Yo solita me valgo para sacar adelante a mi hija.

—¿No echas de menos que alguien te abrace?

—No.

—Pero alguien a tu lado te daría una seguridad que ahora no tienes y...

—No, Judith. Alguien a mi lado lo que me daría es inseguridad.

—Que te pasara eso con Mike no quiere decir que te tenga que volver a pasar.

—Lo sé. Sé que tienes razón. Pero ahora ando con pies de plomo. No confío en ningún hombre. Además, soy militar, piensa en mi profesión. ¿Qué hombre querría vivir la vida que yo vivo?

—Dijiste que no quieres ser militar toda tu vida.

—Una cosa es lo que yo diga y otra la jodida realidad, Judith. Tengo una hija y he de sacarla adelante como sea yo sola. Conseguir un trabajo de ilustradora me encantaría, pero es algo bastante difícil, por lo tanto, de momento debo tener los pies en la tierra y seguir siendo militar.

—Tienes que pensar en Sami y en ti.

—Lo sé... y lo hago. Pero si te soy sincera, en quien no puedo dejar de pensar es en Mike. Con decirte que hasta pienso en él cuando estoy con otros hombres.

—¡No lo puedo creer!

Mel asintió y, sin poderlo remediar, murmuró:

—Así de tonta soy. Me falla el amor de mi vida y yo sigo pensando en él.

En ese momento, tras ellas se oyó una voz:

—¿Sigues pensando en mí? Por Dios, muñeca..., me horroriza saberlo.

Al volverse, vieron que se trataba de Björn; Mel resopló.

—Tonto a la vista.

Él se sentó al lado de su amiga y le dio un beso en la mejilla.

—A ti ni me acerco..., nena —aclaró mirando a la morena de ojos azules.

—Te lo agradezco..., nene —suspiró ella devolviéndole la mirada.

—¿Tienes miedo de que te guste mi cercanía?

—¡Serás fantasma!

Judith iba a decir algo cuando Björn, divertido, susurró:

—Ya te gustaría a ti estar entre mis sábanas.

Mel soltó una carcajada.

—Nada más lejos de la realidad..., *bonito*.

—Hum... ¡¿bonito?! ¿Estás intentando decirme algo..., *bonita*? Porque si es así, he de aclararte que prefiero las rubias mimosas y suaves a las morenas embrutecidas y rasposas.

Al recordar a la mujer que lo acompañaba dos días antes en casa de Judith, Mel soltó con sorna:

—Si las rubias mimosas y suaves son como la insoportable que te acompañaba el otro día, ¡me encanta ser una morena embrutecida y rasposa!

Judith, sin entender qué ocurría entre aquellos dos, los miró.

—Vamos a ver, ambos son mis amigos, ¿no pueden estar cinco minutos juntos sin molestarse?

—No —respondieron los dos al unísono.

Molesta con su actitud, la joven se levantó.

—Tengo que ir al baño. Procuren no matarse en ese rato.

Cuando se quedaron solos en la mesa, ninguno habló, hasta que llegó Klaus con una jarra de cerveza para su hijo y comentó:

—¿Has visto qué amiga más guapa tiene Judith?

Björn, mirando alrededor, preguntó:

—¿Dónde está esa belleza?

Mel resopló y Klaus, al ver la expresión de su hijo, replicó:

—No te hagas el tonto, que sé que la has visto. Se llama Melanie. ¿No es precioso su nombre?

El joven dio un trago a su cerveza y respondió mirándola a ella:

—Porque lleve el nombre de la heroína de tu película preferida no quiere decir que tenga que ser una belleza.

Klaus iba a contestar cuando uno de sus meseros lo llamó y se alejó dejándolos de nuevo a solas. Los dos se retaron con la mirada hasta que ella dijo:

—Me vas a desgastar de tanto mirarme.

—Lo mismo digo, aunque entiendo que me mires, todas lo hacen.

—¿En serio? —Björn asintió y ella, divertida, replicó—: ¿Y no te has planteado que quizá te miren por la cara de tonto que tienes?

Ahora el que soltó la carcajada fue él.

—Eres tan parecida a Judith en tus respuestas que cualquier día me dirás alguna de sus lindezas españolas.

Divertida ante ese comentario, Mel sonrió. Recordó lo que Judith le había explicado que le decía a su marido cuando discutía con él y murmuró:

—¡Serás imbécil!

—Increíble —se burló Björn—. Las españolas llevan esa palabra en los genes.

Atónita, iba a contestar cuando él preguntó:

—¿Tú siempre andas con la metralleta cargada?

—Ante atontados como tú... sí.

Björn dio un trago a su cerveza e, inten
que tenía de seguir molestándola, preguntó:

—¿Se le curó a la princesa Sami la herida d↙

Sorprendida porque recordara el nombre de s↙
su expresión y respondió:

—Sí. Realmente no fue nada. Pero un curita d↙
Disney siempre consigue calmarla.

—¿En serio?

Mel sonrió.

—Totalmente en serio. Mi niña cree en el poder de las pri↙
y por eso te dije esa absurda frasecita delante de ella.

Ambos sonrieron. Aquello era una pequeña tregua y ambos ↙
entendieron como tal. Permanecieron unos segundos sin hablar
hasta que Björn dijo:

—¿Te gusta la comida de este restaurante?

—Riquísima —afirmó ella—. Nunca había venido, pero volveré.
Sobre todo me han encantado los _brenz_.

—Los _brenz_ de mi padre son famosos en todo Múnich y el codi-
llo asado también.

—¿Klaus es tu padre? —Björn asintió y, divertida, Mel reconoció—: Nunca lo habría imaginado. Él es tan simpático y tú tan tonto... pero ahora que te miro con detenimiento, tienen los mismos
bonitos ojos.

—Vaya...

—¿Qué?

Él sonrió e ironizó:

—¿Eso que acabas de decir lo puedo tomar como un cumplido?

Al ser consciente de lo que había dicho, Mel asintió:

—Sí. Si tus ojos son bonitos, lo son y punto.

Björn apoyó los codos en la mesa y se echó hacia adelante.

—Tú también tienes unos ojos muy bonitos, ¿lo sabías? —comentó.

Aquella conversación la estaba comenzando a poner nerviosa y,
retirándose su oscuro pelo de la cara, Mel dijo:

—Gracias, pero no hace falta que tú me piropees también.

—Como has dicho, si tus ojos son bonitos, lo son y punto.

Mel se ruborizó de pronto.

Llevaba sin escuchar algo agradable de un hombre hacia ella más de dos años. Una cosa eran las buenas palabras de los amigos o de los hombres con los que se acostaba simplemente por sexo y otra muy diferente que aquél la mirara con sensualidad y le hablara de esa manera. Por ello, para romper el bonito momento, volvió a poner la sonrisilla en sus labios y sacó a la teniente Parker.

—Me alegra que te gusten, pero no te emociones, no te miran con deleite.

—¿Ah, no?

—No. Por norma, los coquetos no me gustan.

—Para coqueta ya estás tú, ¿verdad?

Con un gesto que en cierto modo a él le gustó, ella preguntó:

—¿Cómo lo has sabido?

Björn se rio. Aquella mujer lo atraía y no era precisamente por sus bonitos ojos, pero sin ganas de entrar de nuevo en otra guerra dialéctica, dijo levantándose:

—Como siempre, no ha sido un placer verte.

—Lo mismo digo.

Sin mirar atrás, Björn se encaminó hacia su padre. Sin quitarle la vista de encima, Mel observó la buena relación que había entre ellos y tuvo que sonreír al ver cómo Klaus le revolvía el pelo a su hijo. Instantes después, Judith regresó del baño y, mirándola, exclamó:

—No lo puedo creer. ¿Björn te ha dejado sola?

—Lo despedí yo, no te preocupes.

—Pero bueno, ¿qué les ocurre a ustedes dos? ¿Por qué siempre que se ven están igual?

Mel, encogiéndose de hombros, sonrió:

—No lo sé. El caso es que entre ese presumido y yo no hay *feeling*.

En ese momento, Judith oyó su nombre, miró hacia atrás y vio que Björn se despedía de ella y se marchaba. Cuando él desapareció, miró a su amiga, que bebía tranquilamente su cerveza, y dijo:

—Pues lo creas o no, Björn es un tipo estupendo.

Mel sonrió y, acercándose a ella, repuso:

—No lo dudo. Pero cuanto más lejos esté de mí... mejor.

8

El martes de la semana siguiente, cuando Mel dejó a Sami en la guardería, regresó a su casa para llamar a su familia en Asturias. Tras dos timbrazos, oyó:

—Dígame.

Era su hermana y, divertida, adoptó un tono de voz sureño y dijo:

—Señorita Escarlaaata..., señorita Escarlaaata, al habla la señorita Melanie.

—Mira que eres payasa, Mel —rio su hermana y añadió—: Te informo que hoy estoy furiosa.

—¿Por qué?

—Mamá ha hablado con papá.

—¿Y?

—Que cuando cuelga, siempre está histérica y al final hemos discutido. No entiende que yo quiera regresar a Fort Worth. Según ella, aquí vivo mejor que allá, pero...

—Dale tiempo, Scarlett. Aunque se haga la dura, no ha superado todavía el haber dejado a papá, y si tú también te vas...

—Entre ustedes dos, Mel —la cortó su hermana—, me van a volver loca. Y ni te cuento de la abuela. Qué odio le ha tomado a papá con el afecto que le tenía. Se pasa todo el santo día insultándolo. Y, oye, yo quiero mucho a la abuela, pero me harta estar escuchándola todo el rato despotricar contra papá.

Ambas reían cuando Scarlett dijo:

—Abuela..., un segundo. Estoy hablando yo. —Pero finalmente, dándose por vencida, le anunció—: Mel, te paso a la abuela, no sé qué diablos te quiere decir. Luego seguimos hablando.

Divertida, Mel cabeceó hasta que oyó decir a gritos:

—¿Cuándo vienes, *neña*?

—Hola, abuela. Pronto, pero no sé la fecha todavía.

—Aisss, *¡desgraciada!* Cualquier día me muero y me ves ya amortajada.

—¡Abuela!

—Eso sí, en el testamento te he dejado unas pocas perras para ti y la niña. No te olvides de pedirlas, que tu madre y tu hermana son muy listas.

—¡Abuela, por Dios! —rio ella al escucharla.

Covadonga, que era una vivaracha mujer de ochenta y seis años, insistió:

—*Neña*... ven pronto que la *güela* te quiere ver. Además, si vienes te haré pastel de pescado, que sé que te gusta mucho y compraré sidra en casa de Ovidio para ti.

Pensar en aquel rico pastel hizo que a Mel le rugieran las tripas y respondió:

—Vale, abuela. Haré todo lo posible por ir.

—Por cierto, ¿algún *chico guapo* a la vista?

—No. Ningúno a la vista —rio divertida.

—Te cuento que el *Ceci* llama muy a menudo. A tu padre le falta un tornillo.

—Abuela, papá se llama Cedric... ¡Cedric! no *Ceci* y... no es tonto, por mucho que te empeñes. Es normal que llame. Querrá hablar con mamá y con Scarlett.

La carcajada de Covadonga finalmente hizo reír a Mel. Acto seguido oyó la voz de Scarlett:

—Desde luego, la abuela qué *chismosa*. Mira que le gusta meter cizaña. Mira que decirte que mamá y yo nos quedaríamos con tu parte de su herencia. ¡*Para* matarla!

—Y no olvides que ha aprovechado también para decirme que a papá, al *Ceci* como dice ella, le falta un tornillo.

Ambas se rieron por aquello. Su abuela era un caso. Nunca superaría que su hija Luján se hubiera casado con un hombre de nombre impronunciable para ella y menos aún su separación.

Tras despedirse de su hermana, Mel metió ropa a la lavadora y la tendió. Se sentó en el sillón para leer, pero cinco minutos después ya estaba en pie. No podía estar quieta. Se puso ropa cómoda y se marchó a correr. Un poco de ejercicio nunca venía mal.

Veinte minutos después, ataviada con ropa deportiva y una gorra, salió a la calle. Encendió su *iPod* y rápidamente la canción *Pump it*, de The Black Eyed Peas, comenzó a sonar. Le gustaba aquel grupo y subió el volumen a tope.

Sin descanso, corrió durante una hora hasta que al pasar junto a una salida de vehículos, uno la empujó y terminó en el suelo.

Atontada por el susto, resopló. No le había pasado nada grave, pero al mirarse la rodilla vio que se había roto el pantalón y tenía sangre. De pronto, alguien le quitó los auriculares de los oídos y con voz preocupada preguntó:

—¿Estás bien?

Cuando fue a responder, se quedó sin habla al ver que ante ella estaba el amigo de Judith. Aquel a quien le gustaba fastidiar. Parpadeó. No podía ser. ¿Qué hacía él allí?

Björn, tan sorprendido como ella al verla, murmuró:

—No lo puedo creer.

—Carajo, ni yo.

Soltándose de él, se levantó de un salto y apartándose unos pasos, gritó:

—¿No te fijas cuando sales del maldito estacionamiento?

Ante aquel estallido, Björn respondió:

—Claro que me fijo cuando salgo de mi casa, pero...

—Pues quién lo diría —lo cortó ella, mientras se oía la música a todo volumen.

Mirándose la rodilla, Mel maldijo cuando él gruñó:

—El problema quizá lo tienes tú, bonita, al llevar la música tan alta y no oír lo que pasa a tu alrededor.

Ella cerró los ojos y masculló algo ininteligible. Él tenía razón.

Apagó el *iPod* y la música estridente dejó de sonar. Se fijó en el lujoso coche y, señalándolo, dijo:

—Para tu horror, te informo de que te acabo de rayar el coche.

Björn miró en la dirección que ella señalaba y replicó:

—El coche no me importa, lo que me importa es que tú estés bien.

Vaya... el muñequito era menos materialista de lo que imaginaba y ella se burló:

—De ésta no me muero.

Pero cuando puso el pie en el suelo, blasfemó:

—¡Diablos! ¡Diaaablos!

—¿Te duele?

Mel asintió y él se disculpó:

—Pues lo siento. No tengo curitas de las princesas para que te quiten el dolor. ¿Tú tienes alguna?

Mel al oírlo, siseó:

—Vete a la...

—Esa boca..., *bonita*.

—Eh... eh... eh..., tonto, ni se te ocurra mandarme callar.

Björn suspiró. Aquella mujer lo sacaba de sus casillas, pero deseoso de ayudarla, cerró con el control remoto el coche, la cargó en sus brazos y propuso:

—Vamos, te llevaré a mi casa y miraremos ese tobillo.

—¡Suéltame!

Él no hizo caso.

Continuó su camino y cuando un golpe en la cara lo echó para atrás y ella bajó de un salto de sus brazos, gritó:

—¿Pero tú estás loca o qué? ¿Por qué me golpeas?

—Te he dicho que me bajaras y no lo has hecho.

Tocándose la nariz, Björn quiso estrangularla. ¡Menudo golpe le acababa de dar! Pero conteniendo sus impulsos, dijo:

—Mira, guapa, está claro que tú y yo, cuanto más lejos estemos, mejor.

—Me enoja reconocerlo, nene..., pero por una vez tienes razón.

Björn resopló. Aquella mujer era muy impertinente y, echando mano de su autocontrol, dijo:

—Te acabo de atropellar y lo mínimo que puedo hacer como

persona sensata y decente que soy es preocuparme por ti. Ahora bien, si tú, Superwoman, puedes regresar a tu casa con el pie como lo tienes, me subo a mi coche y me voy. Por lo tanto, dime, ¿necesitas ayuda o no?

Mel lo pensó. El pie le dolía, pero como él había dicho, cuanto más lejos estuvieran el uno del otro, mejor, y mirándole, le ordenó:

—Vete. Puedo continuar yo sola.

—¿Seguro?

—Segurísimo.

Björn se dio la vuelta, caminó hacia su coche y una vez entró en él, arrancó y se marchó. A la mierda con aquella listilla.

Cuando Mel vio que se marchaba, se sentó en unos escalones que había al lado del estacionamiento. Se miró el tobillo y suspiró aliviada al ver que estaba bien. Sólo era una simple torcedura. Como siempre, su autosuficiencia había hablado por ella. El pie le dolía y sabía que le iba a costar llegar a su casa, pero lo lograría. En peores situaciones se había encontrado.

Acostumbrada al dolor, se levantó y, despacito, comenzó a caminar. Llegaría a su casa, ¡claro que lo conseguiría! Pero el pie se resentía y más que andar iba dando saltitos. De pronto se dio cuenta de que un coche iba escoltándola. Al comprobar que se trataba de Björn, se puso las manos en la cintura y preguntó:

—¿Pretendes atropellarme de nuevo?

—¡Ojalá pudiera! —se burló él—. Anda, sube.

—No.

—Sube de una vez, Ironwoman.

—Que noooooooooooooo.

Mel continuó andando y Björn, con paciencia, la siguió mientras tarareaba *Let's stay together*, de Al Green, que sonaba en su moderno auto deportivo.

Sin apartar los ojos de la necia que iba dando saltitos por la banqueta, esperó a que desistiera. Finalmente, cuando ella no pudo más, se paró, caminó hacia el coche, abrió la puerta y tras sentarse, molesta ante el gesto burlón de él, dijo:

—Vivo muy cerca de ti. Cinco calles más adelante.

—¡Qué ilusión, vecinitos! —murmuró él.

—Mira, guapo, ¡no me provoques!

—Yo a ti... ¡Dios me libre! —se burló divertido.

El semáforo se puso en rojo y ninguno de los dos habló. Björn tarareaba aquella canción y Mel, mirándolo, murmuró:

—Deberías escuchar buena música.

—Eso escucho.

Ella apoyó la cabeza en el respaldo del coche y contestó:

—The Black Eyed Peas, Bon Jovi, ZZ Top o AC/CD, eso sí que es música.

—Prefiero el *soul*.

—Musiquita romanticona, ¡qué horror!

Björn la miró y ella, al ver que la observaba, se burló:

—Ah, claro, *muñeco*, olvidaba que eres todo un conquistador y a ustedes les gusta ese ronroneo de musiquita.

Björn resopló. Si comenzaba de nuevo a molestarlo, la sacaría de su coche. Por ello, bajándose los anteojos de sol para que le viera los ojos, replicó:

—Si sigues por ese camino, al final irás andando a tu casita..., *muñeca*.

El semáforo cambió y Mel decidió callar. Con el dolor de tobillo que tenía, prefería ir en coche. Cuando pasó por delante de la guardería de su hija, inconscientemente comentó:

—Ésta es la guardería de Sami. —Y mirando su reloj murmuró—: Demonios, tengo que recogerla en cuarenta y dos minutos.

Björn no respondió, condujo y cuando ella le ordenó parar ante un edificio alto, lo hizo. Se bajó para acompañarla, pero ella, mirándolo, dijo:

—Gracias y adiós.

Sin decir nada, la cargó de nuevo y, sujetándole las manos para evitar cualquier imprevisto ataque, le advirtió alto y claro:

—Si me vuelves a pegar, juro que te suelto de golpe.

—Atrévete.

Björn sonrió. Por primera vez vio que tenía el control de la situación y murmuró divertido:

—No me tientes... No me tientes.

Mel sacó una llave del bolsillo y abrió el portal. Una vez dentro, llamaron al elevador y, tras subir a la cuarta planta, Mel le indicó una puerta con la letra D y anunció:

—Hemos llegado. Suéltame.

Él no hizo caso y ella, al ver que no se movía, siseó:

—Gracias. Te puedes ir. Bye... Bye... Ciao... *Bon voyage*.

Desconcertado como nunca en su vida, Björn la miró. Nunca una mujer se lo había quitado de encima con tal descaro y, aunque quería marcharse, algo en él le pedía a gritos que se quedara. Pero finalmente se dio la vuelta y se fue. Era lo mejor.

Al entrar en su casa, Mel fue directo a la cocina. Allí sacó un paquete de chícharos del congelador y se lo puso en el tobillo. Por suerte seguía sin hincharse, pero le molestaba. Cerró los ojos. Necesitaba descansar un poco. Estaba sudada por la carrera y dolorida por el golpe. Pensó en Björn y se percató de que el olor de su colonia se había quedado impregnado en su ropa. Con curiosidad, la olió y asintió. Aquel hombre olía muy bien.

Quince minutos después, se levantó cojeando y fue en busca de su vecina. Necesitaba que recogiera a su hija de la guardería, pero nadie le abrió la puerta. Eso la agobió y, activándose, se bañó con rapidez y se vistió. Ella misma iría a buscarla.

Cuando estaba poniéndose el abrigo, llamaron a la puerta. A la pata coja y con el pelo aún húmedo por el baño, abrió y se sorprendió a cuadros cuando vio que eran Björn, una cuidadora de la guardería y su pequeña.

La niña, al verla, le abrió los brazos y Mel, boquiabierta, la abrazó. Antes de marcharse, la cuidadora de la guardería le dijo con una grata sonrisa que se mejorara del pie y luego, tras pasear con descaro su mirada por el hombre, se marchó. Cuando Mel se quedó ante un Björn que no había abierto la boca, preguntó, entornando la puerta de su casa:

—Pero, ¿qué haces tú con mi hija?

—Has dicho que tenías que ir por ella y, como he supuesto que tu marido no llegaría a tiempo, te he solucionado el problema.

Al oír eso, a Mel se le puso la carne de gallina. Su marido no existía, pero dejando de pensar en ello, frunció el ceño y preguntó:

—¿Y por qué te han creído? No te conocen.

—Escucha...

Furiosa con la situación, lo interrumpió:

—No. No te escucho. No tenían que haber sacado a la niña de la guardería. Lo tienen prohibido. Pero, ¿qué clase de guardería es ésa, que entregan los niños a todo el mundo? Los voy a denunciar. Les voy a hacer un escándalo tremendo.

Björn asintió. Ella tenía razón, pero para tranquilizarla comentó:

—Conozco a dos de las cuidadoras y saben dónde vivo y dónde trabajo. Les he dicho que somos amigos y que tú no podías recoger a la pequeña. —Y al ver su gesto de enfado, añadió—: Vamos, mujer, tómalo por el lado positivo. Así no tienes que salir por ella. Y, tranquila, la niña no se fue con cualquiera, ya has visto que una de las cuidadoras me ha acompañado hasta tu casa.

En ese momento, la pequeña Samantha le echó los brazos a Björn y éste, sonriendo, la cargó y dijo:

—Princesa Sami..., dile a mamá: «¡No te enojes, mamá!»

—No te *nojes*, mamáááá.

Mel sonrió y, quitándole a su pequeña de los brazos, iba a decir algo cuando él se le adelantó:

—Me voy. Siento mucho lo que ha ocurrido.

Al ver que se marchaba, Mel intentó ser amable por primera vez y musitó:

—Oye..., gracias.

Björn no la miró, asintió y continuó su camino hasta el elevador. Sin querer pensar más en ello, salió del edificio, subió a su *Aston Martin* y se perdió en el tráfico. Tenía cosas que hacer.

9

Una semana después, Mel, con el pie recuperado, dejó a Sami con su vecina Dora. La niña lloró. Cada vez le costaba más separarse de su madre y ella se marchó con el corazón encogido.

Tenía que volar junto a sus compañeros a Kabul para llevar suministros. Sería un viaje corto, por lo que no llamó a su madre y le dijo a Dora que regresaría en un par de días. Pero al llegar a su destino todo se complicó y lo que iba a ser un viaje de cuarenta y ocho horas se convirtió en uno de setenta y dos. Había varios heridos que trasladar a Alemania por un accidente con uno de los coches, pero no habían llegado aún a la base de Kabul y había que esperarlos.

—Teniente Parker.

—Sí, señor —contestó Mel, saludando a un hombre de mediana edad.

—Dígale a alguno de sus hombres que le indique al doctor Jones dónde está el material que necesita.

Con profesionalidad, ella miró a dos de sus hombres y les indicó:

—Johnson, Hernández, busquen el material del doctor Jones y ayúdenlo a cargarlo en su vehículo.

El médico, un hombre serio y callado, llamó a varios de sus hombres y les ordenó cargar aquellas cajas junto a Johnson y Hernández en un *jeep*. Tenían que llevarlo hasta la tienda de campaña que utilizaban como hospital de primeros auxilios.

La vorágine se hizo a su alrededor mientras la teniente Parker, recibo en mano, indicaba con voz de mando la distribución de todo lo que habían llevado en el avión. De pronto un militar dijo:

—Teniente, busco las pilas para los anteojos de visión nocturna y térmica. Dígame en qué contenedor están.

Mel miró el recibo y rápidamente respondió:

—En el diecisiete y dieciocho, señor.

El hombre, tras mirarla, asintió y preguntó:

—¿Es usted la hija del mayor Cedric Parker?

—Sí, señor.

—Dele saludos del comandante William Sullivan cuando hable con él... y ahora, váyanse usted y su equipo a descansar. En cuanto lleguen los heridos que esperamos, partirán hacia su destino.

Mel asintió. No le gustaba decir de quién era hija, porque rápidamente muchos se burlaban. Y así fue. En cuanto entraron en una de las tiendas, un teniente al que no conocía se burló:

—Vaya... vaya... si esta aquí la niñita del mayor Parker.

Al oírlo, Mel lo miró y siseó:

—¿Por qué no te vas a la mierda?

Varios de los presentes se carcajearon. Ser mujer y militar era difícil en el ejército y ser hija de un alto mando no lo facilitaba.

Mel miró al hombre que la increpaba y le hizo un gesto soez con el dedo. Todos volvieron a reír.

—¡Guau..., qué chica más dura!

—Teniente —intentó mediar Neill—, creo que...

—Tranquilo, Neill —cortó ella con soberbia—. Sé defenderme sola de los idiotas.

El militar sonrió, y mirando de nuevo a Mel, que intentaba esquivarlo, dijo:

—Yo sólo veo dos buenas tetas y un culito precioso.

Neill y Fraser se tensaron. Conocían a Mel y sabían cómo solían acabar ese tipo de bromas con ella. La joven, tras mirar al hombre con indiferencia, se acostó en el catre. No quería problemas. Estaba muy cansada. Pero el militar con ganas de diversión continuó:

—Necesitas que te dé mimos. Tu cara me dice que estás algo necesitada.

No le hizo falta oír más. Mel se levantó como con un resorte del camastro, cogió una bota del suelo y la lanzó con todas sus fuerzas, dándole directamente en la cara.

—¡Me has roto un diente! —gritó el hombre, estupefacto.

Neill y Fraser sonrieron y más cuando oyeron a Mel decir en un tono peligroso:

—Si vuelves a dirigirte a mí, imbécil, te juro que tras ese diente te voy a romper la boca entera. Y ahora, si no te importa, idiota, quiero dormir.

Dieciocho horas de espera después, por fin llegaron los heridos que debían trasladar y Mel se quedó sin habla. Ante ella había varios compañeros de la compañía Bravo 4, la de Mike. Ramírez, Friedman y Clooney se alegraron al verla. Ella los abrazó y ellos le explicaron que habían herido al comandante de su unidad y que no tenía buen aspecto. Eso la preocupó y fue en su busca.

Conrad Palmer, comandante del batallón y buen amigo de Mike y de ella, al verla exclamó:

—Teniente, ¡qué agradable verla!

Mel, dejándose de formalismos, se agachó junto a él. Tenía sangre en el costado y estaba muy pálido y caliente.

—Conrad, ¿cómo estás?

Él, con los ojos vidriosos por la fiebre, la miró.

—He estado mejor —respondió mientras un enfermero le inyectaba algo en el suero.

—Sami recibió el juguete que le enviaste por su cumpleaños. Gracias —dijo Mel con una forzada sonrisa.

El hombre se alegró.

—¿Le gustó?

Ella asintió, intentando contener las terribles ganas que tenía de llorar. Conrad era un hombre fornido y lleno de vida. Y verlo así y con aquel hilo de voz la hizo presuponer que nada iba bien y se asustó.

Durante unos segundos, ambos se miraron hasta que al final él dijo:

—Sabes que apreciaba mucho a Mike, pero también sabes que eras demasiado buena para él y que no te merecía, ¿verdad? —Mel no respondió. Pensó en la carta de Mike que Conrad le envió cuando aquél murió—. Si hubieras sido mi chica, nunca te habría decepcionado.

Mel asintió y, entendiéndole, repuso:

—Fui feliz con él, Conrad. Con eso me quedo.

—Siempre me constó, preciosa. —Sonrió dolorido—. Pero tú te mereces algo mejor. ¿Has rehecho tu vida?

—No tengo tiempo. Yo creo que...

Con un esfuerzo que le crispó el semblante, él le cogió la muñeca y exigió:

—Hazlo.

Una vez la soltó, ella asintió con cariño y murmuró:

—Lo haré, Conrad.

—Te exijo que lo hagas, teniente. Es una orden —susurró él con un hilo de voz—. Hazlo por mí. No me decepciones.

La joven teniente asintió y, tragándose las lágrimas, respondió:

—De momento, lo que voy a hacer es llevarte a Alemania para que te curen.

—No lo dudo. —Y antes de perder la conciencia, musitó—: Mel, disfruta de la vida.

Fraser y Neill, que sabían quién era aquel hombre, se miraron al oír aquello.

Mike y Conrad eran muy amigos y sabían lo mucho que la joven teniente apreciaba al comandante. Pero aquello no pintaba bien. Los médicos se lo habían dicho al interesarse por su estado. Y cuando Mel entró en la cabina del avión y se sentó en su asiento, Fraser dijo:

—Mel...

—Eh... eh... eh... —lo cortó ella—. No, Fraser. No digas nada. Tenemos que llegar a Alemania lo más pronto posible.

La angustia se apoderó de Mel. Necesitaban despegar cuanto antes de allí y llegar al hospital. Pero todo era lento, demasiados heridos. Cuando por fin pudo hacerlo, la adrenalina y la angustia le llenaban el cuerpo y no pudo hablar hasta que llegaron a Alemania. Pero cuando aterrizó, supo que el comandante Conrad Palmer había muerto.

Desesperada, no soltó una lágrima delante de nadie y, cuando el avión quedó vacío, caminó con decisión hacia el despacho del comandante Lodwud. Éste, al verla entrar, vio su gesto y, enterado de las malas noticias, no dijo nada. Firmó los papeles que ella dejó sobre su mesa y cuando vio que la joven se metía el bolígrafo en el bolsillo superior de su uniforme caqui, mirándola preguntó:

—¿Hoy no cierras con llave la puerta?

Sin ganas de sexo, sólo de escaparse y olvidarse de lo ocurrido, respondió:

—No.

Él se levantó, caminó hasta ella y, sin tocarla, murmuró:

—¿Pasas la noche conmigo?

—No. En cuanto pueda, salgo para Múnich.

El dolor y la rabia que vio en sus ojos lo hizo insistir:

—Atrásalo hasta mañana.

Mel lo miró. Realmente, el comandante James Lodwud era un hombre muy apetecible.

—Lo siento, pero no —repuso.

Sin más, abrió la puerta y él la agarró del brazo para detenerla.

—Si tú no vienes, sabes que llamaré a otra, ¿verdad?

Eso la hizo sonreír. Para ella James no era más que sexo, y soltándose con un seco movimiento, respondió antes de salir por la puerta:

—Pásala bien, James.

Cuando llegó a su casa, abrazó a Sami. Necesitaba calor humano. Calor sincero. Calor con amor, y no dejó de abrazar y besar a su hija hasta que ésta se durmió.

Mike muerto...

Conrad muerto...

El teléfono sonó y rápidamente respondió. Era Robert. Su buen amigo Robert.

—Hola, preciosa, ¿cómo estás?

—Jodida... muy jodida —respondió, encendiéndose un cigarrillo.

Robert, que se había enterado de lo ocurrido, se lamentó:

—Siento mucho lo de Conrad, Mel.

—Lo sé, Robert. Lo sé. ¿Cómo te has enterado?

—El hermano de uno de mis hombres está en la Bravo 4.

Durante un segundo, ambos permanecieron callados, hasta que Robert dijo:

—Mel, esto no es vida para ti. Entiendo que te guste volar, pero creo que deberías replantearte lo de seguir en el ejército.

Oír eso la hizo sonreír.

—Si no supiera que es técnicamente imposible, pensaría que has hablado con mi madre.

Ambos sonrieron y él preguntó:

—¿Cómo llevas el curso de diseño gráfico?

—Abandonado. No tengo tiempo, Robert. Entre unas cosas y otras.

—Debes sacar tiempo, Mel, y acabarlo. Si te gusta la ilustración más que pilotar un *C-17*, ¡ve por ello! O búscate un novio rico que te saque del ejército, ¡tú decides!

Eso siempre los había hecho reír y ella replicó.

—De acuerdo, prefiero acabar el curso de diseñadora gráfica.

—Hablando de novios, ¿cómo va el tema?

Sentándose en el sillón, se retiró el pelo de la cara y contestó.

—Sabes que no quiero ningún novio. Me gustan los amigos. Con eso me basta y sobra.

—Pero a mí no, Mel. Tienes que encontrar a alguien especial. Alguien que...

—No.

La rotundidad de su respuesta le hizo decir a Robert:

—Lo hemos hablado mil veces, necia. No todos los hombres son como el idiota de Mike. Que él te engañara no quiere decir que todos vayan a hacerlo. Pero claro, conociéndote, debes de ir con actitud de teniente Parker, la asustahombres, ¿verdad?

Él la conocía muy bien... Divertida, respondió:

—¿Sabes, Robert? Si de verdad le gustara a alguno de los tipos con los que salgo, la teniente Parker no los asustaría. Pero da la casualidad de que no busco gustar. Sólo busco divertirme y pasarla bien. El romanticismo no es lo mío.

—Lo era... tú eras muy romántica hasta que el idiota de Mike te jorobó la vida. Desde luego, le tienes que agradecer el que tengas hoy a Sami, pero ese idiota te hizo tanto daño que...

—No quiero hablar más de él —lo cortó.

—Bien. No hablaremos más de él. Pero me parece que voy tener que buscarte un novio. Conozco a varios hombres que...

—¡Ni se te ocurra!

Animados, hablaron durante un buen rato. Robert sabía lo mucho que la muerte de Conrad le debía de haber dolido a su buena amiga y no colgó el teléfono hasta que la oyó reír a carcajadas.

Al día siguiente, tras una jornada agotadora con Sami, al llegar la noche le pidió a su vecina Dora que se quedara con la pequeña durante unas horas. Necesitaba salir y desfogarse.

Cuando llegó al Sensations, como siempre, rápidamente varios hombres la abordaron y se decidió por dos de ellos y una mujer. En esta ocasión, cuando entraron en un reservado, Mel les ordenó que bajaran la luz mientras ella ponía un CD de música y la voz de Bon Jovi y su rock duro comenzaban a sonar.

Cuando los hombres la miraron, ella pidió que la desnudaran. Encantados, así lo hicieron y cuando la tuvieron totalmente desnuda, ella misma se puso su pañuelo de seda en los ojos y ordenó:

—Háganme suya. No pregunten. Sólo háganme suya.

La mujer la llevó hasta la cama y la acostó. Mel se dejó hacer. Necesitaba olvidar. Necesitaba desconectarse de su terrible realidad y sabía que aquello, al menos mientras durara, la haría olvidarse de todo y disfrutar.

Notó que la cama se hundía por varios puntos y pronto sintió que le besaban la planta de los pies, el estómago y los pechos. Varias manos paseaban por su cuerpo y el vello se le puso de punta.

Aquello era lo que hizo en un tiempo con Mike, otros hombres, otras mujeres. Sexo... juegos... morbo. Vivir la vida. Era excitante e intentó disfrutarlo. Por ella. Por ellos.

Pasados unos minutos, sintió cómo las manos de la mujer le separaban las piernas y con su boca se adueñaba de su sexo. La chupó. Lamió con deleite y ella disfrutó. Mientras, la lengua de la desconocida se enredaba en su clítoris y se apretaba contra ella ofreciéndoselo todo. Instantes después, sintió cómo un dedo intentaba entrar en su ano hasta que lo consiguió. Un gemido gustoso salió de su boca, mientras otro de los hombres le mordisqueaba los pechos y el segundo le introducía con premura su pene en la boca. Con sensualidad, ahora era ella la que chupaba y lamía, mientras permitía que aquellos tres se adueñaran de su cuerpo y la música *heavy* continuaba. Un juego caliente al que le gustaba jugar con Mike y que deseaba repetir de nuevo.

De pronto, la mujer que estaba entre sus piernas se apartó. Notó que alguien tomaba su lugar y la penetraba. Mel jadeó mientras el desconocido la empalaba una y otra vez, dándole placer.

—Háblame —exigió ella.

Si algo la excitaba, eran las voces cargadas de erotismo, las frases calientes mientras practicaba sexo. El lenguaje obsceno que en ocasiones se utilizaba, sumado a lo que se hacía, era para ella altamente provocador. Mike lo hacía y Mel lo necesitaba.

—¿Te gusta cómo te cojo? —preguntó el hombre.

—Sí... sí... sigue.

Él la agarró por la cintura para encajarla más y ella murmuró:

—Sí, Mike...

—Eso es, preciosa... —respondió el desconocido sin importarle que ése no fuera su nombre—. Sigue... sigue así.

Aquellos movimientos la llevaron a tener un intenso orgasmo y cuando él bufó y alcanzó asimismo el clímax, sintió que otras manos la asían con fuerza, le daban la vuelta para ponerla a cuatro patas y la volvían a penetrar.

—Separa los muslos... más... más... —exigió el segundo hombre.

Mel hizo caso, mientras sentía cómo él se recostaba sobre su espalda, le daba un azote seco en las nalgas y murmuraba:

—Arquéate...

Ella hizo caso y el hombre, agarrándola por los hombros, la empaló en él y cuando ella gritó, susurró:

—Así... vamos... otra vez.

Mel lo volvió a hacer y volvió a gritar, totalmente entregada al disfrute.

Sin descanso, aquel hombre la jalaba y la penetraba. Su pene era más ancho que el del anterior y la llenaba más.

¡Mike! Así jugaba con él.

Disfrutó imaginando, fantaseando con un pasado que nunca regresaría, mientras sentía sobre sus nalgas golpear el pubis de aquel nuevo Mike.

El olor a sexo llenó la estancia. Nadie volvió a hablar. Sólo se limitaban a dar y a proporcionar placer. El placer que ella había ido a buscar y había exigido.

Liberada, Mel tembló sin control y, al sentir sus contracciones por lo que el tipo le hacía, mordió la sábana para no soltar un enorme grito de placer, mientras él hacía ruidos guturales cada vez que la penetraba.

Cuando el segundo hombre finalizó, Mel sintió cómo las manos de la mujer la hacían incorporarse y la volvían a colocar boca arriba en la cama. Se abrió de piernas para ella, que la lavó con agua. Una vez terminó, la secó, le abrió al máximo las piernas y con una exigencia que a Mel la excitó, comenzó a masajearle el clítoris en círculos para después apretárselo y soltarlo. Extasiada por el momento, sintió la lengua abrasadora de aquella mujer lamer sus fluidos, mientras los otros tipos le chupaban los pezones.

Morbo en estado puro. Eso era lo que necesitaba.

La mujer reptó por su cuerpo sin besarla, pues había quedado claro que no habría besos, acercó su boca a la suya y preguntó:

—¿Puedo ofrecerme a ti?

Mel asintió y respondió:

—Siempre y cuando yo también me ofrezca a ti.

Encantada, la mujer incorporó a Mel y ésta se acostó. Al sentirla en la cama, ella cambió de posición y la otra, agarrándola de las caderas, colocó su vagina sobre su boca y Mel jadeó.

No veía nada por el pañuelo, pero el olor a sexo le hizo saber que la mujer esperaba ser aceptada. El ansia del momento hizo a Mel bajar la boca y encontrarse con aquella vagina abierta y húmeda. Al primer toque con su lengua, la otra jadeó. En un perfecto sesenta y nueve entre las dos, Mel se abría para que la otra entrara con sus dedos y su lengua y la mujer hacía lo mismo. Jugaron con sus clítoris, los chuparon, los mordisquearon y succionaron hasta que sus cuerpos llegaron al máximo placer.

El espectáculo que les ofrecieron a los hombres era increíble y cuando ambas llegaron al punto álgido de su juego, uno de ellos susurró:

—No se muevan ninguna de las dos. Nos las vamos a coger como están.

Mel asintió mientras escuchaba la canción de Bon Jovi que más le gustaba a Mike, *Social disease*.

En la puerta del Sensations, Björn bromeaba con dos de sus amigas. Alexia y Diana eran calientes y divertidas y siempre que quedaban para verse en aquel club la pasaban muy bien. Una vez dejaron los abrigos, Alexia propuso ir directamente a un reservado. ¿Por qué perder tiempo? Él accedió.

Al pasar por el reservado seis, la dura música *heavy* llamó de nuevo su atención. Recordó a la mujer que vio aquel día y levantó la cortina para ver si estaba allí. Como siempre, el espectáculo le gustó y sonrió al ver que era ella y volvió a fijarse en su curioso tatuaje. Un tatuaje que parecía moverse sólo cuando se movía.

—Vamos, Björn —lo apremió Alexia.

Él, mirándola, contestó:

—Dame dos minutos. En seguida voy.

Cuando las mujeres desaparecieron en el reservado, Björn sonrió. La noche prometía ser, cuando menos, fogosa con Alexia y Diana. Pero aun así centró toda su atención en la mujer que se divertía entre aquellos tres, la observó mientras ella disfrutaba al compás de la estridente música *heavy*. De nuevo se le antojó deliciosa y *sexy*. Y sin haberle visto la cara, sólo por cómo movía la cintura mientras era penetrada, se excitó. Quería jugar con ella, por lo que tendría que descubrir quién era. Intentó ver su cara, pero entre la luz tenue y el pañuelo que ella llevaba tapándole los ojos, le fue imposible.

Los jadeos llegaron al máximo y Björn estaba terriblemente excitado. Quiso desnudarse y acostarse en la cama junto a aquella mujer para poseerla. Quería tener su turno, pero no debía. Él no había sido invitado a aquella fiesta. Finalmente, se dio la vuelta y se marchó al reservado donde lo esperaban. Allí, cinco minutos después, dos mujeres calientes le entregaron todo lo que él pidió.

Cuando aquella noche Mel llegó a su casa, tras darle las gracias a Dora, se duchó y acostó como una autómata. El sexo para ella sólo era sexo. Nada de sentimientos. Sólo placer y, sin pensar más en ello, se durmió.

10

El viernes por la tarde, Mel llamó a Judith y quedó en ir a su casa para darse un bañito en la maravillosa piscina climatizada que tenían. Cuando llegó con Samantha, la pequeña se volvió loca y, tras inflarle los flotadores rosas, Mel la metió en el agua con ella.

Divertida, observó cómo su pequeña chapoteaba en la piscina y la animó.

—Vamos, cariño, mueve los bracitos.

Sami, que en la guardería iba a clases de natación, rápidamente hizo lo que ella le pedía y Judith, que las observaba sentada en el borde con sus hijos, aplaudió.

—Muy biennnnn, Sami, ¡nadas muy bien!

—¿Puedo sujetarla yo? —peguntó Flyn, uno de los hijos de Judith, metiéndose en el agua.

—Claro, cariño. Ven..., ponte aquí —asintió Mel.

Encantada, observó cómo aquel jovencito sujetaba a su hija y se deleitó con la sonrisa de ambos. Pasadas unas horas, en las que disfrutaron de la piscina, la puerta se abrió y aparecieron Eric, el marido de Judith, acompañado por su amigo Björn.

Éste, al ver a Mel, frunció el ceño. Sin duda alguna, en cuanto se percatara de su presencia comenzaría a fastidiarlo y así fue. Nada más verlo, ella sonrió y dijo:

—Vaya..., llegó el atropellamujeres.

Todos sonrieron y Björn, de humor, repuso:

—Vamos, no disimules, *guapa*. Me viste y te tiraste sobre mi precioso coche para llamar mi atención.

Mel al oír eso, levantó una ceja y replicó:

—Ya quisieras, nene.

Sin demora, él sonrió.

—Lo dudo, *nena*.

—Björn, ¿te metes en la piscina conmigo? —pidió Flyn.

Él, mirando al pequeño de ojos achinados, respondió:

—No, ahora no.

—¿No sabes nadar, tontín? —se burló Mel. Y tendiéndole los flotadores rosas de princesas de su hija, añadió—: Ten, Sami te los presta.

Judith soltó una carcajada. Lo de aquellos dos comenzaba a ser divertido y, mirando a Björn, iba a decir algo cuando su maravilloso marido la agarró por la cintura.

—Hola, pequeña.

—Hola, grandulón.

Y sin importarles los demás, se besaron con auténtica pasión, hasta que Björn dijo:

—Suficiente. Vayan a la habitación, por favorrrrrrrrrrrr.

Mel al oírlo, sonrió. Pensaba lo mismo que él, pero no tenía intenciones de decirlo.

—Sami, ahora vas a ser buena y mientras mamá se viste no te vas a meter más en la piscina, ¿de acuerdo? —le advirtió a su pequeña después de cambiarle el traje de baño y colocarle la corona.

La niña negó con la cabeza y ella, riendo con complicidad, preguntó:

—¿Te vas a volver a meter en el agua?

La pequeña asintió y corrió hacia el lateral de la piscina donde estaba Flyn.

—Sami, ven aquí, que no llevas los flotadores —la llamó Mel.

Pero la niña, divertida, siguió corriendo y Mel y Judith se levantaron y corrieron tras ella. Björn y Eric observaban al pequeño Eric, que dormía en su sillita tan feliz.

—¿Qué te parece cómo duerme tu ahijado? —preguntó el orgulloso padre.

—¡Caraaaajo! —soltó de pronto Björn.

Eric, al ver la cara de su amigo, miró hacia las mujeres, que reían a carcajadas, y preguntó:

—¿Qué ocurre?

Boquiabierto, Björn no se movió. Sólo podía mirar sorprendido el tatuaje que Mel tenía en la espalda y, quitándose la chamarra, dijo:

—Creo haber visto ese tatuaje en otro lugar.

—¿Dónde? —preguntó Eric.

Björn, sin quitar los ojos de la joven, murmuró para que no lo oyera nadie excepto su amigo:

—Si te lo digo no lo crees.

En ese momento, el pequeño Eric se despertó y la atención de su padre fue totalmente para él. Eric adoraba a su hijo, y mientras se prodigaba en cientos de mimos, Björn continuaba mirando a Mel. De pronto, su rompecabezas encajó. Aquel cuerpo moreno y fibroso, unido al tatuaje y la música de Bon Jovi, no le dejaba la más mínima duda de que era ella.

Sorprendido por lo que había descubierto, no podía dejar de mirarla. Nunca lo habría imaginado. Cuando las mujeres llegaron hasta donde estaban ellos, Mel, con su hija en brazos, dijo:

—Vamos, cariño, nos tenemos que ir a casita.

—Noooooooo —chilló la pequeña, agarrándose a Flyn.

—No se quiere ir, Mel... Quiere nadar un ratito más —comentó el niño.

—Agua... más *pischina* —insistió Sami.

Mel sonrió al oír a su hija. Aquella lengua de trapo le encantaba, pero mirándola directamente a los ojos, la apremió:

—Sami, nos tenemos que marchar.

La niña se resistió y volvió a gritar:

—Noooo, *pischina*.

—Sami, vamos... Te pondré caricaturas en casita, ¿quieres? —insistió para convencerla.

—Nooooooooooo.

Björn, al ver la rebeldía de la pequeña, acercándose a ella se agachó e intentó convencerla:

—Sami, las princesas son buenas y obedientes. Haz caso a tu mamá.

La niña lo miró y, con un gracioso gesto, preguntó:

—¿Tú, *pínsipe*?

Björn sonrió. Mel soltó una carcajada y murmuró:

—Sí, pero de las Tinieblas. Vamos, Sami.

Todos rieron excepto él y Eric preguntó:

—¿Por qué te vas tan pronto?

Mel, con su hija algo más calmada, recogió sus cosas y respondió:

—Esta noche tengo planes. Pero antes quiero bañar a Sami, darle de cenar y acostarla.

—¿Cenita romántica con tu maridito? —aventuró Björn.

Los ojos de Mel lo taladraron y, tras cruzar una significativa mirada con Judith, respondió, mientras se ponía los pantalones de mezclilla y una camiseta.

—Digamos que es sólo diversión.

Mel se percató de que Björn no dejaba de mirarla y, plantándole cara, inquirió:

—¿Por qué me miras así?

—Porque quiero.

—¿Tengo monos en la cara?

—No.

—Entonces, ¿por qué no dejas de mirarme?

Él sonrió y, acercándose a ella, cuchicheó en su oído:

—Me gusta mirar los bichos raros.

—¿Me acabas de llamar bicho raro? —Björn asintió y ella murmuró—: Desde luego, qué desagradable eres, hijo mío.

—Gracias, mamá, me gusta saberlo.

—Lo último que querría ser es la madre de un becerro.

—¿Me acabas de llamar becerro? —Ella sonrió y Björn repuso—: ¿Tú tienes respuestas para todo?

—No lo dudes..., tontito.

Molesto porque ella no callaba y lo sacaba de sus casillas, iba a decir algo cuando Judith, al ver que se retaban con la mirada, preguntó:

—Pero, ¿qué les ocurre ahora?

—Aquí, el *pínsipe*, ¡que se cree lo máximo! —contestó Mel mientras le ponía un suéter a su hija.

Al oírla, Björn achinó los ojos y dijo:

—Habló la novia de Thor. ¿Dónde tienes el martillo, guapa?

Mel cerró los ojos. Aquel hombre era insoportable y con gesto contrariado, siseó:

—Me acabas de ofender, pedazo de tonto.

—¿Por llamarte la novia de Thor?

—No, por llamarme bicho raro.

Eric soltó una carcajada. Desde luego, aquella mujer había sorprendido mucho a su amigo.

Judith intervino en defensa de ella:

—¿Acabas de llamar bicho raro a Mel?

—Ni caso tiene. Éste es tonto y en cuanto encuentre el martillo de mi famoso novio, se lo estampo en la cabeza sin piedad —contestó la aludida.

La pequeña Sami miró a Björn y, con su media lengua, repitió, señalándolo con el dedito:

—Tonto. Tú, *pinsipe* tonto.

El tono de voz de la pequeña lo hizo reír y, mirando a la madre, murmuró:

—No puedes negar que es hija tuya.

Eso hizo reír también a Mel, que mientras le ponía el gorrito a su hija añadió:

—Así me gusta, cariño. Que los identifiques desde pequeña.

Quince minutos después, la joven se subió a su auto y se marchó. Cuando Judith cerró la puerta de su casa, miró a Björn a los ojos y preguntó:

—¿Cómo puedes ser tan tonto?

—¿Tú también con eso? —se burló él.

Tras mirar a su marido, que la observaba con su pequeño hijo en los brazos, Judith le aclaró a Björn:

—Melanie es en cierto modo viuda. ¡Tarado!

Eric y Björn se sorprendieron ante aquella noticia y Judith, quitándole a Eric el bebé de los brazos, agregó antes de marcharse:

—De verdad, Björn, qué poco oportuno has sido esta vez.

Cuando ella se alejó, un desconcertado Björn miró a su amigo y murmuró:

—Demonios, amigo, no lo sabía. ¿Tú sí?

—No.

—¿Qué te ha contado Judith de ella?

Asombrado por aquel repentino interés por la joven que lo sacaba de sus casillas, Eric le puso una mano en el hombro y dijo:

—Lo siento, James Bond, pero realmente Jud nunca me ha hablado de la novia de Thor.

Ambos rieron y, deseoso de cambiar de tema, Björn propuso:

—Vamos, invítame a tomar un whisky de los que me gustan... Y si me vuelves a llamar James Bond, vamos a intercambiar más que palabras.

Tras cenar esa noche en casa de sus amigos, Björn decidió pasar por su casa para cambiarse de ropa y luego acudir a cierto club. Quizá, con un poco de suerte, allí podría despejar sus dudas sobre aquella joven.

11

Aquella noche, al llegar al Sensations, Björn se acercó a la barra. Por norma, nunca llegaba tan pronto, pero ese día quería ver si Mel, la enigmática amiga de Jud, aparecía por allí. Durante más de una hora, habló con varias mujeres. Locas por sentirse especiales, todas lo miraban deseosas de ser la elegida esa noche, pero él no podía apartar sus ojos de la entrada.

Y de pronto la vio.

Allí estaba ella, subida a unos impresionantes tacones y con un ajustado vestido negro. Parapetado tras dos mujeres, ella no lo vio y él pudo seguir todos sus movimientos.

La vio llegar hasta la barra e, instantes después, observó cómo varios hombres la rodearon. Su campo de visión se restringió y eso lo molestó. Durante varios minutos intentó localizarla con la mirada, pero allí sentado le era imposible. Y cuando vio que ella entraba en el cuarto oscuro, no lo dudó y, tomando de la mano a una de las mujeres con las que estaba, entró también.

La oscuridad en un principio lo cegó. En aquel cuarto apenas se podía distinguir nada. No había música y sólo se oían gemidos. Cuando sus ojos se acostumbraron a la oscuridad del lugar, la localizó y se acercó a ella. Soltándose de la mujer que lo acompañaba, ancló sus manos en la cintura de Mel y su olor lo impregnó.

Olía a fresa. Eso le gustó.

Mientras la pegaba a él, notó cómo el hombre que había entrado junto a ella le subía el vestido para meter las manos por debajo. Mel no habló y Björn, dándole la vuelta, la colocó de cara a él, mientras el otro hombre se agachaba, seguramente para mordisquearle el trasero.

Conmocionado por lo que de pronto la cercanía de aquella irritante mujer le hacía sentir, decidió no abrir la boca. Si hablaba, con seguridad Mel reconocería su voz y el morboso juego se acabaría. Las manos de ella subieron a su cuello y pronto sus labios comenzaron a repartir cientos de morbosos besos y mordiscos por su cuerpo.

Björn cerró los ojos y lo disfrutó y, cuando su instinto animal le pidió más y la sujetó de la nuca para besarla, ella se echó hacia atrás y murmuró:

—No.

Él cedió. Deseaba besarla, pero se contuvo.

Cuando Mel volvió a pasear la boca por su cuello y le dio de nuevo dulces mordiscos, no pudo contenerse y, a pesar de su negativa, acercó su boca a la suya y la besó. En un principio, ella se quedó parada y, retirándose, susurró:

—No.

Pero de nada le sirvió. Con exigencia, él atrapó sus labios con los suyos y la devoró. Metió su lengua en aquella sensual boca y la besó con deleite, sin importarle las consecuencias.

Mel, a quien no habían besado desde que Mike murió, intentó resistirse a aquel beso, pero ante aquel ímpetu, su voluntad cedió y dejó que aquel desconocido la besara a oscuras y profundizara en ella. Abrió la boca y se dejó explorar mientras un gemido de satisfacción le salía del alma. Hacía tanto que nadie la besaba así, que su voluntad se anuló y disfrutó de la experiencia.

Aquel tipo besaba muy bien. Y lo que era más: ahora era ella la que profundizaba en su beso y se pegaba a él con desesperación. Le gustaba cómo sus grandes manos la apretaban contra su cuerpo. La cautivaba su olor y la atraía cómo le exigía y dominaba sólo con un simple beso.

Disfrutaba..., pero de pronto comenzó a sonar una suave música romántica y el recuerdo de Mike regresó a ella. Separándose del hombre con furia, salió del cuarto oscuro. Björn maldijo. ¿Qué había ocurrido? La boca de ella lo había seducido y quería más. La deseaba. Por ello y jugándoselo todo, la siguió, pero al llegar a la barra, de nuevo estaba rodeada de hombres.

No se acercó. Simplemente se dedicó a observar con descaro hasta que sus ojos se encontraron. Mel, al verlo, se sorprendió y no supo si reír o llorar. ¿Qué hacía allí aquel idiota?

Pero levantándose del taburete, se acercó a él y preguntó en tono jocoso:

—¿Tú por aquí?

Björn sonrió.

—Lo curioso es verte a ti por aquí... y sola.

—¿Algún problema porque esté... sola?

—No es buen sitio para venir... sola.

—¿Por qué, nene? —lo retó ella.

Él fue a responder cuando Mel añadió:

—Éste es un lugar donde la gente viene a lo que viene, ¿no crees?

—Lo sé, *nena*..., pero tienes que tener cuidadito.

—Sola me las arreglo muy bien.

—¿Seguro?

—Segurísimo.

Sin un ápice de vergüenza, ella miró a los hombres que la esperaban en la barra y agregó:

—Precisamente no estoy sola. Como he dicho, tenía una cita con unos amigos y, como verás, no es nada romántico.

Björn, mirándola, al recordar, dijo:

—Siento lo que he dicho. Cuando te has ido, Judith me ha explicado lo de tu marido.

Sorprendida por cómo la miraba, Mel contestó sin cambiar el gesto:

—Cosas de la vida...

Durante varios minutos, ambos estuvieron callados, hasta que ella hizo ademán de marcharse. Él la sujetó y, acercándose, murmuró en un tono ronco y sensual:

—¿Adónde vas?

—Me esperan, ¿no lo ves?

Björn miró a los hombres que los observaban y, sin ganas de soltarla, acercó la boca a su oído y murmuró:

—Hueles a fresas y a mí me encanta comerlas con chocolate.

Clavando su mirada en él, con el corazón a mil por lo que aquella intensa mirada quería decir, ella repuso:

—Me alegro por ti.

Sin darse por vencido, insistió:

—Sí quieres, tú y yo...

Mel rápidamente identificó el aroma de él con el olor del hombre que la había besado y tocado en el cuarto oscuro y con un agrio tono de voz, siseó:

—*Pínsipe*... tú ya has jugado conmigo todo lo que tenías que jugar.

Con presunción, Björn murmuró sin separarse de ella:

—No lamento lo del beso.

—Pues deberías lamentarlo.

En un tono de voz bajo e íntimo, él añadió:

—Me ha encantado tu boca y estoy seguro de que me encantaría tu cuerpo y a ti el mío. No sé por qué te resistes, preciosa... Somos adultos, estamos en este sitio y ambos sabemos a lo que se juega aquí.

Agitada, Mel lo miró.

La intensidad de su mirada y las cosas que le decía la excitaban. Pensar en Björn, en aquel hombre de tentadores labios chupando su cuerpo como si fuera una fresa con chocolate, la excitó. Le temblaron las piernas al imaginar cómo la poseería, pero sin querer dar su brazo a torcer con aquel impertinente, replicó:

—Te has saltado una de las normas del club. Me has besado. Has hecho algo sin mi permiso y podría hacer que te corrieran, lo sabes, ¿verdad?

—Sí —murmuró él, paseando su boca por el cuello de ella. Se negaba a dejarla marchar—. Pero aunque me cueste, reconozco que ha valido la pena saltarse la norma.

Cautivada por la sensualidad que emanaba él por los cuatro costados, mientras la acariciaba intentó dar un paso atrás para apartarse, pero Björn no la dejó y murmuró mientras su mano pasaba por su trasero con tensión.

—Te aseguro que si tú y yo entramos en uno de esos reservados, te voy a dejar más que satisfecha.

—Lo dudo, tonto.

Él sonrió.

—No lo dudes, nena.

—¿Dónde has dejado las cadenas? —Y al ver cómo la miraba, añadió con burla—: Lo digo por lo de fantasma. ¡Serás presumidodo!

Björn, acercándose a su boca, murmuró:

—No, cariño, no soy fantasma. Echa un vistazo a tu alrededor y dime qué mujer no me mira con deseo. Todas me quieren entre sus piernas. Todas quieren que las haga chillar de placer y me las coja. Todas...

—Todas no —lo interrumpió ella—. Yo no. Eres demasiado prepotente para lo que busco.

Divertido por la conversación y sin permitirle retroceder ni un milímetro, insistió:

—¿Estar seguro de uno mismo es ser prepotente? —Ella no respondió—. Vaya, querida Mel, pues entonces creo que ambos somos prepotentes... y tontos.

Ahora la que sonreía era ella. Con una cautivadora sonrisa, acercó su boca a la de él y tras permitirse pasarla por encima para volverlo loco, siseó:

—No te deseo.

—Mientes, Superwoman, y lo sabes. Tu piel se excita cuando la toco y tus ojos me miran ardientes de deseo. Sabes que te volvería loca de placer y eso...

—¡Presumido!

—Seguro que si meto mi mano entre tus piernas estás húmeda, ¿verdad?

Tenía razón. Estaba muy húmeda y excitada. Aquella cercanía, aquel hombre y sus palabras la tenían ardiente, pero no dispuesta a caer bajo su influjo, siseó:

—¿Qué tal si me sueltas para que pueda ir a pasarla bien?

—¿Quizás otro día?

Mel negó con la cabeza y susurró:

—Ni hoy ni nunca. Soy muy selectiva con los hombres a los que permito meter sus manos entre mis piernas. No me gusta cualquiera y tú... no me gustas.

Björn la soltó como si se quemara. Sus palabras no le gustaban. Apartó las manos de su trasero y ella, guiñándole un ojo, murmuró antes de marcharse:

—Pásala bien..., nene.

Sin moverse de su sitio, Björn vio cómo ella se acercaba al grupo que la esperaba y platicaba con ellos. Él dio un trago a su bebida y maldijo. Era la primera vez en su vida que una mujer lo rechazaba. Pero eso no era lo malo. Lo malo era que era la primera vez en su vida que él deseaba con ansia a una mujer y no la conseguía.

Sin quitarle la vista de encima, observó cómo se encaminaba hacia los reservados con dos hombres sin mirarlo siquiera. Lo ninguneaba. Eso lo enfureció y pidió otro whisky al mesero. Instantes después, varios amigos se unieron a él e intentó no pensar en lo que ocurría tras aquellos cortinajes.

Pero media hora más tarde no pudo más y se encaminó hacia allá. Rápidamente supo dónde estaba ella. Sonaba la música de Bon Jovi y, ofuscado, abrió la cortina para observar.

En un *jacuzzi* redondo, Mel se divertía mientras los hombres que había elegido le daban placer. Como si le hubieran pegado los pies al suelo, Björn se quedó allí durante un buen rato, hasta que su mirada y la de ella se cruzaron y, sin tocarla, sólo con mirarla, sintió que su pene iba a reventar.

Aquella descarada debía de esperarlo, porque no llevaba ninguna venda y, entre gemidos de placer, clavó sus bonitos ojos azules en él y sonrió con malicia, mientras era penetrada con entusiasmo por dos hombres. Björn quiso marcharse de allí, pero no pudo.

Deseaba oírla...

Y se moría por poseerla...

Pero eso era imposible. Al final, ofuscado, se fue del reservado y decidió montar su propia fiesta. En la sala, dos amigas se animaron rápidamente a entrar en un reservado con él y allí disfrutó de otros cuerpos, mientras en la mente sólo la tenía a ella.

Días después, volvieron a coincidir. En esta ocasión, Mel estaba rodeada por varios hombres en la barra y, sin ningún disimulo, Björn se acercó hasta ellos para escuchar lo que decían.

Todos querían ser los elegidos por Mel.

Todos la adulaban.

Todos se morían por jugar con ella.

Mel tomó a dos de la mano y se los llevó a un reservado, donde poco después se oyó la voz de Bon Jovi.

En otra ocasión, otra noche, Mel estaba sola en la barra. Los hombres se le aproximaban, pero ella los rechazaba. Björn no se acercó, se mantuvo a distancia y sus miradas, como siempre, se encontraron. Por norma, se miraban con desafío, pero esa vez ambos supieron que lo hacían con deseo.

Dos parejas se acercaron a Björn y se sentaron a su lado. Él los invitó a una copa mientras, sorprendido, observaba cómo Mel aquella noche no le quitaba los ojos de encima. Eso lo calentó y lo hizo sentirse bien. Por fin había atraído totalmente su atención.

En un momento dado, sus miradas se volvieron a encontrar y ella sonrió con sensualidad. Björn le devolvió la sonrisa para después desaparecer con las parejas en un reservado.

Durante un buen rato, estuvo atento para ver si oía la música *heavy*, pero no fue así y le extrañó. Cuando salió del reservado, ella no estaba en el club. Se había ido.

Una semana después, tras unos días sin verse, volvieron a coincidir en el club. Esta vez Björn la miró con deseo. No había podido borrar de su mente cómo ella lo miraba aquel día y con sólo pensarlo se calentaba. Como era de esperar, Mel al verlo sonrió y el juego de miradas comenzó, y cuando Björn creyó que ya lo tenía todo ganado, ella se levantó y, tras guiñarle un ojo a una pareja que tenía delante, desapareció tras los cortinajes.

Así pasaron dos semanas más.

Muchos jueves y sábados por la noche ambos acudían al club. Björn nunca estaba solo y Mel pudo comprobar cómo las mujeres revoloteaban enloquecidas a su alrededor en busca de ser las elegidas. Y aunque al principio esas actitudes no la molestaban, de pronto, pasados los días, comenzó a sentir cierta aprensión por ello. ¿Qué le ocurría?

Cada jueves y sábado se miraban, se calentaban, se retaban, para luego entrar cada uno en un reservado diferente para gozar del sexo. El problema era que ya ninguno disfrutaba lo que antes deseaba; una vez se cerraba el cortinaje del reservado, la diversión se acababa.

Pero un sábado, tras controlarse mutuamente durante más de una hora, cuando Björn, ofuscado, se marchó del brazo de dos mujeres, Mel lo siguió. Vio que entraba en una de las salas donde había varias camas y un *jacuzzi* y que rápidamente comenzaba a jugar.

Decidida, Mel regresó a la sala y, tras elegir a dos hombres, volvió a entrar donde estaba Björn. Una vez dentro, lo vio entregado al deleite con aquellas mujeres y decidió hacer lo mismo. Se acostó en la cama de enfrente y cuando se aseguró de que la había visto, se entregó al disfrute de sus dos hombres sin vendarse los ojos.

Björn, al verla, ya no pudo concentrarse en lo que estaba haciendo. Las mujeres con las que estaba eran deliciosas, tentadoras, ardientes, pero para sus ojos ya sólo existió ella. Mientras penetraba a una de las mujeres, que, enloquecida, se movía debajo de él, y la otra le mordisqueaba gustosa el abdomen esperando su turno, él miraba al frente, donde Mel, sentada a horcajadas sobre un hombre, buscaba su propio placer moviendo las caderas mientras segundo la tocaba deseoso de penetrarla.

Mel sentía en su propio cuerpo cada acometida de Björn a la mujer.

Björn percibía cada movimiento de Mel con el hombre, y ello lo hacía jadear.

La tensión sexual no resuelta los estaba matando.

Ambos lo sabían.

Sus miradas lo gritaban.

Sus cuerpos lo demandaban.

Y el morbo del momento fue el que originó que, sin acercarse ni tocarse, se sintieran el uno en el cuerpo del otro.

12

En la cancha de baloncesto, Björn le hizo un pase a su amigo Eric y éste encestó justo en el momento en que un sonido estridente anunciaba que había finalizado el tercer parcial del partido. Judith gritó de felicidad.

—Hola.

Judith miró a su lado y sonrió al ver a Mel sentarse junto a ella.

—¡Qué bien que hayas venido!

—Dora se ha quedado con Sami y me he podido escapar. ¿Cómo van?

—Vamos ganando, 65 a 59 —respondió Judith—. Pero todavía queda el último parcial y los de Stuttgart son muy buenos.

Ambas sonrieron y comenzaron a charlar.

Eric se sorprendió al ver quién acompañaba a su mujer.

—Vaya..., la cosa se pone interesante —cuchicheó acercándose a su amigo.

Björn, que en ese instante bebía de una botella que uno de los asistentes le había pasado, miró hacia donde Eric le indicaba y al ver a Mel allí se echó agua por la cabeza.

—Interesantísima —murmuró.

Las miradas de los dos se cruzaron y Björn, con sorna, le guiñó un ojo. Mel le susurró a su amiga:

—¿Cómo no me habías dicho que James Bond jugaba a básquet?

—Di por hecho que lo sabías.

—Pues no, no lo sabía. Y si lo llego a saber, te aseguro que no vengo. Quiero tener una noche tranquilita.

Judith sonrió sin saber a qué se refería y, acercándose a ella, la calmó:

—La tendrás. Él estará ocupado con la pelirroja que tenemos aquí delante. Es más, te la voy a presentar.

Judith dio un toquecito a una mujer que estaba delante de ellas, hablando por el teléfono celular, y, mirándola, dijo:

—Maya, te presento a mi amiga Melanie Muñiz.

La pelirroja sonrió sin levantarse de su asiento.

—Encantada, Melanie.

—Lo mismo digo, Maya.

Cuando ésta continuó hablando por teléfono, Judith comentó:

—Björn no vendrá a la cena. Creo que tiene planes con Maya. Y mi intención es presentarte a algunos compañeros de Eric, como el número doce, el dieciocho y el veintiuno. ¿Qué te parecen?

Con curiosidad, Mel miró a los hombres que ella le indicaba y sonrió. La verdad era que todos ellos estaban muy bien, pero mirando a su amiga, contestó:

—Si mi abuela te oyera, te diría que eres una alcahueta.

Judith sonrió.

—Mi hermana y mi padre también me lo dirían. Vamos, dime a cuál quieres que te presente.

Paseando sus ojos por los tres, Mel finalmente se decidió:

—El número doce.

Ambas rieron y, segundos después, comenzó el cuarto parcial del partido.

Las jugadas que realizaban cualquiera de los dos equipos eran maravillosas. Todo un espectáculo. Judith pronto vio que Mel entendía muchísimo más de baloncesto que ella.

Disfrutando del partido, Mel observó lo buen jugador que era Björn. Se movía por la cancha con una agilidad que le secaba la boca.

Ella, que lo había visto en acción en otros menesteres, suspiró. Aquel hombre era un espectáculo andante, tanto vestido con traje como desnudo o con el equipo de básquet. Sin poder evitarlo, paseó su mirada por sus fuertes brazos. Los brazos con los que había soñado la noche anterior y que la volvían loca.

Marcó catorce puntos él solito y Mel aplaudió. Björn realmente era increíble. Elegante en sus movimientos y asolador cuando atacaba. Y cuando sonó el estridente timbre del final de la cuarta parte, Judith y Melanie, encantadas, aplaudieron y silbaron. El equipo al que apoyaban había ganado y eso debía celebrarse.

Mientras esperaban en la sala a que los jugadores salieran de las regaderas, Mel se fijó en la pelirroja que esperaba a Björn. Es más, creía haberla visto en el Sensations. Cuando él salió del vestidor, caminó directamente hacia la pelirroja y, dándole un beso en la boca, murmuró algo que sólo ellos pudieron oír y que la hizo sonreír.

Abstraída mientras lo observaba, Mel no se fijó en que un hombre se ponía a su lado hasta que Judith, llamando su atención, dijo:

—Melanie, te presento a Damian, el dorsal número doce.

—Buen partido, Damian.

—Gracias, Melanie —respondió aquel rubio, encantado.

Centrándose totalmente en el hombre que sonreía ante ella, Mel le dio dos besos y él, feliz, los aceptó. Hablaron durante un rato, mientras el resto del equipo terminaba y salía de las regaderas, y cuando todos estuvieron listos, Eric preguntó:

—¿Dónde les apetece ir a tomar algo?

Tras varios nombres, al final todos decidieron ir al bar de uno de los del equipo.

Cuando iban hacia allí, Mel vio que Björn, de la mano de la pelirroja, los seguía.

—Pero, ¿no has dicho que James Bond tenía planes? —cuchicheó acercándose a su amiga.

Judith, al ver lo que ella indicaba, preguntó levantando la voz:

—¿Vienes al bar, Björn?

Éste asintió y, con una sonrisa, respondió:

—Sí. Maya y yo tenemos sed.

Mel suspiró. Le molestaba tener que aguantarlo aquella noche e, intentando no coincidir en ningún momento con él para que no le hablara, al llegar al club se sentó lo más lejos que pudo.

Mientras miraba el menú de bebidas, Judith, divertida, comentó:

—Este bar es de Svent y mira —afirmó, señalando con el dedo—, tiene mi cóctel.

—¿Tu cóctel?

Judith soltó una carcajada y explicó:

—Una noche, Svent hizo un concurso de cócteles entre los asistentes, ganó el mío y decidió incluirlo en la carta.

Sorprendida, Melanie sonrió y, leyendo el nombre del cóctel, preguntó:

—¿«Pídeme lo que quieras», ése es el nombre de tu cóctel?

Judith, encantada, asintió. Ella y quienes la conocían íntimamente sabían el porqué de aquel nombre. Acto seguido, dijo:

—Pídelo, te va a encantar.

Mel soltó una carcajada y convino:

—Muy bien..., pero, ¿qué lleva?

Sin querer revelar los ingredientes, Judith contestó:

—Yo lo voy a pedir. Tú pídelo también y luego, cuando lo pruebes, me dices qué te parece.

Divertida, Mel asintió. Quería probar ese cóctel. Y cuando el mesero se les acercó, ella lo miró y le informó:

—Nosotras queremos dos «Pídeme lo que quieras».

Judith sonrió...

Eric sonrió...

Y Björn, que la había oído, también... sonrió.

De aquel grupo, sólo ellos tres sabían que Judith llevaba esa frase tatuada en el pubis, algo que a los tres les había despertado siempre mucho morbo.

Cuando el mesero dejó la bandeja con varios cócteles, Eric cogió uno de los que conocía y se lo tendió a su mujer, que, encantada, lo besó. Mel estaba mirándolos cuando Björn tomó el otro cóctel y, con gesto burlón, se lo tendió a ella, diciendo en un tono bajo:

—Pídeme lo que quieras.

Sin comprender el significado de esas palabras, Mel lo miró, tomó el vaso que él le entregaba y, con una expresión que hizo reír a los demás, repuso:

—Te pediría que te pararas de cabeza con una mano, pero creo que te despeinarías, *muñeco*.

Björn soltó una carcajada y, sin responder, se acercó a donde estaba Maya y, besándola en el cuello, comenzó a hablar con ella, intentando ignorar a la mujer que realmente lo tenía abstraído.

Mel bebió un sorbo de su cóctel. Estaba rico. Era refrescante y, cuando miró a Judith, preguntó:

—Esto lleva *Coca-Cola*, ¿verdad?

Su amiga rio y, tras dar un trago que le supo a gloria, la retó:

—Ahora adivina qué más.

Ambas rieron y continuaron charlado con afabilidad mientras Björn las observaba. Sin dejar de hablar con Maya, éste paseó su mirada por el cuerpo de Mel. Aquel pantalón de cuero negro, a juego con un chaleco también negro y las botas de tacón, le quedaba muy, pero muy bien. Estaba muy *sexy*.

Tras varios cócteles, todos decidieron ir a comer algo o acabarían borrachos como cubas.

En el restaurante, Mel se volvió a sentar lo más alejada que pudo de Björn. Había reparado en cómo sus miradas se cruzaban en varias ocasiones en el bar y no quería que nadie las malinterpretara. Él, que también se había percatado de las miradas, sonrió. Se sentó en la otra punta de la mesa, pero buscó un ángulo desde donde pudiera seguir contemplando sus movimientos a la perfección.

No sabía qué le ocurría, pero aquella presumida española lo atraía como un imán, y cuando a media comida ella se levantó y fue al baño, él hizo lo propio después, con disimulo.

Cuando Mel salió del sanitario, la agarró del brazo y, arrinconándola contra la pared, preguntó:

—¿Irás al Sensations esta noche?

—A ti precisamente no te lo voy a decir.

Björn frunció el cejo y murmuró:

—Nunca he conocido a nadie como tú.

—Y nunca lo harás.

Él sonrió por esa coquetería e insistió:

—¿Lo pasas bien con Damian?

Asombrada por la pregunta, Mel suspiró.

—Mira, nene..., ocúpate de tu pelirroja y deja de mirarme. Estoy harta de tus miraditas y...

—Si sabes que yo te miro —la cortó él— es porque tú también me miras a mí, ¿o me equivoco?

Boquiabierta por no saber qué contestar a aquello, Mel protestó:

—¿Quieres hacer el favor de soltarme, ¡imbécil!?

Pero Björn no se movió. Se dedicó a observarla con sus ojazos azules, hasta que ella, nerviosa, siseó:

—Tú y yo no tenemos nada que hacer juntos.

Al oír eso, con una peligrosa mirada, él sonrió y, acercando su boca a la de ella, murmuró:

—Te equivocas... podríamos hacer muchas cosas.

Y, sin más, la besó. Acercó su boca a la suya, la aplastó y metió la lengua, dispuesto a disfrutar de lo que llevaba ansiando desde que la había visto sentada en las gradas de la cancha y en ese instante había ido a buscar. No obstante, un mordisco de ella en el labio lo hizo soltarla.

—¡Qué bruta eres!

—¿Yoooooooooooooo?

Tocándose el labio, Björn se sorprendió al ver que tenía sangre y, molesto, le espetó:

—¿Cómo se te ocurre morderme?

Con una sonrisita en los labios, Mel respondió al ver la sangre:

—Tengo un curita de princesas en el bolso, ¿quieres que te lo ponga?

La expresión de él le hizo saber lo enojado que estaba por aquello. Eso le gustó y, sin amilanarse, afirmó con presunción:

—Vuelve a besarme y juro que te arranco la lengua. —Y antes de marcharse, añadió—: Y súbete el cierre del pantalón..., tonto.

Sin más, se dio la vuelta y se marchó, dejando a Björn dolorido por el mordisco. Él no pensaba caer de nuevo en la tontería del cierre del pantalón. Cuando consiguió reponerse, volvió a la mesa donde estaban todos y uno de sus compañeros gritó:

—Colega..., súbete el cierre, que el pajarito se escapa.

Björn resopló ante las risas de todos. Se llevó las manos al cierre y se lo subió, mientras observaba que Mel lo miraba con cara angelical y parpadeaba.

La cena fue fantástica y Damian resultó ser un hombre increíble. Mel habló con él sobre básquet, dejándolo sorprendido al ver lo mucho que ella conocía de ese deporte. Al final, Mel le confesó que había estado en un equipo en su época de estudiante y, cuando el jugador lo dijo en voz alta, todos la miraron.

Björn, aún molesto por el mordisco, propuso:

—Cuando quieras te reto a unas canastas. Pero tranquila, te daré ventaja.

Ella sonrió igual que todos los demás y replicó:

—Tranquilo, muñequito. Sin ventaja, te ganaré.

—¿Seguro?

—Segurísimo. —Y, sin darle tregua, preguntó—: ¿Qué te ha pasado en el labio? Parece que lo tienes hinchado.

Todos lo miraron. Björn maldijo por aquella indiscreción y siseó:

—Me he mordido sin querer.

Mel sonrió. Hizo una bola con una miga de pan y, sin levantarse de su silla, la lanzó y, tras dar en el centro de la frente de Björn, murmuró:

—Donde pongo el ojo, pongo la bola.

Eso los hizo reír a todos a carcajadas. Björn, molesto por la poca vergüenza de aquella mujer, cogió la bolita de pan y, sin moverse tampoco de su sitio, la lanzó, introduciéndola en el escote de ella y añadió:

—Donde pongo el ojo, meto lo que quiero.

De nuevo las risas y esta vez por el doble sentido de lo que él había dicho. Melanie se sacó la bola de pan de entre los pechos y cuando iba a responderle, Björn preguntó:

—¿De verdad te crees tan buena, *nena*?

Sin un ápice de piedad ante los retos, la teniente Parker clavó su azulada mirada en él y respondió con decisión:

—Si me lo propongo, nene, soy la mejor.

De nuevo risas y aplausos ante aquel duelo de titanes. Judith miró a su amiga y, al ver la burla en el gesto de Björn, cuchicheó:

—Ignóralo. ¿No te das cuenta de que lo hace para picarte?

Mel sonrió y, divertida, repuso antes de seguir hablando con Damian:

—Que él me ignore a mí. Le convendría más.

Judith, al oírla y ver cómo Björn la miraba, sacó sus propias conclusiones. Miró a su marido. Allí ocurría algo y, acercándose a él, murmuró:

—Creo que entre estos dos hay algo.

—¿Algo? —repitió Eric, divertido.

Abrazándose a él para que Mel no la oyera, preguntó:

—¿Tú no crees que entre Björn y Mel hay algo? No sé, quizá sea mi sexto sentido, pero esa manera de mirarse y retarse me indica que se atraen. ¿No crees tú lo mismo?

Eric miró a los aludidos y, tras beber un trago de su cerveza, posó su mirada en su preciosa mujer y respondió:

—Pequeña, sólo diré que de estos dos me espero cualquier cosa.

Ambos sonrieron divertidos. El destino siempre hacía de las suyas.

Cuando pidieron los postres, Mel sonrió sin poder evitarlo. Le encantaba el chocolate. Björn se encargó de pedir varios *fondues* de chocolate y frutas y, cuando sus miradas se cruzaron, él pinchó una fresa, la mojó en chocolate y, tras pasársela por los labios, se la introdujo en la boca, aunque la cara se le contrajo al notar el dolor del labio.

Björn conocía un secreto de ella que Mel no quería revelarle a nadie. La gente no solía ver con buenos ojos el tipo de sexo que él, Eric, Jud o aquella deslenguada practicaban. Si lo supieran, seguro que los tacharían de lo que no eran.

Conmocionada por el morbo de haberlo visto comiéndose la fresa con chocolate, Mel pinchó un trozo de plátano. Lo mojó en la *fondue* y, cuando iba a sacarlo, el plátano había desaparecido. Sorprendida, miró el pincho y, con el rabillo del ojo, vio a Björn sonreír. ¡Maldito!

Intentó no hacerle caso. No mirarlo. Pero sus ojos sólo lo querían mirar. Y cuando vio cómo él le pasaba a su amiga Maya un trozo de plátano bañado en chocolate por los labios y luego se los chupaba, se excitó. Aquel simple acto le pareció lo más sensual que había visto en mucho tiempo y, cuando se repuso de su acaloramiento y se encontró de nuevo con los ojos de Björn, éste sonrió.

Una vez se acabaron los *fondues*, Judith y Melanie decidieron ir al baño. Allí, tras lavarse las manos, Mel se las pasó por su corto cabello y, echándoselo hacia atrás, preguntó:

—Y ahora, ¿adónde vamos?

—Seguramente a tomar una copilla al bar del entrenador. Al final, casi siempre terminamos allí.

—¡Perfecto!

Judith, deseosa de preguntarle algo, finalmente se decidió.

—¿Te gusta Björn? —Y al ver cómo la miraba Mel, añadió—: Te lo digo porque me parece curioso como se desafían continuamente. Y si te digo esto es porque conozco a Björn y me da la sensación de que...

—¿Ese energúmeno?

—Los polos opuestos se atraen y creo que ustedes son...

—Judith, por favor..., tengo mejor gusto para los hombres.

Sorprendida por sus palabras, su amiga murmuró:

—Pero si Björn es un bombón...

Mel asintió e, intentando disimular lo que inexplicablemente le estaba ocurriendo, añadió:

—No lo dudo. Pero no a todas nos gusta la misma clase de bombones, ¿no crees?

La puerta del baño se abrió y entró un hombre. Un alemán, rojo como un cangrejo. Judith, al verlo, lo miró y dijo:

—Éste es el baño de mujeres. ¿Qué tal si vas al de hombres?

Pero él llevaba alguna copa de más y, mirándola, siseó:

—Cállate, puta.

Sorprendidas, las dos jóvenes se miraron y entonces Melanie, dando un paso al frente, habló empujando al borracho:

—Voy a contener mi lengua viperina y no decirte lo que pienso, pero sí te diré que lo de puta se lo vas a decir a quien yo te diga. ¡Fuera de aquí, ya!

Una vez lo sacó del baño, cerró de un portazo y se apoyó en la madera.

—¡Imbécil!

La puerta se volvió a abrir de golpe con tal ímpetu que lanzó a Mel contra la pared de enfrente. Se golpeó en la boca contra los azulejos y rápidamente comenzó a sangrar. Judith, al ver aquello, no lo dudó y de inmediato utilizó lo aprendido años atrás en sus clases de taekwondo para someter al individuo.

Melanie maldijo al notar el sabor ácido de la sangre. Su rostro se transformó y, levantándose del suelo, se lanzó sobre el hombre con fuerza y le comenzó a dar puñetazos mientras Judith, sorprendida, la observaba.

—El ejército tiene un código de honor, idiota —gritó Mel— y es no pegar a las mujeres. Y si ves que uno lo hace, lo único que tienes que hacer es darle su merecido y patearle las putas pelotas.

El individuo, noqueado por las dos, se quedó tirado en el suelo, cuando un amigo de él entró en el baño y, sorprendido, preguntó:

—Pero, ¿qué le han hecho?

En ese instante, Björn y Eric, que habían oído el escándalo, llegaron también. Horrorizados por lo que vieron, se acercaron mientras Mel decía:

—Lo mismo que te vamos a hacer a ti, idiota, si se te ocurre propasarte lo más mínimo con nosotras.

—Pero, bueno, ¿qué ocurre aquí? —preguntó Björn, mientras observaba cómo su amigo se acercaba a su mujer y, con gesto furioso, le pedía explicaciones.

Mel, secándose con la mano la sangre del labio, gritó, señalando al borracho:

—Aquí, el machote, que tenía ganas de pleito.

Sorprendido, Björn la miró cuando el amigo del otro iba a decir algo y ella siseó:

—Abre esa bocota que tienes y te juro por mi hija que te pateo las pelotas.

Björn, impresionado por la fuerza que había en su voz, de pronto fue consciente de la sangre que ella tenía en la boca.

—Estás herida.

—Estoy bien. No pasa nada —repuso Mel sin darle importancia.

Él la miró con detenimiento.

—Sangre en el labio... Vaya, eso me recuerda a... —murmuró.

Al intuir lo que iba a añadir, ella lo cortó con voz furiosa.

—Si se te ocurre decir algo más de la sangre en mi boca, juro que voy a pagar contigo la furia que siento. Por lo tanto, ¡cierra el pico!

—Pero qué ruda eres, bonita —replicó él, molesto.

Una vez los amigos del borracho se llevaron a éste, Björn, sin pensar en las consecuencias, agarró a Mel del brazo y metiéndola en el baño, junto a Eric y Judith, dijo:

—¿Se han vuelto locas?

Mel, moviéndose, siseó:

—Suéltame.

Eric, malhumorado por lo ocurrido, miró a su mujer y gruñó:

—¿Cuándo vas a dejar de ser tan impetuosa? ¿No ves que te podía haber ocurrido algo, pequeña?

Jud, acostumbrada a aquel tono de voz de su marido cuando se enojaba, lo miró y respondió:

—Iceman, no empieces. Ese imbécil ha entrado aquí y...

—¿Y por qué no has acudido a mí?

Judith soltó una carcajada y, tras mirar a Mel, que la observaba, contestó:

—Porque no ha dado tiempo, cariño.

Dos minutos después, Eric y Jud, inmersos en una de sus tremendas discusiones, abandonaron el lugar, dando la noche por finalizada.

Una vez se quedaron solos en el baño, Björn miró a Mel y dijo:

—Te vas a estar quietecita y me vas a dejar mirarte la herida del labio.

—¿Ahora te crees el doctorcito?

Con gesto ceñudo, él la miró. El buen humor se había esfumado y replicó:

—Yo también puedo ser muy rudo si me lo propongo.

—Guau, ¡qué miedito! —Y levantando una mano, añadió—: Mira cómo tiemblo.

Con ganas de estrangularla por lo osada que era, Björn levantó la voz y siseó furioso:

—He dicho que te estés quieta.

Mel resopló y finalmente hizo lo que le pedía. Damian entró en el baño y, al ver lo ocurrido, intentó sustituir a Björn para atenderla, pero éste no lo dejó. No pensaba apartarse para que aquél la tocara. Al final, Damian se dio por vencido y, malhumorado, salió del baño.

Cuando Björn le limpió la sangre que tenía en la barbilla, salieron también ellos dos. Mel, sin acobardarse al ver cómo la miraba uno de los amigos del borracho, gritó:

—¿Qué pasa? ¿Quieres que te patee los huevos a ti también, idiota?

Björn, alucinado, la agarró por la cintura y se la llevó en brazos, tras pedirle al tipo que la miraba con gesto no muy amable que la perdonara. Estaba loca. Cuando estuvieron fuera de la vista de aquéllos, la soltó y le espetó:

—Pero, ¿a ti te falta un tornillo?

Sin ningún miedo, Mel replicó:

—Mira, guapo, que sea la última vez que te metes en mis asuntos, ¿entendido?

Y, sin más, se dio la vuelta para echar a andar hacia la puerta. Pero Björn la agarró y preguntó:

—¿Se puede saber adónde vas?

—A donde me dé la gana.

—¿Sola?

Con descaro, Mel se volvió hacia él y repuso:

—Más vale sola que mal acompañada. Y ahora, ¿qué tal si me sueltas?

Con gesto de desagrado al ver cómo lo miraba, él comentó:

—Te juro que he conocido a muchas clases de mujeres en mi vida, pero tu petulancia me deja sin palabras.

—Dejarte a ti sin palabras no es difícil, *muñeco*.

Con ganas de darle un azote en el trasero por desagradable, Björn replicó:

—¿Se puede saber qué te pasa para que siempre estés con la escopeta cargada? Carajo, chica, mirarte es como leer un cartel de «¡Peligro, alto voltaje!».

Eso la hizo sonreír. Le habían dicho que era muchas cosas, pero nunca un cartel de alto voltaje e, intentando suavizar la voz, lo retó:

—Me voy a mi casa, ¿alguna objeción?

Agradecido por su tono más calmado, él, sin soltarla, se ofreció:

—Te acompañaré.

—¿De qué te disfrazarás ahora, de caballero de brillante armadura?

De nuevo aquella sonrisita de superioridad que lo sacaba de sus casillas apareció en la cara de ella. Björn repuso:

—De hombre juicioso que vela por una loca de atar, que debe ser la fundadora de Los Ángeles del Infierno. Simplemente intento que no te partan la cara antes de que llegues a tu casa.

—Vayaaaaaaaaaaaa... —Y, divertida, añadió—: No necesito niñera, *muñeco*.

—Sí. Sí la necesitas, *muñeca*.

Molesta porque no le soltaba el brazo, siseó:

—Te recuerdo que el abejorro te espera.

—¿El abejorro? ¿Qué abejorro? —preguntó Björn, sorprendido.

Sin ganas de ser agradable, Mel aclaró:

—La abeja *Maya* de labios siliconados y escote profundo te espera en la mesa, ¿la vas a dejar plantada?

Oír esa descripción de su acompañante lo hizo sonreír y la soltó. Dibujó un movimiento brusco con las manos indicándole que no se moviera de donde estaba y se marchó.

Al ver eso, Mel puso los ojos en blanco y, convencida de que aquel hombre era idiota, pero idiota profundo, salió del restaurante y caminó hacia su coche, ofuscada. Se encendió un cigarrillo. No necesitaba que un imbécil la protegiera. Ella solita sabía hacerlo muy bien. Pero dos segundos después, oyó unos pasos rápidos tras ella y al volverse y ver que era Björn, preguntó:

—¿Se puede saber adónde vas?

—He dicho que te acompañaría. Esos tipos pueden aparecer y...

—Pero, ¿de qué hablas?

—Mel, ¿en qué mundo vives?

—En el mismo que tú. Con la diferencia de que soy una mujer y sé arreglármelas sola. ¿Acaso has olvidado que soy la novia de Thor?

Ese comentario hizo sonreír a Björn, que murmuró:

—Vamos..., te llevaré a tu casa.

—No necesito una niñera —insistió ella, echándole el humo en la cara.

La sonrisa de él desapareció rápidamente.

—Fumar no es bueno y, si vuelves a llamarme «niñera», te juro que...

—Me juras que, ¿qué?

Se miraron en silencio. Las espadas de ambos en alto, hasta que ella insistió:

—Sé defenderme. ¿No lo has visto?

Björn, con gesto contrariado, la miró. Su paciencia estaba llegando al límite. No pensaba ceder y siseó furioso:

—¡Se acabó! No quiero discutir contigo. A partir de este instante, vas a cerrar el pico, te vas a meter en mi puto coche y te voy a llevar a tu maldita casa para que luego yo me pueda marchar a pasarla bien, ¿entendido?

—¿Acabas de llamar «puto» a tu pobre *Aston Martin*?

—Por el amor de Diosssssssssssss, ¿quieres cerrar tu jodido pico? —gritó Björn.

—Iré a mi casa en mi coche, te guste o no y no..., no cierro el jodido pico.

Desesperación. Eso fue lo que sintió él al oírla y, convencido de que era una necia intratable, respondió:

—Muy bien. Iré en tu puto coche. Cierra de una vez el pico y vamos.

Molesta por su insistencia y sin muchas ganas de discutir, Mel al final claudicó, pero queriendo quedar como siempre por encima, añadió:

—No vuelvas a llamar «puto» a mi coche. Que el tuyo lo sea no quiere decir que lo tenga que ser el mío, ¿entendido?

Björn no respondió. Tenía ganas de matarla. ¿Cómo podía ser tan petulante e insoportable?

Una vez en el *Opel Astra* de ella, Björn miró a su alrededor y se horrorizó. Tras ellos había una sillita de bebé rosa, que supuso que era de Sami, y el techo del vehículo estaba lleno de cientos de calcomanías de fieltro de princesas. En el suelo había de todo: envoltorios de galletas, botellas de agua y juguetes por doquier. Aquello era un auténtico caos que nada tenía que ver con su impoluto vehículo.

Sin ganas de hablar con él, Mel encendió el CD del coche y la música rítmica de Robin Thicke y Pharrell Williams, *Blurred lines*, sonó a todo volumen y ella comenzó a cantar y a mover los hombros al ritmo de la canción.

> *Ok now he was close, tried to domesticate you.*
> *But you're an animal, baby, it's in your nature.*
> *Just let me liberate you.*
> *Hey, hey, hey.*
> *You don't need no papers.*
> *Hey, hey, hey.*
> *That man is not your maker.*

Björn la miró. Estaba claro por sus aullidos que intentaba molestarlo. Nadie cantaba tan horrorosamente mal. Y cuando vio que ella sonreía, decidió callar lo que pensaba.

Everybody get up.
Everybody get up.
Hey, hey, hey.
Hey, hey, hey.
Hey, hey, hey.

Pero varios minutos después, con la cabeza como un bombo por sus gritos y el volumen de la música, al notar que pisaba algo y ver que se trataba de un pequeño poni violeta, bajó la música de un manotazo y, ante la atenta mirada de Mel, preguntó:

—¿Por qué tienes el coche así?

Sin entender a qué se refería, ella lo miró. Él le mostró en una mano el desangelado poni y en la otra un trozo de galleta mordida. Mel sonrió y se justificó:

—Tengo una hija.

—¿Y tener un hijo te convierte en un cerdo?

Ella frenó de golpe. Björn se dio contra el cristal delantero, pero sin importarle su gesto contrariado, la joven lo miró y preguntó con soberbia:

—¿Me acabas de llamar «cerda»?

—Pero, ¿te has vuelto loca? —gritó ofuscado—. ¿Cómo se te ocurre frenar así?

Estaba claro que la comunicación entre ellos era inexistente y Mel, tras resoplar, ordenó:

—Abre la jodida puerta del coche y baja de él. ¡Ya!

Sin moverse de su sitio, Björn cogió un par de botellas de agua vacías y, enseñándoselas junto a lo que ya tenía en las manos, insistió:

—¿Me vas a decir que esto no es basura?

De un manotazo, ella se lo quitó todo, lo volvió a echar en el asiento de atrás y, con cara de enfado, siseó:

—Sal del coche.

—No.

—Repito: ¡sal del coche!

Björn la miró. No pensaba acobardarse con aquella fiera y le indicó:

—Arranca y vamos a tu casa.

—No.

—Pues entonces llévame donde está mi coche.

—Yo no soy tu chofer, nene.

Molesto por lo desagradable que podía ser, la miró con superioridad.

—Muy bien, pues llévame al Sensations. He acordado llegar allí.

—¿Con el abejorro?

Nada más decir eso, Mel se arrepintió y más cuando lo oyó desafiarla con tono burlón:

—Si quieres puedes entrar en el reservado con nosotros. Seguro que la pasas bien con Maya y conmigo. Falta te hace relajarte... *¡nena!*

Y antes de que ella dijera nada, la agarró del cuello, pero cuando iba a besarla vio la herida en su labio, se acordó de la suya y dijo:

—No te beso porque no quiero que ambos suframos más daño en los labios. Pero quiero que sepas que me encantaría chuparte y devorarte. Me deseas tanto como yo te deseo a ti. Lo sé cuando discutimos, cuando me miras o cuando te miro. —Björn chocó con delicadeza su nariz contra la de ella—. Terminemos ya con esto y hagámoslo de una vez. Podemos ir a tu casa, a la mía o a un hotel. Como tú quieras, preciosa. En tu mano está que yo finalice la fiesta con la pelirroja o contigo.

La tentación estaba servida.

Su voz...

Su mirada...

Su propuesta...

Todo era tentador...

La temperatura dentro del vehículo subió en décimas de segundo. Mel lo deseaba. La atraía una barbaridad y, cuando intuyó que iba a perder la cordura y lanzarse sobre él, le ordenó:

—Sal del puto coche.

Sin darse por vencido, él paseó su boca por la cara de ella y con voz tentadora, dijo:

—Lo de puto... lo acabas de decir tú ahora de tu coche. —E, insistiendo, murmuró—: Vamos..., gruñona, podemos pasarla bien.

—Sal del jodido coche de una vez antes de que te arranque la cabeza, ¡tonto! —insistió Mel, tremendamente excitada.

Björn claudicó.

Él no le suplicaba a nadie. Se quitó el cinturón de seguridad, abrió la puerta sin mirarla, se bajó y cerró de un portazo. En ese instante, ella subió la música a tope, arrancó y lo dejó totalmente perplejo en medio de la banqueta.

El rechazo no era algo a lo que estuviera acostumbrado y, contra todo pronóstico, sonrió.

¡Maldita testaruda!

Durante un par de minutos caminó por las frías calles de Múnich. Necesitaba refrescarse o iría tras ella de nuevo. ¿Por qué aquella presumida y soberbia le llamaba tanto la atención?

Al tocarse el bolsillo del saco, notó que tenía algo pegado. Con cuidado, lo arrancó y sonrió al ver una descolorida calcomanía de princesas. Con cuidado, se la guardó en el bolsillo. Diez minutos después vio un taxi y lo paró. La noche continuaba y Maya lo esperaba.

13

Una semana después, tras estar fuera de Múnich dos días a causa de un viaje a Irak, Mel llegó a su casa. Su hija, al verla, la recibió con una enorme sonrisa y no paró de jugar con ella durante horas. Por la noche, cuando se acurrucó sola en su cama, por primera vez en mucho tiempo Mike no ocupó sus pensamientos: en su lugar, apareció un prepotente de ojos azules llamado Björn.

Intentó quitárselo de la cabeza.

¿Acaso se había vuelto loca?

¿Qué hacía pensando en aquel tonto?

Intentaba concentrarse en cualquier otra cosa, pero nada, absolutamente nada de lo que hiciera conseguía nublar la mirada de Björn dirigida a ella. Al final, cansada de dar vueltas en la cama, decidió levantarse y hacer lo que su cuerpo le exigía a gritos. Con cuidado, miró que su pequeña estuviera dormida y, tras comprobarlo, abrió el cajón de su buró, tomó un estuche y sacó lo que buscaba.

Con sigilo, salió de la habitación, fue hasta el sofá, se quitó las pantaletas y, antes de sentarse, murmuró, mirando el vibrador negro de clítoris.

—Te necesito urgentemente, colega.

Sola en su salón y en el silencio de la noche, hizo lo que le apetecía. Abrió el bote de lubricante, se tumbó en el sofá y, tras abrirse de piernas, se aplicó un poco sobre el clítoris y los labios vaginales. Quería suavidad y aquello se la proporcionaría. Deseosa y excitada, puso en marcha el vibrador y, tras pasearlo por sus resbaladizos labios, lo colocó sobre su humedecido clítoris a velocidad uno y susurró:

—Oh, sí..., dame lo que deseo.

Durante varios minutos, mientras con una mano se abría los labios vaginales, con la otra movía el vibrador en busca de su placer. La sensación era maravillosa. Plena. Cautivadora. Su cuerpo sentía latigazos y ella jadeaba y exigía más y más. Con los ojos cerrados, imaginó al hombre que se había instalado en su memoria, Björn, y, fantaseando con él, sus gemidos se acrecentaron al imaginar que era él quien movía el vibrador sobre su clítoris o quien miraba mientras ella lo movía.

Vio su mirada...

Sintió sus besos...

Recordó sus proposiciones...

Y todo eso... calentó su cuerpo haciéndola desear más.

Abrió más las piernas y se entregó al disfrute que aquello le ofrecía. Imaginar sus grandes manos sobre su cuerpo y su aliento entre sus piernas la hizo morderse los labios para no chillar y subió el vibrador a velocidad 2.

El calor era intenso.

Muy... muy intenso y, tremendamente excitada, se movió sobre el sofá mientras susurraba:

—Sí..., nene..., te deseo.

A su mente regresaron imágenes de Björn en el Sensations.

Su cuerpo...

Su duro abdomen...

Su pene erecto.

Imágenes sensuales y morbosas. Instantes calientes y pecaminosos. Björn era caliente. Muy caliente. Se lo hacía saber cuando la miraba, cuando la retaba, cuando había intentado acercarse a ella.

Los jadeos subieron de intensidad. El orgasmo crecía en su interior como un tornado y dispuesta a más, subió el vibrador a velocidad 3. Su vagina tembló y ella se arqueó en el sillón. La voz de Björn le pedía que no cerrara las piernas, que no apartara ni un milímetro el vibrador de su clítoris, y ella obedeció.

Calor. El calor era intenso. Y consciente de lo que deseaba, apretó el maravilloso aparatito negro sobre su ya hinchado clítoris y lo que esperaba llegó. Un increíble orgasmo tomó su cuerpo. Levantó las caderas y cerró las piernas mientras se convulsionaba y se mordía el labio inferior al sentir aquel alucinante placer, intenso y profundo.

La sangre bombeaba en todo su cuerpo, especialmente en su pubis, y Mel jadeó, deseosa de más. Pero cuando abrió los ojos y su vista recayó en las fotos de sus compañeros, supo que su fantasía había acabado. Allí sólo estaban ella y su imaginación. Cuando bajó las temblorosas piernas al suelo y se sentó en el sofá, sonrió.

Pocas veces una masturbación había conseguido tal realismo. Pocas veces sus muslos se habían mojado tanto de sus propios fluidos. Sonriendo, miró el aparatito y, mientras se encendía un cigarrillo, murmuró:

—Gracias, colega. Tú nunca me defraudas.

Esa noche, cuando se metió en la cama, siguió pensando en Björn, pero enfadada se reprendió a sí misma. Debía dejar de pensar en él. Había otros hombres en el mundo de los que disfrutar y él, por mucho que la excitara, no debía formar parte de sus juegos y fantasías. ¿O quizá sí?

El sábado por la tarde, tras un día dedicado totalmente a su hija, decidió hablar con Dora para que esa noche se quedara con la niña. Ella necesitaba salir.

Llegó al Sensations más tarde que otras veces y al entrar casi se dio la vuelta al ver al fondo de la barra a sus amigos Eric y Jud hablando con Björn y dos mujeres.

¿Qué hacían Eric y Judith allí?

Dudó si entrar o no. Aquello era terriblemente embarazoso.

Pero al final, parapetada entre varias parejas, lo hizo. No la vieron y se sentó lo más alejada posible de ellos, para observarlos con curiosidad.

Con los ojos como platos, vio cómo una de las mujeres introducía su mano entre las piernas de Jud y ésta sonreía; la mujer profundizaba y ella se dejaba hacer.

Bloqueada, no se movía para que no la vieran. Nunca se hubiera imaginado aquello y menos que aquel matrimonio disfrutara del mismo estilo de sexo que ella. Eso la impactó. Consideraba a Eric y Jud una pareja totalmente tradicional, pero visto lo visto, ¡las apariencias engañaban!

Sus ojos volaron luego hacia Björn. Éste y Eric parecían disfrutar del espectáculo que las mujeres les ofrecían y, acercándose a Judith, Björn le dijo algo que a ella la hizo sonreír.

Pero, ¿qué clase de amistad era la de aquellos tres?

Otra mujer se les acercó y Björn la agarró de la cintura. Durante varios minutos, Mel vio cómo los dos hablaban y él la besaba en el cuello mientras ella, mimosa, se lo ofrecía. Ver eso no le gustó y bebió de su copa para tragarse la indignación que crecía segundo a segundo en su interior.

Diez minutos después, el grupo entró por la puerta de los reservados y Mel no dudó en seguirlos. Al llegar al pasillo, vaciló sobre si mirar en los reservados o no. Por norma, la gente que no quería ser vista, colgaba un cartel en la cortina con la palabra «*Stop*», y sólo lo vio en uno de los reservados. Miró en los que no lo tenían, pero en ninguno se hallaban sus amigos, por lo que dedujo que estarían en el reservado de los que no querían ser observados. Dudó sobre qué hacer, pero la curiosidad la venció y decidió mirar a pesar de que sabía que estaba mal.

En el interior, Eric estaba sentado en la cama, mientras las dos mujeres desnudaban a Jud, y Björn preparaba unas bebidas en una barra lateral.

—Bésame, morenita —pidió Eric.

Encantada, Jud se acercó a su marido e hizo lo que le pedía. Pero antes jugó con él. Sacó su lengua, se la pasó primero por el labio superior, después por el inferior y, tras darle un mordisquito, Eric le dio un azote cariñoso; ella lo besó.

—Me vuelves loco, cariño —murmuró, acabado el beso.

—Ya sabes que me encanta volverte loco —replicó ella, dispuesta a pasarla bien.

A Judith le gustaban los hombres, pero se había dado cuenta de que disfrutaba cuando era una mujer la que jugaba con ella. Hasta el momento, nunca había tomado la iniciativa con una mujer, simplemente se dejaba hacer y eso la volvía loca.

Eric lo sabía y nunca proponía nada que Judith no deseara. Ambos tenían sus propias limitaciones en cuanto a las fantasías sexuales y, dispuesto a darle a su mujer lo que sus ojos le pedían, en ese instante preguntó:

—¿Quieres que Diana y su novia jueguen contigo?

Judith sonrió y dijo:

—Sí. Pero también quiero jugar contigo y con Björn.

—Te lo prometo —sonrió Eric, besándola de nuevo.

Björn, que los miraba desde la barra lateral, observó que su amigo se levantaba de la cama, acostaba a su mujer sobre ella y, abriéndole las piernas con deleite, decía:

—Diana..., mi mujer está deseosa de que tomes de ella lo que desees.

No hizo falta decir más. Diana, una alemana compañera de juegos, sin dudarlo se subió en la cama y, posando las manos en los muslos de ella, se los abrió y murmuró:

—De Judith lo deseo todo. —Después miró a su novia Marie y añadió—: Juega con nosotras, cariño. Judith desea ser nuestro juguete. Únicamente hay una norma: su boca es sólo de su marido.

Marie asintió. Todo estaba claro. Sabía lo que su novia había querido decir y, subiéndose a la cama, fue directo a los pechos de Jud.

Diana, al ver que se divertía chupándole los pezones, posó su boca en el dulce manjar que la joven le ofrecía y lo disfrutó. Con maestría, saboreó sus labios vaginales hasta que éstos casi se abrieron solos para dejar a la vista el clítoris. Nada más pasar su lengua por él, Judith jadeó y Diana, conocedora de lo que a aquélla le gustaba, se lo succionó.

El cuerpo de Judith tembló. Miró a su marido y éste, excitado por la situación, sonrió. Con maestría, aquellas dos mujeres volvieron loca a Judith. Cuatro manos tocándola. Cuatro manos exigiéndole. Cuatro manos llenándola y dos bocas recorriendo su cuerpo.

—¿Quieres más, Judith? —preguntó Diana.

—Sí..., sigue... sigue...

Marie, excitada por aquello, sin dejar de chuparle los pezones, cogió una de las manos de Judith y la llevó hasta su propio sexo. Ésta, al notar el calor que ella rezumaba, no lo dudó, metió un dedo en su interior y comenzó a moverlo. Marie se volvió loca y Diana, al oír sus gemidos, paró. Se colocó un pene artificial y, metiéndose entre las piernas de Judith, la penetró. Los gemidos de ésta subieron de decibelios, mientras los hombres se desnudaban, dispuestos a entrar en el juego de un momento a otro. No tardaron. Ambos se pusieron preservativos. Björn se colocó tras Marie y Eric tras Diana y las empalaron por el ano a ambas.

Mel, que observaba semiescondida tras las cortinas, sintió que su respiración se desbocaba. Aquello era excitante. Ver cómo aquellas cinco personas se daban placer unas a otras era colosal y tremendamente morboso.

Los gruñidos de placer de Björn y Eric tomaron la habitación y, cuando alcanzaron el clímax, salieron de las mujeres, que continuaron con su particular juego.

Cuando se quitaron los preservativos y los tiraron a una papelera, Diana dijo:

—Marie, cógeme.

Ésta se puso un arnés, se colocó tras su novia y poco a poco introdujo en ella el pene que llevaba puesto, consiguiendo que Diana gritara de placer. Judith, empalada por el pene de Diana, gritó, y ésta, extasiada por lo que su novia le hacía, volvió a hundirse en Judith.

Las tres mujeres lo pasaban bien haciendo el trenecito sobre la cama cuando Björn le dio a su amigo Eric un vaso con whisky. Ambos bebieron mientras observaban el morboso juego de ellas, hasta que Judith y Diana tuvieron un orgasmo y todo se detuvo. Una vez Diana salió de Judith, se quitó el arnés y, mirando a su novia, propuso mientras le desabrochaba el arnés que también ella llevaba:

—Hagamos un sesenta y nueve.

Sin descanso, las dos se tumbaron en la cama y se chuparon una a otra con deleite. Eric, al ver a su mujer con los ojos cerrados, la cogió en sus brazos y, llevándosela a la regadera, preguntó:

—¿Todo bien, cariño?

Judith asintió y lo besó.

Björn sonrió. La típica pregunta de Eric a Judith tras el sexo. A él nunca se le había ocurrido plantearle a ninguna de sus amigas esa pregunta. No le importaba su placer. Le importaba sólo el propio y recordó que Eric le había dicho que, desde que estaba con Judith, la forma de ver el sexo para él había cambiado.

Mientras observaba a sus amigos besarse con pasión en la regadera, volvió a sentir lo que sentía únicamente cuando estaba con ellos: soledad.

Con otras parejas ese sentimiento no aparecía, sólo se preocupaba de disfrutar del sexo y el morbo. Pero cuando estaba con ellos y era consciente de la relación tan maravillosa y especial que tenían, los envidiaba.

Ver cómo se miraban, cómo se besaban, cómo se querían o necesitaban era algo que él nunca había experimentado con nadie.

¿Sería cierto que cuando te enamoras, tu propio goce pasa a un segundo plano y sólo deseas ver a la otra persona gozar?

Estaba excitado mirando la situación, cuando Eric comenzó a hacerle el amor a Judith con fiereza contra la pared, en la regadera, y mientras Diana y su novia disfrutaban de su sexualidad en la cama. Estaba invitado a cualquiera de las dos fiestas y dudó. El espectáculo era excitante y verlo desde donde estaba resultaba extremadamente morboso, por lo que decidió mirar mientras su pene, gemido a gemido y segundo a segundo, se ponía duro como una piedra.

Cuando Eric y Jud acabaron y salieron de la regadera, se metieron en el *jacuzzi* e invitaron a Björn a acompañarlos. Sin dudarlo, él aceptó y cuando fue a sentarse, Judith le entregó un preservativo y susurró:

—Ahora tú...

Deseoso de sexo, Björn rasgó el envoltorio y se colocó el condón. Una vez se sentó en el *jacuzzi*, miró a su amigo, que asintió y, agarrando a Judith de la mano, le pidió:

—Siéntate sobre mí, preciosa.

Cuando lo hizo y él se fue introduciendo en ella, la joven jadeó y Björn, sin acercarse a la boca que era sólo de Eric, murmuró:

—¿La sientes dura?

—Sí...

—Vamos..., apriétate contra mí.

Al hacer lo que le pedía, un escalofrío recorrió la espalda de Judith, que jadeó. Su marido, besándola, dijo:

—Así, pequeña..., dame tus gemidos.

Durante varios minutos, aquel morboso juego entre ellos los volvió locos. Björn, sentado en el *jacuzzi*, recibía a Judith, ella se empalaba en él y Eric se bebía los jadeos de placer de su mujer.

Mel, que los observaba, cruzó las piernas. Sus propios fluidos comenzaban a traspasar sus pantaletas y su cuerpo le pedía sexo cuando oyó a Björn decir:

—Eric y yo te vamos a coger como te gusta.

Judith no podía hablar. Sintió cómo las manos de su marido tras ella la apretaban con fuerza contra la dura erección de Björn y murmuraba en su oído:

—Vamos, pequeña..., así... toda.

Sin aliento, se dejó manejar por aquellos dos titanes mientras Björn movía las caderas a un ritmo infernal, volviéndola loca, y sentía las manos de Eric, ahora apretándole las nalgas. Jadeos de placer escaparon de su boca y más cuando sintió que su marido le metía un dedo en el ano y después dos. Los movía. La tentaba.

—¿Te gusta, Jud? —preguntó Björn.

Ella asintió y cuando él la recostó sobre su pecho en el *jacuzzi*, se preparó para la penetración anal que anhelaba de su marido. Con cuidado, Eric lo hizo. Entrar en ella siempre era un placer. Un gemido escapó de su boca y cuando toda su erección estuvo dentro, musitó:

—Pequeña..., dime que te gusta.

—Me gusta —susurró Judith al sentirse totalmente llena por ellos dos.

A partir de ese instante, cada uno se movió en busca del placer, mientras Jud se abría para ellos y se dejaba hacer, disfrutando de la situación.

Una... dos... tres... cuatro penetraciones seguidas de cada uno la hacían ronronear de gozo, mientras un calor intenso se apoderaba de sus cuerpos.

Cinco... seis... siete... ocho... Entraban y salían de ella con gozo, mientras volvían al ataque dispuestos a más.

Gozo...

Sexo...

Fantasías...

Aquello era puro morbo, hasta que finalmente ella no pudo más y con un grito les hizo saber que había llegado al clímax. El siguiente en llegar fue Björn y, por último, Eric.

Cuando Björn apoyó su cabeza en el hombro de su amiga, se percató de que alguien medio escondido tras las cortinas los observaba y su cuerpo reaccionó. Se sorprendió al darse cuenta de que era Mel. Rápidamente dejó de mirar hacia allá para que nadie se percatara y siguió sentado en el *jacuzzi*. Un par de minutos después, su amigo salió de su mujer y ésta de él; juntos se encaminaron hacia la recostó.

Excitado por la presencia de Mel, Björn salió también sin prisa del *jacuzzi*. Se quitó el preservativo y, mojado y desnudo, se encaminó hacia un lateral de la habitación.

Mel, con la boca seca, lo perdió de vista hasta que de pronto sintió algo mojado tras ella y, al volverse, se encontró con él. Avergonzada, no supo qué decir y Björn, bajando la voz para que nadie, a excepción de ella, lo oyera, preguntó:

—¿Espiando tras las cortinas?

Mel no se podía mover. Si lo hacía entraría en el reservado donde estaban sus amigos y, deseosa de que no la vieran, respondió con voz suplicante:

—Lo... lo siento, yo...

Alucinado al ver que titubeaba y se quedaba sin palabras por primera vez desde que la conocía, Björn se creció y, señalando el cartel, preguntó:

—¿No sabes lo que significa la palabra «*Stop*»?

Ella asintió y él añadió:

—Acabas de incumplir una de las normas del club. Si yo quisiera, ahora mismo te corren de aquí; lo sabes, ¿verdad?

Mel asintió acalorada y, arrepentida, murmuró:

—No les digas a Eric y Judith que he estado aquí.

Desde su imponente estatura, él, totalmente desnudo, la miró y preguntó:

—¿Por qué? ¿Acaso no juegas a lo mismo que ellos?

Nerviosa, quiso escapar, pero no pudo. Björn, cogiéndola del brazo, la acercó a él y murmuró casi encima de su boca:

—Te aseguro que si entras conmigo en el reservado la podemos pasar muy bien. No creo que Judith se asuste por tu presencia. Quizá se sorprenda, pero asustarse... no.

Mel, intentando zafarse de su mano, susurró:

—Yo... yo no juego a esto con amigos.

—¿Ah, no?

—No.

Divertido por ver a Mel desconcertada, él sonrió e insistió:

—¿Por qué?

—Porque no. Y ahora, suéltame, tonto.

Björn no lo hizo. Deseaba desnudarla, meterla en el *jacuzzi* y disfrutar de su compañía. La deseaba más que a nadie en el mundo y, sin dudarlo, se lo hizo saber. Cogió su mano, la llevó hasta su erección y murmuró al sentir el roce de sus dedos:

—No vuelvas a llamarme «tonto» o te juro por Dios que dejaré de ser educado contigo, ¿entendido? —Ella no respondió y él siseó—: Tú y yo no somos amigos. Entremos en otro reservado y...

—No —consiguió balbucir ella.

Acercando su boca a su rostro, Björn paseó sus labios por la frente de ella y murmuró, excitado por lo que su cuerpo le pedía que hiciera:

—Te aseguro que no te vas a arrepentir.

La suavidad de su piel...

Su voz...

La intensidad de su mirada...

Todo aquello, unido al morbo de lo que había visto, hicieron dudar a Mel.

Dios... deseaba sentir a aquel hombre en su interior, pero recuperando la compostura, retiró su mano de su erección como si se quemara y rogó:

—Suéltame.

Björn sonrió. No pensaba hacerlo. Y acercándose más a ella, preguntó:

—Si te beso, ¿me volverás a morder?

—Yo que tú no lo intentaría.

Pero Björn, ignorándola, le pasó un brazo por la cintura y, dispuesto a soportar un nuevo mordisco, tanteó su boca y finalmente la besó. Metió la lengua y, contra todo pronóstico, pasados unos segundos, ella le respondió.

Su respuesta fue arrasadora. El sabor de Mel era cautivador y, apretándola más contra él, profundizó el beso. Ella soltó un casi inaudible gemido que Björn oyó y sintió que el vello se le ponía de punta y su pene engordaba. Apretándola contra la pared, continuó su asolador ataque. La deseaba. Deseaba a aquella presumida impertinente y quería disfrutar de ella como fuera.

Cuando sintió que ella bajaba todas sus barreras para disfrutar de lo que hacían, él detuvo su beso. Mel lo miró con los ojos turbios de deseo y Björn, tras darle un sensual mordisquito en el labio inferior, dijo soltándola:

—Si quieres más, tendrás que entrar en el reservado.

Ella dudó.

Lo deseaba. Su cuerpo entero se lo pedía a gritos.

Pero resistiéndose, finalmente negó con la cabeza, se zafó de él y salió de la zona de los reservados sin mirar atrás.

Björn, duro como una piedra, maldijo en silencio por su poco tacto. Quizá si la hubiera seguido besando un poco más, ella habría accedido.

Alucinado por lo que aquel beso le había hecho sentir, apoyó una mano en la pared al sentir el corazón acelerado. ¿Qué le estaba ocurriendo?

Unas mujeres salieron del reservado de al lado y, al verlo en el pasillo desnudo y con aquella erección, sonrieron. Björn, consciente de que debía tener cara de tonto, se recuperó rápidamente y, sin querer pensar más en el beso de Mel, volvió a entrar en el reservado, donde continuó jugando el resto de la noche con sus amigos. Pero ya nada le supo igual. Anhelaba aquella otra boca y no pudo dejar de pensar en ella.

14

Dos semanas después, en la piscina cubierta de la casa de Judith, Mel hablaba divertida con su amiga mientras tomaban unos refrescos.

Tras haber visto ciertas cosas, no sabía cómo afrontar aquella conversación con Judith. Deseaba hablarlo, pero algo la detenía y supo que era la vergüenza y el pudor. Nunca había tenido una amiga con la que hablar sobre esas intimidades.

Aquel tipo de sexo era algo que ella disfrutaba desde muy jovencita, desde que participó en una orgía y ese rollo le gustó. Pero nunca nadie de su entorno, a excepción de Mike o Lodwud, habían sabido nada al respecto. La avergonzaba lo que pudieran pensar de ella.

Incluso cuando se lo propuso a Mike, el tío más liberal del mundo, se quedó un poco perplejo. Aquello no era propio de Melanie, pero cuando aceptó, la pasó incluso mejor que ella y juntos habían disfrutado de alguno que otro trío.

Cuando Simona les avisó que podían ir a comer a la cocina, las dos jóvenes llevaron a sus hijos y les dieron de comer primero. El pequeño Eric era un glotón y Samantha, a su vez, devoró su plato. Cuando los niños se durmieron, ellas comieron también y, al acabar, Judith dijo con una sonrisa:

—Te tengo que contar una cosa.

—Cuenta.

Retirándose el pelo de la cara, su amiga sonrió y anunció:

—¡Estoy embarazada!

—¡Enhorabuena!

Ambas se abrazaron y Mel preguntó:

—¿Cuántos meses tienes?

—Parece que apenas un mes, y aunque ahora me veas tranquila, te aseguro que cuando me hice la prueba y vi que había dos rayitas, ¡casi me da un ataque!

—¿Y el padre está contento?

Judith movió la cabeza y, divertida, respondió:

—Eric está feliz, pero asustado por ver cómo llevo el embarazo. —Y añadió—: Cuando estaba embarazada del pequeñín, las hormonas me volvieron loca y a Eric casi lo mato. ¡Pobrecito!

Ambas soltaron una carcajada y Judith, tocándose su inexistente vientre, murmuró:

—Los dos estamos muy felices.

Mel sonrió.

—¿Desde cuándo lo sabes?

—Desde hace tres días. Llamé para decírtelo y, al no localizarte, supuse que estarías fuera. En serio, Mel, la próxima vez que te vayas de viaje, déjame a Samantha. Aquí ya ves que estará bien. Simona y Norbert me ayudarán con ella, Flyn se la comerá a besos y Eric la malcriará. Te aseguro que estará como una auténtica princesa.

Ella soltó una carcajada y replicó:

—No hace falta que me lo repitas. Te prometo que la próxima vez que te necesite para que cuides de Sami, te lo diré. O, mejor dicho, ¡se los diré!

Ambas sonrieron y Mel añadió:

—¿Puedo hacerte una pregunta?

—Claro.

—Es sobre Flyn.

Judith sonrió y explicó:

—Flyn es hijo de Hannah, la hermana de Eric. Ella murió, el padre nunca quiso saber nada del pequeño y, hoy por hoy, Eric y yo somos sus padres.

—Ay, pobrecito.

Jud asintió y prosiguió:

—No te preocupes, él está bien. Flyn es nuestro niño, como lo es el pequeño Eric, y aunque ahora pienses que me adora y besa por

...

donde piso, te aseguro que ese pequeño enano gruñón me lo puso muy difícil cuando me conoció. ¡Si yo te contara! —recordó divertida—. Ah... y otra cosa más: su padre era coreano, no chino. Te lo aclaro porque Flyn odia que lo confundan con un chino.

—Es bueno saberlo —sonrió Mel al escucharla.

En ese momento se abrió la puerta del salón y aparecieron Eric y Björn. Este último, al verla, exclamó sorprendido y encantado:

—Eric, ¡qué distinción! La mismísima novia de Thor en tu salón.

—¡Björn! —protestó Judith, mientras éste dejaba el maletín en una silla.

—Vaya..., pero si ha llegado el asno de *Shrek* —replicó Mel.

Sorprendida por ese recibimiento, Judith miró a sus amigos y se quejó:

—Definitivamente, les gusta el pleito. ¡Vaya dos!

Björn, divertido, repuso:

—Ella me ha llamado «asno»..., ¡no lo olvides!

Mel, al verlo, se acaloró. No había ni una sola noche que no pensara en él. En su cuerpo desnudo. En sus proposiciones. En la suavidad de su piel cuando la rozó. Pero disimulando lo que sentía de la mejor manera posible, se puso la coronita de cristales que le había quitado a su hija para dormir y contestó:

—Las princesas no decimos palabrotas, si no, muñequito, te aseguro que te soltaría un montón y muy desagradables.

Eric sonrió al oírlos, se acercó a su preciosa mujer y la besó. Después, saludó a Mel con un cariñoso beso en la mejilla y dijo:

—En el fondo, yo creo que disfrutan este rollito.

Mel sonrió y, guiñándole un ojo, respondió con burla:

—Me encanta... Por cierto, ¡felicidades por el bebé!

—Gracias —sonrió Eric, encantado—. Estoy convencido de que esta vez será una morenita.

—¿Una morenita? —repitió Mel sin entender.

Todos rieron y Jud aclaró:

—Una niña. Eric quiere tener una niña morenita como yo.

Björn, tras besar a Judith, no se acercó a Mel, y luego Eric dijo:

—Björn, pasemos a mi despacho. Tengo que consultarte algo de mi empresa. —Y volviéndose a su mujer, añadió—: Cariño, coméntale a Mel lo de la fiesta de mi empresa.

A Björn, alejarse de ella le molestó. Deseaba estar a su lado, disfrutar de su compañía, aunque fuera dedicándose insultos, pero cuando vio que Mel, con la coronita en la cabeza, le decía adiós con la mano en plan de burla, aceptó:

—Sí, mejor pasemos a tu despacho.

Cuando las mujeres se quedaron solas, Judith, divertida, miró a su amiga, que se estaba quitando la corona, y comentó:

—Definitivamente, creo que ustedes se atraen.

—Pobre de mí —se burló Mel.

—Da igual lo que digas, yo veo otras cosas y...

—Jud, no inventes cuentos —la cortó Björn, entrando por su maletín—. ¡Que para princesitas metiches ya tenemos a Cruella de Vil!

Ante esas palabras, Mel lo miró y contraatacó:

—¡Y para tontos habladores ya te tenemos a ti!

Él resopló. Estaba claro que ella no se lo iba a poner fácil y, sin decir más, salió de la cocina. Judith sonrió y comentó:

—La empresa de Eric celebra su fiesta anual el viernes que viene y queremos que vengas. ¿Qué te parece?

—No lo sé.

Judith, cogiéndola del brazo, cuchicheó:

—Tienes que venir. Sola o acompañada. Es una cena de gala, con baile después y te aseguro que la pasaremos genial.

Tras pensarlo, Mel respondió:

—De acuerdo. Si no estoy de viaje, prometo ponerme el único vestido largo que tengo e ir a esa fiesta acompañada.

—¡Bien! —aplaudió Judith y, mirándola, propuso—: ¿Qué te parece si nos damos un chapuzón en la piscina?

—¡Perfecto!

Pero cuando salieron del salón, Judith afirmó:

—Björn y tú se atraen... Lo sé... Lo intuyo.

15

Dos noches después, cuando Dora llegó a su casa para quedarse con Sami, Mel le dio un beso a la niña en su rubia cabecita y salió de casa. Era noche de boliche con sus amigos y compañeros. Incluso Robert estaría, pues estaba pasando unos días en Múnich y podrían verse. Cuando llegó a la calle, arrancó su vehículo y, tras subir la música a tope, como siempre, se encaminó hacia donde se encontraría con ellos.

Björn, que en ese momento estaba parado afuera de su cochera, hablaba por teléfono.

—Iremos al Sensations, ¿te parece bien?

La mujer que había al otro lado del teléfono contestó y Björn sonrió: tenía una gran noche morbosa por delante. De pronto, la música atronadora de un coche que pasaba por delante de él llamó su atención y no se sorprendió al ver a Mel conduciendo.

—Kristel..., tengo que dejarte. En un rato te vuelvo a llamar —dijo rápidamente antes de colgar.

Dispuesto a seguir a Mel, se sumergió en el tráfico y la siguió hasta llegar a un centro comercial. Allí la vio estacionar el coche y bajar. Vestía, como casi siempre, de negro, y de pronto la vio sonreír y saludar a alguien. Al mirar, vio que se trataba de un hombre de su edad. Al llegar junto a ella, él dijo algo y Mel, soltando una carcajada, le dio un puñetazo amistoso en el hombro.

Sorprendido por la risa sincera de ella, Björn decidió seguir su rastro. Estacionó su *Aston Martin* y, sin demora, echó a andar tras ellos, que parecían absortos en una divertida conversación.

Llegaron hasta el boliche del centro comercial y Björn, con cuidado de no ser visto por Mel, fue a la cafetería y pidió algo de beber.

Sin quitarle la mirada de encima, observó cómo los hombres y la única mujer que la esperaban la saludaban con un extraño choque de manos y no con dos besos. Poco después, observó que uno de los hombres le entregaba un par de zapatos especiales para jugar boliche y ella se los ponía.

Durante más de media hora, Björn la estuvo viendo jugar. Era buena. Realmente todos ellos eran muy buenos jugadores y sonrió al oírla gritar y saltar como una loca al hacer chuza.

Mel, ajena a su mirada, se divertía con sus compañeros.

—Neill, ¡supera esa chuza!

—Nena..., ¡eres buenísima! —aplaudió Robert.

—Gracias, nene... —Y guiñándole un ojo, reconoció—: Tuve un buen maestro.

Al oírlos, Romina, la mujer de Neill, sonrió y, levantando su botella de cerveza, gritó:

—Vamos, cariño, tira todos los bolos y machaca a estos presumidos.

Pero el tiro de Neill no fue bueno y de nuevo Mel saltó de contenta, riendo a carcajadas. Fraser y Hernández, al verla, se levantaron de su silla, la abrazaron y después la levantaron.

Björn quiso marcharse..., quiso desaparecer de allí, pero el espectáculo que ella ofrecía, con aquella candorosa sonrisa que nunca esbozaba ante él, lo tenía con los pies pegados al suelo y sólo deseaba acercársele, tomarla entre sus brazos y besarla.

¿Qué le estaba ocurriendo con aquella mujer?

Decidieron pedir una nueva ronda de bebida y esta vez fue Mel la encargada de ir a la barra. Björn, al ver que se le acercaba, decidió no esconderse. Cuando ella lo vio, torció el gesto y, mirándolo con soberbia, murmuró:

—Qué desagradable coincidencia.

Björn caminó hacia ella y, con la misma soberbia, respondió:

—Ya estamos con tu jueguito de mujer difícil.

—No te he llamado «tonto», así que no te quejes.

Sin hacerle caso, Mel pidió al mesero lo que había ido a buscar y, mientras éste se lo servía, Björn se apoyó en la barra y preguntó:

—¿Has cambiado el Sensations por el boliche?

Ella levantó las cejas, divertida, miró a sus compañeros y preguntó:

—¿No crees que están buenísimos?

Él, sin apartar los ojos de ella, insistió:

—¿Aquí también ligas?

—¿Lo dudas?

Björn clavó su azulada mirada en los pechos de ella y se le escapó un suspiro al ver que los pezones se le marcaban bajo la camiseta, como dándole la bienvenida.

Mel sonrió, algo molesta al ser consciente de lo que miraba él con descaro. Al verlo, sus pezones se habían rebelado y ante aquello nada podía hacer, excepto jugar sus cartas. Por ello, cogió una de las botellas de cerveza que el mesero había dejado delante de ella, se la acercó a la boca y, al ver cómo Björn le miraba los labios y los pechos, murmuró:

—Te gustaría que mis labios te rozaran así, ¿verdad?

Sorprendido, él preguntó:

—¿Cómo?

Ella dio un trago a la cerveza y, una vez acabó, paseó sus labios por el extremo húmedo de la botella con sensualidad y, tras chuparlo con descaro, sonrió. Björn parpadeó acalorado. Aquella presumida, sus marcados pezones y aquella acción tan sensual lo acababan de poner caliente e, intentando tomar las riendas del juego, preguntó:

—¿Te gusta provocar?

Mel soltó una carcajada y, dejando la botella sobre la barra, respondió:

—¿A quién no..., nene?

Dispuesto a ser tan descarado como ella, Björn se acercó más e hizo lo que llevaba rato deseando. Levantó la mano derecha y, posándola sobre la tela que recubría el pezón erecto, dijo:

—¿Te gusta cómo te toco?

Mel quiso protestar, quiso quejarse, pero el morbo que su cuerpo sintió al notar cómo los dedos de él aprisionaban su pezón, la hizo jadear.

En ese momento, Romina se acercó y, al ver a Mel hablando con aquel guapo hombre, preguntó:

—¿Molesto?

Björn retiró la mano y Mel, volviéndose hacia la mujer, negó con la cabeza. Romina, al entender que sí había molestado, con gesto cómplice cogió la bandeja de las bebidas y se excusó:

—Los chicos están sedientos y ya sabes cómo son estos gringos cuando tienen sed.

Una vez se fue dejándoles de nuevo a solas, Björn arrugó el entrecejo e inquirió:

—¿Tus amiguitos son estadounidenses?

—Sí. —Y al recordar ella lo que aquel día Klaus, el padre de Björn, le había dicho, replicó—: ¿Ocurre algo porque lo sean?

Él negó con la cabeza con gesto de rechazo y, mirándola directamente a los ojos, murmuró:

—Estaré en el Sensations.

Dicho esto, se marchó, dejando a Mel bloqueada y altamente excitada por lo que había ocurrido entre los dos.

Cuando se repuso y volvió junto a sus compañeros, Robert, que la había observado hablar con él, preguntó interesado:

—¿Quién era ese tipo?

Sin querer dar muchas explicaciones, ella cogió su cerveza y, tras dar un trago, respondió, forzando una sonrisa:

—Un amigo de un amigo. Nadie importante.

Un par de horas después, tras varias partidas de boliche, decidieron ir a tomar unas copas, pero, sin dudarlo, Mel se excluyó. Se despidió de sus amigos y fue hasta su coche, donde encendió un cigarrillo. ¿Se había vuelto loca?

Cuando se estacionó frente al Sensations, tenía muy claro lo que quería y lo que había ido a buscar allí.

Al entrar en el club, vio a Björn charlando con una mujer en la barra. Sus miradas se encontraron y él sonrió, pero no se acercó a ella. Llevaba esperándola toda la noche y, ahora que la tenía allí, su ego masculino se creció y, tomando de la mano a la mujer que hablaba con él desaparecieron por una puerta que llevaba a los vestidores.

Mel no lo dudó y los siguió. Nada la desviaría de lo que deseaba. Cuando quería una cosa, iba por ella al cien por cien.

Tras pasar por los vestidores masculinos y desnudarse, Björn llegó a la sala comunitaria con una minúscula toalla negra alrededor de la cintura. Al entrar miró alrededor y vio que su acompañante aún no había salido. El *jacuzzi* estaba vacío y decidió esperarla allí, mientras observaba a su alrededor los juegos morbosos de otros y su disfrute.

Pensó en Mel. Que ella hubiera ido allí esa noche significaba que quería algo y su orgullo masculino lo hizo sonreír. Aquella presumidita iría a él, costara lo que costara. Y de pronto se bloqueó cuando la vio aparecer con una bata negra y caminando directamente en su dirección.

Con una mirada desafiante, se acercó al *jacuzzi*, se desanudó la bata y la dejó caer al suelo.

Björn, sin moverse, paseó la vista por el cuerpo de ella y la boca se le resecó. Sus pechos eran exquisitos. Las areolas se contrajeron ante su mirada y los pezones se le pusieron duros.

Mel, aquella provocadora, era tentadora. Excesivamente tentadora. Paseó la mirada por su cuerpo y finalmente clavó la vista en su cuidado y depilado monte de Venus. Deseó tocarlo, lamerlo, chuparlo, mientras a su alrededor otras personas proseguían con sus morbosos juegos.

Desafío...

Duelo...

Contradicción...

Eso era lo que sentían los dos. Se deseaban pero eran rivales. Ambos querían quedar por encima de lo que el otro pensara, hasta que ella cogió uno de los preservativos que había en una fuente y, tirándoselo, dijo:

—Póntelo. No digas nada y hagámoslo.

Él dejó que el preservativo cayera en el *jacuzzi* y no lo tomó. ¿Ella estaba dando su brazo a torcer?

Con lujuria, Björn sonrió y, con soberbia, preguntó:

—¿Y si ahora no se me antoja?

Mel cambió el peso de pie y añadió con las manos en las caderas.

—¡Ponte el jodido preservativo ya!

Sobrecogido porque ella hubiera claudicado, replicó:

—No... no... no... A mí las órdenes no me gustan, muñequita. Además, estoy esperando a alguien.

Divertida, Mel se tocó una ceja.

—Creo que tu acompañante tardará un poquito en llegar.

Asombrado por sus palabras, Björn la interrogó frunciendo el cejo:

—¿Qué has hecho con Kristel?

Mel se encogió de hombros, pensó en lo que Carl y otro hombre estaban haciendo con ésta en uno de los baños de los vestidores y dijo:

—Yo nada. Sólo sé que tardará porque la está pasando muy bien en los vestidores, con dos tipos muy... muy... morbosos.

Al ver su gesto travieso, él sonrió y, deseoso de entrar en el juego de ella, no lo dudó y no desaprovechó la ocasión. Cogió el preservativo que flotaba en el agua y, levantándose del *jacuzzi*, preguntó:

—¿Te gusta lo que ves?

Ella tragó con dificultad. ¡Era alucinante!

El moreno, fibroso y musculoso cuerpo de Björn era impresionante. Se notaba que se cuidaba e iba al gimnasio, y cuando clavó la mirada en su vientre plano y después en su duro y tentador pene mojado, creyó morir de placer. Lo deseaba, pero no pensaba alimentar más su ego y lo apremió:

—Ponte el preservativo y deja de ser tan presumido.

Él sonrió.

Mel era dura de roer y eso le gustó. Lo excitó su exigencia. Lo excitó mucho. Y sin querer tentar a la suerte, hizo lo que aquella insoportable pedía. Tenerla desnuda ante él era un lujazo que no pensaba desaprovechar por nada del mundo. Sin quitarle la mirada de encima, se puso el preservativo y, una vez lo tuvo puesto, ella pidió:

—Siéntate en el *jacuzzi*.

—Te he dicho que no me gusta que me den órdenes —protestó él y, al ver su gesto, añadió—: Pero me voy a sentar porque aquí estaba y disfrutaba de las burbujas.

Ella sonrió.

En el fondo, su sentido del humor le gustaba aunque no lo quisiera reconocer. Cuando Björn se sentó en el *jacuzzi*, ella se metió. Él clavó su mirada en su depilado monte de Venus en forma de corazón y su excitación se redobló. Deseaba saborearlo. Abrirla de piernas y meter su boca entre ellas hasta hacerla chillar de placer. Mel fue a sentarse sobre él, pero Björn la paró.

—Antes de... quiero verte y saborearte.

—No hay tiempo —protestó—. La mujer que esperas vendrá y...

—He dicho que quiero verte y saborearte —la cortó implacable—. Sube un pie al borde del *jacuzzi* y muéstrate a mí como yo me he mostrado a ti.

—¿Esto qué es, un mercadeo de carne?

Apoyado con presunción, él la miró y respondió:

—Piensa lo que te dé la gana, preciosa..., me es indiferente.

Excitada por lo que le pedía, subió un pie al borde del *jacuzzi*. Rápidamente, él la sujetó para que no escapara y le pidió:

—Ábrete los labios con los dedos y agáchate sobre mi boca para que pueda saborearte.

La respiración de Mel se aceleró. Lo que le pedía era tentador. Muy tentador. Pero a ella tampoco le gustaba que le dieran órdenes y cuando iba a negarse, él le dio una nalgada y con voz de mando exigió:

—Hazlo. Estoy esperando.

Acalorada al sentir las manos de él sobre su piel, hizo lo que le pedía y cuando su húmeda y caliente boca se acercó y con la lengua le rozó el clítoris, se tuvo que agarrar a sus hombros para no caerse. ¡Dios, cómo le había gustado aquello!

—Sí... —murmuró extasiada.

Como un lobo hambriento, Björn la escuchó gemir. Durante

unos segundos, la lamió y succionó su hinchado clítoris, disfrután-
dolo.

—Hueles a fresa —murmuró, volviéndola loca.

Su olor... su sabor era increíble. Mel no sabía como el resto de las
mujeres. Pero al ver el efecto ocasionado en ella, con toda su fuerza
de voluntad Björn se retiró y dijo:

—Suficiente. Tienes prisa. Siéntate sobre mí.

Enojada porque no hubiera continuado con lo que había empe-
zado, resopló. Quería que continuara con su boca entre sus piernas,
lo deseaba, pero no pensaba rogarle. Ya era mucho que hubiera
dado su brazo a torcer y hubiera ido a él. Sin hablar, se le sentó encima y Björn comentó en tono íntimo:

—Tienes unos pechos muy monos.

—¿¡Monos!?

Él, tocándole los pezones con los dedos hasta ponérselos duros,
insistió, picándola:

—No están mal.

Mel resopló y Björn, al ver su gesto, le dio un nuevo azote en el
trasero y ella lo amenazó.

—Si vuelves a pegarme, te rompo la nariz.

Él soltó una carcajada y, azotándola de nuevo, musitó mientras
le tocaba el trasero:

—Bonita..., no seas mojigata. He visto qué tipo de sexo practicas
y golpecitos como éstos te gustan. —Y sin dejarla protestar, preguntó—: ¿Te molesta que no me enloquezcan tus pechos?

—No.

—Entonces, ¿por qué pones esa cara?

—Porque soy un bicho raro, ¿no lo recuerdas?

Eso los hizo reír a ambos y, sujetándola con fuerza para sentirla
sobre él, Björn murmuró:

—Me gustan los pechos grandes, pero...

—Y a mí los hombres con el pene enorme —lo cortó ella.

Alucinado, parpadeó y preguntó, dispuesto a defender su viri-
lidad:

—¿Acaso mi pene no es lo bastante grande para ti?

—Los he probado mejores y más grandes.

—¿De tus amiguitos gringos?

—No lo dudes.

La expresión molesta de él la hizo sonreír y, acercándose a su oído, dijo:

—Muñequito, el que se ríe se lleva...

—Presumida...

Al ver la diversión en los ojos de ella, sonrió. Iba a decir algo, pero Mel lo apresuró:

—Vamos, hazlo ahora.

—¿Te refieres a que te coja?

Sin saberlo él, le estaba provocando un ardor extremo. Cómo le tocaba los pezones, la miraba, la retaba y en esos momentos cómo le hablaba la estaba excitando mucho y musitó:

—Sí.

—Pues pídemelo.

—Te lo acabo de pedir —susurró Mel.

Björn, acercando su boca a la de ella, le insistió:

—Pídemelo con morbo y con deseo. Pídemelo de esa manera que se pide cuando lo deseas con todo tu ser y que a uno le calienta hasta las entrañas cuando lo escucha.

Mel sonrió y, con un descaro que a él efectivamente le calentó las entrañas, acercó su boca a la suya y con voz tentadora murmuró:

—Aquí me tienes, James Bond. Cógeme y déjame disfrutar de tu cuerpo.

Sin demora, Björn asintió y, paseando su boca por sus mejillas, ronroneó:

—Ironwoman... ahora sí que te he entendido.

Se acercó más a ella y Mel, al ver sus intenciones, lo detuvo.

—No me beses en la boca.

—¿Por qué? —preguntó sin separarse de ella.

—No tengo que dar más explicaciones. No lo hagas y punto.

Björn, con malicia y sin retroceder, deslizó sus tentadores labios sobre los de ella. Los tocó ligeramente al tiempo que guiaba su pene hasta el centro de su deseo y, mientras la penetraba poco a poco, susurró:

—No creo que pueda resistir mis ganas de besarte.

—Tendrás que hacerlo —murmuró Mel, extasiada, encajándose totalmente en él.

Ambos cerraron los ojos de placer cuando sus cuerpos se ensamblaron. Perfección. Ambos encajaban perfectamente. Aquello era magnífico, colosal y, cuando Björn jadeó, ella preguntó:

—¿Sorprendido?

Él asintió y, agarrándola por la cintura, la apretó contra su pene, deseoso de más profundidad. Mel gritó extasiada y Björn murmuró:

—¿Sorprendida?

Aquello era pura lucha de titanes.

Ambos lo sabían y eso los excitaba cada segundo más.

Mel, agarrándose a su cuello, aclaró mientras movía las caderas.

—Voy a tomar lo que deseo. Soy egoísta y busco mi placer.

—Entonces ya somos dos, guapa.

Estimulado por la fuerza y la fiereza que veía en aquella mujer, Björn clavó los dedos en su cintura y la movió a su antojo mientras ella cerraba los ojos y echaba la cabeza hacia atrás, extasiada. Era preciosa, diferente, tentadora y le gustaba mucho... cada día más y ahora, tras aquel encuentro, estaba seguro de que todo cambiaría.

Pasados unos minutos en que el control fue de él, cuando soltó una de sus manos para cogerla del cuello y besarla, Mel lo rechazó con maestría.

—Mi boca no...

—Sí...

—No...

Ahora era ella quien controlaba lo que hacían, mientras Björn, maravillado, la dejaba hacer. Mel subía y bajaba sobre su pene con un ritmo estimulante que no quiso ni pudo parar y, cuando vio que ella jadeaba y volvía a echar la cabeza hacia atrás, la agarró de la nuca y acercó sus ardientes labios a los de ella.

—Tu boca sí... —susurró.

Lo necesitaba...

Lo anhelaba...

La posesión de él hizo que ella no se retirara. Al contrario, abrió la boca y respondió con un asolador beso que a ambos los enloqueció, mientras Björn tomaba de nuevo las riendas de la posesión y Mel era ahora quien no quería que parara.

Durante varios minutos continuó ese ataque.

Dos rivales en busca de su propio placer.

Dos contrincantes disfrutando del asalto del otro.

Dos amantes dispuestos a arder de pasión.

Su potente pene la penetró al máximo mientras ella se abría gustosa para recibirlo y jadeaba de placer. Por primera vez en mucho tiempo era otro hombre y no Mike quien la poseía y la hacía jadear mirándola a los ojos. El olor de Björn, su fiereza en el acto y su posesión la enloquecía y gritó cuando él, sorprendiéndola, incrementó el ritmo.

—Vamos, presumidita..., vamos..., dame lo que busco.

Acalorada y enloquecida, buscó su boca mientras sentía cómo su vagina vibraba y lo succionaba. Perturbada por ver los ojos de Björn y no los de Mike, acercó sus ardientes labios a los suyos y lo besó. Lo disfrutó. Lo volvió loco. Aquellos besos de lenguas enredadas, enloquecidas, la hicieron subir al séptimo cielo y no quería bajar.

Sin descanso, le ofreció su húmeda lengua y Björn la saboreó con ansia justo en el instante en que ella volvía a tomar las riendas de la situación. El combate continuaba y los dos querían dejar muy claro quién mandaba allí. Moviendo las caderas a un ritmo frenético de adelante hacia atrás, Mel se empaló de nuevo en él, que soltó un gemido gutural mientras, enloquecido, la apretaba y la besaba.

Alucinado por lo que le hacía sentir, de nuevo la dejó hacer. No lograba entender qué le ocurría. Quería llevar él las riendas del encuentro, como siempre, pero Mel lo anulaba para tomarlas ella.

Así estuvieron durante varios minutos hasta que Björn le sujetó los pechos con las manos y no pudo más. Soltó un jadeo varonil, se dejó ir en el mismo momento en que ella gritaba y se abrazaron mientras sus cuerpos temblaban ante lo ocurrido.

Con la respiración agitada, continuaron abrazados una encima del otro, sin mirarse. Cada uno a su manera pensaba en lo ocurrido y no lo entendía. Mel no había pensado en Mike, y Björn sólo había pensado en ella y no en sí mismo, como solía hacer.

Con Mel pegada aún a su pecho, sin pensarlo le besó con delicadeza el cuello. Le encantaba su olor a fresas. Necesitaba aquel contacto dulce y tentador y sintió que ella se encogía y lo besaba mimosa. Así permanecieron varios minutos, hasta que, separándose, Mel murmuró:

—No ha estado mal.

—¿Otro cumplido? —Ella sonrió y él añadió—: Me voy a acostumbrar a tus halagos, preciosa.

—No deberías, ton...

Al ver la mirada de él calló y, con un íntimo tono de voz, Björn dijo:

—Gracias por cortar esa desagradable palabrita. Verdaderamente lo que acabamos de hacer no ha estado nada mal, pero sé que tú y yo lo podemos superar, ¿no crees?

Durante unos segundos, ambos se miraron a los ojos. Los dos intuían que el sexo entre ellos podía ser un fogonazo de pasión y ella sonrió. Aquella dulce sonrisa que nunca antes le había dedicado, a Björn lo bloqueó y más aún cuando, con delicadeza, Mel le besó la punta de la nariz y murmuró:

—No dudo que lo podemos superar.

Ahora el que sonrió fue él. Estaba claro que los dos estaban muy a gusto y no querían que el momento se acabara.

—¿Por qué siempre hueles a fresa?

Divertida, respondió.

—Debe de ser el gel que utilizo en casa. Regalo de mi hermana.

Björn la volvió a oler y sin identificar la fragancia con ninguna de las que utilizaban las mujeres con las que solía salir, musitó al obtener algo de información de ella:

—Vaya, tienes una hermana.

—Sí.

—¿Y es tan presumida como tú?

Mel sonrió y contestó:

—Ni pienses que te lo voy a decir.

Ahora fue Björn el que soltó una carcajada. Le mordió el cuello y, al ver que ella se encogía, le preguntó:

—¿Cosquillas?

—Muchas —afirmó divertida, al notar de nuevo la boca de él en su cuello.

Durante un rato, jugaron en el *jacuzzi* como dos tontos adolescentes y Björn disfrutó de una faceta de ella que no conocía. Eso le encantó. Se mordieron. Se tentaron. Se divirtieron hasta que Mel vio a la mujer que acompañaba a Björn entrar en la sala junto a Carl. Eso la hizo regresar a la realidad.

—Llega tu acompañante.

Él la vio y, sin soltarla, deseoso de continuar jugando con ella, afirmó:

—Ahora tú eres mi acompañante. Juguemos todos.

Mel cambió su gesto. Y consciente de que aquella mujer buscaba a Björn, retiró los brazos de su cuerpo y ordenó:

—Suéltame.

—¿Por qué?

Volviendo hacia él su mirada fría e impersonal, Mel respondió:

—Porque lo digo yo.

Aquel tono de voz...

Aquella mirada dura...

Eso fue lo que hizo que la soltara.

Sin moverse, la observó salir del *jacuzzi*. ¿Qué había ocurrido? ¿Por qué tan pronto pasaba de ser un dulce maravilloso a ser una bola de espinas?

Sin mirarlo, Mel cogió la bata que había quedado en el suelo, se la puso y se marchó mientras él la observaba irse.

Que no se lo pusiera fácil le gustó.

Lo tentó.

Lo sedujo.

Minutos después, cuando su acompañante y Carl estaban ya en el *jacuzzi*, Björn no se podía concentrar. El olor a fresas estaba a su alrededor y, levantándose, miró a la mujer que lo miraba y se disculpó:

—Lo siento Kristel, pero tengo que irme.

16

$\approx\approx$

$\mathcal{T}$ras lo ocurrido esa noche, ya nada volvió a ser igual para ninguno de los dos.

Björn no se concentraba en su trabajo y se pasaba el día entero pensando en los maravillosos momentos que había compartido con Mel. Su entrega, su fuerza, su pasión le gustaron y deseó poder repetirlo. El problema era que ella desapareció. No volvió al club durante la semana siguiente, ni a la casa de Judith y Eric.

¿Dónde se habría metido?

El viernes, Mel se arreglaba en su casa. Era la noche de la fiesta de la empresa del marido de Judith y quería pasarla bien. Sonó el timbre de la puerta y cuando abrió apareció ante ella su estupendo amigo Robert, vestido con esmoquin negro.

—Guau, chicooooooo..., ¡qué guapo estás!

El militar sonrió y, mirando a la joven que lo piropeaba, exclamó:

—Tenienteeeeeee..., tú estás despampanante.

Al oírlo llamarla así, Mel aclaró:

—Lo de teniente, ¡omítelo! Recuerda que no quiero que la gente sepa a qué me dedico, ¿de acuerdo?

—Claro, teniente —se burló él.

Mel se miraba en el espejo justo en el instante en que su hija salía de la habitación.

—*Pinsesaaaaaaaaaaaaaaaaa...* —susurró la pequeña al verla.

Mel soltó una carcajada y, abrazándola, la besó en el cuello y dijo:

—Sí, cariño. Hoy mamá intenta ser una princesa.

A Robert se le cayó la baba al ver a la niña. La cargó, y, enseñándole un paquetito, preguntó:

—¿Qué te ha traído el tío Robert?

Sami cogió el paquete y, cuando sus manitas rompieron el papel de regalo, gritó emocionada:

—¡Una *codona dosa* de *pinsesasssssssssssssssssss*!

—¿Otra? —preguntó Mel, divertida.

Robert, que sabía que a Sami le encantaban, asintió y explicó:

—La vi en mi último viaje a Bagdad y no me pude resistir.

Ambos rieron y él, mirándola de nuevo, repitió:

—Estás despampanante, Mel.

Con aquel vestido azul eléctrico con escote sin tirantes, parecía de todo menos militar. Diez minutos después, tras meter a Sami en la cama y llegar su vecina a cuidarla, Mel tomó un chal negro a juego con un pequeño bolsito y, guiñándole un ojo a su acompañante, dijo:

—Vayamos a divertirnos.

Cuando llegaron a la sala de fiestas, cientos de autos de lujo abarrotaban la entrada. Agarrada del brazo de Robert, Mel entró y sonrió al ver la elegancia del lugar. Encantada, cogió una copa de champán que un mesero le ofrecía, cuando Judith, ataviada con un vestido rojo pasión, se acercó a ellos y exclamó:

—¡Qué alegría que hayas venido!

—Te dije que si estaba en la ciudad, vendría. —Y mirando a su acompañante, añadió—: Judith, te presento a mi buen amigo Robert Smith.

El joven la miró y, acercándose a ella, le besó la mano y dijo:

—Encantado de conocerte, Judith, y gracias por la invitación.

Una hora después, mientras tomaban una copa, Mel vio a Björn. Estaba impresionante con su esmoquin. La boca se le secó y el estómago se le volvió al revés al recordar cómo habían jugado aquella noche. Él no la vio. Estaba ocupado hablando con varias mujeres, que, como siempre, se peleaban por ser el centro de su atención.

Durante la cena, Björn vio por fin a Mel. Incrédulo, no le quitaba los ojos de encima. Estaba preciosa, femenina y diferente así vestida, pero su expresión se ensombreció al pensar quién era el hombre que la acompañaba y dónde se había metido todo aquel tiempo.

Una vez acabó la cena, la orquesta comenzó a tocar. Robert sacó a Mel a bailar. Era una pieza movidita y ella aceptó. Divertidos, bailaron durante horas hasta que la orquesta cambió de ritmo, de modo que cuando sonó la canción romántica *Blue moon* y la gente se abrazó, Mel ya no quiso seguir bailando.

> *Blue moon.*
> *You saw me standing alone.*
> *Without a dream in my heart.*
> *Whithout a love of my own.*

Judith, al ver que su amiga y su acompañante no bailaban, les presentó a varios de los invitados. Todos, encantados, platicaron con ellos y al final Robert sacó a bailar a una señora.

Björn, que llevaba observando a Mel toda la noche, no podía apartar la vista de ella. Allí estaba la mujer en la que no podía dejar de pensar, más bonita que nunca. Aquel vestido azul eléctrico se acoplaba a su cuerpo de una manera muy sensual y deseó acercarse. Saber que bajo aquella prenda se ocultaba el tatuaje que tanto le gustaba le hizo tragar saliva y sonreír. Durante varios minutos miró, sin ser visto, cómo los hombres revoloteaban a su alrededor, hasta que ella, sin saber cómo, se los quitaba de encima. Eso lo hizo reír y, acercándose, se dirigió a ella:

—Vaya, vaya, vaya, pero mira quién está aquí...

Al oír su voz, el cuerpo de Mel se tensó y, volviéndose, se encontró con el hombre que había protagonizado sus sueños en los últimos días. Bebiendo de su copa, musitó:

—Hombre..., ¡ya estamos todos!

Confuso por su tono de voz tras lo ocurrido entre ellos, Björn dijo:

—Te he esperado en el Sensations.

—¿En serio?

—Sí. ¿Por qué no has venido?

Intentando parecer tranquila, se retiró el pelo de la cara y respondió:

—He tenido otros compromisos.

—¿Con el estadounidense que te acompaña?

Mel sonrió sin responder y Björn añadió:

—Aléjate de los gringos, no son buena compañía.

Oír su rechazo le hizo preguntar:

—Pero bueno, ¿qué tienes tú en contra de los estadounidenses?

Con gesto impasible, él bebió de su copa y respondió:

—Sencillamente, no me gustan. Hazme caso. No son buena gente.

Mel no contestó. Si lo hacía, le diría cuatro cosas que no debía y calló. Durante un rato, ambos miraron la pista hasta que, al ver que ella no iba a abrir la boca, Björn habló:

—¿Por qué no bailas con tu acompañante?

Sin revelarle los verdaderos motivos, afirmó:

—Porque se me antoja.

Él, tendiéndole la mano, insistió:

—¿Bailas conmigo?

Ella lo miró, pero con una sonrisa fría a lo teniente Parker, lo rechazó:

—No, gracias.

En ese instante, una de las mujeres de la fiesta se acercó a Björn y comenzó a hablar con él. Durante un rato, Mel los escuchó, hasta que, cansada del parloteo de aquélla y de sus continuas insinuaciones, se alejó. Buscó a Robert, que estaba conversando con el marido de la mujer a la que había sacado a bailar y, acercándose a él, le expuso:

—Siento interrumpirte, pero me gustaría marcharme.

Robert no lo cuestionó y, tomándola del brazo, dijo:

—Cuando quieras, preciosa.

Björn, que observaba sus movimientos, al ver que se dirigían hacia la salida, se acercó a ellos e, interfiriendo en su camino, preguntó, mirando a Mel:

—¿Ya te marchas?

La joven asintió y, besando a Robert en el cuello con sensualidad, replicó:

—El gringo y yo tenemos planes, ¿algún problema?

Björn, con gesto incómodo, no respondió, y ella y su acompañante continuaron su camino. Al salir del salón de fiestas, Robert, alucinado por aquello, inquirió:

—¿Se puede saber a qué ha venido ese besito?

Mel sonrió y, parando un taxi, contestó:

—Cosas mías, chismoso.

Robert, recordando entonces dónde había visto antes a aquel hombre, preguntó:

—Ése es el tipo con el que hablabas el día del boliche, ¿verdad?

Sin querer mentirle, Mel respondió:

—Sí.

Incrédulo por ver esa reacción de ella ante un hombre, el militar inquirió:

—¿Le querías dar celos y por eso me has besado en el cuello?

—No inventes, tonto.

Pero Robert afirmó divertido:

—Mel..., no mientas, que te conozco muy bien. Ese tipo te gusta. ¡Qué fuerteeeeeeeee! Por fin... ¡No lo puedo creer!

Molesta por lo que sugería, le dio un puñetazo amistoso en el hombro y dijo para callarlo:

—No te metas en lo que no te importa, Robert Smith, y cierra el pico.

17

A la mañana siguiente, Björn, no contento con lo ocurrido la noche anterior, decidió buscar a Mel. Como sabía dónde vivía, fue a su calle para ver si la veía, pero no la localizó. Así pasaron varios días, hasta que una mañana su suerte cambió y la vio salir del portal de su casa con su hija. Decidió seguirla. Con seguridad, por la hora que era, debía llevarla a la guardería.

Y así fue. Mel dejó a la niña y después, subiendo a su coche, fue hasta el centro de la ciudad. Allí entró en un par de tiendas y, tras dejar unos paquetes en la cajuela, se subió de nuevo al coche, Björn supo que era entonces o nunca.

Mel encendió un cigarro, puso música y empezó a tararear. Con tranquilidad, arrancó el coche, metió primera, aceleró y, de pronto, al ver que alguien se le echaba encima, frenó en seco en mitad de la calle. Asustada, salió del vehículo dando un portazo y gritó:

—Pero, ¿tú estás tonto?

—No. Y tira ese cigarro.

Sin entender lo que pretendía, protestó mientras Björn apagaba el cigarro en el suelo.

—¿Acaso quieres que te atropelle?

—Yo te atropellé y sigues viva. Es más, te he dado la oportunidad de vengarte —se burló él—. Ahora estamos a mano y podré dormir tranquilo por las noches.

Alucinada y sorprendida, ella siseó:

—Tonto.

Atontado por lo que aquella mujer le hacía sentir, la agarró del brazo y, jalándola, la atrajo hacia su cuerpo. Luego, sin decir nada, la besó con ímpetu y pasión. A Mel le temblaron las piernas al notar el calor extremo que él le provocaba, en mitad de aquella calle.

—Llevo días buscándote —afirmó Björn cuando sus labios se separaron.

—¿Para qué? —preguntó ella con un hilo de voz tras aquel beso.

No esperaba verlo en aquel momento y la sorpresa le gustó muchísimo cuando él dijo:

—Para continuar con lo que dejamos a medias el otro día, pero no me llames «tonto», sabes que odio esa palabra.

—¿Estás loco?

—Sí y algo excitado también.

—Apenas son las nueve de la mañana.

—Estupenda hora para meterte en mi cama o en la tuya —repuso.

—¡Suéltame!

—Mi casa o la tuya. Tú decides —insistió, mientras sonaba el claxon de otro auto. El *Opel Astra* de Mel interrumpía la circulación.

—Ni lo sueñes.

—Vamos, no te resistas, preciosa. Me deseas, acéptalo. Ten por seguro que si supiera que no puedo estar contigo, desistiría, pero la sensación que tengo es que puedo y no voy a dejar de intentarlo. Sólo me rindo cuando lo tengo claro al cien por cien.

Incrédula por lo que le estaba ocurriendo, Mel protestó:

—Tú, como siempre, tan prepotente y creído.

Dispuesto a conseguir lo que deseaba, acercó de nuevo su boca a la de ella y susurró:

—Escucha, terca, me deseas tanto como yo a ti. Tú me fuiste a buscar esa noche al club y ahora el que te busca soy yo a ti. Quiero volver a hacer lo que hicimos y no voy a dejar de pedirlo hasta que me digas que sí. ¿Y sabes por qué? —Ella negó con la cabeza y Björn prosiguió—: Porque el otro día vi en ti a una mujer que hasta el momento nunca había visto. Además de presumida, mal hablada en ocasiones y ardiente, me demostraste que eres dulce, cariñosa y, sobre todo, que sabes sonreír, y eso me gustó.

Ahora eran tres coches los que pitaban y Mel, al ser consciente de ello, comentó:

—Tengo que irme de aquí. ¿No ves lo que estamos causando?

Björn la volvió a besar. Esta vez la apretó más contra su cuerpo para que sintiera su dura erección y, sobre su boca, murmuró:

—Esos autos pueden irse a la...

—Pero, ¿tú estás tonto?

Con una sonrisa que le calentó el alma, él respondió:

—Tonto estaría si no quisiera meter en mi cama a la preciosa novia de Thor. —Y al ver que ella levantaba las cejas, agregó—: Por muy difícil que te pongas hoy, te aseguro que no vas a escapar de mí tan fácilmente. Puedo ser tan difícil como tú.

Su insistencia finalmente la hizo sonreír, mientras los dueños de los coches tocaban el claxon cada vez más enojados.

—Björn, estamos organizando un embotellamiento.

—Guau..., ¿me has llamado por mi nombre? Repítelo.

Pero los pitidos continuaban y ella insistió:

—El embotellamiento, ¿no lo ves?

—Estoy hablando contigo. Préstame atención.

—Pero los coches...

—Que se vayan a la...

—¿Y luego tú me llamas a mí «malhablada»?

Con una seductora sonrisa, él pidió:

—Di mi nombre otra vez.

Divertida por su locura, cuchicheó:

—Björn.

—Mmm... Me encanta cómo lo pronuncias. La manera como pones los labios me excita mucho. Dímelo otra vez.

El embotellamiento comenzaba a ser monumental y Mel, incapaz de no escuchar lo que la gente gritaba, finalmente se rindió y dijo:

—De acuerdo, Björn, elijo tu casa. Pero iré en mi automóvil.

—No, preciosa —negó él—. Vendrás en el mío. No confío en ti.

—Pero...

Quitándole las llaves de la mano, añadió:

—Prometo que luego seré un caballero y te acompañaré a recogerlo.

Extasiada, ella asintió y, mientras pedía disculpas a los conductores que protestaban, Björn estacionó su coche. Cuando lo cerró, le entregó las llaves, le sujetó la mano con fuerza y la llevó hasta el suyo.

Una vez dentro, Mel aún seguía sin entender cómo se había dejado embaucar por aquel hombre y declaró:

—Reconozco que tu coche es una belleza.

—¿Te gusta? —preguntó él.

Mel, mirando los carísimos acabados de aquel vehículo, asintió.

—Sí, James, me gusta tu *Aston Martin* una barbaridad. Cuando quieras, me puedes regalar uno del color que prefieras.

Björn sonrió y, cuando metió la llave en el contacto, la suave música *soul* comenzó a sonar. Sin demora, ella la apagó. Él se sorprendió pero no dijo nada. Sólo deseaba llegar a su casa, desnudarla y disfrutar de ella.

Cuando entraron en el estacionamiento del edificio y se estacionaron, Björn bajó del coche y, antes de que le pudiera abrir la puerta con caballerosidad, ella ya estaba fuera. Cuando cerró, él le sujetó de nuevo la mano con autoridad y caminó hacia el elevador. Una vez llegaron al cuarto piso, entre besos y toqueteos, entraron en su hogar. Björn desconectó la alarma, cerró la puerta y, aprisionándola contra ella, murmuró:

—En otro momento te enseñaré la casa. Ahora me muero por desnudarte y jugar contigo.

Mel no habló. No podía.

Era la primera vez desde que Mike murió que estaba sola en la casa de un hombre y deseaba participar y disfrutar. Sus escarceos sexuales siempre habían sido en bares o en hoteles, pero nunca en la intimidad del hogar de nadie. Pero allí estaba, en casa de él sin saber aún realmente por qué.

El cuerpo de Björn la aplastaba contra la puerta mientras las manos de ambos volaban por sus cuerpos, deseosas de encontrar lo que buscaban. Prenda a prenda se fueron desnudando el uno al otro hasta quedarse sin nada.

—Me encanta tu olor a fresa...

Ella sonrió. Por primera vez en mucho tiempo, Mel deseaba dejar de ser la teniente Parker para convertirse en una mujer cariñosa que deseaba amar y ser amada. Cuando vio que él tenía un preservativo en la mano, ella, con una sensual sonrisa, se lo quitó, lo abrió y, agachándose, se lo comenzó a poner.

A Björn sus movimientos lo estaban volviendo loco. Mientras Mel se ayudaba de los dientes para bajar el preservativo por el duro pene de él, con las manos le apretaba las nalgas. Cuando lo tuvo puesto, le dio una nalgada y, mirándolo a los ojos, murmuró mientras se levantaba:

—Veamos qué eres capaz de hacer, *pínsipe*.

Él sonrió y, apretándola de nuevo contra la puerta, murmuró:

—Te aseguro que soy capaz de hacer muchas... muchas cosas.

Ambos sonrieron y él le dio la vuelta y la puso mirando hacia la puerta. Le miró el tatuaje. Aquel tatuaje que tanto le había llamado la atención. Con deleite, pasó la lengua por él y musitó:

—Me encanta tu tatuaje.

—A mí también.

—¿Qué significa para ti?

Al pensar lo que le preguntaba, susurró excitada por cómo la tocaba:

—Los atrapasueños alejan los miedos, las pesadillas, y yo decidí tener el mío en mi cuerpo.

Björn sonrió y le pasó la lengua desde el tatuaje hasta el cuello.

—Eres tan morbosa como yo —observó—, y aunque sé que te gusta jugar con hombres y mujeres, en este instante sólo te voy a coger yo.

—Me gusta el sexo, el morbo y los juegos tanto como a ti.

Acalorado mientras tocaba su tatuaje, añadió:

—Espero jugar contigo y con otros en otra ocasión. Pero ahora separa las piernas, echa tu precioso trasero hacia atrás y muévete cuando yo esté dentro, para que vea cómo se mueve tu bonito tatuaje.

Ella obedeció y, cuando sintió cómo desde atrás él le abría los labios vaginales y la penetraba, pegó su boca a la puerta y jadeó. Sentirlo tan duro, tan potente dentro de ella, la activó. La avivó. La hizo sentir viva y cuando él dio el primer empujón para profundizar más, chilló.

Sus gritos placenteros cargados de erotismo a Björn le supieron a gloria y, parándose, murmuró con voz ronca, de nuevo en su oído:

—Me encanta cómo se mueve el tatuaje cuando tú te mueves.

—Genial... Continúa.

Metiéndole un dedo en la boca para que se lo chupara, Björn la penetró una y otra vez, mientras su cuerpo disfrutaba de aquel ataque asolador. Mel estaba dejándose hacer. En ningún momento intentó tomar el mando y él se lo agradeció.

Moviendo sus caderas de adelante hacia atrás, el juego continuó, mientras su pene era absorbido por ella y él observaba cómo el atrapasueños tomaba vida ante los movimientos de ella y parecía balancearse.

Calor... el calor era tremendo.

Björn soltó la mano con que le agarraba la cadera y, tras darle una nalgada que sonó seco en la estancia, dejó caer su cuerpo sobre el de ella y, agarrándola con fuerza por la cintura, murmuró mientras incrementaba el ritmo:

—Así..., vamos..., jadea... Quiero oírte.

Pero los jadeos duraron poco. Un asolador orgasmo les alcanzó a ambos y juntos lo disfrutaron mientras sus respiraciones desacompasadas les hacían saber que aquel juego debía continuar. Pasados unos minutos en los que sus respiraciones se relajaron, él salió de ella y se quitó el preservativo. A continuación, le dio la vuelta para besarla y Mel suspiró.

—Estupendo.

Björn sonrió sobre su boca y murmuró:

—Ya te he dicho, preciosa, que sé hacer muchas cosas.

—Prepotente —rio divertida.

—Muy prepotente y con las presumidas como tú, más.

Ambos rieron. Mel movió la mano a modo de abanico para darse aire y Björn le planteó:

—Por cierto, ¿qué es eso de alejar las pesadillas y miedos con el atrapasueños de tu espalda? ¿Qué miedos tienes tú?

Incapaz de sincerarse, ella murmuró:

—Intento alejar a los fantasmas, pero ya ves, aquí estoy, con el fundador de su especie.

Björn soltó una carcajada y Mel, agarrándose a su cuello, dio un salto hasta quedar sobre él y preguntó:

—¿El baño está por allí?

Sorprendido por la naturalidad de ella en ese momento, tan diferente de como se solía mostrar, respondió:

—No. Por ahí está mi bufete. —Al ver que ella lo miraba, aclaró—: Mi casa está unida a mi despacho profesional. Soy abogado.

Mel asintió y sin preguntar nada más, dijo:

—Llévame a darme un baño, lo necesito.

—Lo necesitamos —rio él.

Björn caminó con ella en brazos hasta el baño. Al pasar por la habitación, Mel se fijó en la enorme cama y sonrió. Cuando llegaron al elegante y espacioso baño, Björn la dejó en el suelo.

—Voy por más toallas.

Ella asintió. Cuando quedó sola, miró la enorme estancia. Aquel cuarto de baño era espectacular: dos lavabos, *jacuzzi*, regadera de hidromasaje. Era un cuarto de baño de anuncio. Nada que ver con el minúsculo de su casa. Secándose el sudor que le perlaba la frente, se miró en el espejo y, a diferencia de otras veces, sonrió. Se volvió y miró el tatuaje de su espalda. Se lo hizo después de nacer Sami. Aquel atrapasueños velaba por ella y por su hija. Así lo creía y así debía ser.

La expresión de Mel cambió. El recuerdo de Mike volaba sobre ella y sacudió la cabeza para ahuyentarlo. Él no tenía que estar allí y, cuando Björn entró y la vio de pie, mirándose en el espejo, preguntó:

—¿Qué ocurre?

Desconectando sus pensamientos, ella respondió:

—Te estaba esperando.

Björn sonrió y, tras dejar las toallas sobre un moderno taburete, la cogió de la cintura y, entrando en la enorme regadera, dijo:

—Pues ya estoy aquí. Bañémonos.

El deseo los atrapó de nuevo. Mel llevaba más de dos años sin sentir que otras manos le enjabonaban la espalda y, cerrando los ojos, disfrutó. Y cuando los labios de él se posaron en su cuello, mimosa, sonrió.

Björn, totalmente sorprendido por lo que estaba ocurriendo, disfrutó tanto o más que ella. Mel, aquella gruñona que siempre lo sacaba de sus casillas, en la intimidad estaba resultando ser una mujer dulce, sensual y mimosa.

Eso lo volvió loco y cuando ella se agachó ante él, cogió su pene y se lo metió en la boca, se tuvo que agarrar a las llaves de la regadera para no caerse de la excitación. Ella lo chupó con mimo. La presión de sus manos en su escroto y de su boca en su pene lo hizo jadear y, cuando sintió que llegaba al clímax, la detuvo.

—Si sigues, no voy a poder parar.

—Pues no pares —replicó ella, capturando de nuevo entre sus labios aquel ancho y duro pene.

Björn se apoyó en la pared y decidió seguir su consejo. Mel, deseosa de él, le agarró las duras nalgas y disfrutó. Abrió la boca todo lo que pudo para darle cabida al pene y lo obligó a introducirse una y otra vez en ella. El latido de Björn, cómo temblaban sus piernas y cómo jadeaba le hicieron saber que el clímax estaba cerca y, cuando él soltó un gruñido varonil acompañado de espasmos y apretó las caderas contra su cara, supo que había conseguido su propósito: lo había hecho suyo.

Instantes después, se levantó del suelo de la regadera y, mojándose la cara con el agua, se limpió los restos de semen. Después, acercó su cuerpo al de él, que seguía con los ojos cerrados, y murmuró:

—Muñequito, me debes un orgasmo.

Björn asintió, todavía en una nube. Lo que Mel acababa de hacerle había sido algo colosal, diferente. Su manera de tocarlo, de poseerlo, de exigirle, lo había dejado sin voluntad ni aliento, y cuando por fin pudo abrir los ojos, musitó:

—Te debo lo que tú quieras, preciosa.

Veinte minutos después, cuando salieron de la regadera y entraron desnudos a la habitación, Mel se paró al oír música *soul*. Llevaba casi dos años sin permitirse escuchar ese tipo de música que tanto le había gustado en otra época. Cuando Mike murió, esa música murió con él y decidió no escuchar nada que le rompiera el corazón, por eso se centró en el rock y la música de fiesta. Ésa era su particular forma de intentar que los recuerdos no la volvieran loca.

—¿Bailas?

Ella negó rápidamente con la cabeza. Björn, desconcertado, la miró y, al recordar que en la fiesta de la empresa de Eric tampoco había bailado ese tipo de música con nadie, la interrogó:

—¿Por qué?

Mirándolo a los ojos, Mel respondió con sinceridad:

—No he vuelto a bailar música de este estilo desde que Mike murió.

La franqueza de ella en momentos como aquél, tan aplastante, lo sorprendió y, acercando su boca a la frente de ella, con mimo la besó.

—Lo siento mucho. Siento lo de Mike.

—No te preocupes.

Tras un tenso silencio, Björn preguntó:

—¿Cuánto hace que murió?

—Casi tres años —contestó ella con un hilo de voz.

Cogió una camisa limpia de su armario y se la puso a ella por encima. Después la abrazó, la sacó de la habitación y la llevó a la cocina. Allí la sentó y, en silencio, le preparó un café y pan tostado. Veía la angustia en su mirada. Una mirada que de pronto adoró.

Cuando se sentó frente a ella y empezaron a comer, de repente, sin saber por qué, Mel se abrió a Björn. Le contó su dolor. Su desesperación cuando supo de la muerte de Mike. Le contó que éste era militar estadounidense, pero no le reveló que ella lo era también.

Björn la escuchó sobrecogido. Aquella mujer vulnerable y natural que de pronto estaba ante él, abriéndole su corazón, era lo más genuino que había conocido en toda su vida.

Así estuvieron cerca de una hora. Él no se quejó cuando ella fumó y Mel se lo agradeció.

—Vaya rollazo que te he soltado —se burló luego, apagando el cigarrillo en un cenicero que Björn le había dado—. Ahora, además de insoportable y presumida, pensarás que soy aburridísima. Venimos aquí a pasarla bien y me tiro una hora hablando de mi vida y de mis desgracias.

Intentando facilitarle el momento, él sonrió y, tocándole el óvalo de la cara con mimo, preguntó:

—¿Cuántos años tienes?

—Treinta y tres, pero si me quito años como tu amiguita la rubia, te diré que veinticinco y me quedo tan campante.

Björn soltó una carcajada y, curiosa, ella le preguntó a su vez:

—¿Y tú qué edad tienes?

—Treinta y dos.

—Vaya... soy mayor que tú y te puedo pervertir.

—¡Qué escándalo! —se burló él.

Cuando ambos pararon de reír, Björn le retiró el pelo de la cara y las manos de Mel fueron a sacar otro cigarrillo.

—No deberías. —Al oírlo lo miró y él añadió—: Fumar es muy malo para la salud y no me gusta ver que lo haces.

Mel sonrió y la teniente Parker replicó:

—Pues lo siento. Yo fumo, te guste o no.

Björn no insistió. Él no era nadie para prohibirle nada y ella, al darse cuenta de su contestación, usó su buena disposición, guardó el tabaco en el bolso y dijo:

—De acuerdo. Estoy en tu casa y lo respetaré.

Con una cálida sonrisa, Björn le agradeció el detalle y preguntó:

—¿Desde cuándo practicas este tipo de sexo?

—Hace unos nueve años más o menos, en mi época de zorrilla *punk*...

—¿Zorrilla *punk*? —rio Björn.

Divertida por la cara de él y lo que había dicho, añadió:

—Tuve una época en la que di más problemas en mi casa que otra cosa. Pobrecitos, mis padres. Me desaté. Fumé hierba hasta caer rendida y un día fui a una fiesta y todo terminó en una orgía descomunal. Al día siguiente no podía creer lo que había hecho, pero como me gustó la experiencia, la repetí. Luego, por circunstancias de la vida, mi entorno social cambió y después conocí a Mike. Él era ajeno a todo esto y fui yo quien lo introdujo en este mundo de morbo y fantasía, y la verdad, lo disfrutó y le gustó.

—¿Has practicado el sadomasoquismo?

—Sí, pero *light*. Que me tengan que pegar para sentir placer no es lo mío. Pero reconozco que ciertos jueguitos sadomasoquistas con las esposas y los látigos de seda, ¡me excitan!

Björn asintió. Le gustaba que ella fuera clara y experimentada. Siguió interrogándola:

—¿Has probado todo?

Mel sonrió y respondió:

—Si te refieres a hombres y mujeres, sí. Y me gustan más los hombres. Aunque de vez en cuando no me importa jugar con alguna mujer.

—¿Qué te gusta de los hombres?

—Me apasiona sentirme entre ellos. Me excita dejarles jugar conmigo y a mí jugar con ellos. Cuando quiero, soy yo la que se ofrece. Soy yo la que pide, o soy yo la que exige.

—Y de las mujeres, ¿qué te gusta?

Mel sonrió.

—Entre nosotras sabemos muy bien dónde localizar el placer. Cuando estoy con una mujer, procuro disfrutarlo y dejarme llevar, pero ya te digo que a mí lo que más me excita es el ímpetu varonil. ¿Tú has estado con hombres?

Björn soltó una carcajada y respondió:

—Estar... estar... sólo una vez y la experiencia no me gustó. Introducir mi pene en el trasero de un hombre no es lo que me gusta; prefiero introducírselo a una mujer donde ella quiera. Por lo que mi experiencia con mi propio sexo se limita a que permito que me toquen cuando estamos jugando y a que disfruto cuando a alguno le gusta meterse mi aparatito en la boca. Nada más. Pero reconozco que ver a las mujeres jugar me pone a cien. Ustedes son exquisitas y muy sensuales en sus movimientos, y cuando te he visto con alguna en el Sensations, me he excitado mucho. Parecías pasarla bien.

—Sí, claro que la paso bien, si no, te aseguro que no jugaría —aclaró Mel.

Esa sinceridad a Björn lo excitó y volvió a preguntar:

—¿Por qué no querías que Eric y Jud supieran que...?

—Por vergüenza —lo cortó Mel sin dejarlo acabar.

Al oírla, él, divertido, musitó:

—¿Vergonzosa?, ¿tú eres vergonzosa?

—Un poco sí —rio ella—. El sexo y mis fantasías no son algo que me guste compartir con la gente. Digamos que es mi secreto.

Björn asintió. En cierto modo la entendía. Él tampoco iba pregonando el tipo de sexo que practicaba al resto de la humanidad.

—Seguro que alguna vez has coincidido con Jud y Eric en el Sensations en diferentes reservados. Igual que yo te encontré, te podían haber encontrado ellos. —Y al ver el gesto infantil con que lo miraba, murmuró—: Por cierto, me tienes alucinado.

—¿Por qué?

Retirándole el pelo de la cara con un gesto íntimo, él respondió:

—Poder hablar contigo con normalidad y mantener una interesante conversación, es más de lo que nunca pensé conseguir de ti.

Ella sonrió, y su sonrisa aniñada emocionó a Björn.

—Bésame —pidió él.

—¿Qué?

—Bésame —insistió.

Mel lo pensó. Aquello no era una sugerencia, era una exigencia y, así, hizo lo que quería y acercando su boca, rozó su nariz contra la de él y finalmente metió su lengua y lo devoró. Cuando sus labios se separaron, Björn, mirándole los preciosos ojos azules, dijo:

—¿Puedo preguntarte cosas que me rondan por la cabeza?

—Depende. Tú pregunta y, si no quiero, no te contestaré.

—¿Ha vuelto la Melanie presumida? —comentó sonriendo.

—Sí.

—¿Siempre eres tan clara en todo? —rio Björn.

—Casi siempre. Todo depende del tonto... listo que tenga delante.

—En este caso, el tonto... listo soy yo.

—No lo dudes..., nene.

—¿Por qué eres tan insoportable a veces?

—Porque puedo... y quiero, y ahora, ¡cállate!

Divertido por su tono de voz autoritario, murmuró:

—No des órdenes. Pareces un sargento.

—Teniente me gusta más.

Björn asintió y preguntó:

—¿Cómo era Mike?

Mel suspiró.

—Un buen militar. Roquero. Loco. Un amigo divertido y una pésima pareja. Así era Mike, pero yo lo quería tal como era.

—¿Por qué dices que era una pésima pareja?

Levantando las cejas, Mel contestó:

—Yo no era la única mujer en su corazón. Pero de eso me enteré cuando murió. Y gracias a él se puede decir que, hoy por hoy, no confío en ninguno de los de tu especie.

—¿Para ti somos una especie?

Melanie sonrió.

—Una especie de la que me gusta disfrutar en la cama, pero luego prefiero que se vaya a su casita para que yo continúe con mi vida, cuide de mi hija y haga mi trabajo.

—Por cierto, ¿en qué trabajas?

La pregunta la tomó tan de sorpresa que, como siempre hacía, respondió:

—Soy azafata.

Björn asintió.

—Conozco a varias azafatas.

—¡Qué ilusión! —se burló ella, haciéndolo sonreír.

—¿Para qué compañía trabajas?

—Air Europa —respondió rápidamente, al recordar el ligue de Fraser.

—¿Qué idiomas hablas?

—Inglés, español, alemán y algo de italiano.

Björn asintió y volvió a la carga.

—¿Te gustaba que Mike fuera militar?

Mel sonrió y, sin decir que ella también lo era, no respondió y preguntó a su vez:

—¿No te gusta el ejército?

Björn negó con la cabeza.

—Absolutamente nada.

—¿Por qué?

—Creo que hay que estar algo loco para, en los tiempos que estamos, pertenecer a algún ejército. Y ya no hablemos del ejército estadounidense, que suele estar metido en todos los conflictos habidos y por haber.

Su negatividad ante los militares estadounidenses le tocó la fibra y una vez más volvió a preguntar:

—Pero vamos a ver, ¿tú qué tienes en contra de los gringos?

—No me gustan. Son creídos y prepotentes.

Ese comentario la molestó, pero se calló lo que pensaba.

—Anda, ¡cómo tú! —respondió ella, pero al ver cómo la miraba, sonrió y añadió—: ¿No te parecen *sexies* las mujeres militares?

—No.

—¿Por qué?

—Porque no me gusta nada que tenga que ver con el ejército. Te lo acabo de decir. —E intentando cambiar de conversación, dijo—: Por cierto, vestida de azafata tienes que verte muy *sexy*. La próxima vez, tráete el uniforme. Me encantará arrancártelo.

Mel soltó una carcajada al oírlo, aunque pensó en lo que había dicho. Estaba claro que por su condición de militar estadounidense, nunca habría nada más que sexo entre ellos y, aunque en cierto modo eso le gustó, una parte de ella se resquebrajó, ¿qué le estaba pasando?

Björn, ajeno a lo que pensaba, para reconducir el tema hacia lo que él quería, preguntó:

—¿Es también por Mike por quien no quieres besar?

Mel asintió.

—Desde su muerte no había besado a ningún hombre. Tú has sido el primero.

Björn le puso una mano en el muslo y se lo apretó.

—Mmmm... me gusta saberlo.

Sin miedo, la volvió a besar y cuando se separó, ella murmuró:

—Demasiadas cosas en mi vida tienen que ver con Mike.

—¿Incluida la música? —Sorprendida por la pregunta, iba a contestar cuando Björn añadió—: ¿A Mike le gustaba Bon Jovi?

—¡Para él Bon Jovi era lo máximo!

Björn asintió. Cada contestación suya explicaba mejor su comportamiento y esa última revelación le hacía comprender por qué ella escuchaba siempre a ese cantante cuando iba al club. Eso la acercaba a él. A Mike. Pero deseoso de hacerla olvidar y de que se centrara sólo en él, dijo:

—Mel, la vida continúa para los vivos. Debes bailar, cantar, besar, vivir, sonreír, gozar. Tienes una hija a la que no puedes privar de ver a su madre feliz. Además, estoy seguro de que a Mike le gustaría que lo hicieras, ¿no crees?

Ella cerró los ojos. ¿Cuántas veces había oído eso? Asintió.

Recordó las ocasiones en que, abrazada a Mike, había bailado la canción *Always*, de Bon Jovi. Ésa era su canción y lo sería hasta que se muriera. Pero ella no había muerto y, recordando la carta que tantas veces había leído en soledad, se levantó y, dispuesta a dar un paso adelante gracias al hombre que tenía ante ella, habló decidida:

—Tienes razón. Esto tiene que cambiar. Y lo siento, pero tú vas a ser mi primera víctima.

—¿Víctima?

Mel asintió y, cogiéndolo de la mano, inquirió:

—¿Cuál es tu apellido?

—Hoffmann. Björn Hoffmann.

Sonriendo, ella clavó sus impresionantes ojos azules en él y dijo:

—Señor Hoffmann, ¿quieres ser el primero en bailar conmigo alguna bonita canción de amor?

—¿Cuál es tu apellido? —preguntó Björn al no recordarlo.

Mel estuvo tentada de decirle la verdad. Su nombre era Melanie Parker, pero finalmente contestó:

—Muñiz. Melanie Muñiz.

—Señorita Muñiz, estaré encantado de bailar contigo la canción que tú quieras —afirmó sonriendo con caballerosidad al tiempo que tomaba su mano.

Tras soltar ambos una carcajada, Björn la cargó, la llevó a la habitación de nuevo y preguntó, dejándola en el suelo:

—Son las once de la mañana y, siendo éste un momento especial en tu vida, en el que estoy encantado de ser tu víctima, dime qué canción quieres bailar y la pondré.

Bloqueada por los sentimientos que pugnaban por salir de ella, Mel lo miró.

—No sé. ¿Qué tal la próxima canción que suene en tu CD?

De pronto, sonaron los primeros acordes de un piano. Sin dudarlo, se acercó a Björn y, pasándole los brazos por el cuello, murmuró:

—Ésta puede ser una buena canción.

Él la abrazó. No dijo nada, pero Bruno Mars y en especial aquella canción le gustaban mucho.

Same bed but it feels just a little big bigger now.
Our song on the radio but it doesn't sound the same.
When our friends talk about you, all it does is just tear me down.
'Cause my heart breaks a little when I hear your name.
It all just sounds like «Oooh»...
Mmm, too young, too dumb to realize.
That I should've bought you flowers.

La besó en el cuello mientras se movían al compás de la música y sentía cómo ella temblaba.

La canción hablaba de un hombre que había perdido a la chica que quería por pensar sólo en sí mismo. Se lamentaba de no haber bailado más con ella, de no haberle comprado flores, de no haberla llevado a fiestas, de no haberla mimado como ella se merecía y sólo pedía que el hombre que la quisiera la hiciera feliz como él no supo hacerlo.

Sin imaginarlo, en ese instante Mike estuvo más cerca de ella que nunca y eso le encogió el corazón.

My pride, my ego, my needs and my selfish ways.
Caused a good strong woman like you to walk out my life.
Now I never, never get to clean up the mess I made... Ooh...

Preocupado por los vidriosos ojos de ella y sin soltarla, Björn acercó su boca a su oído y preguntó:

—¿Te encuentras bien?

Mel asintió y tragó el nudo de emociones que aquella canción le estaba provocando. Era como si Mike se estuviera despidiendo de ella a través de esa canción y le exigiera que rehiciera su vida como le había pedido en su última carta.

Mientras bailaban, Björn no podía dejar de mirarla.

—Quiero que sepas que esta canción me encanta y a partir de ahora, siempre que la escuche seguramente me acordaré de ti —le susurró al oído.

—¿Qué canción es? —preguntó ella con un hilo de voz.

—*When I was your man*, de Bruno Mars.

Durante el tiempo que duró la canción, él no la soltó. Bailó con ella y cuando la música terminó, Mel lo miró y exclamó:

—Qué canción más bonita.

—Quizá la letra sea algo triste, ¿no crees?

Mel asintió.

—Con lo que te voy a contar, creerás que estoy todavía más loca, pero soy una persona que cree mucho en las señales y esta canción, en este momento y con esa letra, me hace pensar que Mike la ha puesto en mi camino para decirme adiós.

Se hizo un tenso silencio en el que Björn no supo qué decir. Finalmente, para intentar hacerla sonreír, susurró algo que decía la canción:

—Prometo comprarte flores.

Divertida, Mel sonrió.

—No hace falta.

Encantado al sentirla tan receptiva, la besó en la punta de la nariz.

—¿No te gustan las flores? —se extrañó Björn mientras comenzaba a sonar otra canción.

—Nunca me las han regalado.

La miró sorprendido y preguntó:

—¿Nunca te han regalado flores?

—No he sido una chica a la que regalarle flores ni cosas delicadas —bromeó—. Aunque en mi época de zorrilla *punk* me regalaban semillas para plantar marihuana. Si a eso se le puede considerar flores... ¡pues muy bien!

Alucinado, se separó de ella y Mel, soltando una carcajada, pidió:

—Deja de mirarme así.

—¿Cultivas marihuana?

—Nooooooooooo.

La cara de Björn era un poema y, omitiendo que alguna vez la fumaba, Mel levantó el tono de voz como hacía en el ejército y dijo con voz de mando:

—¡Dame un beso ya!

—A sus órdenes —se burló él, antes de devorarle los labios con pasión.

Una vez sus bocas se separaron, ella, atontada, murmuró:

—Gracias.

—¿Por?

—Por no ser el estúpido tonto petulante e insoportable que yo pensaba que eras.

—Vaya... entonces gracias a ti también. —Y al ver cómo lo miraba, añadió—: Por no ser la loca Ironwoman que yo pensaba que eras. Aunque ahora que me he enterado de que fuiste una zorrilla *punk*, no sé qué pensar de ti.

—Oye, todos tenemos un pasado —se burló divertida.

Ambos soltaron una carcajada. Mel miró su reloj y dijo:

—Nunca había tenido un escarceo sexual con un casi desconocido a estas horas de la mañana.

—Me alegra saber que he sido el primero.

Ambos rieron de nuevo y al ver que ella volvía a mirar el reloj, él preguntó:

—¿Qué miras?

—Dentro de tres horas y treinta minutos tengo que ir a recoger a Samantha.

—Tranquila..., allí estarás.

—¿Me lo prometes?

Björn, consciente del magnetismo de su sonrisa, la miró desde su altura y añadió con voz ronca:

—Te lo prometo.

Besos...

Morbo...

Toqueteos...

Todo comenzó de nuevo y Mel, deseosa de pasarla bien, decidió variar el rumbo del momento y preguntó:

—¿Te importa si cambio de música?

Él sonrió y la retó con la mirada.

—¡Bon Jovi no! —aclaró.

Mel asintió. Con lo que le había confesado, entendía perfectamente que él se negara a escuchar esa música.

—Te lo prometo —murmuró ella guiñándole un ojo.

—*Punk* tampoco.

Llevándose la mano al corazón, Mel dijo:

—Pero si los Sex Pistols y Los Ramones son buenísimos.

—No para este momento conmigo.

—De acueeeerdo —convino Mel divertida.

Y al ver que ella se dirigía a la cocina, Björn preguntó:

—Pero, ¿de dónde vas a sacar la música?

—Llevo en mi bolso un mp3, ¿puedo ponerlo?

—Claro, preciosa, pero ya sabes...

—Ni *punk*, ni Bon Jovi... ¡Lo sé, pesadito!

Él soltó una carcajada. Mel salió de la habitación y fue a la cocina. Allí localizó su bolso sobre el mostrador, lo abrió y sacó lo que buscaba. Luego regresó a la habitación y, tras conectarlo al equipo de música, dijo, poniéndose las pantaletas, los zapatos de tacón y abrochándose los botones de la camisa que él le había puesto:

—Siéntate en la cama y ponte un preservativo.

—¿Cómo?

—Que te sientes en la cama y te pongas un preservativo.

—No... no... no... yo no funciono así, preciosa. Acuéstate en la cama y quítate lo que te has puesto. Pero, ¿adónde vas?

Levantando la voz como hacía con sus hombres, Mel replicó:

—Eh... eh... eh..., cierra el pico, amiguito.

—No me hables así o...

Pero no pudo decir más. De un empujón lo sentó donde ella quería y, mirándolo con superioridad, añadió, mientras sacaba una corbata del armario abierto:

—¡Ponte un preservativo ya!

—Mira que eres mandona.

—Me gusta mandar —se burló—. Ah, por cierto, ahora mira, observa y disfruta. No me toques y espero que te guste tu regalo.

—¿Mi regalo?

—¿Te gustan los *stripteases*?

Björn soltó una carcajada y, mirándola, preguntó:

—¿En serio me vas a regalar uno?

—Tras mi época de zorrilla *punk*, luego tuve otra época en la que fui a clases de *striptease*. —Y al ver cómo la miraba, aclaró—: Aprendí en una academia, malpensado.

—Vaya... no dejas de sorprenderme.

Mel soltó una carcajada. Llevaba mucho tiempo sin hacerlo, pero estaba segura de que sería capaz y, mirándolo, susurró mimosa:

—¿Sabes que la palabra *strip* quiere decir «desvestir» y *tease* «excitar»? —Él asintió y ella añadió—: Ahora sé bueno y no me toques a no ser que yo te lo pida. Ésa es una parte importante del espectáculo, ¿de acuerdo?

—Prometo ser muy bueno, pero una vez termines, muy... muy malo.

—Guau, ¡esto promete!

Björn, encantado al verla tan entregada, hizo lo que ella pedía y cuando el preservativo estuvo colocado donde debía, la miró y con sensualidad la retó:

—¡Sorpréndeme!

Acto seguido, Mel oprimió el botón del control remoto del equipo de música y de pronto la estridente canción *Bad to the bone*, de los ZZ Top, comenzó a sonar mientras ella tomaba una silla y la arrastraba hasta dejarla delante de él.

Björn aplaudió encantado y silbó poniendo cara de villano. Aquello le iba a encantar.

Con una sensualidad que le resecó la boca en décimas de segundo, ella comenzó a moverse al compás de la música.

Alucinado...

Asombrado...

Y enloquecido... la veía contonearse mientras sonaba la canción.

Bad to the bone
Bad to the bone
B-B-B-B-Bad to the bone
B-B-B-B-Bad to the bone

No podía apartar los ojos de ella. Vestida sólo con la camisa y la corbata, le estaba haciendo el mejor *striptease* que había visto en su vida. No dejó de mirarlo a los ojos ni un segundo, mientras le lanzaba ardientes mensajes sin abrir la boca. Los movimientos de Mel eran lentos, precisos y sensuales, y el pene de Björn temblaba y le exigía estar dentro de ella. Como una verdadera profesional, ella se tocó, paseó sus manos por las zonas del cuerpo que ella quería que él mirara y lo consiguió. No había más que ver la entrega total de él y su gesto morboso.

Pasados unos minutos, ella comenzó a desanudarse la corbata y una vez se la quitó, se levantó la camisa y se la ató a la cintura. Prosiguió su sensual baile sobre la silla. Se sentó. Se levantó. Movió las caderas y comenzó a desabrocharse la camisa.

Como una chica mala, se la levantó para enseñarle con descaro el tentador monte de Venus bajo sus pantaletas. Una vez se bajó la camisa, se desabrochó los últimos botones mientras jugaba con el placer que eso le ocasionaba a él y prolongaba el momento.

Cuando la prenda se escurrió por sus hombros, Björn sonrió y como un lobo hambriento la miró mientras ella bailaba para él y el tatuaje que tenía en la espalda parecía moverse al compás de la música. Con sensualidad, Mel se revolvió el pelo, se tocó la boca, se chupó un dedo, se quitó las pantaletas y se las tiró a Björn.

Cuando se desanudó la corbata de la cintura, se la pasó por entre las piernas, por el trasero, por los pechos y después, acercándose con sensualidad, se la pasó a él por el cuello mientras susurraba con un descaro que lo volvió loco:

—Te voy a coger como nadie te ha cogido, nene.

—Eso espero, nena...

—Te dije que soy buena y te demostraré que soy la mejor.

Alejándose unos pasos, cerró los ojos y continuó bailando, dispuesta a tentarlo al máximo. Björn no podía apartar los ojos de ella. Caliente. Así se sentía a cada segundo que pasaba. Los pechos de Mel rebotaban al bailar y, al ver cómo él se los miraba con fogosidad, se tocó los pezones y se los endureció.

Björn tragó saliva. Ella y su bailecito lo estaban poniendo a cien. Le encantaba la sensualidad de sus marcados movimientos y cuando la música acabó, Mel sonrió, se sentó en sus piernas y le restregó los pechos por la cara:

—¿Sorprendido?

Él asintió y ella, agarrándolo del pelo, tiró de éste hacia atrás y murmuró, chupándole la barbilla antes de meter la lengua en su boca.

—Me alegra. Y ahora te voy a hacer mío, ¿entendido?

Un beso cargado de erotismo les puso a los dos el vello de punta y cuando sus bocas se separaron, Björn murmuró:

—Me excitas un montón cuando estás tan mala.

—¿Ah, sí?

—Sí..., pero déjame decirte que...

Pero no pudo decir más.

—He cambiado de opinión. —Mel se acostó a su lado—. Hazme con tu lengua lo que esa noche me hiciste en el *jacuzzi* —dijo Mel con exigencia—. Me muero por volver a sentirlo.

Björn sonrió. Estaba dispuesto a hacer todo, absolutamente todo lo que Mel le pidiera. Y colocándose sobre ella, siseó:

—La próxima vez compraré chocolate para untarte con él.

Mel sonrió y Björn posó su ardiente boca sobre su vagina. Mordisqueó sus labios y cuando llegó al clítoris, incrementó el ritmo. Lamió de arriba abajo, en círculos, y le dio ligeros golpecitos con la lengua que a ella la hicieron gritar de placer.

—Tienes un clítoris muy... muy juguetón.

—Sigue..., sigue..., me encanta que juegues con él. No pares —suplicó Mel.

Tras arrancarle varios escandalosos gemidos y ver cómo ella se retorcía de gozo sobre la cama, Björn le tocó el pubis, depilado en forma de corazón, y dijo:

—Me encanta la fresa que te has dejado.

—No es una fresa... es un corazón —jadeó ella, al entender a qué se refería.

—Para mí tiene forma de fresa y me encanta. Hueles a fresa. Sabes a fresa...

—Perfecto —afirmó enloquecida—. Cómete de nuevo mi fresa como lo has hecho hace unos segundos.

Verla tan entregada y con la respiración entrecortada lo hizo sonreír y musitó, dispuesto a hacer lo que ella deseaba:

—A la orden, mi sargento.

—Teniente..., si no te importa.

La boca de Björn se volvió a posar donde ella exigía y Mel se arqueó gustosa. Abierta de piernas para él, jadeó cuando sintió que le mordía la cara interna de los muslos y, tras unos sensuales besos, llegaba de nuevo hasta su clítoris.

—Sí... Oh, sí... Más... más...

Le dio varios toques con la punta de la lengua en el hinchado y húmedo clítoris y después se lo succionó. Ella gritó, agarrándose a las sábanas, mientras las piernas le temblaban y levantaba la pelvis al sentir un maravilloso orgasmo. Encantado con su reacción tras morderle el monte de Venus, preguntó:

—No llevarás en el bolso algún vibrador para tu precioso botón del placer.

Tomando aire tras el estupendo orgasmo, Mel se burló divertida:

—No suelo salir de casa con él. Pero lo tengo en mi habitación.

—No tengo tiempo de ir allí.

—Ni yo de que vayas.

Björn sonrió y, besándole de nuevo el monte de Venus, murmuró:

—Eres deliciosa y me encantas.

Al oírlo y caliente porque continuara, Mel levantó la cabeza y siseó:

—Si no vuelves a meter tu lengua donde la tenías y a hacer lo que hacías, te juro que te voy a matar.

Björn soltó una carcajada e hizo lo que ella pedía. Le separó con los dedos los labios vaginales y volvió a jugar con su hinchado clítoris. Lo chupó. Lo lamió. Lo mordisqueó, arrancándole oleadas de placer. Mel se estremeció, se convulsionó y cuando sus fluidos inundaron su vagina y llegó al clímax de nuevo, Björn se acostó sobre ella y la penetró.

—Sí..., preciosa... Así quiero tenerte.

Mel jadeó. Björn era un excelente amante. La había llevado al clímax dos veces en los últimos minutos sólo poseyéndola con la boca. Por ello, tomó fuerzas y musitó:

—No..., precioso... Así quiero tenerte yo.

Un movimiento seco de ella le hizo perder a él el equilibrio y segundos después, Mel estaba encima y, acercando su boca a la suya, murmuró tras besarlo:

—Sabes a sexo... —Y al ver que Björn quería protestar, añadió—: No, cielo, no... Ahora seré yo quien ordene, mande y te arranque jadeos de placer. —Y moviendo las caderas hacia adelante, musitó—: Abre la boca y dame tu lengua.

Él, excitado por lo que decía, lo hizo y cuando ella se la tomó y dio un empellón con las caderas, Björn jadeó y tembló mientras con delicadeza Mel lo mordía. Sorprendido por lo que ella había hecho, iba a moverse cuando Mel, apretando los muslos, lo inmovilizó, movió las caderas con contundencia y él jadeó de nuevo enloquecido. Esta vez más fuerte. Más ronco.

Al oírlo, la joven sonrió y, mirándolo, preguntó:

—¿Te gusta?

—Sí...

—Te dije que era buena.

Excitado como un loco, asintió.

—Sí, preciosa... lo eres.

Mel sonrió y, tentándolo, inquirió:

—¿Quieres más?

—Sí —suplicó él, mientras imaginaba cómo se movía el atrapasueños de su espalda.

—¿Cuánto más?

—Todo lo que tú me quieras dar —musitó en un tono bajo, tremendamente excitado.

Mel asintió. Y controlando la situación, paseó su boca por el cuello de él y pidió:

—No te muevas. Tienes prohibido moverte.

—No sé si podré.

—Podrás —contestó y mirándolo a los ojos como una tigresa, susurró—: Sólo me moveré yo y si tú lo haces, pararé. —Björn sonrió y ella le pidió—: Dame las manos. Te las pondré sobre la cabeza. Quiero que tus jadeos me hagan saber cuánto disfrutas con lo que te hago. ¿Entendido?

—Sí...

Excitado, se dejó llevar por el momento y se abandonó a aquella mujer mientras una música rítmica que no conocía sonaba a todo volumen. Mel le agarró las manos y como una diosa se movió sobre él. Primero de arriba abajo y después de adelante hacia atrás, con movimientos sinuosos y perturbadores.

Björn, enloquecido por la situación, suplicó que no parara. Quiso moverse, pero cada vez que lo intentaba ella se detenía, enloqueciéndolo. ¿De dónde sacaba aquella fuerza?

—Sigue, Mel..., sigue.

La joven sonrió y, tras morderle el labio inferior, susurró:

—No te muevas y dame tu orgasmo.

Los movimientos de ella y su exigencia le hacían perder la razón. Nunca una mujer le había pedido así que terminara. Y por primera vez en mucho tiempo, Björn disfrutó del sexo sin juguetes sexuales, sin moverse, sin azotes ni tríos. Sólo con una increíble mujer sobre él volviéndolo loco.

Cerró los ojos y cuando ya no pudo más, se arqueó y tuvo un maravilloso orgasmo que lo hizo temblar sobre la cama, mientras la vagina de ella lo succionaba y Mel se arqueaba sobre él y se dejaba llevar por la pasión.

Agotada por el esfuerzo pero feliz por el resultado, se dejó caer sobre el fibroso cuerpo de Björn. Sintió que sus brazos la apretaban contra él y sonrió al oír:

—Dios, nena..., eres fantástica.

Su ataque había sido colosal. Increíble. Y deseó más de ella... mucho más.

18

Sus encuentros furtivos se convirtieron en algo habitual para ellos, y el día que un mensajero llevó un precioso ramo de rosas rojas a la casa de Mel, ésta no paró de sonreír durante horas tras leer:

Si cuando te vea no fumas prometo regalarte muchas más.
James Bond

Lo cierto era que cuando estaba con él el ansia de nicotina desaparecía. Björn la llenaba de tal manera que no sufría por la ausencia de tabaco. Ya no sólo se veían los martes y jueves y terminaban después en casa de él. Ahora incluso se enviaban mensajes al teléfono celular y siempre que el trabajo de ambos se los permitía, se encontraban. Lo que no sabía Björn era el verdadero trabajo de ella y Mel, celosa de su intimidad, decidió callar.

Lo que nunca hacía era invitarlo a su casa. Allí estaba su hija y tenía claro que donde estuviera la niña no entraba un hombre. Además, en el momento en que viera su pequeña vivienda, la descubriría. Sabría que era militar. Demasiados recuerdos a su alrededor que no estaba dispuesta a quitar.

Mel estaba en una nube; desde que había comenzado aquella rara historia con Björn apenas pensaba en Mike y sonreía más.

Una lluviosa mañana, tras hablar con Neill y confirmarle éste que no habían recibido órdenes para movilizarse, colgó el teléfono, que en seguida volvió a sonar.

—¿Qué se te ha olvidado, pesadito? ¿No te basta con haber hablado conmigo ya más de media hora?

Björn, al oírla, rápidamente preguntó:

—¿Quién es «pesadito» y con quién has hablado más de media hora?

Mel soltó una carcajada y respondió:

—Con un compañero de trabajo.

—¿Un azafato?

—Sí —respondió ella, divertida al imaginarse a Neill de azafato.

—¿Y qué quería?

—¿Y a ti qué te importa?

Björn soltó una carcajada. Le encantaba su descaro al responderle, aunque cada vez se quedaba con más ganas de saber sobre ella. Algo que Mel no le permitía. Pero no queriendo estropear el momento, inquirió:

—¿Tienes que volar?

—No. De momento no.

—¿Y qué tal si paso por tu casa, tú te pones el traje de azafata y yo te lo arranco a mordiscos?

Ella soltó una carcajada y respondió:

—Con el traje del trabajo no se juega. Por lo tanto, ¡no! Ni lo sueñes.

Björn sonrió y preguntó:

—¿Ya comiste?

—No.

—Perfecto. En diez minutos paso a recogerte.

—Bien.

Cuando Björn llegó, ella ya lo esperaba en la calle, bajo su paraguas. Llovía a mares. Desde su coche, la vio cruzar la calzada y sonrió al ver su apariencia natural. Nada de tacones. Nada de kilos de pintura. Simplemente vestida con unos vaqueros negros, su chamarra verde y unas botas de pernera alta sin tacón. Estaba espectacular.

Tras recogerla, la llevó a un restaurante cercano. Entre risas y arrumacos, pidieron la comida. Todo entre ellos había cambiado de una manera increíble y disfrutaban lo máximo posible del tiempo que pasaban juntos.

—Tengo una cosa para ti.

—¿Para mí? —preguntó Mel.

—Sí.

—¿Y por qué?

—Porque es jueves y los jueves me gustan —rio él.

Desconcertada, preguntó:

—¿Me has comprado algo?

—Sí. Lo vi y me acordé de ti.

Ella, abriendo mucho los ojos, se llevó las manos a la cara y con comicidad exclamó:

—No me digas que me has comprado un *Aston Martin* como el tuyo. Dios, ¡qué maravilla! Te aseguro que era lo que yo quería. ¡Vivan los jueves!

Björn soltó una carcajada. Mel era increíble. Su humor se había suavizado muchísimo y ya nunca discutían. Habían pasado de llevarse como el perro y el gato a tener una relación estupenda, pero que nadie conocía. Ella era cariñosa, dulce, atenta y eso a él le gustaba. Le encantaba. Sin responder, dejó ante ella una cajita roja de seda. Mel la miró curiosa y Björn, al ver que no se movía, dijo:

—El *Aston Martin* lo he dejado para otro jueves, pero creo que lo que hay dentro de esta cajita te puede gustar.

Ella sonrió y él insistió:

—Vamos, ¡ábrela! Te aseguro que no muerde.

Sobrecogida, lo miró. Nunca un hombre, ni siquiera Mike, le había regalado nada que cupiera en una pequeña cajita forrada de seda roja. Encantada, la tomó y, cuando la abrió y vio lo que había en su interior, murmuró:

—Carajo... ¡Qué fuerte!

Björn sonrió. Desde luego, las mujeres que conocía y a las que alguna vez había regalado algo nunca habían tenido esa reacción. Pero Mel era Mel y una de las cosas que más le gustaba de ella era su naturalidad.

El día anterior había acompañado a su amigo Eric a buscar una joya para su mujer y, cuando vio aquel dije representando una fresa bañada en chocolate, no lo pudo resistir y lo compró.

Boquiabierta por aquel regalo que tanto significaba para ellos, Mel levantó la vista y murmuró:

—Es precioso...

—¿Te gusta tu dije?

—Me encanta... de verdad. Muchas... muchas gracias. Es... es bellísimo, pero yo no tengo nada para ti.

Björn se levantó de su asiento, cogió el dije que ella tenía en las manos y, tras ponérselo alrededor del cuello, dijo:

—Yo ya te tengo a ti. Es más, lo compré para que siempre que sientas la fresa en tu cuello, te acuerdes de mí.

Sin palabras, Mel se tocó la bonita y delicada joya que Björn le había puesto, mientras él tomaba asiento. Durante unos segundos y en silencio se miraron a los ojos. Ella pensaba cómo agradecerle el detalle, y cuando se le ocurrió, sonrió.

Cuando llegaron a los postres, entró en el restaurante un muchacho con una cesta llena de rosas.

—¿Una rosa para la dama?

Mel se adelantó a Björn e indicó:

—Dele una al caballero, por favor.

Atónito, Björn cogió la flor que el muchacho le entregaba mientras ella la pagaba.

—Es para ti —musitó divertida cuando se quedaron solos.

Confuso, la miró. ¿Una rosa para él?

Mel, al ver su expresión, preguntó:

—¿No te gusta?

—Claro que me gusta. Pero hasta el momento era yo el...

—Pues eso se acabó —lo interrumpió—. Hoy la rosa te la regalo yo a ti, como tú me regalas flores a mí. Igualdad de los sexos, ¿no crees?

Björn se acercó la rosa a la nariz y la olió. Su aroma era maravilloso, aunque no tan espectacular como el de la mujer que tenía delante, y entonces ella dijo, conmoviéndolo:

—Eres encantador, Björn. Espero que algún día conozcas a esa persona especial que te sepa hacer feliz como te mereces.

Atónito por sus palabras, no supo qué contestar. Mel se dio cuenta de ello y, dispuesta a cambiar de tema, dijo:

—¿Sabes?

—¿Qué...? —susurró él, dejando la rosa sobre la servilleta.

—Me ha llamado Judith esta mañana. Me ha invitado el sábado a su casa para comer su famoso cocido madrileño, pero le he dicho que no iré.

Björn protestó al oírla.

—Ah, no. Yo iré y quiero que tú vayas.

—Pues lo siento, pero no.

—Venga, Mel, no me digas eso. ¿Por qué no vas a ir?

Clavando su mirada en él, pensó qué decir. Aquel día era el aniversario de Mike y ella, intentando no mentir, musitó:

—Tengo cosas que hacer.

—¿Qué cosas?

Sin dar su brazo a torcer, respondió:

—Cosas y punto.

Su terquedad en ocasiones desconcertaba a Björn y ésa era una de esas veces. Al final, cogiéndole de la barbilla, murmuró:

—Me encantaría que fueras. Por favor...

—Björn, te he dicho que tengo cosas que hacer. Además, creo que vas a disimular muy mal y Judith descubrirá lo nuestro.

No se cansaba de mirarla. Adoraba aquellos ojos azules y descarados. Aquel corte de pelo. Aquella preciosa boca y la independencia que ella demostraba. Mel era una mujer poco común y eso a Björn le encantaba y lo valoraba como nunca pensó que lo valoraría. Incluso había dejado de lado sus visitas a solas al Sensations. Le gustaba ir con ella y no con sus antiguas acompañantes.

Tras pasear con deleite sus dedos por el óvalo de la cara de ella, afirmó:

—Tranquila. Sabré disimular. Volveré a ser contigo el sujeto insoportable de siempre.

—¿Seguro?

—Te lo prometo. ¡Seré malo, malísimo!

Ambos rieron y ella añadió, tocando la fresa que le colgaba del cuello.

—No quiero que nadie sepa nada. Lo nuestro es lo que es y cuanta menos gente lo sepa mejor, porque...

Un estruendo sonó y los cristales del local temblaron. Sobresaltados, miraron hacia afuera y, con el corazón en un puño, vieron un coche empotrado en el semáforo y una camioneta volcada al lado.

¡Un accidente!

Sin pensarlo, Mel salió a la calle seguida por Björn y, con la ayuda de otros comensales, sacaron a la familia que estaba en el primer coche.

De pronto, la camioneta soltó un fogonazo. Fuego en el motor y todo el mundo huyó despavorido. Aquello iba a explotar.

Llovía a mares, pero el fuego ardía con fuerza. Björn miró a su alrededor en busca de Mel y se quedó sin habla cuando la vio subida en lo alto del cuatro por cuatro, intentando abrir la puerta. Soltó al hombre que sostenía y corrió hacia ella gritando:

—¡¿Estás loca?!

—Aquí hay una mujer.

Aquel vehículo podía saltar por los aires y Björn gritó:

—¡Baja ahora mismo! ¿No ves el fuego?

Empapada por la lluvia, Mel lo miró y, sin hacerle caso, dijo:

—La jodida puerta se ha bloqueado. Rápido. Dame algo para romper el cristal.

—Mel..., baja inmediatamente. El coche puede explotar.

Sin un ápice de miedo, ella lo miró y ordenó molesta:

—He dicho que me des algo para poder romper el puto cristal.

—¿Te has vuelto loca?

—En este coche hay una mujer y de aquí no me voy sin sacarla.

—Y al ver que un hombre se acercaba corriendo, añadió—: Björn, dame ese extintor que lleva.

Él le quitó el extintor al hombre y, tras subirse con ella en el coche, dijo:

—Si nos pasa algo, te mato.

—De acuerdo —respondió Mel—. Ahora rompe el cristal. Yo entraré en el vehículo y te pasaré a la mujer.

Con fuerza, Björn rompió la ventanilla del vehículo y ella, sin dudarlo, se metió en su interior. Instantes después, sujetaba a la mujer que, histérica, gritaba:

—¡Mi hijo... mi hijo!

Ambos miraron, pero no vieron nada. Pero indudablemente tenía que haber un niño. La mujer no paraba de gritar.

—Llévatela —gritó Mel—. Yo buscaré al niño.

—Mel...

—Vete, carajo, sácala de aquí.

Desesperado y empapado por la lluvia él gritó, con la mujer en brazos:

—Mel, por el amor de Dios, ¡el coche va a explotar!

—David... mi hijo está en el coche. ¡Oh, Dios, mi hijo! Saquen a mi hijo —chilló la mujer, histérica.

—Yo lo encontraré. Tranquila.

—Mel... —gritó Björn.

—¡Fuera de aquí! —ordenó ella.

Con la mujer en brazos, él bajó de la camioneta y corrió al restaurante para dejarla y regresar por aquella loca. Pero nada más dejó a la accidentada en el suelo, se oyó un estallido y todo el mundo gritó a su alrededor. Con el rostro desencajado, salió en busca de Mel y vio el coche envuelto en llamas.

La mujer fue tras él y, fuera de sí, al ver su vehículo en llamas, comenzó a gritar el nombre de su hijo. Björn empezó a temblar. El espectáculo era horrible. Dantesco. ¿Dónde estaba Mel?

La angustia se apoderó de él. Gritó su nombre con la misma fuerza con que la mujer gritaba el nombre de su hijo y de pronto la vio aparecer tras unos coches con el niño en brazos.

Corrió hacia ella y la abrazó. Mel temblaba, pero sin mirarlo fue hasta donde la madre lloraba histérica y, dejándole al niño, le comunicó:

—David está bien... Había salido despedido por el cristal, pero está bien.

La mujer abrazó a su hijo e, instintivamente, la abrazó también a ella mientras le daba las gracias y no paraba de llorar. Björn, sobrecogido y emocionado por la escena, las observaba sin saber qué hacer ni qué decir.

El caos en la calle era tremendo. Ambulancias. Bomberos. La gente estaba excitada y varios médicos atendían a los heridos. Björn se empeñó en que uno de ellos examinara también a Mel. Ella estaba bien, a excepción de unos cortes superficiales en la frente y en los brazos. Él quiso llevarla al hospital, pero ella se negó. No era para tanto.

Lo miraba con una sonrisa en los labios, pero Björn no sonreía. Se limitaba a observarla. Cuando el médico acabó de revisarla, se marchó y Mel, mirándole a él, dijo:

—Cambia esa cara, hombre. Hemos salvado a una madre y a su niño. Quédate con lo positivo.

Björn lo intentó, pero no podía olvidar la angustia que se había instalado en su pecho con lo ocurrido. Todo había acabado bien pero, ¿y si no hubiera sido así?

—Podría haberte ocurrido algo.

—Pero no ha pasado nada —replicó ella, mirándolo.

—Mel, ¿no has tenido miedo?

Aquello para ella no había sido nada excepcional y, sin dejar de mirarlo, murmuró:

—No.

Asombrado por su fortaleza, la abrazó y añadió:

—Dios, ¡qué susto me has dado! Creía que te había ocurrido algo.

—Soy la novia de Thor, ¿no lo recuerdas? Aunque si me pones un curita de las princesas y me dices eso de... «¡Tachán... chán... chán! el dolor desaparecerá», me vendrá muy bien.

Björn sonrió. Definitivamente, Mel era increíble. La besó con ansia y, con desesperación, murmuró:

—Estás más loca de lo que yo creía... mucho más.

—Te diría «¡Te lo dije!», pero en realidad no te lo he dicho.

Abriendo el bolso, sacó la cajetilla de cigarros, pero rápidamente Björn se la quitó diciendo:

—Creo que ya has tenido suficiente humo por hoy, ¿no crees?

Ambos sonrieron y, agarrándolo del brazo, Mel dijo, arrebatándole la cajetilla y guardándola en su bolso:

—Tengo que ir por Sami, pero con este aspecto...

—Yo iré.

—¿Tú?

Björn la miró y con expresión indescifrable, añadió:

—Llama a la guardería y da mis datos. Yo la recogeré mientras tú esperas en el coche. Después iremos a mi casa, donde vas a descansar y te vas a dejar cuidar. ¡Loca! Estás loca de remate.

Mel soltó una carcajada. Realmente, que la cuidaran le vendría bien. Quería regresar a su casa, pero accedió:

—De acuerdo. Pasaremos antes por la mía para recoger lo que necesito, aunque...

—Lo sé... yo no puedo subir —finalizó Björn.

Tres cuartos de hora más tarde, mientras Mel se bañaba en el impresionante cuarto de baño de Björn, tocó su dije. Aquel regalo tan íntimo entre ellos para ella significaba una barbaridad. Nadie nunca le había regalado un detalle tan significativo. Todos la veían como una chica dura. La teniente Parker. No una chica a la que se le regalaban cosas bonitas, ni flores. Y recibir de pronto aquello le llegó al corazón.

En el salón, Björn miraba a Samantha e intentaba darle un yogur que la niña le había pedido. Y se sorprendió al ver su vitalidad y lo difícil que era contener a aquella pequeña.

Una vez acabó de dárselo, dejó el envase sobre la impoluta mesa de cristal y dijo, cogiendo una servilleta:

—Estate quieta, que te limpio la cara.

—Noooooooooo.

La niña se removió y Björn la soltó. No quería hacerle daño. Corrió hacia un estante y en un tiempo récord varios libros volaron por el suelo. Björn se acercó a ella y la regañó:

—No, Sami..., esto no se toca.

La pequeña asintió y, sin dudarlo, se dirigió hacia el bonito y enorme televisor de plasma del salón, pasó las manos por toda la pantalla y después, cogió el mando que colgaba a un lado y comenzó a tocarlo. La tele se encendió y Björn fue de nuevo hacia ella y, quitándole el mando, volvió a regañarla:

—No, Sami..., esto no se toca.

Sin importarle la cara de él, la pequeña fue hacia la mesa donde Björn había dejado el envase del yogur. Metió la mano en él, se la ensució con lo que quedaba y después la pasó por la mesa de cristal.

En ese instante, Mel llegó al comedor y comentó:

—Diablos..., ¿a qué huele aquí? —Y al ver a su hija, se dirigió a ella—: Sami, ¿qué haces?

La niña la miró, levantó las cejas y preguntó:

—¿No se toca?

Björn sonrió al oírla. Aquella pequeña era graciosísima, e intentando localizar el foco del mal olor murmuró:

—Sí, Sami... toca, mancha y dibuja con el yogur todo lo que quieras en la mesa.

La pequeña, mirando a su madre, asintió encantada.

—Sí se toca.

Björn rio y Mel, arrugando la nariz, exclamó:

—Vaya peste. —Y acercándose a su hija, añadió—. Sami, ¿te hiciste popó?

La niña asintió y ella, mirando a Björn, inquirió:

—¿Por qué no le has cambiado el pañal?

—¿Yoooooooooooooooo? —Y, alucinado, miró a la pequeña y preguntó—: ¿Es ella la que huele mal?

Mel, divertida por su expresión, replicó:

—Ella no huele mal. Lo que huele así es más bien lo que ha salido por su trasero. Todavía es pequeña y estoy en la fase de quitarle el pañal. Por cierto, ¿sabes cambiar pañales?

—No.

—¿Quieres aprender?

Björn dio un paso atrás y sentenció:

—Definitivamente, no. No necesito saber eso.

—Como diría mi madre, el saber no estorba, tontín —se burló Mel.

Divertida, cogió a la pequeña, la acostó en el sillón e hizo lo que toda madre sabe hacer en un abrir y cerrar de ojos. Sacó las toallitas húmedas, un pañal y, sin ascos ni remilgos, dejó a su hija limpia y reluciente, ante la cara de horror de Björn.

Éste se sorprendió al ver que en esa ocasión Mel hablaba con su hija en inglés, un inglés muy especial.

—¿No se vuelve loca Sami con tanto idioma?

Mel soltó una carcajada y respondió:

—No. Es pequeña y aprende. Así, cuando va a Asturias sabe hablar español. Aquí utiliza el alemán y el inglés lo aprende, porque... porque es bueno que lo aprenda, ¿no crees?

Björn asintió. Ella tenía razón: aprender las cosas desde pequeño era mejor que aprenderlas de mayor. Acto seguido observó:

—Ese inglés que hablas es muy americano, ¿verdad?

Mel sonrió y respondió rápidamente:

—Trabajé para la American Airlines varios años, será por eso. —Y para desviar el tema, le entregó el pañal y le ordenó—: Tíralo a la basura.

—Por favor... ¡Qué asco! ¿Cómo ha podido salir eso de ese pequeño culito?

Mel soltó una carcajada.

—Esto no es nada, *pínsipe*... te aseguro que otras veces es peor.

Horrorizado, cogió con dos dedos el pañal sucio que ella le tendía y corrió a tirarlo a la basura. En su vida se había encontrado en una situación igual.

Cuando entró en el comedor, Mel dejaba a Sami en el suelo. Ésta corrió de nuevo hacia la mesa y cogió el envase del yogur, pero de pronto comenzó a llorar. Se había cortado con el borde. Sus alaridos horrorizaron a Björn. ¿Cómo podía tener ese chorro de voz?

Mel, tras comprobar lo ocurrido, limpió el dedo de su hija y, mirando al enorme sujeto que las observaba sin saber qué hacer, cuchicheó:

—Tranquilo, en seguida se calmará.

Sacó de su cartera un paquete de curitas de princesas y le colocó una en el dedo.

—Escucha, Sami, la Bella Durmiente te curará mágicamente y el dolor se irá, ¡tachán... chán... chán!, para no volver más. ¿Verdad que ya no te duele? —dijo ante la cara de alucine de Björn.

La niña, aún con los ojos llenos de lágrimas, calló, se miró el dedo, asintió y, con una sonrisa, soltó:

—*Pinsesassssssssss.*

Dos minutos después, corría de nuevo alrededor de ellos. Björn, al que todo aquello le resultaba nuevo, susurró:

—Increíble.

—Por lo que veo, tú de niños no sabes nada, ¿verdad? —observó divertida, y se echó a reír.

Él asintió. Los niños que más cerca había tenido habían sido Flyn, el pequeño Eric y el pequeño Glen, hijo de sus amigos Frida y Andrés, pero nunca se había ocupado de ellos. Sin parar de reír, Mel se acercó a una bolsa que tenía y dijo, para intentar apaciguar un poco a su enloquecida hija:

—Cariño..., ¿quieres darle de comer a *Peggy Sue?*

—¡Síííííííííí!

Björn, al ver que Mel sacaba de la bolsa una pequeña jaula de colores, se acercó para mirar y, dando un paso atrás, gritó horrorizado:

—¡Dios santo!

—¿Qué pasa? —preguntó ella.

—¿Has metido una rata en mi casa?

—¿Una rata?

—Joder, Mel. Aborrezco los roedores.

—Pero si *Peggy Sue* es preciosa. Mira cómo te mira —insistió ella.

Él se alejó más de la jaula.

—Ni me la enseñes. Saca ahora mismo a ese bicho del salón. —siseó.

Atónita por su reacción, Mel dijo:

—Tranquilo, Björn, es *Peggy Sue*, el hámster de Sami.

Con la cara contraída, él miró la jaula y al ver al hámster blanco, exclamó:

—¡Qué asco de bicho!

—*Peggy Sue* es guapa..., no asco, tonto —le recriminó Sami.

Mel, divertida, abrió la portezuela de la jaula y, sacando al animal, preguntó:

—¿Quieres cargarla?

—Es suaveeeeeeeeee —afirmó Sami.

A Björn nunca le habían gustado los roedores.

—Aleja esa rata de mí si no quieres que la tire por el desagüe —la amenazó muy serio.

—Pero si *Peggy Sue* es muy buena —insistió Mel, divertida.

Pero diversión no era lo que Björn sentía en ese instante y, con una cara que a ella le dejó claro lo que pensaba, le rogó:

—Haz el favor de meter a ese bicho en su jaula y quitarlo de mi vista.

Mel así lo hizo. Metió a *Peggy Sue* en el interior de su bonita jaula de colores y cerró la puerta. Después dejó la jaula sobre la mesa para que Sami le diera de comer.

Sin acercarse a ellas, Björn observó a madre e hija, sin entender cómo aquella rata blanquecina les podía gustar tanto. Cinco minutos después, Sami ya se había cansado de su mascota y comenzó a vaciar en medio del bonito salón el bolso de su madre.

—Ponisssssssssssssssssssss. ¡*Adeee* caballitooooooo! —gritó, encantada al sacar unos pequeños caballitos a los que comenzó a hacer trotar.

Mel se levantó a dejar la jaula en una mesa lateral del salón.

Cuando regresó, Björn la miró y preguntó, sin dejar de observar a la pequeña, que corría y gritaba como una loca:

—¿Esto es siempre así?

Ella sonrió y, encogiéndose de hombros, respondió:

—Es una niña llena de vitalidad y magia. Los niños son así. ¿Qué esperabas?

Horas después, tras el baño y la cena, Mel consiguió dormir a Sami. Una vez la pequeña cayó rendida, Björn le dijo que la acostara en la cama de la habitación colindante a la de él. Mel, que nunca había visto aquella estancia, silbó. Era tan grande como la de Björn. Sólo una de las habitaciones ya era más grande que toda su casa.

Una vez dejó a la pequeña sobre la cama y la tapó, Mel le puso cientos de cojines alrededor y en el suelo, y al ver cómo Björn la miraba, aclaró:

—Es pequeña, se mueve mucho y tú no tienes barrera anticaídas. Por lo tanto, hay que evitar que se caiga de la cama. Y si se cae, caerá sobre blandito.

Björn asintió y sonrió y cuando entraron en la habitación de él, la tomó entre sus brazos y murmuró, mientras cerraba la puerta:

—¿Has metido a la rata en el armario de la entrada?

—Sí, pesadito..., pero tienes que saber que si *Peggy Sue* se traumatiza por estar allí metida, sólo será culpa tuya.

—Asumiré las consecuencias —murmuró él, besándole el cuello.

Durante un rato se besaron en silencio, hasta que Björn musitó:

—Tu hija me ha dejado agotado.

—¿Muy... muy agotado?

Él soltó una carcajada y, acercándose más, susurró:

—Tranquila. Todavía te puedo agotar yo a ti.

Mel se rio y, encantada, se dejó desnudar. Al pasar las manos por el brazo donde ella se había quemado en el accidente, Björn besó el vendaje y murmuró:

—Loca...

—Mucho..., pero ahora continúa y agótame.

—Oh, sí..., no lo dudes. Tú y yo vamos a jugar, ¿entendido?

—Sí.

—¿Has traído los juguetitos que tienes?

Mel señaló un pequeño estuche que había sobre la cama y Björn lo abrió y sonrió. Allí había cosas muy divertidas y, eligiendo unas esposas recubiertas de cuero negro, dijo:

—Mmmm, nena... esto me excita mucho.

Tras colocárselas sin demora, le quitó el pantalón del pijama que le había prestado y, cuando la tuvo totalmente desnuda de cintura para abajo y con la camisa abierta, apagó la luz para quedar a oscuras y, dispuesto a agotarla, dijo, subiéndose a la cama con ella:

—Ponte de rodillas en la cama y separa los muslos... Más... más.

Una vez los tuvo como él deseaba, le pasó una mano por la cintura y acercando su boca a la suya, murmuró:

—No quiero que te muevas, ¿entendido?

Mel asintió, pero cuando notó los dedos de él entre sus piernas, se movió y Björn, dándole una nalgada con su mano libre, insistió:

—He dicho que no te muevas.

—No puedo —se quejó ella, adaptando sus ojos a la oscuridad.

Esa protesta hizo sonreír a Björn, que, metiendo un dedo en su interior, le anunció:

—Quiero masturbarte. ¿Qué te parece?

Con su boca contra la de él, Mel abrió los labios para decir algo, pero sus palabras no llegaron a salir, excepto un jadeo. Björn musitó:

—Bien... veo que te parece bien. Pasa tus manos alrededor de mi cuello. Te será más cómodo.

—Quítame las esposas.

—No... ¡Ni lo sueñes! —E introduciendo dos dedos en ella, musitó, dándole otra nalgadita en el trasero—: Vamos... haz lo que te pido.

Deseosa de aquel juego, con las manos unidas por las esposas hizo lo que él le pedía, mientras sentía cómo el ritmo de la posesión de Björn se incrementaba. Sus dedos entraban y salían de su cuerpo mientras con el dedo gordo frotaba su húmedo y ya hinchado clítoris, al tiempo que susurraba sobre su boca.

—No te vengas.

—Björn..., no sé si voy a...

—Te ordeno que no te vengas, ¿entendido, Mel?

Sus palabras, su mirada, el tono sibilante de su voz y los enérgicos movimientos en el centro de su deseo la hicieron jadear y empapar la mano de él con sus jugos. Y cuando oyó la leve vibración del vibrador para el clítoris, creyó morir.

—Ahora voy a jugar con tu clítoris y no te vas a mover.

—Björn...

—No vas a cerrar las piernas y vas a permitir que yo juegue y te masturbe, porque yo soy el que guía el juego y el que manda en este instante, ¿entendido?

Mel asintió, pero en cuanto el vibrador rozó su húmedo clítoris, se movió. Björn retiró el aparato y, dándole una nalgada, le advirtió:

—Si vuelves a moverte, te inmovilizaré con las esposas en la cama.

—Björn..., no puedo... no puedo no moverme.

—Tienes que hacerlo. —Y sonriendo, añadió—: Como mucho, te permito jadear en mi oído. Nada más.

De nuevo el aparato se acercó a su humedecido clítoris y esta vez ella contrarrestó lo que sintió con un jadeo y un mordisco en el hombro de él.

—Eso es... muérdeme, pero no te muevas. Juguemos con la fantasía. Cierra los ojos e imagina que dos hombres más y yo estamos contigo sobre la cama. Queremos masturbarte primero y después cogerte, pero hasta que no cumplas lo que deseamos, no vamos a hacer lo que tú deseas.

La fantasía, lo que le decía y el placer inmenso y ardiente que le proporcionaba aquel vibrador la hacían temblar y cuando creía que se iba a venir, Björn, lo notaba y lo retiraba.

—Todavía no... aún no.

A pesar de la oscuridad de la habitación, él pudo ver en su rostro el disfrute que aquello le ocasionaba. Sonreía al escuchar sus jadeos frustrados cada vez que disminuía la intensidad y no la dejaba venirse.

—Aguanta, Mel..., aún no quiero que te vengas. Quiero que nos regales a esos dos hombres y a mí tus jadeos, tus grititos, tus movimientos al sentir que el orgasmo te llega, pero no quiero que te vengas... todavía no.

Esposada, excitada, enloquecida, acalorada y con las manos alrededor del cuello de él, clavó los dedos en su piel y rogó:

—No puedo... Déjame hacerlo...

Björn paró de nuevo. La besó. Devoró sus labios, su lengua, su aliento y cuando sintió que su cuerpo dejaba de temblar, musitó, colocando de nuevo el vibrador en el centro de su placer:

—No..., aún no, preciosa...

La tensión en el cuerpo de Mel volvió a contraerla. Intentaba no moverse, pero era imposible. Su cuerpo reaccionaba a aquel ataque y se apretaba contra el vibrador en busca de delirantes sensaciones.

—Así me gusta... Sí... apriétate contra mí.

Ella lo volvió a hacer, cuando Björn murmuró:

—Otro día haré que otro te masturbe para poder disfrutar al cien por cien de tus expresiones. ¿Qué te parece?

—Sí... sí...

Se oyó un nuevo jadeo de ella y él, excitado, habló de nuevo:

—Me he dado cuenta de que te vuelve loca que juegue con tu clítoris, ¿verdad?

—Sí... oh, sí...

—Eso me hace recordar que tengo una amiga, Diana, a la que le encantan los clítoris. Las mujeres que han estado con ella se han venido mil veces del placer que les ocasiona con su lengua y sus estupendos movimientos. ¿Te parece buena idea que otro día te desnude para ella, te abra de piernas y le pida que te coma? Si tú me lo permites, te ofreceré.

El vibrador, junto a las palabras de Björn, volvieron loca a Mel. Imaginar lo que proponía era algo morboso. Desde la muerte de Mike, ningún hombre había tenido el poder de ofrecerla. Cuando jugaba, ella sola se ofrecía a quien quería. Y que un hombre como aquél le estuviera proponiendo ese juego la hizo sisear:

—Me las vas a pagar..., lo juro, Björn.

—Claro que sí... claro que te las voy a pagar... no lo dudes.

Con una sonrisa que en aquel momento a ella se le antojó cruel, él paró el ritmo de nuevo y su cuerpo entero tembló. No la dejaba llegar al clímax y, mirándolo en la oscuridad de la habitación, masculló:

—Te voy a matar... Te voy a matar.

Björn soltó una carcajada y de nuevo subió la potencia del vibrador.

—No me has respondido, ¿te puedo ofrecer a otros?

—Sí...

—Abriré tus piernas y les daré acceso a tu interior. ¿Quieres eso?

—Sí... sí... no pares.

—¿Me dejas ser el dueño de tu cuerpo?

—Sí... sí...

Enloquecido por la entrega de ella, apretaba los dedos en su espalda y bajaba el ritmo del vibrador mientras Mel suplicaba. Sus mejillas ruborizadas, su respiración y su mirada se lo pedían a gritos cuando, tremendamente excitado, murmuró:

—Estás muy húmeda, esposada, excitada por todo lo que te he dicho, y abierta para mí. Tanto que creo que me voy venir yo antes que tú. Pero tranquila, te voy a proporcionar un maravilloso orgasmo. Quiero que te apoyes en mí y mitigues tu grito mordiéndome el hombro, ¿de acuerdo?

Mel asintió y, apoyando su barbilla en el hombro de él, notó cómo subía la potencia del vibrador y lo ponía donde más lo deseaba. Sintió cómo una asoladora lengua de fuego subía por su cuerpo, calcinándola hasta llegar a su cabeza, y en ese instante Björn exigió:

—Ahora, Mel. Dame tu orgasmo.

Al oírlo, ella se estremeció en un increíble espasmo de placer. La lengua de fuego explotó en su interior y, como él le había pedido, apoyó la boca en su hombro y lo mordió para amortiguar su grito de placer mientras se retorcía y disfrutaba de un maravilloso y estupendo orgasmo.

Duro como una piedra por el espectáculo sensual que Mel le había ofrecido, Björn la besó en el cuello, le quitó las esposas mientras ella jadeaba y dijo, poniéndose un preservativo:

—Date la vuelta y ofrécete a mí.

Sin hablar, Mel lo hizo. Se puso a cuatro patas y Björn, sin resistencia alguna, la penetró. Estaba lubricada y muy excitada por el orgasmo que había tenido segundos antes. La agarró por las caderas con gesto posesivo y se apretó contra ella mientras ambos jadeaban enloquecidos. Con el control de nuevo en su poder, entró una y otra vez en su interior. El placer era inmenso, ambos estaban entregados a él.

—Sí... sí... no pares.

—No, preciosa... esta vez no pararé.

Todo fue en aumento. El ritmo de los gemidos, el gozo, la intensidad. Todo era perfecto entre los dos hasta que de pronto, Björn observó con el rabillo del ojo que la puerta de la habitación se abría y una figura pequeña entraba.

¡Sami!

Confundido, de pronto, sin saber por qué, le dio a Mel una nalgada que resonó en la habitación y, dando unos tumbos que sacaron su pene de su interior, gritó:

—Arre... caballito... arre. ¡Yejaaa!

—Björn, ¿qué haces? —protestó ella.

—Yejaaaaaaaaaaa.... Vamos, corre, caballito.

Mel, al recibir otro fuerte azote que le escoció, miró para atrás y gritó:

—Pero, ¡tú estás tonto!

Él, sin saber cómo decirle que su hija estaba mirándolos, gritó:

—¡Yejaaaaaaaaaa! Vamos, caballito... sigue... Arreeeeeee.

—Björn —gritó Mel, sin entenderle, hasta que de pronto una vocecita en la oscuridad la llamó:

—Mami...

La sangre se le congeló a Mel en las venas.

¿Su hija los había sorprendido?

Bloqueada, no supo qué contestar, mientras notaba que Björn ponía las sábanas entre sus cuerpos. Sin demora, se puso a continuación unos calzoncillos, encendió la luz y, atrayendo toda la atención de la pequeña para que su madre se vistiera, dijo, levantándose:

—Hola, princesa, estábamos jugando a caballitos.

Mel, acalorada por todo, se puso las pantaletas, se abotonó la camisa y, cuando miró a su hija, ésta, eufórica, gritó, tirándose sobre la cama:

—Yo *quiedo* jugaaaaaaaaaaaaaar.

Mel y Björn se miraron. ¡Vaya susto! Pero él rápidamente cargó a la pequeña, la sentó sobre la espalda de su madre y dijo:

—Vamos, Sami..., dile al caballito que corra.

Media hora después, tras cabalgar con ella a su espalda, jugar a los caballitos y agotarla, consiguieron que la niña se durmiera entre ellos. Mel miró a Björn y susurró:

—Siento lo que ha pasado.

Él, divertido por lo ocurrido, suspiró, y Mel añadió:

—Como ya has comprobado, tener una niña pequeña limita muchas cosas.

Björn soltó una carcajada. Nunca en la vida había tenido una cita así con una mujer. Y echándose hacia un lado para dejarle espacio a Sami, habló mientras con una mano tocaba el pelo de Mel:

—No te preocupes, preciosa. Pero eso sí: me debes una cabalgada, ¡¡¡caballito!!!

Ambos sonrieron. Lo ocurrido era surrealista y Mel murmuró, tocando su dije de la fresa:

—Te aseguro que lo que tengo pensado hacer contigo en cuanto pueda te gustará más que el caballito.

—Mmmm..., nena..., saber eso... me excita.

Contenta, Mel cerró los ojos. La cara de él el día que pudiera darle la sorpresa iba a ser de concurso, pensó.

—Creo que es mejor que durmamos —sugirió Björn.

Pero veinte minutos después, seguía despierto. Era la primera vez que dormía con una niña en su cama y temía aplastarla. Con curiosidad, miró en la penumbra a la pequeña Sami, que se había dormido acurrucada contra él, y después miró a Mel, que estaba boca arriba, con los ojos cerrados. En ese instante, ella los abrió, lo miró y preguntó:

—¿Qué ocurre?

—No puedo dormir.

Divertida, bromeó:

—Tranquilo, James Bond, prometo que no te voy a asfixiar con la almohada cuando duermas.

Él, al oír eso, se tapó la boca para no reír a carcajadas. Sin pensarlo dos veces, salió de la cama, la rodeó y fue a donde estaba Mel, que lo miraba sin entender qué hacía. Él retiró las sábanas, le pidió que no dijera nada, la cogió en brazos y la llevó al cuarto de baño. Una vez cerró la puerta, la soltó mientras ella, divertida, lo observaba, y dijo:

—Ironwoman..., ¡quítate las pantaletas ya!

19

El sábado, Björn y Mel coincidieron en casa de Judith, pero ambos disimularon lo que había entre ellos, aunque Sami se mostró más cariñosa con él de lo habitual. Björn, al percatarse de ello, procuró no estar en el campo de visión de la niña. Si seguía así, los descubrirían.

Judith se preocupó por su amiga al ver que tenía un corte en la frente y se quedó sin palabras al saber cómo se lo había hecho.

Björn, que la escuchaba, quiso contar lo impresionado que lo había dejado, pero no podía. Si se incluía en la historia, todos sabrían que estaban juntos. Por ello, hizo lo mejor que sabía y, para sentirse incluido en la conversación, la provocó:

—¿Seguro que el choque no lo provocaste tú?

Mel torció el gesto al oírlo, en señal de incomodidad, y repuso:

—La pena es que no estuvieras tú dentro.

Él, divertido, la miró y, en tono guasón, replicó:

—Ha hablado la novia de Thor. ¿Dónde has dejado el martillo?

—Si no cierras el pico, lo vas a encontrar en tu cabeza, ¡listillo!

La pequeña Sami, que en ese momento corría, se paró junto a Björn y, abrazándose a su pierna, preguntó:

—¿Jugamos a los caballitos?

Mel, al oír a su hija y ver el bloqueo de él, jaló a su pequeña y dijo:

—Sami..., ¿cuántas veces te tengo que decir que no toques la caca?

—¡Qué grosera! —protestó Björn.

Judith los miró con gesto contrariado. ¿Por qué siempre tenían que estar igual? E intervino, intentando calmar los ánimos.

—Por favor..., ¿por qué no fuman la pipa de la paz?

Mel animó a su hija a correr tras una pelota, soltó una carcajada y con gesto contrariado respondió:

—Cianuro le echaría yo a la pipa.

Björn, levantando las cejas, miró a su amigo Eric, que los observaba, y dijo:

—Además de presumida y prepotente, ¿también asesina? Querida Jud, ¿qué amistades son éstas?

—Björn, no seas estúpido —protestó Judith.

—Eh..., Jud —se quejó él—. No me insultes. Sólo ha sido un comentario.

Mel, quitándole importancia, miró a su contrariada amiga y respondió:

—No hay comentarios estúpidos, sino estúpidos que comentan. Por lo tanto, ignóralo, ¿de acuerdo, Judith?

Björn resopló. Se moría por besarla. Lo estaba volviendo loco con su descaro. Pero en sus ojos veía algo que lo desconcertaba y, tras cruzar una mirada con su amigo Eric, que sonreía a su lado, murmuró:

—Recuerda, cuando venga ella, sé buen amigo y no me invites.

Eric soltó una risotada.

Durante la comida, cada uno se sentó en un extremo de la mesa y se dedicaron a provocarse, como siempre. Judith no sabía qué hacer. Quería que sus dos amigos se llevaran bien, pero era imposible. Ellos se negaban.

—Pásame los garbanzos, Judith —pidió Mel.

Ella, encantada, lo hizo y cuando su amiga se estaba sirviendo, oyó que Björn decía con cierta intención fastidiosa:

—Si queda algo, me encantaría servirme a mí también.

Mel, al oírlo, lo miró y, soltando la bandeja, siseó:

—Aquí los tienes, bonito..., todos para ti.

Marta, la hermana de Eric, que había acudido junto con su novio Arthur, asombrada por lo insoportable que estaba siendo el bueno de Björn con aquella muchacha, preguntó acercándose a su cuñada:

—Pero, ¿qué les pasa a estos dos?

Molesta, Jud los miró y susurró:

—Directamente no se soportan.

Acto seguido, vio cómo su marido le daba a Mel una botella de champán para que la abriera.

¡Clops!

—¡Caraaaajo!

El sonido del tapón al saltar y el consiguiente «¡Carajo!» hizo que todos miraran y soltaran una carcajada al ver que el tapón de la botella había impactado contra el pómulo de Björn.

—¿Quieres dejarme tuerto?

Mel, horrorizada porque no había querido hacer eso, lo miró levantarse e ir al baño. Eric lo acompañó. Judith, sorprendida por aquel ataque tan directo, miró a su amiga y dijo:

—Mel, entiendo que no se lleven bien, pero un taponazo duele.

—Te juro que no pretendía atinarle. Ha sido casualidad.

Unos minutos después, volvieron del baño y Björn, mirándola, gritó:

—¡¿Qué tal si piensas antes de hacer las cosas?!

Mel quiso disculparse, decirle que no había pretendido hacer aquello, besarle el pómulo dolorido, pero al ver la expresión de él, respondió en su mismo tono:

—¿Quieres un curita de princesas?

Björn, ofuscado, iba a responder cuando Eric intervino:

—Se acabó, chicos. Tengamos la fiesta en paz.

Veinte minutos después, cuando Mel pudo ver que Judith no estaba pendiente, el teléfono celular de Björn sonó:

«Lo siento. No pretendía darte un taponazo.»

Él sonrió y escribió:

«¿Seguro que no querías dejarme tuerto?»

Desde el otro lado de la mesa, ella le hizo un puchero y escribió:

«Si hubiera querido dejarte tuerto, ¡no fallo!»

Al leer eso, Björn tuvo que hacer esfuerzos por no reír, y más aún por no ir y besarla delante de todos, como deseaba.

A lo largo del día, y a escondidas de todos, se comunicaron con mensajitos de teléfono y a última hora él le preguntó por el mismo medio:

«¿Vienes a mi casa esta noche?»

Al recibirlo, ella respondió:

«No. La persona que se queda con Sami, hoy no está.»

La cara de Björn se contrajo al leerlo. Quería estar con ella y, tras mirarla con gesto ceñudo desde el otro lado del salón, insistió:

«Iré yo a tu casa.»

Ella rápidamente contestó:

«No.»

Molesto ante su negativa, resopló. Mel lo miró mientras él escribía:

«Pregúntale a Judith si conoce a alguien.»

Al recibir ese mensaje, Mel respondió:

«Yo no le dejo mi hija a cualquiera.»

Björn, sorprendiéndola, rápidamente escribió:

«O lo preguntas tú o lo pregunto yo.»

Incómoda por aquello, iba a contestar cuando Judith, que volvía de despedir a sus cuñados, al verla teclear en el teléfono preguntó con curiosidad:

—¿Con quién te mensajeas?

Melanie, consciente de que todos la miraban, respondió dejando el teléfono y dándole a su hija un muñeco que le pedía:

—Con un pesadito que quiere salir conmigo esta noche.

En ese instante, Björn se sentó junto a ellos y murmuró:

—Pobre hombre, lo compadezco. No sabe lo que hace.

—Björn... —protestó Judith y Mel, clavando sus ojos en él, siseó:

—Hay hombres que saben apreciar lo que es una mujer de verdad..., nene.

—Hay hombres para todo..., *nena* —se burló él.

Judith, incrédula, interponiéndose entre ellos, miró a Mel y preguntó:

—¿Vas a salir con ese hombre?

—No.

—Oye... qué dije de fresa más original. Pero si tiene hasta chocolate —rio Judith.

—Es un regalo —murmuró Mel, al darse cuenta de que el dije había llamado la atención.

Eric, al ver en lo que su mujer se había fijado, parpadeó. Él había visto aquella joya antes y, mirando a su amigo, que disimulaba, exclamó:

—Vaya... una fresa con chocolate, ¡qué original!

Björn, al darse cuenta de que Eric había descubierto su secreto, con la mirada le pidió silencio.

Tres segundos después, al ver que Mel no iba a preguntar lo que él le había sugerido, dijo para llamar la atención de Judith:

—¿Qué pasa, Ironwoman, no tienes con quién dejar a tu princesa esta noche?

Molesta por su insistencia, ella gruñó:

—Eso a ti no te importa, idiota.

Sin ceder y dispuesto a conseguir su propósito, insistió:

—Yo sería tu niñera, pero he quedado con una preciosa mujer y por nada del mundo me voy a perder esa cita.

—Eh... eh... eh... Tú serías la última persona que yo elegiría en este mundo para que cuidara a mi hija.

—A lo mejor la cuido mejor de lo que tú crees.

—Lo dudo.

—Si quieres, déjame la niña a mí —dijo Judith al oírlos—. Sabes que con nosotros estará bien y mañana cuando te levantes vienes por ella.

Tener toda la noche para ella sola la atrajo, y por la mirada de Björn supo que a él también, pero, aun así, contestó:

—No..., no creo que sea buena idea.

Eric, que hasta el momento había permanecido en silencio, la miró y perseveró:

—Aquí la cuidaremos como si estuviera contigo. No seas tonta y sal esta noche a divertirte.

Björn, deseoso de meter cizaña, miró a su amigo:

—Qué poco solidario eres con ese pobre hombre. ¿Estás seguro de lo que vas a hacer? Mira que la Superwoman es capaz de darle un garrotazo y puede terminar traumatizado.

—No se hable más —insistió Judith, deseosa de matar a su buen amigo Björn—: Sami se queda con nosotros esta noche.

—Pero...

—Mel —la interrumpió Judith—, sal esta noche con ese hombre y pásala bien. ¡Te lo mereces! —Y mirando a Björn, añadió—: Y tú cierra el pico, que me estás poniendo nerviosa y al final la que te va a dar el garrotazo voy a ser yo.

—Amigo —intervino Eric—, yo que tú me callaba. Recuerda, ¡está embarazada y tiene las hormonas alteradas!

Björn soltó una risotada: se había salido con la suya. Levantándose, dijo:

—Me voy. Saldré con una preciosidad que más que garrotazos, cuando me vea me comerá a besos.

—Pobrecilla —se burló Mel—. Qué estómago tiene que tener.

Judith soltó una carcajada y Björn siseó:

—Para tu información, sé de buena fuente que le gusto.

—¿Seguro?

—Segurísimo..., guapa. Es más, quizá hasta la lleve a montar a caballo.

—¿Por la noche? —preguntó Judith, sorprendida.

Él sonrió y sin querer mirar a Mel para no soltar una carcajada, respondió:

—Montar a caballo a la luz de la luna es maravilloso.

Mel cruzó una rápida mirada con él, que le guiñó un ojo. Divertida, intentó no reírse. ¡Qué intrigante!

Segundos después, las dos mujeres se levantaron y Eric, mirando a su amigo, que se estaba poniendo un abrigo de cuero, preguntó:

—¿Fresa con chocolate?

Björn, al ver que las chicas no los oían, respondió:

—¡Cállate!

Eric sonrió y, acercándose a él, insistió:

—¿Qué tienes tú con Mel?

—Guárdame el secreto, colega, ya hablaremos.

Eric asintió y dijo:

—Por supuesto que hablaremos, pero como dice mi mujer, punto uno: piensa lo que haces. Y punto dos: te aseguro que Jud no tardará en atar cabos y, cuando se entere, ¡tiembla por habérselo ocultado!

Veinte minutos después, cuando Mel salió con su coche de la casa de sus amigos, no se sorprendió al ver el de Björn esperándola un par de calles más adelante.

—Sígueme. Meteremos los dos coches en el estacionamiento de mi edificio —le indicó él desde su vehículo cuando Mel se estacionó a su lado.

—No.

La rotundidad de su voz le confirmó que aquella noche le pasaba algo y preguntó:

—¿Por qué?

—Porque no y punto.

Sin mirarlo, encendió un cigarrillo. Björn preguntó al ver su gesto:

—¿Qué te ocurre?

Melanie resopló. Era su aniversario con Mike. Hubiera sido el sexto, pero sin ganas de contar la verdad, respondió:

—Nada. No me ocurre nada.

La negatividad de ella lo sorprendió y, bajándose de su coche, se acercó al suyo y preguntó:

—¿No quieres ir a mi casa?

Mel negó con la cabeza y saliendo de su coche, dijo tras dar un portazo:

—Te dije que quería estar con Sami. ¿Por qué tuviste que insistir?

—Porque tengo ganas de estar contigo, de besarte, de tocarte y de cabalgar a la luz de la luna.

Esas palabras tan íntimas, tan especiales, le tocaron el corazón; cuando él se acercó más, le puso una mano en el pecho y aclaró:

—Yo no quiero nada más que sexo contigo, no te confundas.

—Pero, ¿de qué estás hablando? —preguntó Björn, desconcertado.

—El rollito del amor y todo eso ya te dije que no va conmigo —aclaró Mel, furiosa—. Una cosa es que la pase bien contigo y otra que te dé exclusividad. Por lo tanto, si quieres que estemos juntos, vayamos a un club de intercambio y divirtámonos.

Esa proposición frustraba totalmente los planes de Björn. El sexo le encantaba, pero Mel y su particular manera de hacer el amor lo atraían tanto que sólo la quería para él. Confuso, clavó sus impactantes ojos en ella.

—¿Prefieres ir a un club antes que a mi casa?

—Sí —afirmó ella, apagando el cigarrillo.

Él quiso protestar, quejarse. Pero finalmente tomó aire y preguntó:

—¿De verdad no te ocurre nada?

—Te acabo de responder hace cinco segundos.

Con una paciencia impresionante, Björn asintió y, mirándola, preguntó:

—¿Qué te parece si llamo a alguien y vamos a mi casa?

Ella lo miró.

—¿Servicio a domicilio?

Aquello a Björn le hizo gracia y respondió:

—Tengo muchos amigos. Organizo de vez en cuando fiestecitas en casa y...

—Bien. No quiero saber más. Si vas a llamar a alguien, que sea un hombre y que sea atractivo. Cualquiera no me sirve.

—¿Una mujer no?

Molesta por la conversación, Mel finalmente dijo:

—Oye, si quieres, llama a una mujer para ti y un hombre para mí. No soy celosa.

Él sopesó sus palabras. El sexo entre cuatro solía ser divertido, pero decidió dejarlo para otro día. Al final, abrió su teléfono celular, habló con alguien y una vez concretó verse en su casa en media hora, anunció, encaminándose hacia su coche:

—Tema solucionado. Será una fiesta de tres.

—¿Has llamado a un hombre?

—Sí. Ahora, sígueme.

Cuando llegaron, los dos metieron sus vehículos en el estacionamiento y al entrar en la casa, Björn la besó y murmuró:

—Hoy hubiera querido una noche sólo contigo.

Mel asintió. Ella también lo deseaba, pero no quería enamorarse de aquel conquistador: con toda seguridad, si lo dejaba entrar en su vida le rompería el corazón. Por eso, sonriendo, lo besó y murmuró:

—Vamos a pasarla bien. ¡Déjate de exclusividades!

En ocasiones como aquélla, su frialdad y su soberbia dejaban a Björn sin habla. Cualquier mujer de las que conocía mataría por una noche a solas con él, pero Mel no. Eso marcaba la diferencia entre ella y las demás. Quiso protestar, pero al final, mirándola fijamente, dijo:

—Yo guiaré el juego, ¿de acuerdo?

Ella sonrió y, divertida, accedió:

—De acuerdo, pero no te acostumbres.

Media hora después, sonó el portero automático de la casa y cuando entró Carl, ella lo reconoció y sonrió. Se saludaron y Björn de pronto se sintió violento. ¿Estaba celoso?

Rápidamente preparó unas copas mientras ellos hablaban y él se tranquilizaba. No era la primera vez que compartía mujer con su buen amigo Carl, pero en esa ocasión lo que estaba sintiendo mientras ellos dos hablaban era diferente y se inquietó. No le gustaba sentirse así.

Tras beber para caldear el ambiente, Mel puso música roquera, como siempre. Björn la miró al ver que se trataba de Bon Jovi y ella, con el reto en la mirada, sonrió. Aquella sonrisa fría a él no le gustó y supo que algo no iba bien. La siguió con la mirada y la vio sacar de su bolso un pañuelo oscuro, que enseñó a los dos y se ató sobre los ojos.

Björn se enfadó. La conocía y sabía lo que aquello significaba. Por ello, levantándose, se acercó a su oído y murmuró:

—¿Qué estás haciendo?

—Disfrutar.

Molesto, él insistió:

—¿Por qué lo haces?

Con un tono de voz que lo dejó helado, ella respondió:

—Porque hoy quiero estar con Mike.

Eso lo ofendió. Lo enfureció y, sin poder verle los ojos, gruñó:

—He dicho que me dejaras a mí guiar el juego.

—Y te dejo, nene..., pero hoy también juega Mike.

Frustrado porque nada estaba saliendo como él quería, tuvo la tentación de acabar con el juego en aquel mismo instante, pero el deseo pudo más que la razón. Finalmente, la tomó de la mano y exigió:

—Mel, siéntate.

Ella lo hizo. Cada hombre por un lado la atacó. Cuatro manos recorrían sus pechos, su cintura, sus piernas, separándoselas para buscar el caliente centro de su deseo. Le subieron la minifalda y primero uno y después el otro, metieron sus dedos en su húmeda cueva para disfrutar de ella y proporcionarle placer. Dedos juguetones le retiraban la fina tela de las pantaletas y la asaltaban mientras le decían cosas calientes, excitándola.

—¿Te gusta lo que te decimos, Mel? —preguntó Carl.

Ella asintió y Björn, enloquecido por el morbo del momento, se levantó del sillón. Mel lo volvía loco. Se impacientaba como un colegial. Sin demora, se arrodilló en el suelo y, tras quitarle las pantaletas con brusquedad, pidió:

—Abre más las piernas y ofrécete a mí.

Así lo hizo y la boca de él fue directo a donde ella demandaba. Recostada en el sofá, se entregó al disfrute del juego mientras Carl le abría la camisa y, sacándole los pechos por encima del sostén, se los mordisqueaba, los manoseaba, los estrujaba. Embravecido, comenzó a chuparle los pezones con fruición. Frenética y tremendamente excitada por lo que aquellos dos hombres le hacían, Mel se movió gustosa y soltó un jadeo mientras Björn continuaba con su asolador ataque y no paraba de controlar lo que Carl hacía.

La temperatura subió en la habitación y Björn, metido totalmente en el juego, la puso de pie, le quitó la falda, le desabrochó el sostén y, cuando la tuvo totalmente desnuda, le indicó mirando el pañuelo que le cubría los ojos.

—Mel..., ponte de rodillas sobre la alfombra.

Sin dudar, ella obedeció y entonces le quitó el pañuelo. Quería mirarla y quería que ella lo mirara a él. No estaba dispuesto a compartirla con Mike.

Eso a Mel no le gustó y, tras clavar su enfadada mirada en él, sin necesidad de hablar, actuó. Llevó sus manos hasta el cinturón de ellos, les desabrochó los pantalones, les bajó el cierre, el bóxer y, con mimo, tocó aquellas erecciones duras y juguetonas que eran para ella.

Con deleite rozó y besó primero la punta de sus penes antes de metérselos en la boca y degustarlos. Ellos soltaron un gruñido varonil que a Mel le puso la carne de gallina y más cuando sintió la mano de Björn en su cabeza, exigiéndole que continuara.

Así estuvieron un buen rato, hasta que éste pidió:

—Carl, mastúrbala.

Su amigo se arrodilló detrás de ella para tocarle el trasero, le mordió las costillas y paseó su lengua por el tatuaje, mientras Mel seguía lamiendo con deleite el duro y erecto pene de Björn. Excitado al ver cómo el tatuaje se movía en su espalda ante el ataque de Carl, Björn le jaló el pelo para que lo mirara, clavó sus ojazos azules en ella y dijo:

—Soy Björn..., mírame a mí.

Esa exigencia, más que enojarla, la excitó; mientras, Carl comenzaba a masturbarla desde atrás. Metió dos de sus dedos en su húmeda vagina y los comenzó a mover al tiempo que ella jadeaba, se movía e intentaba continuar chupando lo que Björn le exigía.

Retirándose de su boca, éste disfrutó observando la cara de ella mientras otro excitaba su cuerpo. Observó su boca, sus labios, cómo sus pechos se movían descontrolados ante el erótico ataque y, cuando ya no pudo más, se puso un preservativo y cambiándose con Carl, ordenó, mientras la penetraba enérgicamente por la vagina y ella se encogía al sentir su enorme erección:

—Ábrete para mí.

Ella, excitada, hizo lo que pedía y tras darle una nalgada, Björn exigió:

—Ofrécete. Vamos..., apriétate contra mí.

Mel lo hizo enloquecida. Pero sabía lo que él estaba haciendo: le impedía pensar en Mike en un momento así y continuó hablándole mientras bombeaba una y otra vez en su interior:

—Después te abriré las piernas para Carl, como sé que te gusta y quieres. Te ofreceré a él, sólo a él, y luego yo te cogeré hasta que grites mi nombre. Esta noche sólo Carl y yo seremos quienes te hagamos gritar de placer. Nadie más.

A cuatro patas, Mel asintió. Björn la tenía agarrada por las caderas y con delirantes movimientos la acercaba y alejaba para ensartarla una y otra vez por detrás, mientras le hablaba y le recordaba que era él quien la penetraba y no otro.

—¿Me sientes, Mel?

—Sí —gritó al notar sus enérgicos movimientos, su calor, su grosor.

—Di mi nombre —exigió, penetrándola de nuevo.

Ella soltó un jadeo. El placer era intenso y Björn volvió a repetir:

—Di mi nombre.

Mel se resistió y él, sin ceder un ápice, la volvió a penetrar con furia y exigió:

—Di mi nombre.

—¡Björn! —gritó ella finalmente.

—Repítelo —insistió.

—¡Björn!

—Otra vez.

—¡Björn! —obedeció entre jadeos.

Encantado con hacerla vivir y sentir la realidad, la empaló de nuevo y, volviéndola loca, murmuró:

—Sí, cielo, sí..., soy Björn, no lo olvides. Esto es entre tú y yo. Nuestro juego y el de nadie más, ¿entendido?

Ella no respondió y Björn, exigente, insistió:

—¿Me has oído, Mel?

—Sí.... Sí..., Björn... No pares. Ahora no pares.

Aquella súplica y cómo ella se arqueaba para recibirlo, lo hizo acelerar el ritmo de sus acometidas. Quería hacerla sentir. Quería que disfrutara y quería disfrutar él. Los gemidos de ambos se aceleraron, hasta que, contrayéndose, Mel se dejó ir.

Su cara cayó sobre la alfombra y su sexo se abrió al sentir la última embestida de Björn, acompañada por su sibilante ronquido de placer. Una vez él salió de ella, sin abandonarla ni un segundo, la hizo ponerse boca arriba. La miró a los ojos y vio su agitada respiración. Aquellos juegos a ambos les gustaban. Los excitaban.

Besándola con posesión para dejar claro que él era quien guiaba el juego, preguntó:

—¿Preparada para Carl?

Mel asintió y Björn dijo:

—Carl...

Éste, después de presenciarlo todo y ya con un preservativo puesto, estaba duro y deseoso de jugar con ella. Cuando Björn se retiró a un lado, se colocó entre las piernas de Mel, guió su pene a la humedad que latía ante él y rápidamente la penetró.

Los gemidos de ella volvieron a inundar la estancia y Björn, sentándose a su lado, posó su boca sobre la suya y musitó:

—Sí..., disfruta, cariño... Ábrete para Carl. Vamos..., grita de placer. Quiero oírte..., quiero ver cómo disfrutas...

Mel chilló y cerró los ojos y él, sujetándole la barbilla con la mano, exigió:

—Mírame.

Ella lo miró y él volvió a exigir:

—Di mi nombre.

Con la mirada fija en él y consciente de con quién estaba, accedió:

—Björn...

Éste asintió. Ella estaba con él y siseó:

—Sí... tú y yo. Éste es nuestro juego.

Enajenada por lo que sus palabras le hacían sentir, lo agarró del cuello y lo besó con desesperación. Abrió su boca y metió su lengua de tal manera en su interior que casi lo hizo perder la razón con un simple beso. La dureza de Mel en la entrega lo sorprendió y quiso mimarla como nunca antes había mimado a ninguna mujer.

Carl continuó con sus penetraciones mientras ellos dos se besaban. Sin quitarles la vista de encima, pasó sus manos por debajo de las piernas de ella para tener más accesibilidad y prosiguió con su propio juego. Ver el cuerpo desnudo de la mujer entregándose a él mientras su amigo le devoraba la boca lo hizo temblar, y cuando no pudo más, se dejó llevar por el clímax, clavándose una última vez en ella al tiempo que Mel se dejaba llevar también por él.

Una vez que los cuerpos de los tres dejaron de respirar con dificultad, Carl salió de ella y Björn, poniéndose en pie, la hizo levantar, la cargó y la llevó a la regadera. Cuando el agua comenzó a caer entre ellos, la miró y musitó:

—Estoy duro y voy a cogerte otra vez.

Mimosa, ella asintió. Björn la apoyó contra la pared de la ducha y, sin soltarla, guió su pene hacia su dilatada vagina. Cuando estuvo dentro de ella, Mel susurró con un hilo de voz:

—Björn.

Conmovido, asintió. Había dicho su nombre sin que él se lo pidiera y, agarrándola por el trasero para manejarla, murmuró mientras se apretaba contra ella.

—Sí, Mel..., soy Björn.

Mirándose a los ojos, respiraban con dificultad mientras se apretaba el uno contra el otro y disfrutaban de aquella morbosa sensación. La vagina de Mel se contraía y su succión sobre el pene de

Björn era fantástica y estupenda. Así estuvieron varios minutos, disfrutando como locos, hasta que él, abriéndole las nalgas con las manos, le pasó un dedo por el ano y ella musitó:

—Carl.

Björn, que ya la había visto tener sexo anal en el Sensations, la entendió y llamó a su amigo. Cuando éste entró en el baño, él le dijo, organizando el juego:

—En unos minutos te quiero dentro de la regadera con nosotros.

Carl asintió. Los observó jugar bajo el agua mientras su pene se endurecía y, una vez erecto, se puso un preservativo. Al entrar en la regadera, cerró la llave. Björn se movió y colocó a Mel entre los dos. Carl comenzó a tocarla y Björn, locamente excitado, murmuró sobre la boca de ella:

—Esto es lo que quieres.

—Sí —respondió Mel al notar cómo Carl le masajeaba las nalgas.

—Carl te está preparando, ¿te gusta lo que hace?

—Sí... sí...

El placer era inmenso y los jadeos resonaban en todo el cuarto de baño: morbo en estado puro entre los tres. La vagina de Mel succionaba el pene de Björn y éste apretaba los dientes e intentaba no dejarse llevar por los instintos animales que le afloraban. Debía dar tiempo a que los dedos de Carl le dilataran un poco el ano y, cuando no pudo más, siseó:

—Vamos a darte lo que deseas, preciosa.

—Sí, Björn..., entrégame.

Que ella se lo pidiera lo volvió loco de excitación. Oír su nombre le producía un reconfortante placer al saber que Mel contaba con él. Al fin era su juego. Un juego donde ellos eran los protagonistas y no terceros.

Besos...

La lengua de Björn se enredó en la suya y ambos disfrutaron de su pasión y del morbo del momento hasta que Carl pidió:

—Björn, apóyate en la pared y abre a Mel.

Mirándola a los ojos, Björn hizo lo que le decía y, con su pene aún en el interior de ella, le asió las nalgas y la abrió para su amigo. La entregó. Carl le puso la punta del pene en el ano y lenta y pausadamente la comenzó a penetrar, mientras Björn y ella se miraban a los ojos.

Mel jadeó y Björn, pendiente en todo momento de ella, preguntó:

—¿Esto es lo que querías?

—Sí... —Y sin apartar los ojos de él, susurró—: Te gusta entregarme.

Enloquecido por lo que ella le hacía sentir, Björn sonrió y convino:

—Me encanta, preciosa..., me vuelve loco.

Mel asintió y cuando sintió el roce de ambos penes, uno por el ano y el otro por la vagina, gimió.

Los hombres no lo dudaron y cada uno desde su posición se movió en busca del placer y del morbo, mientras ella, en medio de los dos, jadeaba y besaba a Björn con fiereza.

Placer...

Excitación...

Fantasía...

Esas tres cosas los llenaron a tope y disfrutaron de lo que les gustaba: el sexo. Con lujuria, Mel se contorsionó de gozo entre sus manos, dándoles acceso una y otra vez a su interior, mientras ellos, al ritmo que cada uno marcaba, la penetraban en busca del clímax.

Cuando todo acabó y Carl salió de ella, con una mirada le indicó a su amigo que se marchaba a otro baño para bañarse. No hizo falta decir más. Carl sabía que, una vez acabado el juego, sobraba. Cuando se quedaron Mel y Björn solos en la regadera, éste abrió el agua, la miró a los ojos y se sorprendió cuando la oyó preguntar:

—¿Todo bien?

Él asintió y en ese momento algo dentro de su corazón se descongeló: se acordó de su amigo Eric y sonrió al entender lo que éste había intentado explicarle muchas veces sobre Jud y él. Y sin saber por qué, en ese preciso instante lo entendió todo. La química con una mujer y todo lo que venía después surgía cuando menos se esperaba y a él con Mel le había surgido y no lo iba a desaprovechar.

Los juegos calientes y morbosos entre los tres habían durado hasta las cuatro de la madrugada. Cuando Carl se marchó, Mel se bañó sola. Cuando salió de la ducha, con las pantaletas y el sostén puestos, comenzó a recoger su ropa y Björn, mirándola, preguntó:

—¿Adónde vas?

Sin mirarlo, ella respondió:

—A mi casa. Creo que ya es tarde.

Tras un tenso silencio, él inquirió:

—¿Qué te ocurre esta noche? Y no me digas que nada, porque no me engañas. ¿Qué ocurre?

—Björn...

—¿Por qué querías que Mike estuviera aquí? ¿Por qué?

Ella cerró los ojos. Su comportamiento al principio de la noche había sido terrible e inaceptable; encogiéndose de hombros, murmuró:

—Hoy es mi aniversario con Mike.

—*Era* —matizó Björn con rotundidad—. *¡Era!*... Debes empezar a hablar de él en pasado.

—Lo sé.

Enojado por lo que ella pensaba, siseó furioso:

—Mike no está, Mel. Ya no es su aniversario. ¿Cuándo vas a aceptarlo?

Ella no respondió. Simplemente cerró los ojos y continuó recogiendo su ropa.

Loco porque no se fuera, pensó qué hacer. Deseaba que pasara el resto de la noche con él y, sin dudarlo, se encaminó hacia el equipo de música. Tras mirar varios CDs, se decidió por uno muy especial para él, por uno que escuchaba siempre en soledad, y cuando los primeros acordes de *Feelings*, de Aaron Neville, sonaron, ya estaba detrás de Mel, murmurándole al oído:

—Ven...

Ella, con el corazón a mil, soltó la ropa que llevaba en las manos y se dejó abrazar. Lo necesitaba.

Aquella canción...

Aquel hombre...

Aquel momento...

> *Feelings, nothing more than feelings.*
> *Trying to forget my feelings of love.*
> *Teardrops rolling down on my face.*
> *Trying to forget my feelings of love.*

Durante varios segundos bailaron el uno en brazos del otro aquella romántica y maravillosa canción, hasta que Björn, posando su frente sobre la de Mel, susurró:

—Perdóname por haberte hablado así.

Ella asintió y, tras unos segundos, contestó:

—Perdóname tú a mí por haberme comportado como una idiota.

—Mel...

La joven negó con la cabeza y Björn buscó su boca con desesperación, la besó con ímpetu y, cuando se separó de ella, murmuró con voz ronca:

—No quiero que pienses en él.

—Björn, yo...

—Tú y yo. Aquí sólo estamos tú y yo.

—Escucha, Björn...

—No, cielo, escúchame tú a mí —la interrumpió poniéndole el vello de punta—. Cuando estés conmigo, sólo quiero que pienses en mí, en nosotros. Llámame egoísta, pero cuando tú y yo juguemos, con otros o solos, únicamente quiero que existamos tú y yo. Mike es el pasado y yo soy el presente, ¿no lo ves?

Mel no respondió. No podía. Estaba comenzando a sentir cosas especiales por él y eso la asustaba. No se lo podía permitir. No debía. No había sido sincera con Björn desde un principio y sabía que tarde o temprano, cuando él se enterara de su oficio, todo explotaría como una bomba.

Lo besó. Saboreó sus labios con deleite y, cuando se separó, él le pidió:

—Quédate esta noche conmigo.

—No...

—No te vayas —insistió con voz ronca.

—No puedo...

—Sí puedes..., claro que puedes.

Conmovida por su voz y por lo que sentía estando con él, lo miró a los ojos y directamente preguntó:

—¿Qué estamos haciendo?

La sensual canción continuó mientras ellos, abrazados y hechizados por el momento, se movían al compás de la misma. Y con los ojos clavados en ella, Björn, aquel Casanova a quien las mujeres adoraban, respondió:

—No sé lo que estamos haciendo, cielo, pero me gusta y no voy a parar, porque te estás convirtiendo en alguien muy... muy especial para mí.

Mel cerró los ojos y sonrió. El romanticismo de Björn le gustaba. Le gustaba mucho.

Feelings, wo-o-o feelings.
Oh... oh...my darling.
Wo-o-o, feelings again in my heart.

Él le olió el pelo mientras ella le besaba el cuello. La abrazó con desesperación y aspiró su aroma. Sin saber cómo ni por qué, aquella mujer lo llenaba por completo y no quería separarse de ella ni un solo día más. Ni un solo instante.

Hechizado por el momento, la llevó hasta la cama, donde continuó besándola. Quería mimarla y decirle cientos de cosas que nunca había dicho, pero él mismo se asustaba de sus sentimientos. Todo iba rápido, demasiado rápido, y tuvo que morderse la lengua para no decir algo de lo que se pudiera arrepentir.

Besos...

Ternura...

Deseo...

Se mimaron al compás de la bonita canción.

Sin prisa...

Sin pausa...

Cuando la canción terminó, comenzó una nueva también de Aaron Neville. En esta ocasión, *Tell it like it is*. Si la canción de antes era romántica, ésa lo era mucho más.

Embelesada por la delicadeza, la sensualidad y el morbo de él en aquellos momentos, Mel cerró los ojos, justo cuando Björn le pasaba los labios por la barbilla. Dios..., ¡era delicioso!

Abandonada a sus arrumacos, lo oyó susurrar:

—Te voy a hacer el amor con mi música. Con nuestra música.

—Eres un romanticón —bromeó mimosa.

Él asintió y, rozando su nariz contra la de ella, musitó:

—Y tú también lo eres, aunque no lo creas.

Mel sonrió y, tocándole el pómulo con la mano, se lo besó y dijo:

—Siento lo del taponazo... No era mi intención.

Sin darle importancia, Björn se despojó del bóxer negro que llevaba, lo tiró y, rasgando el envoltorio de un preservativo, se lo iba a poner, pero ella se negó.

—¿Segura?

—Sí... Quiero sentir tu piel y mi piel.

Él sonrió y Mel lo besó.

¿Cuánto tiempo llevaba sin hacer el amor?

Al principio de su relación con Mike todo era romántico. Pero en sus últimas ocasiones, todo era frío y rápido. Había olvidado el romanticismo, pero allí estaba Björn. Un hombre impresionante que nada tenía que ver con ella y su estilo de vida. Un hombre al que nunca pensó atraer y que de pronto la mimaba, la acariciaba, la agasajaba de tal manera que le estaba haciendo creer de nuevo que el amor existía.

Besos sabrosos. Besos suculentos. Besos deliciosos. Así la besaba Björn mientras la sensual voz de Aaron Neville llenaba el espacio, y a ellos aquella tórrida intimidad les tocaba el corazón.

Se miraban con ternura...

Se tocaban con mimo...

Se mordían los labios apasionadamente con intimidad...

Se comunicaban sin hablar, mientras sus cuerpos ardientes se rozaban y gustosos se deleitaban en aquel instante profundo y terriblemente mágico entre los dos. Björn dejó caer su fornido cuerpo sobre ella y, con cuidado de no aplastarla, paseó su boca por su frente, por sus mejillas, por su cuello hasta terminar en sus pechos. Ella jadeó.

Con un estremecimiento, Mel enredó los dedos en aquel pelo oscuro y espeso, hizo que la mirara y pidió:

—Hazme el amor.

Con los ojos vidriosos de pasión, Björn la volvió a besar mientras ella bajaba sus manos por su espalda y le clavaba los dedos para retenerlo. Él, excitado y enloquecido por lo que le estaba haciendo sentir, se estremeció. Con movimientos felinos y deliberados, le quitó la ropa interior, que cayó al suelo. Su erección latía. Su duro pene estaba dispuesto para una nueva invasión y no lo dudó. Se colocó en su húmeda y cautivadora entrada, la miró a los ojos y la penetró.

Mel se arqueó para recibirlo y hacerlo suyo, mientras ambos se movían lentamente al compás de la música y sus bocas se deleitaban mordiéndose. Con movimientos sensuales y posesivos, Björn se puso sobre ella y Mel, delirante, se abrió para acogerlo en profundidad. Tranquilos, sin prisa y mirándose a los ojos, uno encajó en el otro mientras sus pieles se rozaban y erizaban por el mágico momento. Apoyando las manos en la cama, él echó hacia adelante las caderas para profundizar más en ella, que, agarrándolo con fuerza por el trasero, pidió con voz temblorosa:

—No te muevas.

Björn, hundido en ella, paró y sintió cómo su vagina lo succionaba, haciéndolo gemir de placer. Aquello era delicioso. ¡Colosal!

—Oh, Dios, nena...

—No te muevas —suplicó acalorada.

Maravillado por el momento Björn no se movió. Disfrutaron de aquella ardorosa intimidad mientras sus cuerpos excitados se volvían locos de placer y la música continuaba. Pasados unos segundos, él acercó su boca a la de ella y musitó:

—Me gustas mucho, Mel... Demasiado.

Ella no habló, cerró los ojos y tembló. Cuando sus temblores disminuyeron, él se movió y, al profundizar más en su cuerpo, le arrancó un candoroso gemido.

El ansia creció en los dos y los movimientos segundo a segundo se volvieron más rápidos, más fuertes, más certeros, más terrenales... ambos lo necesitaban. Cuando él soltó un gruñido de satisfacción y se hundió totalmente, el clímax les llegó a la vez y Mel le confesó entre murmullos:

—Tú también me gustas mucho, Björn... Demasiado.

20

Pasaron los días, sus encuentros continuaron y en la casa de Mel siempre había flores. Por primera vez en su vida un hombre le regalaba preciosas rosas con alocados mensajes que la hacían reír a carcajadas.

En ese tiempo, el teléfono celular de Björn sonaba cada dos por tres y, sin que él se lo explicara, Mel intuía que eran sus amigas. Sin decir nada, lo veía hablar con ellas y disculparse. No se separaba de ella y en cierto modo se sentía feliz por ser especial para él.

Una noche, en el Sensations, Björn hizo lo que un día le prometió. Al entrar en un reservado, una mujer los esperaba. Mel rápidamente la identificó como una de las dos que vio aquel día con Judith. Sin hablar, Björn desnudó a Mel y cuando la tuvo sobre la cama, le exigió que abriera las piernas y dijo:

—Diana, te ofrezco a Mel. Hazla chillar de placer.

Y así fue...

Enloquecida por las cosas que aquella mujer le hacía en el clítoris, chilló de lujuria mientras Björn, sobre su boca, murmuraba:

—Eso es..., así..., vente para mí.

Diana era colosal. Sabía lo que hacía y su brusquedad en ciertos momentos a Mel la puso a cien. Su lengua era salvaje, rápida, dura y jugó con su clítoris de una manera increíble. Cuando creía que no podría volverse a venir, lo volvía a hacer.

Björn sentó a Mel en la cama, se puso tras ella y Diana le metió los dedos y la masturbó. Estaba entregada al disfrute mientras Björn la besaba; de pronto Diana paró y Björn, totalmente excitado, la sentó sobre él y la empaló. Necesitaba introducirse en ella o se volvería loco.

—Acuéstala, Björn, y ábrela para mí —pidió Diana.

Él hizo lo que le pedía. Entonces, Mel sintió que aquella mujer untaba desde atrás lubricante en su ano y comenzaba a mover sus dedos con la misma maestría que segundos antes.

—Tienes un culito precioso, Melanie, ¿te gusta lo que hago?

Los ojos de Björn la observaban y ella respondió:

—Sí..., me gusta.

Diana, mujer experimentada en proporcionar el mayor placer, metió un dedo en su interior y le comunicó:

—Ahora me voy a poner un arnés y te voy a coger. Voy a agarrarte de las caderas y me voy a meter dentro de ti hasta que vuelvas a chillar de placer. Quiero sentir cómo tiemblas. Quiero notar que tu culito vibra para mí mientras Björn te coge ese chochito tan maravilloso que me he comido y que estoy deseando comerme otra vez.

Jadeante, Mel, con los ojos clavados en un Björn tremendamente excitado, susurró:

—Sí... sí...

Hechizado por el poder de la mujer que lo miraba, con desesperación Björn acercó su boca a la de ella y la besó. Lo hizo con mimo, con deleite, con amor, mientras juntos disfrutaban del morbo que la situación les ocasionaba, olvidándose del resto del mundo para sólo existir los dos. Una vez dilatado el ano, Diana la agarró por las caderas y la penetró. Mel, enloquecida de deseo, se dejó hacer. Ambos bombeaban en ella. Ambos la llenaban, y disfrutó.

Tras varias negativas de Björn a sus llamadas, aquella noche Agneta decidió ir sola al Sensations y, cuando vio lo que ocurría en aquel reservado, se marchó echando humo por las orejas. No por la clase de sexo que vio, sino más bien por las atenciones y delicadezas que Björn le dedicaba a aquélla, la tal Mel, y que con ella nunca había tenido.

Los días pasaron y sus encuentros en su casa o en el Sensations eran calientes y morbosos. Día a día, Björn pudo comprobar por sí mismo lo experimentada que era Mel en cuanto a morbo. Lo volvía loco cómo jugueteaba, cómo lo hacía vibrar con sus movimientos y también lo volvía loco sentirla suya.

Sentir su mirada cuando otro se introducía en ella y él la apretaba contra sí era de las cosas más excitantes que había experimentado en su vida. Jadeaba como un bárbaro cuando ella gemía y disfrutaba aún más cuando ella le ronroneaba al oído todo lo que quería hacer con él.

De pronto se sintió terrenal. Quería que Mel contara con él para todo y comenzó a desear que nadie más tomara las riendas del juego con ella.

Disimular ante Eric y Judith cada día se le hacía más difícil. Estar con ellos y con los amigos tomando una copa o cenando y no poder besar a Mel, o ver cómo otros hombres se le insinuaban en busca de una cita con ella era una auténtica tortura; sin embargo, cuando estaban solos se compensaba. Intentó conocer a los amigos de ella, pero Mel se negó. Siempre encontraba una excusa para dejarlo para otro día.

El sexo entre ellos era colosal. Caliente y morboso. Ambos lo disfrutaban. Ambos lo demandaban. Ambos eran dos fieras insaciables.

Después de varios días separados por un viaje a Bagdad que Björn desconocía, cuando Mel llegó fue a cambiarse de ropa, pues no quería que la viera vestida de militar, y se fue directo a la casa de él, que la esperaba allí. Cuando abrió la puerta y se miraron, el calor inundó sus cuerpos. Se deseaban. Se habían extrañado.

—Hola, preciosa.

Mel lo abrazó, metió su lengua en su boca y la movió con exigencia, mientras Björn caminaba con ella entre sus brazos hacia su habitación. Una vez llegaron allí, Mel se soltó, lo miró y exigió:

—Desnúdate.

Él, excitado, hizo lo que ella pedía y, cuando estuvo totalmente desnudo, Mel pidió:

—Mastúrbate.

Björn frunció el ceño. No quería masturbarse, quería hundirse en ella, sentir su calidez... Iba a protestar cuando Mel, con la voz de la teniente Parker, ordenó:

—He dicho que te masturbes.

Aquella voz...

Aquella exigencia...

Y cómo lo miraba fue lo que hizo que Björn llevara su mano hasta su pene y comenzara a tocarse. Sin dejar de vigilarlo, Mel observaba sus movimientos y cuando vio que cerraba los ojos a punto de llegar al clímax, lo cortó diciendo:

—Eh... eh... eh... ¡Para! Acuéstate en la cama.

—¿Hoy vienes mandona? —se burló él.

Mel sonrió. Abrió la mochila que llevaba y, sacando unas cuerdas rojas, respondió:

—Voy a disfrutar de ti como llevo días pensando.

Björn miró las cuerdas y le advirtió:

—No me gusta que nadie me amarre.

Ella sonrió y, sin moverse de su sitio, replicó:

—Yo no soy *nadie*, soy Mel y tú vas a hacer lo que te estoy pidiendo, ¡ya!

Sin entender bien lo que pretendía, Björn cedió. Una vez se acostó en la cama, ella, sin desvestirse, se subió a su lado y le amarró un brazo a un lado de la cama y después hizo lo mismo con el otro.

Una vez lo tuvo inmovilizado, sonrió y, sacando un pañuelo rojo, murmuró, tentándolo:

—No verás nada. Sólo sentirás... oirás y...

—No, Mel..., no quiero que me tapes los ojos.

Agachándose hasta quedar encima de su boca, ella afirmó:

—Hoy mando yo... y tú te callas.

La situación lo estaba excitando una barbaridad. La deseaba y aquello lo estaba volviendo loco. Sin hablar más, ella le ató el pañuelo rojo alrededor de la cabeza y cuando se aseguró de que él no la veía, dijo, levantándose de la cama:

—Y ahora..., prepárate para darme el máximo placer.

Björn no veía, pero la oía caminar por la habitación. Los ruidos le hicieron saber que se había quitado las botas y el pantalón. Cuando sintió que la cama se hundía, la amenazó:

—Cuando me sueltes, te aseguro que me las vas a pagar.

—Cuando te suelte, te aseguro que vas a estar muy contento.

Él sonrió sin ver las cosas que Mel sacaba de la mochila. De pronto oyó un zumbido y preguntó:

—¿Qué haces?

Ella no respondió, un jadeo sonó y Björn insistió:

—¿Qué haces?

Con un vibrador, Mel se daba placer en el clítoris. Finalmente, respondió:

—Lo estoy pasando fenomenal mientras te veo atado a la cama y con los ojos tapados.

Incrédulo por lo que había dicho, quiso protestar y cuando un nuevo jadeo de ella llegó a sus oídos, murmuró:

—Nena..., me estás volviendo loco.

Björn temblaba y su excitación se incrementaba por momentos cuando sintió que ella de pronto cogía su pene y se lo metía en la boca. Lo lamió durante un buen rato y una vez lo hubo conducido a las puertas del clímax, sintió que le ponía algo alrededor.

—¿Qué me estás poniendo?

Mel sonrió y él, al notarlo, protestó:

—Diablos, Mel, ¿qué me estás poniendo?

—¡Adivina! —rio ella.

Al sentir la presión que aquello ejercía en su pene, dijo:

—Creo que es un aro. ¿Por qué me lo pones?

Ella sonrió y, tras introducir el aro totalmente, llevó su boca hasta los duros pezones de él y, mordisqueándoselos, siseó:

—Tranquilo, cielo. Te dije que me las ibas a pagar y hoy te vas a venir cuando yo lo diga.

Al oírla sonrió y al recordar el día en que él le exigió que no se viniera, Björn musitó:

—¿Tan vengativa eres?

Mel asintió y, apretando con su mano su duro pene, repuso:

—Quien me la hace, me la paga. Y te aseguro que en estos días en que no te he visto, he pensado cómo me lo ibas a pagar.

—Eres mala...

Divertida, sonrió y explicó:

—Te he puesto un anillo vibrador de silicona que reforzará tu erección, me estimulará el clítoris y retardará la eyaculación hasta que yo quiera.

—Vaya...

Tras varios besos y toqueteos por parte de ella, que lo estimularon una barbaridad, sintió que se sentaba a horcajadas sobre él e, introduciéndose el duro pene lentamente, murmuraba:

—Ahora vamos a jugar tú y yo.

Acto seguido, gustosa, comenzó a mover las caderas de un lado a otro, mientras sentía cómo el pene latía en su interior. Dios... cuánto lo había añorado. Pasados unos minutos, Björn se estremeció. Ella paró y dijo:

—No, *pínsipe*, no... aguanta como yo aguanté.

Sin poder abrazarla, él protestó. Se sentía indefenso con las manos atadas.

—Suéltame las manos, Mel.

Como respuesta, su boca se posó sobre la suya y, tras besarlo hasta dejarlo sin aliento, ella insistió:

—No, cielo..., aguanta.

—Quiero tocarte.

—No... no... no... como tú dijiste... ¡aguanta!

El pene de Björn estaba duro como una piedra y Mel accionó un pequeño botón y el aro comenzó a vibrar. Él jadeó y ella, apretándose sobre su miembro para sentir la vibración en su clítoris, susurró:

—Voy a buscar mi propio placer y con ello te haré enloquecer.

La presión que Björn notaba en el pene cada vez que ella se movía era colosal. No podía verla, pero sí podía sentir cómo lo cabalgaba y le temblaban los muslos de placer al recibir las descargas en su clítoris.

Los jadeos de Mel... los movimientos de Mel... y no poder verla lo estaban volviendo loco. Ella aceleraba sus movimientos y cuando lo sentía subir a la cumbre los hacía más lentos.

—Así... así, Björn..., aguanta y dame lo que quiero.

—No puedo...

—Sí puedes... Sigue... Oh, sí...

Completamente erecto, él sólo podía mover las caderas hacia adelante para clavarse más en ella cuando bajaba hacia él, mientras la oía jadear y sentía cómo ambos cuerpos temblaban por la excitación que la situación les provocaba. Se mordió los labios mientras el sudor comenzaba a bañar su frente. Ninguna mujer lo había atado a ninguna cama, más bien siempre había sido al contrario. Pero Mel conseguía hacer todo lo que se proponía con él. Cuando le quitó de pronto el pañuelo rojo, lo miró a los ojos y se apretó contra él enloquecida, y juntos se convulsionaron y llegaron al clímax.

Pasado un rato, cuando sus respiraciones se regularizaron, Mel le soltó los brazos y Björn primero le dio una nalgada con cariño y luego la abrazó. Tras un regaderazo, donde de nuevo volvieron a hacer el amor, ella propuso ir al Sensations, pero él se negó. Esa noche no quería terceros. Sólo la quería a ella, a nadie más.

Sobre las tres de la madrugada, cuando los dos estaban sentados en el mostrador de la cocina comiendo unos sándwiches, Björn preguntó:

—¿Por qué no has venido con tu traje de azafata?

Mel tragó lo que tenía en la boca y, sonriendo, respondió:

—Ya te dije que con el traje del trabajo no se juega.

Él soltó una carcajada, la besó y, encantado de tenerla delante, propuso:

—¿Qué te parece si mañana tú y yo nos vamos a Venecia un par de días? Conozco un hotelito precioso allí donde podremos pasarla muy bien.

La proposición era muy tentadora. Nada se le antojaba más que un viaje con él, pero contestó:

—No puedo. Debo ir por Sami a Asturias. Estoy deseando verla.

—¿Y no puedes retrasar el viaje un par de días?

Negó con la cabeza.

—No. Quiero ver a mi pequeña.

Björn intentó entender su necesidad de ver a su hija.

—Mi intención es ir mañana sábado a recogerla y regresar el martes, cuando mucho —añadió Mel.

Esa rotundidad le hizo saber a Björn que dijera lo que dijera, ella no iba a aceptar y, levantándose, preguntó:

—¿Puedo acompañarte yo?

—¿A Asturias?

—Sí.

—¿Tú?

Divertido por su cara, respondió:

—Puedo quedarme en un hotel. Sólo serán unas noches. ¿Qué te parece la idea?

Aquello le resultaba tentador, pero no, no podía ser. Björn no sabía ciertas cosas sobre ella y si iba a Asturias se podría enterar, por lo que contestó:

—No me parece buena idea. Quizás en otra ocasión...

Pero él ya había tomado una decisión y, abrazándola, afirmó, dispuesto a acompañarla y ver si en Asturias había otra cosa además de su hija:

—Tú y yo mañana vamos a volar juntos a Asturias y da igual lo que digas.

—Pero...

Ya no pudo decir más.

Los besos ávidos y sabrosos de Björn le hicieron perder la razón y media hora después ya la había hecho cambiar de opinión.

Por la mañana, en el aeropuerto, Mel se quedó de piedra al ver que un avión privado los esperaba.

—Hablé con Eric y nos presta su *jet*. Así vamos directo a Asturias.

—¿Eric tiene *jet* privado?

Björn sonrió y respondió:

—Eric Zimmerman tiene lo que quiere y, por suerte, ¡yo soy su mejor amigo!

—¿Eric sabe lo nuestro?

Con la mejor de sus sonrisas, Björn iba a contestar cuando ella protestó:

—Demonios, Björn, se lo contará a Judith y ahora ella y, con razón, se enojará conmigo.

—Tranquila, nos guardará el secreto. Pero vete planteando hacerlo público. No sé por qué te empeñas en que no lo sepa nadie.

En ese instante llegó el piloto, los saludó a ambos y, entregándole un teléfono a Björn, dijo:

—El señor Zimmerman quiere hablar con usted.

Él lo tomó y Mel, alejándose, comentó:

—Voy a llamar a casa para decirles que alrededor las doce estaremos en el aeropuerto.

Telefoneó a su hermana y cuando ésta contestó, dijo rápidamente:

—Scarlett, cállate y escucha. Voy a ir a recoger a Sami con un hombre, pero él no sabe que soy militar ni que papá lo es. Necesito que avises a mamá y a la abuela y, sobre todo, que quites las fotos que haya por la casa que...

—Pero, ¿qué me estás contando? ¿Vienes con un hombre? ¿Quién es? ¿Por qué no sabe que eres militar?

—Carajo, ¿te quieres callar? —gritó, al ver que su hermana no la escuchaba.

—A mí no me hables en plan de teniente, guapa, que te mando a la mierda —protestó Scarlett.

Mel, sin quitarle la vista de encima a Björn, prosiguió:

—Ya te contaré todo lo que quieras en otro momento. Pero por favor... haz todo lo que te he pedido. Quita cualquier rastro de la vida militar que pueda haber en la casa de la abuela. ¿Podrás hacerlo?

—Claro, tonta..., claro que puedo hacerlo. ¿A qué hora llegarás?

—Como a las doce estaremos ahí. Ah... y él cree que soy azafata de Air Europa.

Scarlett soltó una risotada y preguntó:

—¿Azafata? Me matas de risa.

—Muy bien... ríete todo lo que quieras —cuchicheó, viendo que Björn la miraba—. Ve a recogernos, ¿entendido? Y por favor, avisa que no hagan ni un solo comentario sobre a qué me dedico y aclárales que soy azafata. Adiós.

Una vez colgó el teléfono, cuando se dio la vuelta vio que Björn estaba tras ella, mirándola. Le dijo:

—Ahora, cuando nos subamos al avión, me vas a hacer eso que hacen las azafatas de explicar dónde están las salidas de emergencia.

—Mel rio y él añadió—: Tiene que ser muy *sexy* mirarte mientras lo explicas.

Divertida, lo besó y, entre bromas, subieron al avión.

21

A las doce y diez aterrizaron en el aeropuerto de Asturias y, al salir del avión, Mel rápidamente vio a Scarlett esperándolos.

—Allí está mi hermana.

Björn vio a una joven algo mayor que Mel y sonrió. Cuando estuvo frente a ella, pronunció la frase que Mel le había enseñado en español:

—Hola, soy Björn, encantado de conocerte.

Scarlett, que se había quedado bloqueada al ver a su hermana aparecer con aquel hombre tan impresionantemente guapo, asintió como un muñequito y, tras darle dos besos, respondió:

—Hola, Björn, soy Scarlett y estoy encantada de conocerte.

Él miró a Mel y ésta le explicó en alemán:

—Mi hermana dice que encantada de conocerte. Por cierto, chicos, si hablan en inglés se entenderán.

Ellos sonrieron y Björn, abrazando a Mel por la cintura, comentó:

—No me habías dicho que tu hermana y tú se parecen tanto. Es muy guapa.

—Graciasssssss.

—Scarlett —dijo Mel al ver el alucinamiento de su hermana—. Björn es mío..., no lo olvides.

Ofendida al oírla, Scarlett gritó:

—Melanieeeeeeeeeee.

Ésta soltó una carcajada al ver su expresión y Björn cuchicheó:

—Guau..., si lo hubiera sabido, hubiera venido antes a Asturias.

Cuando llegaron al pequeño pueblo, miró con curiosidad a su alrededor. Aquel lugar llamado La Isla era precioso y tenía una impresionante playa. Sentado en el asiento trasero de aquel destartalado vehículo, oía hablar a las chicas en español sin enterarse de nada, mientras miraba el mar, encantado.

Siempre le había gustado el mar. Quizá por eso viajaba tanto a Zahara de los Atunes, zona que conocía bastante bien. Pero aquel lugar del norte de España era precioso y deseó conocerlo con más profundidad.

—¿Hiciste todo lo que te pedí? —preguntó Mel.

—Sí. No hay ni una sola foto tuya vestida de militar. Eso sí... deberías hablar con mamá, que se ha enojado por lo mentirosa que eres. Pero explícame, ¿ser militar para este hombre es tan malo?

—Scarlett, por Dios, ¡no menciones esa palabrita, no vaya a entenderla!

Al notar su angustia, su hermana miró por el retrovisor y al ver que Björn iba tranquilamente mirando el paisaje, preguntó:

—¿Se puede saber en qué lío te has metido?

Mel, aún incrédula porque Björn estuviera allí, respondió:

—La verdad, no lo sé. Lo único que sé es...

—...que este sujeto está guapísimo y te aseguro que por alguien así yo también me meto en líos —la interrumpió Scarlett, haciéndola reír.

Cuando el coche se estacionó ante una casona de piedra gris, Björn la observó curioso. Era enorme y debía ser muy antigua. De pronto se abrió la puerta y la pequeña Sami, con su particular coronita en la cabeza, salió corriendo. Mel abrió la puerta del coche y corrió también hacia ella. Aquel reencuentro, aquel abrazo tan sentido por ambas, a él le puso el vello de punta y esbozó una sonrisa.

Tras la pequeña salieron dos mujeres de diferentes edades, que identificó como la madre y la abuela de Mel. Ambas lo miraban y levantando la mano lo saludaron. Björn les respondió.

—*Pínsipeeeeeeeeeee* —gritó la niña, corriendo hacia él.

Encantado por su demostración de cariño, la cargó en brazos e hizo lo que a ella le gustaba: besuquearle el cuello mientras la niña reía a grandes carcajadas.

Las cuatro mujeres se acercaron a él y Björn, soltando a la pequeña, dijo en el poco español que sabía:

—Hola, soy Björn. Encantado de conocerle.

Mel, acercándose a él, cuchicheó:

—Con mamá puedes hablar en inglés. Con la abuela... ¡no te lo recomiendo!

Luján rápidamente lo saludó, pero cuando él fue a saludar a la abuela, ésta preguntó:

—¿Cómo ha dicho que se llama el *neñu*?

—Björn, abuela.

—¿Cómooooooooo?

—Björn —insistieron Luján y sus dos hijas.

—¿*Blon*?

—Björn, abuela —repitió Mel, divertida.

—¿*Bol*?

—Björn.

La mujer negó con la cabeza y, tras levantar la mano a modo de saludo ante aquel gigante de preciosos ojos azules, se dio la vuelta y cuchicheó:

—Otro como el *Ceci*... con un nombre imposible.

—Abuela —protestó Scarlett—, es Cedric. Papá se llama Cedric.

Pero ella, con gesto contrariado, continuó:

—Sinceramente, creo que lo hacen a propósito. Se los buscan con nombres raros y que hablen otras lenguas para que yo no me pueda comunicar con ellos.

Una vez desapareció, Björn miró a las mujeres y Luján dijo en inglés:

—Mi madre es muy anciana. No tomes en serio nada de lo que diga.

Él sonrió y entraron todos en la casa para beber algo fresquito. Era julio y hacía un calor de mil demonios.

Por la tarde, cuando bebían en una bonita terraza, Björn dijo mientras la pequeña Sami jugaba con el hámster *Peggy Sue* en el suelo:

—Antes de llegar al pueblo he visto un hotel. Debería irme ya o llamar por teléfono para reservar.

—Pero, ¿por qué te vas a ir a un hotel? —preguntó Luján—. Esta casa tiene siete habitaciones. Ni hablar. Te quedas aquí con nosotras.

Mel sonrió. Sabía que ocurriría eso en cuanto él lo propusiera y dijo:

—Como dice mamá..., aquí hay espacio para todos.

—No quisiera molestar.

—No molestas, hijo, por Dios —insistió Luján.

Covadonga, que los observaba hablar, al no entender nada preguntó:

—¿Qué ha dicho el muchacho?

Scarlett, que jugaba con su sobrina y su mascota, le explicó:

—Dice de irse a dormir a un hotel. No quiere molestar.

La mujer, al escuchar lo que su nieta decía, se levantó de su silla, se acercó a Björn y dijo:

—Mi casa es muy grande y también hay sitio para ti, *neñu*.

Mel le tradujo lo que su abuela había dicho y él, emocionado por la bondad que veía en los ojos de aquella anciana mujer, tomó sus manos y, con una espectacular sonrisa, dijo en español:

—Gracias, abuela.

Ella sonrió.

—Qué alegría, ¡me salió otro nieto! Y bien guapo. Ya verás cuando te vean las vecinas. Y no te digo la Puri, que se cree que su *neñu* es el más guapo del pueblo. *Aissss, da Dios perlas a los cerdos.*

Todas sonrieron y Covadonga, sin soltarle las manos a Björn, lo hizo levantar y salió de la casa con él. Mel, al verlos, los siguió. ¿Adónde se lo llevaba su abuela?

Cuando salió de la casa, vio que la mujer le gritaba a una vecina a modo de saludo:

—*¡Qué pasa, eh!*

La mujer, desde su casa, respondió y, tras una larga plática, la anciana protestó:

—Como decía mi *abuela... vete al diablo.*

Mel soltó una carcajada cuando su abuela dijo:

—Pues me preguntó que si el muchacho es hijo del *Ceci.* Vamos, como si no supiera que las únicas hijas del *Ceci* que hay son tú y tu hermana.

Björn las miró y Mel, sin traducirle nada, contestó:

—Abuela..., Cedric... Cedric, no *Ceci.* ¿Cuándo vas a aprenderte el nombre de papá?

Covadonga rio. Era una fastidiosa. En ese instante, la vecina volvió a preguntar algo gritos y la abuela protestó de nuevo:

—Más gorda *imposible.* Pues me pregunta ahora si es militar, como tú.

—Abuelaaaaaaaaaaaaaa.

Mel miró a Björn. Por suerte no entendía nada de lo que hablaban y, con una falsa sonrisa, murmuró:

—Abuela, no menciones nada que tenga que ver con mi profesión, por favor. Creo que Scarlett te ha dicho que no quiero que se entere en qué trabajo. Por favor, evita mencionarlo, ¿sí?

—Ay, *neña,* ¿qué estarás haciendo?

—Nada malo, abuela.

—Y si no es malo, ¿por qué no quieres que se entere el muchacho?

—Abuela, por favor, ayúdame y no preguntes.

La mujer asintió. Ayudaría a su nieta en lo que fuera, pero mirándola, añadió:

—Recuerda, *neña,* cae más pronto un mentiroso que un cojo. No lo olvides. Por cierto, tu madre habla con el *Ceci* un día sí y al otro también. Y cuando cuelga, sonríe como una tonta. Algo está tramando.

Mel sonrió y respondió:

—Abuela, mamá y papá sabes que se quieren mucho. ¿No te gustaría que volvieran a estar juntos?

Covadonga asintió y, bajando la voz, constestó:

—Pues claro que sí. El *Ceci* y tu madre hacen una buena pareja. Pero tu madre es *muuuu* terca... demasiado.

Dicho esto, miró a Björn, que las observaba sin entender nada, y con un movimiento de cabeza, le indicó:

—Acompáñame, Blas.

—¿Blas? —repitió Mel, muerta de risa—. ¿Acabas de llamar Blas a Björn?

La mujer asintió y levantando el mentón, sentenció:

—De alguna manera hay que llamarle, *coñe*.

Björn no entendía nada. Sólo escuchaba a la mujer hablar y a Mel reír a mandíbula batiente. Intuyó que no era nada malo y sonrió. Pero la sensación de no entender nada de lo que decían cada vez le gustaba menos.

Aquella noche, tras retirarse todos a descansar y conseguir dormir a Sami, Luján pasó por el cuarto donde su hija y su nieta dormían.

—¿Por qué hemos tenido que quitar las fotos de papá y tuyas?

—Mamá, él no sabe que soy militar.

—¿Por qué no lo sabe?

Sin ganas de mentir, confesó:

—Porque odia a los militares y en especial a los estadounidenses.

Sorprendida, Luján la miró y dijo:

—Hija de mi vida, ¿y eso por qué?

—Realmente no lo sé, mamá. Sólo sé que al mencionarle las palabras «militar estadounidense», le cambia la cara.

—Pues... le guste o no, no deberías mentir. Tu padre y tú siempre han estado muy orgullosos de lo que son y de quiénes son.

—Lo sé, mamá. Lo sé. Tarde o temprano le terminaré diciendo qué somos papá y yo, pero hasta que lo haga, guárdame el secreto. Estoy viviendo con él algo tan bonito que sólo quiero que dure un poco más.

—Te gusta mucho ese muchacho, ¿verdad?

—Sí, mamá. Muchísimo. Y aunque no lo creas, la primera que se siente mal consigo misma soy yo, por no ser sincera, pero...

—Tienes miedo a perderlo.

Oír esas palabras en boca de su madre le hicieron darse cuenta de que ésta tenía razón y, mirándola a los ojos, asintió:

—Sí. Björn es especial.

Ambas se quedaron en silencio unos minutos, hasta que Luján cambió de tema:

—Últimamente hablo mucho con tu padre.

—Lo sé. La abuela y Scarlett me lo han dicho.

—Él quiere que vuelva a su lado, ¿lo puedes creer? Tras un tiempo separados, de pronto el otro día me dice que no puede vivir sin mí y que me necesita más que respirar.

—Mamááááá...

—Cedric es tan romántico a veces, que...

—Eso es fantástico, ¿no crees?

Luján, emocionada, asintió, aunque dijo:

—Pero yo no me puedo ir a Fort Worth, hija. Tú me necesitas. ¿Quién se quedaría con Sami cuando estés varias semanas fuera?

—No, mamá, eso sí que no. No me hagas sentir culpable de que tú no te vayas con papá.

—No pretendo que te sientas culpable, cariño. Sólo intento que entiendas que necesitas a un hombre como Björn a tu lado para que todos sepamos que tanto tú como Sami están protegidas y cuidadas. Yo no me puedo marchar si no lo siento así. Soy tu madre, y aunque tengas cien años seguiré siéndolo y seguiré queriendo que estés bien, ¿no lo entiendes?

Sonriendo por lo que le decía, Mel asintió y respondió:

—De acuerdo, mamá, te he entendido. Pero ahora entiéndeme tú a mí. No sé si Björn será ese hombre que nos proporcione lo que quieres para nosotras, pero lo que sí sé es que en Fort Worth hay un hombre que te necesita y que desea que vayas con él. Sabes que dentro de unos meses Scarlett regresará allí. Sabes que se vino por un tiempo y...

—Bueno... bueno... bueno..., cambiemos de conversación.

—Mamá.

Y sin importarle la mirada de su hija, Luján dijo:

—Björn es un hombre muy educado y guapo. ¿Has dicho que es abogado?

—Sí.

—¿Soltero?

—Sí.

La mujer sonrió y Mel, al verla, murmuró:

—No te emociones, mamá. ¿Entendido?

Ella asintió y, tras darle un beso en la cabeza, se marchó a dormir.

Mel encendió el intercomunicador y, sin hacer ruido, se levantó de la cama, salió del cuarto y llegó hasta la habitación donde estaba Björn. Al entrar, éste la miró y sonrió.

—Hola, preciosa.

Acercándose a él, Mel bromeó:

—Venía a asfixiarte con la almohada, pero al estar despierto has frustrado mi plan.

Björn sonrió y, tendiéndole los brazos, le indicó:

—Ven aquí.

Mel se tiró a sus brazos y cuando sintió que la apretaba contra él, musitó:

—Siento no poder dormir contigo, pero debo estar con mi hija, lo entiendes, ¿verdad?

—Por supuesto. No te preocupes por nada. —Y, besándola, preguntó—: ¿Tú estás bien?

—Sí...

—Por cierto, el inglés que hablan tu madre, tu hermana y tú es muy americano. ¿Todas trabajaron en American Airlines? —se burló.

Al oírlo, a Mel se le puso la carne de gallina y, como pudo, buscó una explicación:

—Bueno, además de por mi trabajo en American Airlines, mi familia lo habla porque por el oficio de mi padre hemos vivido unos años en Texas.

—¿En serio?

—Sí.

—¿Y en qué trabaja tu padre?

—Es informático de Apple —mintió y, antes de que él siguiera preguntando, añadió—: Pero no preguntes por él. Mamá y papá se separaron y a ellas no les gusta hablar de él, ¿entendido?

Durante varios minutos permanecieron abrazados, hasta que Björn, al ver que estaba a punto de quedarse dormida, dijo:

—Vamos..., ve a dormir con tu hija antes de que me arrepienta y te desnude.

Cuando ella salió de la habitación, Björn miró durante un buen rato el techo. Estaba donde quería estar, pero sin la mujer que deseaba a su lado. Aun así, sonrió, apagó la luz y se durmió.

Por la mañana, Mel se levantó bastante tarde. Como todos sabían, cuando llegaba de alguna misión lo que más necesitaba era dormir, por lo que no la despertaron.

Björn, que se despertó sobre las siete de la mañana, se vistió y al bajar a la cocina se encontró con Covadonga. La mujer, al verlo, le hizo señas para que desayunara y él asintió. Cuando terminó, por señas también, lo hizo acompañarla y señalándole el coche, le entregó las llaves. Björn entendió que quería que la llevara a algún lado y así lo hizo.

Sobre las doce de la mañana, cuando Mel se despertó, dio un salto en la cama. Björn estaba allí, en la casa, y no se debía separar de él para que no se enterara de nada. Rápidamente, se lavó, se vistió y cuando bajó al salón, vio a su hija, madre y hermana, pero no a él, así que preguntó:

—¿Dónde está Björn?

—Con la abuela —le informó Scarlett—. Se han llevado el coche. Quién sabe adónde se lo habrá llevado la abuela.

Rápidamente, Mel le mandó un mensaje al teléfono celular y cuando el suyo sonó, sonrió al leer:

«Estoy bien. No entiendo a tu abuela, pero sus caras me hacen reír.»

Divertida, abrió el refrigerador y, al recordar algo, comentó:

—Anoche, Björn me dijo que nuestro acento es muy americano y le dije que papá es informático de Apple y que hemos vivido en Texas. Por lo tanto, si les pregunta, ya saben qué decir.

Luján protestó:

—Eso..., tú sigue mintiendo.

Mel se preparó un café con leche y su hermana, mirándola, explicó:

—Ha llamado Susana. Me reuniré con ella y los amigos esta noche en el bar de Roberto. Por lo visto hay concierto.

—¿Quién toca?

—La Musicalité.

Mel sonrió. Le encantaba ese grupo. No era la primera vez que los veía en directo en Asturias y, mirando a su hermana, aplaudió.

—¡Genial!

Una hora después, se oyó un coche. Al salir, vio que eran Björn, su abuela y su vecino Ovidio.

Cuando él estacionó el vehículo, se bajó y, mirando a las mujeres que salían de la casa, gritó divertido:

—*¡Qué pasa, eh!*

Mel lo miró alucinada y al ver la broma en su cara, rio. En una sola mañana, su abuela había conseguido que gritara como un auténtico asturiano.

Covadonga se bajó a su vez del vehículo y, señalando la parte de atrás del mismo, dijo:

—Blasito, descarga el coche.

Björn la entendió y Mel, que se acercaba a ellos, preguntó:

—¿Blasito?

Su abuela asintió y, guiñándole un ojo a su nieta, explicó:

—Ya hemos intimado, *neña*, y hay más confianza entre nosotros. —Y mirando al hombre de su edad que las observaba, dijo—: Ovidio, deja de mirar las pechugas de mis nietas y ven, que tengo trabajo *pa* ti.

El hombre asintió y, caminando tras la mujer, murmuró:

—¡Qué fastidio!

Las dos hermanas se miraron muertas de risa y Mel, acercándose a Björn, preguntó:

—¿Cómo va todo?

Él, tras sacar varias bolsas donde había pan, verdura, carne y un sinfín de cosas más, cerró la cajuela y contestó:

—Tu abuela me mata. ¡Qué vitalidad tiene! Esta mañana hemos ido donde tienen las vacas y después me ha llevado a casa de una mujer que gritaba mucho para tomar café y unas enormes magdalenas. Allí se nos ha unido Ovidio. Luego hemos vuelto donde las vacas y me ha presentado a los hombres que llevan todo el negocio y finalmente hemos terminado en el mercado, donde me ha presentado a tooooodo el mundo. Eso sí, no he entendido nada. A la única que entendía era a tu abuela por las señas que me hacía.

—Blasito, vamos, mete las compras —gritó Covadonga desde la puerta.

—Mamá —protestó Luján—. Se llama Björn, no Blasito.

La mujer miró a su hija y moviendo la cabeza, aclaró:

—Lo llamo como quiero y punto *redondu*.

Luján, al verlo cargado de bolsas, fue hasta él y, quitándoselas de las manos, le dijo a su hija:

—¿Qué tal si te llevas a Björn a dar un paseo por la playa? Creo que tu abuela ya lo ha mareado hoy bastante. Vengan dentro de un par de horas para comer

Con sentimiento de culpa, Mel lo miró y murmuró:

—Siento haberme levantado tan tarde. Es más... yo creo que...

Sin dejarla terminar, la besó y musitó cerca de su boca:

—He visto que no muy lejos hay un bonito hotel. ¿Qué te parece si esta noche o mañana nos escapamos aunque sean unas horas y me compensas por todo?

—¿Sólo unas horas?

—¿Pueden ser más de unas horas? —preguntó, sorprendido.

Con ganas de él, se acercó más y, tocándose el dije, siseó:

—¿Qué te parece si tú y yo, mañana por la noche... en el hotel?

Björn, deseoso de esa intimidad con ella, asintió.

—Me parece la mejor idea que has tenido, cariño.

Mel sonrió y gritó:

—¡Scarlett!

—¿Qué?

—¿Sigue en pie lo de salir esta noche a tomar unas sidras con los amigos?

—Claro, están deseando verte.

—Por cierto —preguntó Mel—, ¿tu amiga Paqui sigue trabajando en el Palacio de Luces?

Su hermana asintió.

—Pues llámala y dile que para mañana quiero una preciosa *suite*.

—¿En serio?

—Sí. Mañana, Blasito y yo... tenemos una cita.

Scarlett sonrió al ver cómo su hermana y Björn se besaban. Cuando se separaron, la abuela apareció por la puerta y gritó:

—Blasito, ven. Te necesitamos.

—Abuela, nos íbamos a la playa —protestó Mel.

—No puede ser, *neña*... Necesito al muchacho.

Cuando Björn se alejó, divertido, Mel se acercó a su hermana y cuchicheó:

—Necesito ciertas cosas para mañana por la noche.

—¿Qué?

—Un par de tazones con chocolate con leche fundido...

—¿Chocolate fundido? Guau, Mel, eso suena a perversión pura y dura.

Ambas rieron y ella añadió:

—Y también necesito un plástico muy... muy grande para cubrir la cama.

—Por Dios..., ¡ni que fueras a asesinar al alemán y a ocultar las pruebas!

Mel soltó una carcajada y Scarlett, alucinada, dijo:

—Bueno..., doy por hecho que el plástico no es para encubrir el delito. Le diré a Paqui que te reserve una bonita *suite* y yo misma me encargaré de dejarte allí lo que has pedido. Peeeeeeero a cambio quiero que me cuentes para qué necesitas el plástico grande, porque el chocolate ya me lo imagino. Si me gusta, yo también lo pondré en práctica.

—De acuerdo —rio Mel.

Esa noche, Mel presentó a Björn a sus amigos y él, como pudo mediante señas, se comunicó con ellos. Era un hombre de recursos y rápidamente se integró en el grupo y escuchó la música de La Musicalité, mientras veía a Mel bailar y cantar.

No puedes decir que no, no puedes decir jamás.
No debes pedir perdón, tan sólo te quiero más.
Dolor que no puedo ver. Ni siento cuando te vas.
No puedes decirme adiós, te llevo en mi caminar
gritando que no me ves, rezando porque tú vuelvas otra vezzzzzzzzzzz.

Verla sonreír le encantaba y, agarrándola de la cintura, murmuró:

—Me gusta la música de este grupo, aunque no los entiendo.

Ella sonrió.

—Son buenísimos. Cuando regresemos a Múnich, te regalaré unos CDs.

Durante hora y media disfrutaron del concierto mientras bailaban y se besaban. En una ocasión, Mel se fijó en que una de sus amigas fumaba y se dio cuenta de que ella llevaba horas sin hacerlo y no tenía ninguna necesidad. Divertida por el descubrimiento, sonrió; al final, aquel alemán iba a conseguir que no fumara.

Por su parte, Björn, que nunca había tenido un trato tan intenso con una mujer, se sentía fenomenal. Verse de pareja de Mel y que todos lo supieran le gustaba y lo disfrutaba a tope. ¿Sería ella la mujer de su vida?

Cuando el concierto terminó, mucha gente se marchó y otros se quedaron en el bar. La música comenzó de nuevo y Mel y Björn fueron hasta la barra para pedir unas copas. De pronto, un hombre y una mujer se acercaron a Mel y él se le cuadró y le hizo un saludo militar. Björn, sorprendido, lo miró. ¿Qué demonios hacía?

Ella, con toda la gracia e ingenio que pudo, intentó bromear sobre el tema. El hombre era Roberto, el dueño del bar, y cuando él se alejó con la chica que llevaba del brazo, Björn miró a Mel y preguntó:

—¿Por qué te ha saludado así?

Sintiéndose fatal por mentirle, respondió:

—No lo sé, será la moda en Asturias.

Björn asintió. No lo convencía la respuesta, pero cuando sonó la canción de Bruno Mars, *When I was your man*, ella lo miró y dijo:

—¿Bailas?

—Vaya, ¿te estás volviendo una romántica?

Mel arrugó el entrecejo, pero sonriendo, contestó:

—Me estoy echando a perder.

Divertido, él la besó y aceptó encantado. Tomó a su chica de la mano y se dirigió con ella a la pequeña pista del bar. Bailaban abrazados mientras la voz de Bruno Mars cantaba:

> *Hmmm too young, too dumb to realize.*
> *That I should have bought you flowers and held your hand.*
> *Should have gave your all my hours when I had the chance.*
> *Take you to every party 'cause all you wanted to do was dance.*
> *Now my baby is dancing, but she's dancing whith another man.*

Sin hablar, bailaron al compás de la música. Aquella canción y la conexión que tenían con ella era especial. Björn la besó en el cuello y Mel, mirándolo, murmuró:

—Siempre que escucho esta canción, me acuerdo de ti.

—Si no te dijera que me encanta saberlo, mentiría —afirmó él.

Mel sonrió y Björn murmuró:

—Espero que ya haya alguien que te saque a bailar y te regale flores.

—Lo hay —sonrió ella—. Hay un tal James Bond que...

—Cierra el pico, Cat Woman —rio encantado.

Mel era tan directa, tan fresca y diferente a todas las demás mujeres que había conocido, que le resultaba imposible no enamorarse de ella más a cada segundo que pasaba. Siguieron abrazados mientras duró la canción y, cuando ésta acabó, regresaron junto al grupo de amigos.

El resto de la noche, Björn se dedicó a disfrutar y a mirar a Mel con curiosidad. Verla con su gente era divertido y cuando ella salió a bailar salsa con uno de sus amigos, se quedó alucinado de lo bien que bailaba. Cuando regresó, sudorosa, le quitó a Björn su vaso y, mientras bebía, él le preguntó:

—¿Quién te ha enseñado a bailar así?

Mientras bebía, pensó. No podía decirle que los compañeros latinos de la base estadounidense y, sonriendo, respondió:

—Digamos que aprendí en discotecas de salsa.

Björn asintió y no quiso preguntar más. Pasados unos minutos, y mientras con gesto posesivo él la agarraba de la cintura, Mel observó cómo las mujeres se lo comían con la mirada, por lo que, sin dudarlo, decidió marcar su territorio y lo besó con descaro. Björn sonrió al ver aquel marcaje y, dispuesto a provocarla, murmuró:

—Qué guapas son las mujeres asturianas.

—No te pases..., muñequito.

Él soltó una carcajada y Mel, llevándose la cerveza a los labios, bebió y, deseosa de volverlo loco, chupó la boca de la botella.

—Si sigues haciendo eso..., no creo que me pueda controlar —le advirtió Björn.

—¿Has visto qué guapos son los hombres asturianos?

Él dejó de sonreír, pero divertido por su picardía, musitó:

—No te pases..., Ironwoman.

—¿Quieres que pase así los labios por tu pene? —le preguntó ella, entre risas y arrumacos, acercándose de nuevo la botella a la boca.

—Me encantaría.

Mel continuó haciéndolo y, cuando disimuladamente le tocó la entrepierna y lo sintió duro, murmuró:

—¿Qué te parece si te llevo a la trastienda del bar?

—¿Podemos hacerlo?

—Sí.

Björn, encantado, asintió:

—Me parece genial.

Ella sonrió y, acercándose más a él, susurró:

—¿Quieres que vayamos solos o prefieres que tengamos compañía?

Sin necesidad de que le dijera quién sería aquel tercero, Björn lo supo: era el hombre que se había cuadrado ante ella. Excitado por lo que Mel sugería, preguntó:

—El tercero sería aquél, ¿verdad? —Ella, al ver hacia dónde miraba, asintió. Björn inquirió—: ¿Has estado con él?

Sorprendida al ver su ceño fruncido, respondió:

—Roberto es el dueño de este bar y un tipo muy agradable. Casualmente, una vez que estaba en Barcelona, en una fiestecita privada con un amigo, nos encontramos. Él se acababa de divorciar y estaba con Lisbet, la chica que lo acompaña. Recuerdo la cara de sorpresa de los dos. Fue vergonzoso vernos en aquel lugar y desnudos; pero ambos hemos mantenido el secreto y en alguna ocasión, cuando he venido a Asturias, hemos ido los tres a alguna fiesta privada en algún bar de Oviedo, a pasarla bien. En cuanto a haberme relacionado con él, la respuesta es no. Él tiene una relación con Lisbet y, por lo que sé, les va muy bien.

Björn asintió. Ella tenía razón y no debía pensar cosas raras. No obstante, imaginársela yendo a fiestecitas privadas con otros no le hizo gracia, pero confió en ella como siempre.

—¿Sigue en pie lo de ir a la trastienda? —preguntó Björn.

—¿Con Roberto y Lisbet?

Él asintió y Mel dijo:

—Espera un segundo.

Con seguridad, se acercó a su amigo y, tras hablar con él, llamó a Björn y se lo presentó.

—Lisbet se ha tenido que ir, pero Roberto dice que si tú quieres podemos pasar a la trastienda con o sin él.

Björn lo dudó. Pero, ¿por qué dudaba?

E intentando recuperar el control de sus sentimientos, contestó:

—Con él. Quiero que te vengas para mí.

Sumamente excitada, Mel hizo una seña a Roberto y éste empezó a caminar. Mel cogió a Björn de la mano con fuerza y lo siguió.

Sin hablar, entraron en una habitación y, cuando Roberto cerró con llave y una luz azulona iluminó la estancia, Björn, sorprendido, murmuró al ver cajas de bebidas, un refrigerador, una mesita y un cómodo sillón.

—Vaya... veo que tu amigo se la pasa bien aquí.

Mel sonrió y Roberto, por señas, le preguntó a Björn qué quería beber. Pidió un whisky y Mel un ron con *Coca-Cola*. Una vez se lo sirvió, dejó las bebidas sobre una mesita.

Björn, dominando la situación, agarró a Mel por la cintura y la pegó a su cuerpo. Buscó su boca y la besó. Roberto los miraba y cuando vio que aquel alemán le quitaba la blusa, el sostén y le desabrochaba la falda, dejándola caer al suelo junto con las pantaletas, supo que lo acababan de invitar a la fiesta.

Con su boca sobre la de Mel, Björn le masajeaba las nalgas cuando murmuró:

—Ahora te voy a dar la vuelta y te voy a abrir para que él chupe lo que es mío.

Aquel sentimiento de propiedad la sorprendió y Björn, al darse cuenta de ello, aclaró mirándola a los ojos:

—Éste es nuestro juego y no te tengo que decir que te considero mía, porque creo que sabes lo que siento por ti, ¿estás de acuerdo, Mel?

—Sí.

—¿Segura?

—Sí. —Y, extasiada, musitó—: Me gusta ser tuya y que tú seas mío.

Björn, conmovido por lo que esas palabras le confirmaban, asintió y declaró:

—Voy a permitir que un extraño para mí te lave, te toque, te disfrute, te coja y, a cambio, quiero ver cómo gozas, quiero que te vengas para mí y quiero que la pases bien. Dile que quiero que te chupe el clítoris hasta que grites de placer, ¿entendido?

Mel asintió, acalorada por lo que decía, mientras se oía la música sonar en el bar y, mirando a Roberto, que los observaba, dijo:

—Björn quiere que me chupes el clítoris y que me hagas gritar de placer.

Excitadísimo, Roberto asintió y murmuró:

—Dile que así lo haré.

Mel sonrió. Nunca le había gustado sentirse propiedad de nadie, pero Björn era diferente. La hacía sentirse segura, protegida, mimada y saber que la consideraba suya le gustaba y no pensaba protestar por ello.

En aquella habitación nadie los oiría. Era tal el bullicio que había afuera que era imposible que los jadeos se oyeran.

Björn le dio la vuelta y, apoyándola contra su cuerpo, bajó los dedos hasta su vagina y, tras tocarla, le abrió los labios y miró a Roberto.

Éste, al verlo, supo lo que le estaba ofreciendo y no lo dudó. Abrió una botella de agua y con un paño lavó a Mel. Después se puso de rodillas delante de ella y, al ver cómo el alemán tiraba de sus labios vaginales para darle acceso, se lanzó directo al clítoris.

El jadeo de Mel no se hizo esperar, mientras Roberto, con las manos en sus muslos, la abría y metía la cabeza entre sus piernas, deseoso de saborear el manjar que se le ofrecía. Excitado, Björn le decía al oído:

—Así..., apriétate contra su boca. Deja que te chupe, ¿Te gusta, Mel?

Ella asintió: aquello era morbo en estado puro; mientras, Björn proseguía:

—Dale acceso a ti. Flexiona un poco las piernas. Sí... así... —Mel tembló y al moverse, Björn insistió—. No... no te separes. Quiero que te chupe. Quiero que deguste el sabor de mi mujer y quiero que te vengas en su boca para mí.

Oírle decir «el sabor de mi mujer» la hizo jadear. Sus palabras y la posesión que en ellas había la excitaban casi más que lo que Roberto le hacía. Björn prosiguió:

—Eso es, cariño... Así..., eso es.

Mel jadeó. Sentirse entre los cuerpos de aquellos dos hombres la estaba volviendo loca. De pronto, Björn murmuró:

—Una de mis fantasías contigo es abrirte como lo estoy haciendo ahora y darle acceso a varios hombres. Pediré que se arrodillen ante ti y uno a uno te chupará mientras yo te sujeto y noto cómo tu cuerpo vibra ante lo que sientes. Luego preguntaré cuál te ha gustado más y ése será el primero al que permitiré que te coja. Cuando regresemos a Múnich, voy a organizar una fiestecita en mi casa y tú vas a ser mi mayor fuente de deseo. ¿Quieres serlo, Mel?

Roberto, agarrándola de los muslos, le hizo abrir más las piernas y ella no pudo contestar. Lo que Björn le proponía era tan morboso y excitante que tembló al imaginarlo y él, al sentir su impaciencia, murmuró con una sonrisa:

—No vamos a cogerte ninguno hasta que no te vengas en su boca.

—Björn...

—... y cuando lo hagas —prosiguió él—, te cogeremos los dos.

—Sí... —jadeó Mel.

Björn sonrió y, pellizcándole los pezones, paseó su boca por su cuello.

—Pero antes, ya sabes lo que quiero, cariño. Vente.

Enormemente estimulada por lo que le pedía, asintió para dejar paso a un espectacular orgasmo que se apoderó de su cuerpo ante lo que escuchaba y lo que Roberto le hacía. Cuando Björn la sintió temblar, sonrió y, duro como una piedra, murmuró soltándola:

—Te espero en el sillón cuando Roberto termine contigo.

Mel lo vio encaminarse con paso decidido hasta el cómodo asiento, sacó de su cartera un par de preservativos y los dejó sobre la mesita sin quitarle la vista de encima, mientras Roberto, enloquecido, proseguía con su juego y la masturbaba haciéndola jadear de nuevo.

Con deleite, vio que Björn se quitaba la ropa. Entonces Roberto la soltó. Volvió a tomar la botella de agua y, sin que ella se moviera, la lavó de nuevo. Una vez acabó, Mel caminó hacia su chico sin decir nada y se sentó sobre él. Mirándolo a los ojos, sonrió, cogió con la mano su erección y ella sola se empaló. Se sentó en el centro de aquel duro y tentador deseo y Björn la apretó contra él.

—Sí..., cariño..., lo necesitaba —dijo él.

Durante unos minutos, Mel tomó las riendas. Con Björn sentado, ella llevaba el mando de sus jueguecitos, hasta que una nalgada de Roberto la hizo parar. Björn, al ver las intenciones de éste, agarró a Mel por la cintura mientras decía:

—Acuéstate sobre mí, creo que nuestro amigo quiere seguir jugando contigo.

Con el pene de Björn en su interior, ella apenas podía moverse cuando notó que Roberto le untaba gel en el ano y comenzaba a juguetear con su agujero.

Björn, al sentir que Mel jadeaba, la besó, y cuando se separó de ella, murmuró:

—Siento unos deseos irrefrenables de moverme, ¿quieres que lo haga?

Mel asintió. Pero estaba tan incrustado en su interior que al hacerlo la hizo gritar.

—Chissss..., nos oirán todos y sabrán lo que estamos haciendo —rio Björn al sentirla tan excitada.

—Ah... ah... Me haces daño.

Al oír eso, Björn frunció el ceño, se movió hacia atrás para colocarse de otra manera y Mel, con una sonrisa, susurró:

—Ahora está mejor.

Roberto continuó con su juego y, pasados unos minutos, acercando su pene al ano de ella, la agarró por las caderas y poco a poco se introdujo en su interior.

Björn fue consciente de la presencia de él rápidamente. A pesar de que las paredes internas de Mel separaban ambos penes, la presión que ejercían se notaba y, deseoso de hacerla disfrutar, preguntó:

—¿Te lastimamos, cariño?

Conmovida por su preocupación, Mel lo besó y, moviendo su cuerpo, los invitó a que siguieran. En un segundo, su cuerpo quedó totalmente aprisionado entre el de aquellos dos, que entraban y salían de ella a diferentes ritmos, arrancándole maravillosos gemidos de placer. Mirando a Björn musitó:

—Björn...

Como siempre que decía su nombre cuando estaban en pleno acto sexual, él se excitó. Saber que estaba con él y no con otro era una de las cosas más maravillosas del mundo y, agarrándola de las caderas para hundirse en ella con fuerza, murmuró:

—Sí, Mel, soy Björn.

El juego duró varios minutos. Ambos hombres se hundían en ella en aquel juego del placer. Jadeos... besos apasionados... palabras subidas de tono. Todo era válido en un momento así, hasta que los tres llegaron al clímax y acabaron unos encima de otros.

Cuando recuperaron el aliento, se limpiaron un poco y se vistieron, y Björn y Roberto chocaron sus manos. Mel sonrió. Cuando salieron de aquella habitación, caminaron sin hablar hasta donde estaba su hermana. Ésta, al verlos, preguntó:

—¿Dónde se habían metido?

Mel la miró y con burla respondió:

—Ni creas que te lo voy a decir.

22

A la mañana siguiente, cuando Mel se levantó, Björn había desaparecido de nuevo con su abuela. Estaba claro que, aunque estuviera de vacaciones, seguía teniendo su horario alemán.

Durante horas, ella se ocupó de su pequeña princesa. La niña sólo quería jugar y cuando se durmió agotada en sus brazos, la llevó a la cama. Después de acomodarla, se acostó a su lado y pensó en Björn. Aún tenía en la cabeza lo que le había dicho la noche anterior —él era suyo y ella de él cuando jugaban— y eso la hizo sonreír. Sin embargo, cuando recordó cómo había dicho aquello de que era su mujer, se estremeció.

En todos los años que estuvieron juntos, Mike nunca utilizó esa palabra. Nunca había sido «su mujer», ni «su novia». Siempre había sido «Parker» o «preciosa». Nunca hubo sentido de propiedad entre ellos, ni siquiera cuando supo que estaba embarazada.

Mel se levantó de la cama y miró por la ventana. Björn había llegado a su vida como una tromba y se la estaba desordenando por momentos. Le gustaba sentir su protección, sus mimos, y se desesperaba al recordar que no estaba siendo justa con él.

¿Cómo podía estar fallándole a un hombre así?

Al oír el sonido de un coche, Mel miró hacia la carretera y vio que era Björn con su abuela y Ovidio. Desde la ventana, y oculta tras las cortinas, observó como él entraba en la casa y, con una grata sonrisa, asentía ante algo que su abuela decía. Eso hizo reír a Mel. Björn, sin entender nada, era capaz de comunicarse con su abuela. ¡Lo nunca visto!

Ni siquiera su padre, el *Ceci*, como Covadonga lo llamaba, había tenido aquel buen rollo con ella. Puesto que Sami seguía durmiendo, bajó a ayudar. Björn, al verla, sonrió y, abrazándola amoroso, la saludó:

—Buenos días, dormilona.

Mel, sin importarle las miradas de las vecinas, lo besó en los labios y lo ayudó a meter las bolsas de la compra.

Como el día anterior, su abuela, una mujer de armas tomar, comenzó a dar instrucciones. Luján intentó que dejara a Björn en paz, pero fue imposible; la abuela lo necesitaba y los puso a todos a trabajar. Cuando Mel terminó de hacer lo que la señora Covadonga había ordenado, decidió lavar el coche. En ese instante aparecieron el vecino Ovidio y Björn con los brazos llenos de leña. Fueron hasta la leñera y Björn, tras escuchar las indicaciones que aquel anciano le daba sobre cómo manejar el hacha, comenzó a cortarla. Todos pudieron ver en seguida que no era la primera vez que él cortaba leña.

—Hermanita... —dijo Scarlett, acercándose—, este hombre está buenísimo.

—Lo sé —asintió Mel con la boca seca.

Tras un silencio, Scarlett preguntó:

—He visto que no fumas, ¿lo has dejado?

Ella sonrió y respondió:

—No, pero gracias a Björn cada día fumo menos.

Scarlett soltó una carcajada y cuchicheó:

—¿Has visto cómo lo miran las vecinas? —Mel dirigió la vista hacia las vecinas de su abuela, que no le quitaban ojo; su hermana añadió—: Te aseguro que esta noche tendrán sueños impuros con él. Eso sí, mañana a misa a persignarse y a rezar tres padrenuestros por lo soñado.

Mel soltó una carcajada y Scarlett continuó:

—Yo que tú lo cuidaba bien o... Por favorrrrrrrrrr... Qué tablita de chocolate tieneeeeeeeeeeeeeee más ricaaaaaaaaaa.

—No tengo que cuidarlo —rio ella al escucharla—. Él es libre.

—¿Libre?

—Sí.

—Pero, ¿tú estás tonta?... El sujeto más bueno que he visto en años, ¿y tú me dices que está libre?

—Sí...

—Pues ni se te ocurra decirlo cuando salgamos con las amigas, o más de una que tú y yo conocemos le tirará la onda.

—¿Tú crees?

Scarlett, a quien los ojos se le salían de las órbitas, asintió y dijo:

—Lo creo y lo afirmo.

Mel no pudo contestar. Con una sensualidad increíble, Björn se quitó la camiseta blanca de manga corta en cámara lenta y la tiró al suelo, quedándose sólo con el pantalón de mezclilla de cintura baja, que le marcaba unos excelentes oblicuos. Agarró una botella de agua que había en el suelo y, tras beber de ella, se echó el líquido sobrante por el cuerpo. Tenía calor.

—Caraaaajo —susurró Mel.

—Virgencitaaaaaaaaaaa, qué calor me está dando.

—Me recuerda al anuncio ese que había de la *Coca-Cola* —comentó Mel.

Scarlett, abanicándose con la mano, musitó:

—A mí a esa película en la que Hugh Jackman se vaciaba un barril de agua por el cuerpo. ¡Oh, Dios mío, qué delicia!

Björn, al ver que lo miraban, sonrió. Sabía el poder de su cuerpo sobre las mujeres y le guiñó un ojo a su chica.

—Tienes razón, Scarlett..., tengo que cuidarlo. Aquí hay mucha lagartona suelta.

—¿Están saliendo?

—No... Sí... Bueno, no sé.

—¿Cómo que no lo sabes? —exclamó su hermana—. Te aseguro que si un hombre como ése viene a la casa de mi abuela es porque entre él y yo hay algo. Por cierto, ¿qué tal si me cuentas por qué hemos tenido que quitar las fotos tuyas y de papá?

Mel miró a Björn, que seguía partiendo leña, y respondió:

—Odia a los militares estadounidenses y creo que cuando sepa que yo lo soy me va a odiar también.

—¿Y por qué los odia?

—No lo sé... creo que por algo de su padre. Nunca me lo ha contado ni yo se lo he preguntado.

—Pero, Mel..., ¿cómo puedes estar mintiéndole a un hombre así?

—No lo sé, Scarlett... No sé qué estoy haciendo.

—Te juro, chica, que no te entiendo —protestó ella—. Björn es guapo, atento, encantador, ¿y tú le mientes?

—*Aiss*, Scarlett, lo sé. Me siento fatal. Pero ahora no sé cómo decirle la verdad.

—¿Crees que se enojará mucho?

Mel no tuvo que pensarlo.

—Sí. Pero espero que lo entienda.

Ensimismadas en sus pensamientos, estuvieron calladas un buen rato, hasta que Scarlett exclamó:

—Válgame Dios, ¡qué espaldas! ¿Te has dado cuenta de cómo se parece Björn al modelazo ese que está guapísimo, que se llama David Gandy?

Mel nunca lo había pensado. Pero ahora que su hermana lo decía, tenía razón; Björn y David eran el mismo tipo de hombre: altos, morenos, ojos azules, gran estilo y cuerpazo.

Diez minutos después, la excitación la sobrepasó. Se acercó a él, le quitó el hacha de las manos y lo besó con deseo, sin importarle lo que las vecinas de su abuela pudieran decir. Y en ese momento, oyó a Ovidio que pasaba con una caja por su lado:

—Eso es, muchacho, ponle una oreja en cada muslo y la lengua donde caiga.

—¡Qué cochinooooooooo, Ovidio! —gritó Scarlett al oírlo.

Mel soltó una carcajada y Björn preguntó:

—¿Qué ha dicho?

Sin poder parar de reír, Mel le guiñó un ojo y respondió:

—¡Esta noche te lo explico!

Esa noche volvieron a salir a tomar la copa con los amigos. Björn no los entendía, pero ellos lo hicieron sentir parte del grupo y, después de cenar, Mel y él se despidieron y se marcharon al Palacio de Luces, un lujoso hotel de cinco estrellas, rodeado de un entorno natural y situado en la vertiente colunguesa del Sueve.

En el elevador, Björn, sonriente, sujetó a Mel de la cintura y, acercándola a su cuerpo, murmuró:

—Esta noche te quiero para mí solo.

—¿Sólo para ti?

Él, mirándola desde su altura, asintió y afirmó rotundo:

—Sólo para mí.

Cuando entraron en la *suite*, Mel sonrió al ver que su hermana había cumplido con su palabra. Cuando Björn vio los tazones de chocolate sobre una de las mesas, preguntó:

—¿Qué pretendes hacer esta noche conmigo, señorita Melanie?

Besándolo con pasión, ella sonrió y, señalando el chocolate, respondió:

—Cuando me regalaste el dije de la fresa, te dije que yo haría algo por ti. Pues bien, prepárate *pínsipe*, que esta noche te quiero agradecer tu regalo.

Entre besos y arrumacos se acostaron en la cama y Mel le pidió:

—Ahora necesito que me ayudes a hacer una cosa.

—Lo que quieras, preciosa.

Ella se levantó y, jalándolo, fue hasta donde estaba el plástico doblado.

—Hay que cubrir la cama con esto.

—¿Con un plástico?

Mel sonrió y lo animó:

—Sí, vamos, ayúdame.

Cuando todo estuvo como ella quería, Björn la miró y Mel dijo:

—No es época de fresas, pero como tengo la propia, te he traído el chocolate para que no te falte nada.

Al entender lo que quería decir, él sonrió y, mordiéndose el labio, murmuró:

—Dios, nena..., me encanta el morbo que tienes.

—Lo sé y más te va a gustar lo que te voy a entregar.

Björn soltó una carcajada, vio que ella se desnudaba y rápidamente la siguió. Después Mel cogió los tazones de chocolate y, subiéndose a la cama con ellos en la mano, le indicó:

—Ven, acuéstate aquí.

Björn lo hizo. Ella dejó los tazones sobre el plástico de la cama y musitó:

—Sé que te gusta el chocolate, te gustan las fresas y te gusto yo. Por lo tanto, cielo, disfrútalo.

Sin más, metió primero un pezón en uno de los cuencos y después el otro. Los mojó en el chocolate y, poniéndose a cuatro patas sobre Björn, dijo, mientras éste miraba sus pezones recubiertos:

—Puedes comenzar por el que quieras.

Enloquecido, él no lo dudó, atrajo hacia su boca uno de aquellos magníficos pezones y lo chupó.

—Delicioso.

—¿Te gusta?

Con el morbo instalado en su mirada, la excitación entre sus piernas y la boca llena de chocolate, Björn exigió:

—Dame más.

Mel llevó su pecho de nuevo a la boca de él, que lo degustó, lo disfrutó, lo estrujó y succionó y, cuando desapareció todo el chocolate, mimosa, le preguntó:

—¿Quieres más?

Björn asintió y Mel le entregó el otro pezón.

Cuando el chocolate desapareció, ella sonrió y, él, cogiéndola de la nuca, la besó. Su sabor era dulce, exquisito, maravilloso y cuando se separó, reconoció:

—Eres el mejor postre que he comido en toda mi vida y sólo de pensar que ahora me voy a comer tu maravillosa fresa con chocolate, me vuelvo loco.

Mel soltó una carcajada y preguntó:

—¿Te gusta la idea?

—Me encanta. Es más, ahora entiendo el motivo del plástico.

De nuevo se besaron y cuando el ansia se apoderó de ellos, Mel, tocando la enorme erección de él, susurró:

—Yo quiero también chupar con chocolate.

No hizo falta decir más. Björn se incorporó en la cama y metió la punta de su pene en el espeso líquido. A gatas sobre la cama, Mel fue hacia él y sacó provocativamente la lengua. Ambos sonrieron y ella empezó a lamerlo. Después, abrió la boca, deseosa de comérselo y procedió a hacerlo.

Él, con los ojos cerrados y de rodillas sobre la cama, dejó que lo volviera loco de placer. Lo que le hacía con la lengua le encantaba y, cuando no pudo más, la paró y murmuró:

—Estoy hambriento de ti, cariño. Acuéstate y disfrutemos los dos.

Mel se acostó. Björn volvió a mojar su pene en el chocolate y, colocándose sobre ella a cuatro patas en sentido inverso, se lo acercó a la boca y dijo, mientras cogía uno de los tazones:

—Déjame ver mi fresa.

—¿Tu fresa? —rio ella.

Encantado al oír su risa, le dio una nalgada y afirmó con rotundidad:

—Mi fresa.

Divertida y excitada al sentir su posesión, se abrió de piernas para él y preguntó:

—¿Te gusta así?

Björn asintió y, mirando lo que lo volvía loco, siseó:

—Me encanta.

El morbo entre los dos era evidente. Él le besó la cara interna de los muslos y ella tembló. Mel comenzó a chuparle el pene embadurnado de chocolate y segundos después el que tembló fue Björn.

Vibrando, dejó caer su boca sobre su monte de Venus. Lo besó. Paseó la nariz por aquel lugar que adoraba y jadeó ante el asolador ataque de ella. Cuando controló sus movimientos, tomó uno de los tazones de chocolate y, sin decir nada, lo derramó sobre su vagina y al ver cómo chorreaba murmuró:

—Espectacular.

En un perfecto sesenta y nueve, los amantes degustaron lo que tanto deseaban, proporcionándose un placer infinito, mientras sus cuerpos, por el roce y los movimientos, se embadurnaban de chocolate sin que a ellos les importara.

—La mejor fresa con chocolate que me he comido en mi vida.

Mel sonrió y, succionándolo con deleite, lo animó:

—Sigue... no pares. Es toda tuya.

Todo a su alrededor se llenó de chocolate. Las manos, el cuerpo, la cama, las caras... Aquel dulce líquido viscoso embadurnó sus cuerpos mientras ellos disfrutaban el uno del otro.

Cuando el ansia los dominó, Björn, que estaba sobre ella, se cambió de postura. Mel, al verle la cara manchada, soltó una carcajada y él, llevando su embadurnado pene hasta la vagina de ella, la penetró y la besó.

Sin hablar, una y otra... y otra vez se hundió en el cuerpo de Mel, que alzaba las caderas para recibirlo, mientras el chocolate se deslizaba por sus cuerpos, proporcionándoles, además de un dulce aroma, un placer y una lujuria sin igual.

Los gemidos se apoderaron la habitación y cuando Björn se contrajo en una última estocada, Mel se agarró a sus hombros y gritó al llegar al clímax. Agotados, se miraron y él, divertido, dijo:

—Creo que va a ser una noche muy dulce e interesante.

Con chocolate hasta las orejas, Mel sonrió y, tomando su teléfono celular, propuso:

—Ven, vamos a tomarnos una foto.

Divertidos, juntaron las caras manchadas y Mel disparó la cámara.

A las cuatro de la madrugada, recogieron el plástico entre risas y se encaminaron a la regadera. Allí el agua limpió sus cuerpos de chocolate mientras ellos continuaban con sus juegos. Unos juegos de los que no se saciaban y, cuando por fin lo hicieron, se acostaron y se quedaron dormidos y abrazados.

A la mañana siguiente, después de una noche en la que hicieron varias veces el amor, llamaron a la puerta y un mesero entró y les dejó una bandeja con el desayuno. Mel, al ver una dona de chocolate, sonrió.

—No me entra un gramo más de chocolate.

Ambos rieron y, tras desayunar felices, regresaron a la casa familiar, donde, al llegar, la abuela los miró de arriba abajo y negó con la cabeza. Dirigiéndose a su nieta, comentó:

—Tu madre y hermana están en la playa con la pequeña. Por cierto, ¿qué prefieren que haga de comida, *pantrucu* o *cachopo*?

—A mí me da igual, abuela.

—Pregúntale al *neñu* —pidió la mujer a su nieta.

Mel miró a Björn, que como era lógico no había entendido nada, y dijo:

—¿Qué te apetece comer, *pantrucu* o *cachopo*?

Boquiabierto porque no había oído nunca esas palabras, preguntó:

—¿Eso son comidas?

—Sí.

—¿Y me puedes explicar qué son?

Divertida, Mel sonrió.

—El *pantrucu* es una masa de morcilla muy rica que hace mi abuela. La envuelve en hojas de col gallega, la corta y la fríe, y el *cachopo* son filetes de ternera rellenos de jamón cocido y queso, que empaniza y fríe. Para que me entiendas, son como san jacobos pero a lo bestia.

Tras valorar lo que ella había dicho, respondió:

—Lo segundo creo que me gustará más.

Mel miró a la mujer.

—*Cachopo*, abuela.

Ella asintió y, sonriendo, dijo mientras se alejaba:

—*Dijolo Blasito, punto redondu.*

Cuando se alejó, Mel miró a Björn con una sonrisa y preguntó:

—¿Quieres que vayamos a la playa? Mi madre, mi hermana y Sami están allí.

Él asintió y se encaminaron a las habitaciones para ponerse los trajes de baño.

Cuando Sami vio aparecer a su madre y a Björn, corrió hacia ellos. Él la cargó y la pequeña rio a carcajadas. Aquel gesto tan íntimo con la niña lo hizo sentirse muy bien. Se enorgullecía de llevarla en brazos y a Mel agarrada en la mano. Esa sensación de plenitud era maravillosa. Una sensación que nunca lo abandonaba cuando estaba con ellas.

A la hora de la comida, regresaron a la casona donde Covadonga los esperaba y, encantados, comieron el *cachopo* que la mujer había preparado. Por la tarde, Mel se escapó con Björn y su pequeña de nuevo a la playa. Su abuela ya estaba haciendo planes para *Blasito*, pero ella no estaba dispuesta a compartirlo con nadie.

—Esto es maravilloso —dijo Björn, mirando a la niña, que corría con una cubeta amarilla en la mano—. Este lugar es de los más bonitos que he visto en mi vida.

Mel sonrió.

—Sí. La playa de La Isla es una maravilla, y si además te toca buen tiempo como te está tocando a ti, ¡es genial! —respondió ella—. Aunque también tiene su encanto pasear por aquí en invierno.

—¿Has paseado mucho en invierno por aquí?

Mel asintió y, mirando a su hija, contestó:

—Sí. Más veces de las que me gustaría recordar.

Björn asintió y, sin querer evitarlo, preguntó:

—¿Mike estuvo aquí contigo alguna vez?

—No.

—¿Por qué?

Con una sonrisa en los labios, Mel suspiró.

—Porque nunca quiso. Supongo que sería porque nunca fui realmente importante para él.

Durante unos segundos se miraron sin hablarse, hasta que finalmente Björn murmuró:

—Gracias por la noche tan perfecta que hemos tenido.

—Gracias a ti.

Con gesto serio, él le tomó las manos y dijo:

—Quiero que sepas que tú, Sami y todo lo que las rodea son muy especiales para mí. Y si crees que no fuiste importante para Mike, quiero que sepas que sí lo eres para mí. Tan importante como que he comenzado a ver la vida desde una perspectiva y me gusta. Me gusta estar contigo, con Sami, y me gusta sentirte mía, me gusta todo lo que venga de ti.

—¿*Peggy Sue* también te gusta? —bromeó ella con un hilo de voz.

—Bueno... ése es otro tema —rio Björn al pensar en el hámster blanco.

Mel sonrió. Aquellas palabras significaban mucho más de lo que ella quería aceptar y en un arranque de sinceridad, dijo:

—Björn.

—¿Qué?

—Tengo que contarte una cosa.

Él clavó sus impactantes ojos azules en ella y con una media sonrisa, musitó:

—Dime, cielo.

Haciendo acopio del valor que le faltaba en otros momentos, Mel se colocó bien la gorra que llevaba y habló:

—Tengo que ser sincera contigo y decirte que...

De pronto, el llanto de Sami llamó su atención. Estaba en el suelo, llorando, y los dos se levantaron rápidamente para ver qué ocurría. La pequeña simplemente se había caído, pero se había raspado la rodilla. Cuando llegaron a las toallas, Björn, sin necesidad de que Mel se lo dijera, abrió el bolso de ella, sacó un curita de princesas y, tras ponérsela a la niña, dijo:

—Escucha, princesa Sami, la Bella Durmiente te curará mágicamente y el dolor se irá, ¡tachán... chán... chán!, para no volver más.

Dicho esto, la pequeña, como siempre, dejó de llorar, se zafó de los brazos de su madre y echó a correr de nuevo con su cubeta amarilla. Björn sonrió y Mel, alucinada por lo que él acababa de hacer, preguntó:

—¿Cómo te acordabas de eso?

Björn, sonriendo, se acercó íntimamente a ella, que lo miraba, y musitó besándole el cuello:

—Las cosas importantes no se me olvidan, y te acabo de decir que tú y Sami son muy importantes para mí. Y aunque esa rata que tienen como animal de compañía no sea objeto de mi devoción, ustedes sí lo son y todo lo que las haga felices, a mí me hace feliz también.

Al ver que Mel lo miraba desconcertada, recordó lo que hablaban minutos antes y preguntó:

—¿Qué era lo que me ibas a contar hace unos minutos?

Acobardada, sonrió y dijo:

—Te quería decir que tú también eres especial e importante para Sami y para mí, y me encanta sentirte como algo mío.

—Mmmm... me gusta saberlo —rió Björn.

—*Pínsipeeeeeeeeee*, ¡ven! —gritó la niña.

Björn le dio un beso a Mel en los labios y corrió hacia la pequeña. Cuando llegó a su lado, se sentó con ella en el suelo y comenzó a jugar.

Mel, totalmente confusa por todo, se sintió fatal. Él le estaba abriendo su corazón y ella, en cambio, no estaba siendo sincera.

Dos días después, los tres regresaron a Múnich. Björn y Mel tenían que trabajar y continuar con sus vidas.

23

⊰⊱

Los meses pasaron y llegó octubre. Nadie, a excepción de ellos y Eric, conocía su particular relación. Los dos amigos habían hablado en varias ocasiones sobre el tema y Björn le había pedido discreción. Mel no quería que nadie supiera nada y, aunque le molestaba su negativa a aparecer como una pareja ante sus respectivos amigos, decidió respetarla. Nunca haría nada que la pudiera molestar.

Una madrugada, tras pasar una morbosa noche junto a Björn y otra pareja en uno de los reservados del Sensations, donde la fantasía y el placer habían sido el centro de sus deseos, al ponerse el pantalón, Mel sacó su teléfono celular y vio que tenía varias llamadas perdidas desde el teléfono de su vecina Dora y también de su compañero Neill. Preocupada, llamó y Björn pudo ver que se llevaba las manos a la cabeza. Rápidamente se acercó a ella.

—¿Qué ocurre?

—Tengo que irme. Sami... está en el hospital.

—¿Qué ha ocurrido?

Pero Mel, fuera de sí, se cubrió la cara con las manos y gimió:

—Oh, Dios... Oh, Dios... Soy una madre nefasta... Yo aquí... aquí... haciendo... ¡haciendo esto!, y mi hija. ¡Oh, Diosssssssss mío!

Obnubilada por la preocupación, no sabía qué hacer y Björn, sujetándola por el brazo, la detuvo y dijo:

—Cielo, céntrate, ¿qué pasa?

—Mi vecina Dora y Neill han llevado a Sami al hospital. Por lo visto, comenzó a tener fiebre alta y Dora se asustó. Me ha estado llamando, y al no responder yo el teléfono, ha llamado a Neill. Tengo que ir al Klinik, mi hija está allí.

Björn no sabía quién era Neill, pero en ese instante eso era lo que menos importaba. Sólo importaba Sami. Sin tiempo que perder, llevó a Mel hasta su coche y luego condujo lo más rápido que pudo para llegar cuanto antes al Klinik.

Una vez que dejaron el coche mal estacionado en la puerta, entraron corriendo por urgencias y cuando Mel vio a Dora, a Neill y a su mujer, Romina, fue hacia ellos y preguntó con el corazón a mil por hora:

—¿Dónde está Sami?

—Está bien, Mel. Tranquila —dijo Neill, mirándola.

—Pero, ¿dónde está? —gritó descompuesta.

Dora, al ver que la joven perdía los estribos, intentó agarrarla del brazo y explicó:

—Le están poniendo una inyección y no nos han dejado pasar.

—¿Una inyección? ¿Por qué? ¿Qué pasa?

Romina, al ver su pánico, le aclaró rápidamente:

—Sami tiene ampollas de pus en la garganta y eso le ha provocado la fiebre alta. No te preocupes, Mel, está bien. Son cosas que les pasan a los niños.

Apoyándose en la pared, ella se llevó las manos a la cara y, ante un alucinado Björn, se escurrió hasta quedar sentada en el suelo, donde lloró desconsoladamente.

Al saber que Sami estaba bien, la angustia de Björn se mitigó un poco, pero el corazón le latía desbocado. Nunca había visto a Mel así. No podía verla llorar. Ella era una mujer dura, fuerte y, sin dudarlo, fue hacia ella, la levantó y la abrazó. Mel aceptó su abrazo y, mientras, temblorosa, sollozaba, él sólo pudo decir:

—Tranquila... tranquila..., cielo, Sami está bien. No llores, cariño..., no llores.

Dora, Neill y Romina se miraron, pero nadie dijo nada. ¿Quién era ese hombre? La mujer lo reconoció: era el mismo hombre que había visto en el boliche. En ese momento, una enfermera se paró frente a ellos y dijo:

—Si la madre de la niña ha llegado, puede pasar.

Mel asintió rápidamente y, mirando a Dora, murmuró:

—Lamento no haber oído el teléfono. Lo siento, Dora.

La mujer abrazó a la joven que se soltaba de aquel morenazo y la tranquilizó:

—Cuando te fuiste la niña estaba bien. Los niños son así de imprevisibles. Por eso he llamado a casa de Neill y Romina. Tú siempre me dices que si tú no estás, él es el primero a quien debo llamar. Anda, ve con Sami y dale un besito de mi parte.

Cuando ella desapareció tras la puerta sin volver la vista atrás, los tres desconocidos miraron a Björn y éste, a modo de saludo, les tendió la mano y se presentó:

—Björn Hoffmann.

Las dos mujeres se la estrecharon y, cuando los ojos de los dos hombres se encontraron, el estadounidense dijo:

—Neill Jackson.

Aquel acento tan americano irritó a Björn, pero agradecido, musitó:

—Gracias por ocuparte de Sami. Muchas gracias.

Neill, sorprendido, asintió. ¿Quién era aquel hombre? Y sin apartar sus ojos de él, respondió:

—Gracias a ti por no dejar sola a Mel y traerla aquí.

Ambos asintieron. Los dos parecían hombres responsables y Romina preguntó:

—Björn, ¿llevarás a casa a Mel y a la niña?

—Por supuesto —afirmó él con seguridad.

Neill, tras pensarlo un momento, asintió y, tomando la mano de su mujer, dijo mirando a Dora:

—Vamos, Romina y yo te acompañaremos a casa.

Una vez se hubieron marchado, Björn se quedó solo en el pasillo. Se sentó en uno de los asientos vacíos y decidió esperar. Diez minutos después, las puertas se abrieron y él se levantó al ver aparecer a Mel con su pequeña en brazos.

Con una candorosa sonrisa, se acercó a ellas. La niña, agotada, se había quedado dormida en los brazos de su madre y Björn preguntó:

—¿Están las dos bien?

Mel asintió. Abrazar a su hija la reconfortaba.

—Vamos —dijo Björn, quitándole a Sami de los brazos—. Las llevaré a casa.

Caminaron en silencio hacia el exterior del hospital y, cuando llegaron al coche, Mel se paró y, mirándolo, comentó:

—No podemos ir en tu coche.

—¿Por qué?

Ella suspiró y con dulzura explicó:

—Es un biplaza. Y yo no quiero llevar a Sami adelante. Además, está prohibido.

Björn, que no había pensado en ese detalle, iba a decir algo cuando ella añadió:

—Vete a tu casa a dormir, es tarde. Yo tomaré un taxi.

Moviéndose con rapidez, él le entregó a la pequeña y le indicó:

—No se muevan de aquí. Voy a estacionarlo y tomamos un taxi.

—Pero Björn, no hace falta.

Convencido, la miró y habló:

—He prometido que te llevaría a tu casa y voy a cumplir esa promesa, ¿entendido?

Mel sonrió. Si alguien había tan testarudo como ella, ¡era Björn! Vio cómo estacionaba el coche y paraba un taxi.

Tras dar la dirección, Mel se acomodó en los brazos de Björn sin soltar a Sami y él, besándole la frente, preguntó:

—¿Estás más tranquila?

Apretando a su hija sobre su pecho, ella le dio un beso en la frente y murmuró:

—Me siento tan culpable...

Comprendiéndola, Björn hizo que lo mirara y afirmó con seguridad:

—Eres una excelente madre, la mejor que Sami puede tener, ¿de acuerdo?

Con una débil sonrisa, Mel asintió y lo besó en los labios. Björn preguntó:

—¿Me dejarás hoy subir a tu casa?

Ella sonrió.

—No. El hogar de mi hija es infranqueable.

La rotundidad de sus palabras hizo que no insistiera y, cuando llegaron, Björn le pidió al taxista que esperara y, tras acompañarlas hasta la puerta y besar a Mel en la boca, se marchó, prometiendo llamarla al día siguiente.

24

'Una semana después, Sami estaba perfecta y, tras una buena sesión de sexo en la casa de él, después de comer Mel y él se prepararon para ir juntos a la guardería para recogerla. Al bajar al estacionamiento, Björn accionó el control remoto. Las luces de un impresionante *BMW* parpadearon en vez de las del *Aston Martin*.

Mel, al verlo, lo miró e inquirió:

—¿Este coche es tuyo?

Él asintió. Tras lo ocurrido la noche del hospital, decidió hablar con su hermano y comprar un coche en el que pudiera llevar a la niña. Divertido, le contestó:

—Soy James Bond, ¿qué esperabas?

Muerta de risa, Mel caminó hacia el vehículo y cuando entró en él, silbó y dijo:

—Huele a nuevo.

—Lo es. —Y, mirándola, preguntó—: ¿Has visto lo que hay en el asiento de atrás?

Cuando Mel miró, se quedó sin habla. Allí había una silla nuevecita. Rosa, de las Princesas Disney, y Björn dijo:

—Es el coche de Sami y ella se merece lo mejor.

Aturdida, Mel sonrió. No lo podía creer: Björn había comprado un coche para llevar a su hija. Increíble.

Cuando llegaron a la guardería, fueron juntos hasta la puerta y, cuando la pequeña salió y vio a Björn, gritó:

—*Pínsipeeeeeeeeeeeeee.*

Él sonrió y, sin dudarlo, tomó en brazos a la rubita con su corona de princesa. Sus encuentros con aquel pequeño ángel de ojos azules cada vez le gustaban más. Aquellas dos mujercitas con sus modos y maneras de ser lo tenían totalmente encantado. Mel parpadeó y murmuró:

—Ni te cuento lo que te va a querer cuando vea su silla nueva.

Björn sonrió y, abrazando a Mel por la cintura con gesto posesivo, dijo divertido:

—Vamos, está lloviendo. ¿Qué les parece si vamos a comer un helado al centro comercial?

Ambas asintieron y, tras subirse al *BMW*, fueron donde él había propuesto. Una vez allí, comieron un helado y Björn le compró luego a Sami una gran bolsa de golosinas.

—¿Cómo se te ocurre comprarle eso? —protestó Mel.

—A los niños les gustan.

Ella, al ver a su hija meterse dos caramelos en la boca y masticarlos, replicó:

—Claro que les gusta. Pero dulces se tienen que controlar o les pueden hacer daño.

—No digas tonterías —replicó él, divertido—. Y deja que disfrute de sus dulces.

No muy convencida, Mel asintió. Si su hija se comía todo lo que había en aquella enorme bolsa, se enfermaría. Cogidos de la mano, caminaron por el centro comercial, mientras Sami correteaba delante de ellos. Tras visitar varias tiendas, se sentaron a tomar un café. Fue entonces cuando Björn preguntó curioso:

—¿De qué conoces a esos gringos?

—¿A quiénes?

—A ese tal Neill Jackson que estaba el otro día en el hospital y a los otros con los que te vi en el boliche.

Mel pensó en mentir. Pero algo en ella se rebeló y, tras mirar a su hija, decidió decirle la verdad.

—Me llamo Melanie Parker Muñiz.

—¿Cómo?

—Mi padre es estadounidense.

—¿Qué?

—Que mi padre es estadounidense. Vive en Texas y...

—¿Eres estadounidense?

Al ver su expresión, Mel se puso nerviosa y respondió:

—Mi padre es estadounidense y, aunque yo nací en España, no te voy a negar que me crié en Fort...

Pero no pudo continuar. Björn, pálido, le pidió que se callara y, clavando sus ojos en ella, inquirió:

—¿Por qué no me lo habías dicho? ¿Por qué inventaste eso de que tu inglés era americanizado por haber trabajado en American Airlines?

Con el corazón a mil por todo lo que él aún no sabía, dijo:

—Escucha, Björn...

—Carajo, ¡¿gringa?!

La cosa empeoraba por segundos y ella explicó:

—Si no te lo dije antes es porque sé que no te gustan los estadounidenses y temí que, al saberlo, tú...

El teléfono de él sonó. Mel miró la pantalla y leyó el nombre de Agneta. Eso la molestó y, al ver que Björn no respondía, cambió su tono de voz y preguntó:

—¿No vas a contestar?

—Estoy hablando contigo —contestó en un tono duro que a Mel no le gustó.

El teléfono siguió sonando y ninguno de los dos habló ni se movió. Estaba claro que a ambos les estaba molestando algo. Finalmente Björn cogió el teléfono y cortó la llamada. El humor de Mel había cambiado. No podía entender por qué él sentía tal rechazo hacia los estadounidenses.

—¿Neill y los otros eran amigos de Mike? —preguntó él.

Dudó sobre su respuesta.

Por un lado quería seguir contándole la verdad. Necesitaba decirle quién era ella y a qué se dedicaba, pero, por otro, sabía que, si lo hacía, aquel bonito día que tanto estaba disfrutando se acabaría. Dudó. Lo pensó. Neill, Fraser y Hernández habían conocido a Mike y optó por contarle una mentira a medias:

—Sí. Eran amigos de Mike, pero también lo son míos. Son personas importantes para mí a las que adoro y quiero, y en especial quieren a mi hija. Y por mucho que te moleste, sí, soy medio estadounidense.

Björn las miraba con una expresión de incomodidad absoluta. Estaba claro que el día se había arruinado y ella prosiguió:

—Esos gringos son mi familia, mis amigos. Ellos...

—Carajo... no lo puedo creer. —Y, mirándola, le advirtió—: Mantenlos alejados de mí, ¿de acuerdo?

Percibir la antipatía que Björn sentía por ellos sin conocerlos le tocó el corazón y, dispuesta a defender a los hombres que tantas veces se habían arriesgado por ella, siseó enfadada:

—Ellos no van a dejar de ser mis amigos, ni por ti ni por nadie. Y sí, soy medio gringa y estoy muy orgullosa de serlo. Por lo tanto, tú decides si quieres seguir conociéndome o directamente te olvidas de mí, porque yo no tengo nada que decidir, ¿entendido?

Dicho esto, se levantó, caminó hacia su hija y, antes de que llegara hasta ella, Björn ya la había tomado de la mano, la había acercado a su cuerpo y la estaba besando. Cuando sus labios se separaron, él murmuró:

—De acuerdo. He captado el significado de tus palabras.

Molesta aún por el rechazo que había sentido, preguntó:

—Pero, ¿qué tienes contra los estadounidenses?

Björn se sinceró:

—Mi padre se quedó viudo cuando yo era pequeño. Conoció a Grete, se casó con ella y, enamorado, lo puso todo a su nombre cuando quedó embarazada de mi hermano Josh. Grete nunca fue una madre ejemplar, ella no se preocupaba ni por mi hermano ni por mí, pero mi padre la quería y a mí con eso me bastaba. Hace años, un militar estadounidense llamado Richard Shepard se convirtió en nuestro vecino y Grete y él se hicieron amantes y nos abandonó.

—Pero Björn, eso que me cuentas le puede pasar a cualquiera sin necesidad de que sea gringo. Precisamente tengo un amigo estadounidense cuya mujer lo ha dejado por un alemán y...

—Richard Shepard —la interrumpió Björn con gesto implacable— resultó ser un experto abogado del ejército estadounidense. Cuando mi padre y Grete se divorciaron, yo acababa de obtener el título y mi padre se empeñó en que yo lo representara. Intenté por todos los medios luchar contra las exigencias que aquel hombre nos planteaba, llegar a un acuerdo benéfico para ambas partes. Pero su experiencia era muy superior a la mía y me la quiso demostrar de la manera más sucia y rastrera. Al final, mi padre le tuvo que dar a Grete y a ese gringo casi todo su patrimonio. Por suerte, mi hermano Josh ese verano cumplía la mayoría de edad, porque, si no, también se hubiera tenido que ir a vivir con ellos a Oregón. Eso a mi padre lo hundió. No sólo había perdido por segunda vez a la mujer que amaba, sino que también había perdido todo aquello por lo que había luchado durante muchos años y tuvo que comenzar de nuevo de cero. Josh y yo lo ayudamos en todo lo que pudimos mientras seguíamos adelante con nuestras propias vidas y, aunque hoy por hoy mi padre vive bien, tiene su negocio y su casa, la rabia por lo que aquel hijo de puta le hizo es lo que hace que yo no soporte a los militares estadounidenses.

Conmovida por cómo él le había abierto el corazón, Mel le tocó el pelo horrorizada y susurró:

—Lo siento, Björn. Lo siento, cariño...

Él asintió y, mirándola, añadió:

—Pero ahora has llegado tú, la mujer más presumida, combativa y preciosa que he conocido en mi vida, y resultas ser medio gringa. Y, ¿sabes?, no te puedo odiar. Conocerte está cambiando mi vida a unos niveles que ni te imaginas y quiero seguir haciéndolo. Por lo tanto, señorita Melanie Parker Muñiz, ¿quieres hacer el favor de darme un beso para hacer que me calle de una vez y deje de decir cosas de las que más tarde me podría arrepentir?

Con el corazón latiéndole con fuerza, Mel sonrió y lo besó. El sentimiento de fascinación que le provocaba aquel hombre se enturbiaba al pensar que no había sido totalmente sincera con él. Había ocultado algo más.

A menos de sesenta metros de ellos, en el centro comercial, Judith, que estaba de compras, se quedó parada al reconocer a Björn y a su amiga Mel besándose apasionadamente. Incrédula, se metió con rapidez en una tienda para no ser vista.

Björn, tras besar a Mel, cargó a Sami y se la subió a los hombros.

—Par de cabrones —murmuró Judith, alucinada.

Allí estaban aquellos dos, sus amigos, besándose y jugando a la familia feliz, mientras a ella le hacían creer que se llevaban pésimo.

Los observó durante un buen rato. Estaba claro que aquélla no era la primera vez que salían. No había más que ver su complicidad para deducir que se habían visto en más ocasiones. Por ello, sin pensarlo, sacó su teléfono del bolso y tecleó el número de Mel. Quería ver su reacción.

Cuando su teléfono sonó, Mel se lo sacó del bolsillo del pantalón y, al ver que se trataba de Judith, le hizo una seña a Björn para que no dijera nada.

—Hola, guapa —la saludó Judith.

—Hola, ¿qué tal?

Judith, desde el interior de la tienda, contestó:

—Bien. Todo estupendo. *Uisss*, qué escándalo se oye, ¿dónde estás?

Tocándose el pelo, Mel respondió:

—En una dulcería, con Sami, ¿por qué?

—Estoy cerca de tu casa y quería ir a verte —respondió Judith y, sin dejarla hablar, añadió—: En realidad quería invitarte el sábado a comer. Eric ha organizado un almuerzo con los amigos de básquetbol y quisiera que vinieran Sami y tú, ¿qué te parece?

Mel reflexionó con rapidez. Al día siguiente salía de viaje, pero seguramente regresaría el viernes.

—Genial. El sábado está excelente.

—¡Perfecto! Pues al mediodía te espero, ¿de acuerdo?

—Allí me tendrás.

Tras despedirse, colgaron y Judith, sin darles tregua, llamó al teléfono de Björn. Sin demora, éste bajó a la pequeña de sus hombros, se la dio a Mel y contestó:

—Hola, preciosa.

Mel sonrió al ver que se trataba de su amiga y se alejó con su hija.

—Hola, guapetón, ¿cómo va todo?

—Bien. Loco con el trabajo, pero todo bien.

—¿Estás muy ocupado?

Björn, siguiendo con la mirada a Mel, que corría tras Sami, respondió:

—¡A tope!

Judith sonrió al ver su cara de tonto y preguntó:

—¿Te ha llamado Eric?

—No, ¿para qué? ¿Ocurre algo?

—*Aisss*, qué cabeza la suya —dijo ella—. El sábado ha organizando una comida con los compañeros de básquetbol, ¿vendrás?
—Y antes de que respondiera, añadió—: Por cierto, he invitado a mi amiga Mel, no te importa, ¿verdad?

Sin dejar de observar a la mujer de la que ella hablaba, él respondió:

—Vamos a ver, morenita, ¿acaso quieres que Ironwoman y yo acabemos a golpes? Ya sabes que no nos soportamos y...

—Vamos... hazlo por mí —lo interrumpió—. Sabes que Mel me cae genial y no tiene muchos amigos en Múnich. Y he pensado que quizás alguno de los chicos solteros del básquet le pueden interesar.

—¡¿Interesar?!

Judith soltó una carcajada y explicó:

—Cuando digo que le pueden interesar quiero decir que puede surgir algo entre ella y alguno de ellos. Ironwoman, aunque no sea tu estilo de mujer, estoy segura de que será el estilo de algún otro hombre, ¿no crees?

La expresión de Björn cambió por completo. Aquello no le hacía ni pizca de gracia. Ver a Mel, su Mel, entre sus compañeros de básquetbol como un trofeo que ganar lo enojó, pero respondió:

—Muy bien. Allí estaré.

—Y para que veas que soy buena, no me enojaré si traes a Foski contigo.

—¿A Agneta? —preguntó, desconcertado—. ¿Y por qué quieres que lleve a Agneta si no la soportas?

Judith contuvo la risa y respondió:

—Lo hago para que veas que quiero verte feliz. Igual que le busco chico a mi amiga, quiero que tú también la pases bien.

Björn ni lo pensó. Lo último que quería era ver juntas en una misma fiesta a Agneta y Mel.

—No sé, Jud. No sé si irá. Está muy ocupada en la CNN. Y ahora te dejo, tengo cosas que hacer. Un beso.

—Un besito, guapetón.

Una vez colgó el teléfono, Judith soltó una carcajada y, cuando Björn volvió a subirse a Sami a los hombros y agarró a Mel por la cintura, les tomó una foto para inmortalizar el momento. Aquello iba a ser divertidísimo. Después marcó el teléfono de Eric y, sin contarle lo que había visto y pretendía, dijo:

—Hola, cariño. Estoy de compras y he pensado, ¿qué te parece si el sábado organizas una comida con los compañeros del básquet?

Tras la llamada de Judith, Björn se quedó pensativo.

—¿A ti te gusta alguno de mis compañeros de básquetbol? —le preguntó a Mel.

Sin saber por qué preguntaba eso, ella pensó en aquellos hombres y respondió:

—Hay un par de ellos que no están mal. —Y al ver su expresión, inquirió—: Pero bueno, ¿qué te ocurre?

Björn no quería darle más vueltas, así que la besó y propuso:

—¿Qué les parece si vamos a mi casa?

Divertida y sin querer saber qué le ocurría, Mel asintió y los tres bajaron al estacionamiento del centro comercial. Durante el viaje, Sami los deleitó con una de las canciones aprendidas en la guardería, que Mel también canturreó. Björn conducía y las escuchaba hasta que, de pronto, la pequeña se calló, hizo un ruido y un extraño olor ácido inundó el coche.

—Carajo... —siseó Mel al ver lo ocurrido.

—Mami... —y se echó a llorar.

Björn arrugó la nariz y preguntó:

—¿Qué ha ocurrido? ¿A qué huele?

—Sami te ha estrenado el coche. Oficialmente, ¡queda inaugurado!

—¿Qué?

—Que ha vomitado.

—¡No me friegues!

Reprimiendo las ganas que tenía de matarlo por haber insistido en que la niña se atascara de dulces, musitó:

—Para en cuanto puedas, Björn.

Él encendió la direccional a la derecha y detuvo el coche. Al mirar hacia atrás y ver a Sami, exclamó horrorizado:

—¡Caraaaajo!

Sin decir nada, ella le enseñó las manos manchadas y Mel, abriendo la puerta, exclamó:

—Te lo dije. Tantas golosinas no son buenas, ¡y finalmente Sami ha vomitado!

Con rapidez, sacó a la pequeña del coche y la limpió con toallitas húmedas, mientras Björn la observaba. Por suerte, no había sido algo muy escandaloso. Cuando terminó con ella lo miró y preguntó:

—¿No piensas limpiar el coche?

Björn miró el interior del vehículo y, horrorizado, murmuró:

—Qué asco. Uff... ¡qué peste!

Mel puso los ojos en blanco y, sin ningún remilgo, abrió todas las puertas del auto de lujo, sacó toallitas húmedas y limpió la silla de su hija y el respaldo del asiento. Cuando terminó, miró a Björn y dijo:

—Con esto aprenderás que a los niños no hay que comprarles una grannnnnnn bolsa de dulces. Y también aprenderás que es prácticamente imposible tener limpio y perfecto el coche cuando hay un niño. Y esto te lo digo por el día que me llamaste «cerda» en mi propio coche.

Cuando el olor a ácido se fue un poco, los tres se subieron de nuevo. Al llegar a la puerta del estacionamiento de Björn, éste se sorprendió al ver allí a Agneta. Tras cruzar una mirada con Mel, se disculpó y bajó del coche.

Agneta, al ver que quien lo acompañaba era la insoportable amiga de Judith, torció el gesto, y cuando él se le acercó, siseó:

—Te he llamado mil veces. Ahora entiendo por qué no respondes mis llamadas.

Sorprendido, Björn arrugó el entrecejo y preguntó:

—¿Qué se supone que haces aquí?

Ella, con la mirada cargada de reproches, respondió:

—Te he visto con ella varias veces en el Sensations. ¿Por eso ya no atiendes mis llamadas? ¿Acaso ella te tiene en exclusiva?

—Agneta...

—Llevamos sin vernos cerca de tres meses. Te llamo y no me atiendes. Te dejo mensajes en la contestadora y no me los respondes. ¿Me puedes decir qué ocurre?

Con gesto molesto, Björn se le acercó más y dijo:

—No te entiendo. Siempre hemos disfrutado de lo que nos gusta, conscientes de que ambos somos libres para hacer lo que nos dé la gana. ¿A qué viene esto? ¿Acaso tú no te ves con Ronald Presmand o Harry Delored o...? ¿Quieres que siga?

—Pero tú también te ves con Maya o Kristel y yo... yo...

—Agneta —la interrumpió con voz profunda—, somos libres para salir con quien queramos. Entre tú y yo siempre quedó claro que lo importante era el sexo. ¿A qué viene esto ahora?

—Ella... es por culpa de esa... esa imbécil que te espera en el coche —contestó, señalando el vehículo.

Björn, sin mirar su dedo acusador, repuso:

—Lo que hay entre ella y yo es diferente. No vuelvas a insultarla nunca más, ¿entendido?

Esas palabras cargadas de enojo pusieron a Agneta sobre aviso; nunca había visto a Björn de aquella manera. Al no saber qué contestarle, él tomó la palabra:

—Quiero que te vayas y aceptes lo nuestro como lo que es: sexo y nada más. Nunca ha habido exclusividad entre nosotros y, por supuesto, nunca lo habrá.

Acalorada al oír unas palabras que nunca había esperado, la mujer levantó el mentón, miró con furia a Mel, que los observaba desde el interior del vehículo, y dijo:

—De acuerdo. Cuando te canses de ella, ya me llamarás.

Una vez se marchó, Björn se dio la vuelta, caminó hacia el coche y entró en él. Sin decir nada, accionó el control remoto de la puerta para que se abriera. Entonces Mel susurró:

—Oye..., en serio... Si quieres, Sami y yo nos vamos y...

—Mel —la cortó él y, suavizando el tono, confesó—: Lo que más deseo en este instante es estar contigo y con Sami. No me prejuzgues, pero tú no eres ella, ¿entendido?

Mel asintió y cuando la puerta se abrió, Björn condujo hasta su lugar de estacionamiento.

Cuando entraron en la casa, la pequeña miró a su alrededor. Aquel lugar tan enorme le encantaba y Mel, consciente de lo inquieta que era su hija, la agarró de la mano y le advirtió:

—Recuerda, Sami, no se toca nada, ¿entendido, cariño?

Ella asintió. En ese momento sonó el teléfono de la casa. Al no responder, se encendió la contestadora automática y se oyó la voz de una mujer.

—*Hola, mi amor, soy Kristel, ¿cómo estás? Te he llamado al teléfono celular pero no me respondes. Llámame. Me muero por estar contigo.*

La cara de Mel se contrajo al oír eso tras lo que acababa de pasar en la puerta del estacionamiento. Pero, ¿dónde se estaba metiendo? Björn la miró y quiso decir algo, pero ella, conteniendo sus impulsos más primarios, levantó una mano y se le adelantó:

—No digas nada. No quiero saberlo. Somos adultos y solteros. No hay más que hablar.

En silencio, caminaron hacia la cocina y Björn preguntó:

—¿Qué se les antoja?

Mel miró el refrigerador y, con indiferencia, respondió:

—Sami merendará un sándwich, ¿tienes jamón cocido y pan?

Él asintió, le entregó lo que ella había pedido y Mel lo comenzó a preparar. Björn la abrazó por detrás y preguntó:

—¿Qué ocurre?

—Estoy furiosa..., déjame. No quiero sentirme más ridícula de lo que me siento en este momento.

Incapaz de no decir nada más, él murmuró:

—Lo nuestro es especial...

—Pero, ¿qué es lo nuestro? ¿Qué estamos haciendo?

Björn, al entender lo que ella quería saber, respondió:

—Lo nuestro es una relación, cariño. Una relación entre tú y yo. Creo recordar que en Asturias te dije que te sentía mía y tú me dijiste que me sentías tuyo. Eso lo explica todo, ¿no crees? —Mel no respondió y él prosiguió—: Lo que tú y yo tenemos es algo bonito que tú te empeñas en ocultar. No quieres que nuestros amigos lo sepan. ¿Por qué?

Ella no respondió y Björn insistió:

—Sabes que eres especial para mí. Sabes que desde que has entrado en mi vida sólo existes tú. Sabes que... que...

Al ver que dudaba, ella preguntó:

—Que, ¿qué?

—Mel, siento algo muy fuerte por ti. Me gusta el sexo. Adoro el sexo, pero sin ti para mí el sexo ya no es lo mismo. Nunca entendí mejor que ahora lo que mi amigo Eric sintió cuando conoció a Judith. Él me explicaba que sin ella el juego no tenía sentido, porque su disfrute había desaparecido. Y eso es lo que me ha pasado a mí contigo. Te has vuelto tan importante para mí que, de pronto, no concibo ir al Sensations ni a ninguna fiesta con otra mujer, porque sólo deseo estar contigo, jugar contigo y disfrutar contigo. Los celos me dominan. Odio pensar que otro te sonríe o se te insinúa cuando estás de viaje en tu trabajo y accedes a jugar con él. Imaginarte con cualquier hombre sin que yo esté me enfurece, me perturba, porque te considero algo mío, algo que nadie, a excepción de mí mismo, puede disfrutar y...

—Björn —lo interrumpió ella y, pasándose las manos por el oscuro cabello, murmuró—: Yo también siento algo muy fuerte por ti y quiero que estés tranquilo. Cuando estoy de viaje no tengo ojos para nadie, porque sólo puedo pensar en ti. Nunca estaría con otro mientras tú y yo estemos juntos, porque tú eres mi mayor deseo y...

Björn no la dejó terminar. La acercó a él y la besó con desesperación. Cuando se separó de ella, Mel sonrió y él dijo:

—Estoy tan bien contigo, que comienzo a tener miedo de que algo o alguien lo pueda estropear.

—No hay terceros, Björn. Esto es algo sólo entre tú y yo, cariño.

—¿Y por qué no quieres que nadie lo sepa?

A Mel el sentimiento de culpa le taladraba la cabeza y finalmente respondió:

—Porque tengo miedo de que nuestras vidas se normalicen y la chispa que hay entre tú y yo desaparezca. Pienso que este secretismo sigue aumentando nuestro morbo y...

—Pero qué mala eres —rio Björn.

—Muy... muy mala —convino Mel, al ver que lo había convencido.

Él asintió y Mel, tras darle un último beso, se deshizo de su abrazo y se marchó totalmente descompuesta en busca de su hija. ¿Cómo podía ser ella tan mala persona?

Björn recordó algo que tenía en el refrigerador y, sin dudarlo, lo sacó. Mientras ella le daba de merendar a Sami, él cortó trocitos de fruta y, una vez que lo tuvo todo preparado, fue con ello hasta el comedor, donde Mel lo esperaba.

Cuando ésta lo vio, sonrió mientras Sami olvidaba su sándwich para centrarse en el tentador chocolate líquido. Durante un rato, los tres rieron y la pequeña lo llenó todo de chocolate. Quería ser la primera en probarlo y cuando se sació, se sentó en el suelo y comenzó a sacar del enorme bolso de su madre todos sus juguetes.

—Pero, ¿eso es un bolso o una tienda? —se burló Björn.

Mel, olvidando lo ocurrido minutos antes, con una cautivadora sonrisa explicó:

—Cuando eres mami, el bolso se convierte en el almacén de juguetes. No conozco una sola madre que no tenga un bolso mágico.

Björn, al ver que la niña les permitía un poco de intimidad, mojó una fruta en chocolate y, acercándose a Mel, murmuró, tentándola:

—Abre la boca.

Divertida, ella preguntó:

—¿Qué pretendes hacer con mi hija delante?

—Abre la boca y lo verás.

Mel lo hizo y él, tras dejarle caer unas gotas de chocolate en los labios, introdujo la fruta en su boca. Después la atrajo hacia él y con su lengua limpió las gotas que antes había dejado caer, mientras decía:

—Así voy a mojar mi fresa y la voy a chupar después —dijo.

Acalorada, Mel soltó una carcajada y con el rabillo del ojo, Björn observó que Sami continuaba atareada con el bolso de su madre.

—¿No tendrá sueño? —preguntó, mirando a la pequeña.

—No... duerme la siesta en la guardería —se burló.

—¡Mierda!

—Sí... ¡mierda!

Björn sonrió y murmuró:

—Te deseo...

—Y yo a ti... y más tras saber lo que pretendes hacer con «tu fresa». —Ambos rieron—. Pero cuando hay niños, el sexo pasa a un segundo plano, *pínsipe* morboso.

Deseoso de desnudarla y embarrarla de chocolate como aquel día en el hotel, él sonrió, pero la sonrisa se le congeló en la boca al ver que Sami estaba delante de la estantería donde guardaba sus joyas musicales en vinilo. Horrorizado, observó cómo sujetaba uno de aquellos discos y, plantándole las manos sucias de chocolate, lo soltaba en el suelo y se sentaba sobre él.

Mel, al ver su gesto, miró en la dirección en que él miraba y de un salto se levantó del sillón, corrió hacia su hija y rescató el disco de debajo del trasero de la pequeña.

—Esto no se toca, Sami. Es de grandes —la regañó.

—Me gustaaaaaaaaaa.

Björn tomó el disco de las manos de ella y lo miró. Reprimiendo lo que quería decir, murmuró en tono suave:

—No pasa nada.

Mel sonrió.

—Vamos. Protesta o la cabeza te explotará.

Björn, al entender por qué decía eso, exclamó:

—¡Carajo! Este disco es un clásico de Jim Morrison. —Y al ver la cara de ella, añadió—: Disculpa, pero no estoy acostumbrado a que vengan niños a mi casa.

—Se nota —asintió Mel—. Esto es el paraíso de destrucción de un niño. ¡Lo tienes todo a la mano! Si pretendes que mi hija vuelva por aquí, creo que deberías replantearte ciertas cosas, ¿no crees?

De pronto, la televisión se encendió a todo volumen. Sami tenía el control remoto en las manos y con un dedo oprimía todos los botones, cambiando de canal. Los dos corrieron hacia ella y, cuando Björn le quitó el control remoto de su carísimo televisor, la niña lo miró y preguntó:

—¿No se toca?

—No, princesa.

—Bueno... —Y se encogió de hombros.

Mel, acercándose a él, sonrió y, mirándolo, murmuró:

—Muy bien, *pínsipe*..., lo has hecho muy bien.

Pero en ese instante se oyó un golpe contra el suelo. Al mirar, vieron que se trataba de una figura y Sami dijo, levantando las manitas:

—¡Ups! Se ha *caío* solito.

Björn caminó hacia allá. Mel suspiró y sentenció:

—Hora de la muerte, las 18:30. Descanse en paz.

Al oírla, Björn quiso protestar, pero ella añadió:

—Prometo que romperemos la alcancía y te compraremos una más bonita.

Al ver la preocupación en su cara, Björn sonrió y, besándola en el cuello, respondió:

—Ni se te ocurra... No te preocupes, Sami es pequeñita.

Pero dos minutos después, cuando la *pequeñita* había dejado las huellas de sus dedos por todas partes, tirado varios discos y tocado todos los botones de su *laptop*, ya no pensaba igual e, intentando que aquel pequeño diablo de ojos azules se relajara, preguntó, olvidándose de Mel:

—¿A qué quieres jugar, Sami?

—A las *pinsesasssssssssssss* y sus caballitossssssssssssssss.

Mel soltó una carcajada. Sabía lo que su hija quería decir y, sin que ella se moviera, la pequeña fue hasta su bolso, de donde sacó dos coronitas rosa con piedrecitas brillantes y varios pequeños ponis. Una se la puso a su madre y cuando fue a ponerle la otra a Björn, éste murmuró mirando a Mel:

—¿Tengo que ponerme esto?

—Ajá... y escoger un poni. El rosa de manchitas amarillas no, que es su preferido.

Con la coronita en la mano, la niña lo miró e indicó:

—Mami es la *pinsesa Bancanieves* y tú la *pinsesa* Bella.

—¡Dirás Bello!

—Noooooooo. —Y poniéndole la corona en la cabeza, aclaró—: Tú, *pinsesa* Bella.

Mel, siguiéndole el juego, miró a Björn y preguntó:

—Princesa Bella, ¿quieres que te pintemos los labios?

Björn, totalmente perplejo, no supo qué decir y cuando Sami sonrió, esa sonrisa le llegó al corazón y finalmente musitó:

—Bueno..., pero no se lo cuenten a nadie.

Mel asintió muerta de risa y, contra todo pronóstico, Björn lució una estupenda coronita en la cabeza durante más de cuarenta y cinco minutos, se dejó pintar los labios por Sami y jugó a correr con los ponis. Finalmente, Mel, para echarle una mano, propuso:

—Sami, ¿quieres ver caricaturas?

—Síííííííííííí.

Sin dudarlo, Mel cogió el control remoto de la tele, comenzó a buscar caricaturas y cuando apareció Dora la Exploradora, la pequeña se sentó en el suelo y, como si tuviera un interruptor, se desconectó. Dejó de hablar, de correr y de exigir.

Björn, aturdido por todo lo que había ocurrido en la última hora, se sentó en el sillón y, mirando a una divertida Mel, preguntó:

—¿Por qué no le pusiste antes las caricaturas?

—Porque quería que disfrutaras de la *pequeñita*.

—Eres malvada, ¿te lo he dicho alguna vez?

Ella sonrió.

—Sí, pero nunca con coronita y los labios rojos.

Al ver la burla en sus palabras, y en especial de sus gestos, rio y le hizo cosquillas en la cintura. Cuando paró, se levantaron y caminaron hacia la cocina para dejar allí las frutas sobrantes y el chocolate. Mel tomó papel de cocina y, tras darle un cariñoso beso, le limpió los labios mientras preguntaba:

—¿Dónde has comprado este chocolate tan rico?

—En una tienda donde sólo venden *delicatessen*. Se supone que este chocolate es para calentar y jugar. —Mel sonrió y él añadió en un tono íntimo y tentador—: Lo de tu fresa queda pendiente para otro día. No veo el momento de comerte otra vez con chocolate.

Divertida, lo besó.

—¿Sabes que estás muy *sexy* con la coronita?

—Coronita... te voy a dar yo a ti —respondió Björn apretándola contra su cuerpo.

Unos besos calientes contra el mostrador de la cocina los excitó muchísimo. Se deseaban. Se necesitaban. Y sin querer, ni poder remediarlo, con un ojo puesto en la entrada de la cocina, Björn le desabrochó los pantalones, se bajó los suyos y, dándole la vuelta, murmuró:

—Odio el sexo rápido, pero creo que no tenemos otra opción.

Mel asintió. No había otra opción. Lo deseaba y, colocándose en un lugar donde la pequeña no los veía pero desde el cual ella controlaba sus movimientos, dijo:

—Hazlo....

Se agarró a al mostrador que ocultaba su cuerpo mientras Björn le sacaba una pierna del pantalón y las pantaletas. Una vez liberada, le separó las piernas, paseó su mano por la húmeda vagina y murmuró:

—Sorpréndeme. ¿Qué quieres que te haga, preciosa?

—Cógeme.

Se puso detrás de ella, sacó su duro pene del calzoncillo y, sin preliminares, le abrió la vagina y la penetró. Mel dio un respingo y jadeó.

—Chisss... no seas escandalosa, *pinsesa Bancanieves* —rio Björn.

Mel asintió y, dispuesta a que sintiera lo mismo que ella había sentido, movió las caderas y cuando lo oyó gemir, se burló.

—Chisss... *pinsesa Bella*, no levantes la voz.

Agarrándola por la cintura, Björn sonrió y, sin descanso, una y otra vez la penetró en un juego morboso e infernal que lo excitó. Mel disfrutó y se dejó mover. Ansiaba sentir lo que él le ofrecía y dejó que llevara la iniciativa, dedicándose a disfrutar hasta que llegaron al clímax.

Tras un par de minutos en los que ninguno de los dos se movió, Björn tomó papel de cocina, limpió a Mel y su erección y, dándole una cariñosa nalgada, murmuró:

—Vístete antes de que desee comenzar otra vez.

Divertida, ella obedeció y, cuando terminó, se volvió hacia él y, acercando su boca a la suya, le confesó:

—Te voy a extrañar estos días.

—¿Por qué me vas a extrañar? —preguntó sorprendido.

Sin decirle la verdad de su viaje, respondió:

—Mañana tengo que trabajar y estaré un par de días fuera.

—¿Vuelas?

—Sí.

—¿Adónde vas?

—A Escocia —respondió sin pensar.

—¿Y cuándo me lo pensabas decir?

—Pues ahora.

Björn frunció el ceño. Sus viajes cada vez lo tensaban más. Además, los escoceses tenían fama de mujeriegos. No quería perderla de vista, pero al ver que ella sonreía, sonrió a su vez y musitó:

—Quiero verte vestida de azafata. Llámame cuando regreses e iré a recogerte al aeropuerto.

Mel soltó una carcajada y, sin contestar, salió hacia el salón, donde su hija esperaba.

Aquella noche, tras hacer furtivamente el amor en la cocina, él la invitó a que se quedaran a dormir allí, pero Mel no aceptó. Al día siguiente tenía que volar.

Cuando ella se marchó con Sami y Björn se quedó solo en su casa, miró a su alrededor. El caos que reinaba en el salón era tremendo y su coche olía a vómito, pero se dirigió a la cama sonriendo.

25

El sábado, tras regresar de su viaje, cuando Mel llegó a casa de Judith, sonrió al ver el coche de Björn allí estacionado. Estaba deseando verlo. Desde su última tarde en casa de él no habían vuelto a reunirse, aunque sí habían hablado por teléfono.

Judith, al ver el auto de su amiga, salió a recibirla y, tras darle dos besos, miró a Sami y dijo:

—¿Cómo está mi princesa preferida?

—¡Biennnnnnnnnnnnnnnn! —gritó la niña.

—Ven, Sami —la llamó Flyn—. Vamos a ver unos gatitos.

La pequeña corrió tras el niño y Judith explicó:

—Nos ha parido una gata en el jardín. Eric está que trina y *Susto* y *Calamar* ya los han adoptado. Flyn está como loco con los cachorrines. Por cierto, ¿no querrás uno?

Mel sonrió y contestó:

—No, gracias. En mi casa no cabe ni un alfiler.

El embarazo de Judith ya se comenzaba a notar y Mel, tocándole la barriga, preguntó:

—¿Qué tal te encuentras?

—Fenomenal. Este embarazo está siendo tan diferente del primero que casi no lo puedo creer. En cinco meses ni vómitos ni nada por el estilo.

—Qué suerte —afirmó Mel—. Porque yo, embarazada de Sami, no paré de vomitar hasta el mismo día del parto. ¡Fue horroroso!

Ambas asintieron y Jud, caminando hacia el interior de la casa, dijo tocándose la barriga:

—Esta vez, *conguito* se está portando muy bien.

Divertidas, rieron por el nombre que había utilizado.

Al entrar en la casa, Mel no vio a la mujer que siempre la recibía con una grandísima sonrisa:

—¿Dónde está Simona? —preguntó:

—Han operado a su hermana y Norbert y ella se han ido unos días a Stuttgart para ayudarla.

Cuando entraron en el salón, Mel distinguió a Björn. Sus miradas se encontraron, pero él rápidamente disimuló. Vestido con aquellos pantalones de mezclilla de cintura baja y aquella camiseta blanca se veía más que *sexy*.

Deseó ir hacia él, su cuerpo se lo pedía, pero se contuvo. No debía hacerlo. Así pues, saludó a todos los demás y cuando llegó a él, la miró y comentó:

—Vaya..., pero si ha llegado la novia de Thor. —Y antes de que ella soltara alguna de las suyas, añadió—: Haz como si yo no existiera, bonita. Te lo agradeceré.

Mel sonrió y levantando las cejas, siseó:

—Muñequito..., qué mala vejez vas a tener.

Judith, Mel y los que estaban a su alrededor soltaron una carcajada mientras Björn negaba con la cabeza y bebía de su botella de cerveza. No pensaba responderle.

—Ven, Mel —la llamó Judith—, alejémonos de las malas vibraciones.

Mirándola con los ojos entrecerrados, Björn sonrió. Estaba preciosa con aquellos sencillos pantalones de mezclilla y una camiseta oscura. Minutos después, sonó el teléfono celular de ella. Un mensaje. Con disimulo, lo miró y rio al leer:

«Me muero por besarte.»

Judith, que se estaba percatando de todo, sonrió, aunque más lo hizo al ver a Sami arrojarse literalmente sobre Björn. La sonrisa de su amigo al besar a la pequeña le puso la carne de gallina y dijo, agarrando a Mel:

—Creo que deberías hacer las paces con Björn.

—Con ese presumido, ¿por qué?

Señalando hacia él, que reía por lo que la niña decía, le preguntó:

—¿Has visto cuánto lo quiere Sami?

Mel miró e, intentando no darle importancia, repuso:

—Es una niña y es muy libre de ser simpática con quien quiera. Pero no te preocupes, cuando crezca aprenderá a no acercarse a esa clase de idiotas.

Durante la comida, Judith sentó a Mel entre dos solteros del básquetbol: Efrén y Tyler. Eran los últimos que habían llegado al equipo y, encantados, la agasajaron en todo momento. Judith, sentada entre Björn y su marido, observó con disimulo cómo aquél intentaba estar pendiente de lo que Mel y los dos jóvenes hablaban, y tuvo que contener una carcajada al ver la cara de él cuando Tyler tomó a Sami en brazos y ésta se partió de risa.

—Qué bonita pareja hacen, ¿verdad? —comentó Judith.

Björn sabía a quién se refería, pero haciéndose el despistado, preguntó:

—¿Quiénes?

—Pues Mel y Tyler. Los dos son solteros, guapos y, por lo que veo, a Tyler le gustan los niños. Creo que sería una fantástica pareja para Mel.

Björn los miró. Una furia lo quemaba por dentro al ver a aquel hombre hablando con Mel, pero respondió:

—Si tú lo dices...

No quiso decir nada más. Se dio cuenta de que era incapaz de mostrarse alegre y dicharachero como siempre. Ver a otro disfrutando de lo que él quería disfrutar lo tensó. Eso le agobió y apenas pudo probar bocado. En un momento dado, se levantó de la mesa y fue a la cocina. Necesitaba aire o allí ardería Troya.

Abrió el refrigerador, tomó una cerveza y se la bebió. Instantes después, apareció Mel, seguida de Tyler. Björn, al verlos, frunció el ceño. Una vez dejaron lo que llevaban en las manos, Mel le dio una botella de vino a Tyler y le indicó:

—Ve llevándola. Yo en seguida voy.

Él la miró con una cautivadora sonrisa y murmuró:

—No tardes, encanto.

Cuando desapareció y se quedaron solos, Björn repitió sin acercarse a ella:

—¡¿Encanto?! —Mel sonrió y él insistió con voz ronca—: ¿La estás pasando bien, *encanto*?

—La podría pasar mejor —musitó mientras cortaba un poco de pan—. Es más, llevo un par de días pensando en devorar chocolate, ¿por qué crees que puede ser?

Sus miradas hablaron por sí solas y Björn, olvidando su enojo, desde donde estaba susurró:

—Te he extrañado mucho.

Mel apoyó la cadera en el mostrador y repuso:

—Seguro que no tanto como yo a ti.

Eso lo hizo sonreír y despejar todas las dudas que aquella incómoda comida le estaban provocando. Desesperado, dejó la botella de cerveza que tenía en las manos sobre el mostrador, caminó con decisión hacia ella y, sin importarle nada, la arrinconó.

—Björn, ¿qué haces?

—Lo que necesito.

Su boca tomó la de ella y con deleite la besó. Devoró sus labios y cuando se separó, atolondrada por aquel impetuoso beso, Mel siseó:

—Alguien nos puede ver...

Mirándola a los ojos embelesado, como nunca había admirado a una mujer, musitó:

—No soporto ver cómo ese imbécil babea sobre ti y creo que...

Pero no pudo continuar. Mel tomó sus labios con ímpetu y Björn, encantado, aceptó. Durante varios segundos, el morbo del momento los hizo olvidarse de dónde estaban. Cogiéndola en sus brazos, la sentó sobre el mostrador y cuando sus labios se separaron, él, con voz ronca, susurró:

—Esta noche. Tú y yo solos en mi casa.

—De acuerdo..., pero tendré que llevar a Sami.

Paseando sus labios por su frente, respondió.

—No hay problema, cielo. Es tan bien recibida como tú. Pero

quiero que sepas que ese Tyler me está enfureciendo. No permitas que se acerque a ti más de la cuenta, ¿entendido?

—¿Celoso?

Björn la miró. Mentir era una tontería y afirmó:

—Sí. Como nunca en mi vida. He estado a punto de sujetarlo por el pescuezo y arrancárselo.

—Björn, pero, ¿qué dices?

—Lo que oyes...

Unos pasos se escucharon y rápidamente se separaron. Mel se bajó del mostrador y se puso a cortar pan. La puerta de la cocina se abrió: eran Judith y Eric. Ella, mirándolos, preguntó:

—Pero, ¿qué hacen aquí los dos?

Björn, cogiendo la cerveza, la levantó y contestó:

—Le decía a Ironwoman que no corte tanto pan, ¡se seca!

Mel, mirándolo, suspiró.

—Y yo le decía al asno de Shrek que seco lo voy a dejar a él si no cierra esa bocota llena de dientes que tiene. Dios, ¡que hombre tan insoportable!

—Mira, guapa —protestó Björn—, aquí la que está graduada en...

—Eh... eh... eh... —gritó ella, señalándolo con el cuchillo—. ¿Qué tal si te vas y te pierdes un ratito?

Al ver el cuchillo, Eric fue hasta Mel, se lo quitó y lo dejó en el mostrador.

—Cuidado, que las armas las carga el diablo —le advirtió.

Judith sonrió. Si Eric supiera...

—Gracias, amigo —aplaudió Björn—. Y ahora, si la sacas de la cocina y la apartas de mi vista, ¡te hago la ola!

—La ola te hago yo si tú te vas, ¡tarado!

—Guau, nena... ¡qué intensidad! Si para todo eres así, ¡no quiero ni pensar!

—¡Eres un tonto!

—¡Payasa!

Eric iba a poner paz entre los dos, cuando Judith dijo:

—Dios santo, ¡esto es insoportable! Miren cómo tengo el cuello lleno de ronchas por su culpa.

Ambos la miraron y ella prosiguió:

—En mi pueblo, lo que les pasa a ustedes se llama: ¡tensión sexual no resuelta!

Mel, sin responder, puso los ojos en blanco, cogió la panera y salió de la cocina como alma que lleva el diablo. Björn, al verla, se terminó la cerveza y, antes de salir también él de la cocina, miró a su amiga y murmuró:

—Desde luego, las tonterías que hay que oír.

Eric, cada día más aturdido por ese juego, siseó muy serio:

—A partir de hoy, si invitamos a Björn, Mel no aparece y viceversa, ¿entendido, pequeña?

Judith soltó una carcajada y él preguntó:

—¿Se puede saber qué te hace tanta gracia?

Acercándose a él, le puso los brazos alrededor del cuello y le contestó al oído:

—Lo verás por ti mismo antes de que finalice el día.

Eric asintió. Intuyó lo que su mujer había descubierto y se compadeció de su amigo.

Tras la comida, todos se sentaron en el salón para conversar. Tyler estaba encantado con la presencia de Mel y se le veía en la cara. La agasajaba, la hacía reír y la seguía a todos lados, y ella lo dejaba hacer. Le excitaba ver cómo la miraba Björn.

Aquellas risitas entre los dos a éste cada vez le gustaban menos. En un par de ocasiones, cuando vio que Tyler se acercaba más de la cuenta a Mel, estuvo a punto de saltar sobre él, pero se contuvo. No debía. Eso sí, no paró de enviarle mensajes con el teléfono. Ella los leía y sonreía.

Intentaron escabullirse un par de veces para verse a solas en el baño, en la cocina, en el pasillo... pero fue imposible. Tyler no la dejaba ni a sol ni a sombra y el enojo de Björn crecía y crecía.

Sobre las seis de la tarde, los invitados comenzaron a marcharse a sus casas y al final sólo quedaron Björn, Tyler, Mel y los dueños de la casa. Estaban sentados platicando, cuando Sami entró en la cocina y pidió:

—Mami..., agua.

Antes de que nadie se pudiera mover, Tyler ya le estaba ofreciendo un vaso a la pequeña. Björn y Mel se miraron y ésta le pidió tranquilidad con los ojos. Cuando Sami salió de la cocina en busca de Flyn, Tyler dijo:

—Melanie, ¿cenamos esta noche?

—Imposible —sonrió ella—. Hoy no puedo.

Sin darse por vencido, él se le acercó más y susurró:

—Te prometo que la pasaremos bien.

Mel se apartó de él y, mirándolo, asintió.

—No lo dudo. Pero no puedo.

—¿Y mañana, encanto?

Todos la miraban y ella, al ver que Björn se levantaba, respondió:

—Esta semana me es imposible, Tyler. Lo siento.

Pero él era insistente:

—Me ha dicho Judith que te gusta la comida italiana, ¿es cierto?

—Sí.

—Pues conozco un restaurante precioso que estoy seguro de que te encantaría y a la pequeña Sami también. Vamos, bonita, dame tu teléfono y otro día te llamo. Te aseguro que te gustará y que adorarás sus postres.

El golpe que dio Björn al cerrar el refrigerador hizo que todos miraran hacia él. ¿Qué le ocurría? En ese instante, Eric decidió dar por finalizada la charla y, sin importarle lo que pensaran, dijo levantándose:

—Vamos, Tyler, tienes que marcharte, colega.

Judith, tan sorprendida como el aludido, miró a su marido y éste insistió:

—Vamos, Jud, lo acompañaremos a la puerta.

Sin entender bien qué ocurría allí, Tyler se marchó y cuando Björn y Mel se quedaron solos en la cocina, él, con semblante descompuesto, siseó:

—Si ese sujeto te vuelve a pedir el teléfono, yo...

—Pero, ¿qué te pasa? —preguntó Mel al ver la tensión en su mandíbula.

—¿Cómo que qué me pasa? ¿Acaso no lo ves? ¿Recuerdas cómo te sentiste furiosa el otro día al ver a Agneta? Pues así me siento yo ahora.

Mel lo entendió y, aunque le gustó ver esos sentimientos en él, algo en su interior le dijo que eso traería problemas. Se levantó de la silla, comprobó que no había nadie cerca y, abrazando al hombre que le estaba removiendo el corazón, murmuró:

—Recuerda, tú y yo esta noche... tu casa... tu cama... tu fresa...

Björn, excitado, asintió y, buscando su boca, la arrinconó contra el refrigerador y la besó. La devoró. Necesitaba aquel contacto. Necesitaba su sabor... Cuando se había olvidado de todo, de pronto oyó:

—Vaya, vaya, no veo que se esquiven el uno al otro.

Mel y Björn se miraron. Los habían sorprendido con las manos en la masa y, volviéndose hacia Eric y Jud, que no les quitaban los ojos de encima, no supieron qué decir, hasta que ésta se volvió hacia su marido y le habló:

—Te he dicho que antes de que terminara el día todo se aclararía. Aquí tienes esa tensión sexual... ya resuelta.

Eric soltó una carcajada. Su mujer era tremenda y, sin poder remediarlo, ante las palabras de su amiga, Björn se rio también. Desconcertada, Mel los miraba y Judith, enseñándoles la foto del teléfono celular en la que paseaban en el centro comercial, ironizó:

—¿Jugando a la familia feliz?

Björn y Mel, alucinados, miraron lo que les mostraba mientras Judith decía:

—Los vi el otro día. ¿Recuerdan cuando los llamé para invitarlos a comer? —Ambos asintieron—. Pues yo estaba en una de las tiendas de enfrente de la que estaban ustedes. Por cierto, Mel, ¿compraste muchos dulces para Sami? Y tú, Björn, ¿sigues a tope de trabajo?

Eric, sorprendido, miró la foto y se sorprendió:

—¿Y por qué no me lo habías dicho, pequeña?

—Porque se lo hubieras dicho a tu amiguito y no habría podido sorprenderlos.

Los dos hombres volvieron a reír a carcajadas. Desde luego, aquella pequeña bruja los conocía muy bien.

Divertido por su agudeza, Björn sonrió y dijo:

—De acuerdo. No más mentiras. Mel y yo estamos juntos.

Eric y Judith sonrieron a su vez y, mirando ésta a su amiga, preguntó:

—¿Y por qué lo mantienen en secreto?

Björn abrazó a Mel por la cintura y respondió feliz:

—Pregúntaselo a ella, que es la del secretismo. No hay manera de que me presente a ninguno de sus amigos.

Judith, al oír eso, miró a Mel y al ver su expresión, rápidamente entendió lo que estaba ocultando. Las dos mujeres cruzaron sus miradas y Mel negó con la cabeza. Judith asintió y dijo:

—Bueno..., pues ahora que ya lo sabemos, se acabaron las mentiras, ¿no?

Björn, sin saber nada del tema, sonreía y bromeaba con Eric. Sin embargo, Mel, agobiada, los interrumpió:

—Un momento... un momento, esto no es lo que parece.

Todos la miraron. Eric frunció el ceño, Judith dejó de sonreír y Björn, confundido, preguntó:

—¿Qué has dicho?

Mel no paraba de tocarse el pelo con gesto contrariado.

—Ellos creen que tú y yo estamos juntos —explicó—, pero no... no lo estamos. Simplemente nos hemos acostado algunas veces y eso es todo.

Judith, al ver esa reacción, iba a decir algo, pero Mel, mirándola, le espetó:

—Judith, ¡cállate!

Su amiga negó con la cabeza, inconforme con lo que ocultaba y Björn, alucinado por lo que ella había dicho, gritó:

—¿Cómo que «y eso es todo»? ¿De qué estás hablando, Mel?

Eric miró a su mujer y tomándola de la cintura, murmuró:

—Creo que aquí sobramos, pequeña. —Y mirando luego a su desconcertado amigo, le informó—: Estaremos en el salón.

Cuando se quedaron solos en la cocina, Björn preguntó:

—¿Qué ocurre, Mel? —Ella no respondió y él insistió—: ¿Qué es eso de que «simplemente nos hemos acostado algunas veces y eso es todo»? Creía que entre tú y yo había algo especial. Tú misma me has dicho que me has extrañado y...

—Y es verdad —lo interrumpió ella—. Claro que te he extrañado, pero esto va muy rápido y creo que nos podemos equivocar.

—¿Equivocar?

—¡Sí, equivocar!

—Tú me gustas, yo te gusto, ¿en qué nos estamos equivocando, me lo puedes decir?

Lo que ocultaba no la dejaba vivir en paz y finalmente contestó:

—Mira, Björn, podemos seguir viéndonos, pero sin presiones. Creo que lo más inteligente es que ambos continuemos con nuestras vidas y...

—Pero, ¿qué diablos estás diciendo?

Molesta por su tono de voz, Mel apretó los puños y siseó:

—No me grites.

—¿Cómo quieres que no te grite? Acabas de arruinar un momento precioso entre tú y yo. Acabas de estropear algo que... que... ¿No te das cuenta?

En ese instante, Sami entró corriendo en la cocina y Mel, al verla, encontró la manera de escapar. Cargó a la pequeña y dijo:

—Me tengo que ir.

Björn le cerró el paso con el brazo. No quería que se fuera. Tenían que hablar y ella, al ver su gesto enojado, le advirtió:

—Björn, tengo a Sami en brazos, ten cuidado con tu tono de voz y con lo que vas a decir.

Él la entendió a la perfección y se quitó de en medio; ella salió por la puerta y se marchó.

Minutos después, Judith entró y al ver a su amigo, susurró:

—Siento mucho si lo he estropeado todo.

Björn, totalmente confundido por lo que había ocurrido, contestó:

—Tú no has estropeado nada.

—Pero por mi culpa han discutido —insistió ella.

Él miró a su amiga, se encogió de hombros y dijo:

—Tranquila, discutir con Mel no es difícil.

26

Dos días después, cuando Björn entró en los juzgados, su semblante era serio. No había podido pegar ojo. Desde su última tarde con Mel, no había vuelto a saber de ella. La había llamado, pero no le había respondido. ¿Por qué se comportaba así?

¿Acaso no sentía lo mismo que él?

De pronto una mujer, la última de quien se lo hubiera esperado, lo había sorprendido como ninguna y no podía dejar de pensar en ella. En su boca, en sus besos, en su cuerpo, en su mirada y en su pasión cuando le hacía el amor.

Nunca se había enamorado.

Nunca había perdido la razón por nadie.

Nunca había dependido de una mujer.

Pero lo que sentía por Mel era irrefrenable. La sentía suya. Se sentía torpe al no estar con ella y la continua sensación de estar perdido no lo abandonó desde que se marchó de su lado.

Tras ganar un juicio y perder otro, decidió ir al restaurante de su padre a comer. Klaus, al verlo entrar, supo que algo le pasaba. Por norma, su hijo siempre entraba con una sonrisa y aquel día no había sido así.

Una vez se sentaron a comer juntos, le preguntó:

—¿Qué te preocupa, hijo?

—¿Por?

—No bromeas y estás más callado de lo normal, y eso es raro en ti.

Björn sonrió.

—No pasa nada, papá.

—¿Qué ocurre, hijo? —insistió su padre.

Sorprendido por su insistencia, lo miró.

—¿A qué te refieres?

—Soy viejo, pero no tonto.

Björn, negando con la cabeza, respondió:

—No pasa nada, papá. Hoy en los juzgados uno de los casos se me ha complicado más de lo que pensaba y...

—No mientas.

—¿Cómo?

—Estás mintiendo. —Y bajando la voz, le dijo—: Mira, hijo, en todos estos años sólo has perdido la sonrisa dos veces. El día que murió tu madre y cuando el juicio por lo de Grete.

Recordar lo de Grete, como siempre, lo enfureció. Le preguntó a su padre:

—¿Todavía te acuerdas de eso, papá?

Éste asintió y, acercándose a él, contestó:

—Sí, hijo. Por increíble que te parezca, los padres no olvidamos esos detalles. El sufrimiento de los hijos es nuestro propio sufrimiento.

—Papáááááá.

—Y ahora pondría la mano en el fuego y no me quemaría al pensar que tu gesto serio es por una mujer, ¿verdad?

Björn se dio por vencido y, tras asentir con resignación, murmuró:

—Sí, papá.

—Para llegarles al corazón, a las mujeres hay que hacerlas reír. Si consigues eso, muchacho, ¡es tuya! ¿Quién es? ¿La conozco?

—No, papá.

—¿Ha venido por aquí?

—No.

—¿Seguro? Mira que yo tengo buen ojo para las mujeres bonitas.

Björn, cerrando los ojos ante su insistencia, se rindió.

—Se llama Melanie.

Al mencionar su nombre, vio que había caído en el juego de su padre y, riendo, escuchó que éste decía:

—Más sabe el zorro por viejo que por zorro. Ya sabía yo que

una mujer tenía algo que ver en todo esto. Y, llamándose Melanie, ¿puede ser la española amiga de Judith?

Björn, sorprendido por su agudeza, iba a decir algo, cuando el hombre añadió:

—Ya te he dicho que tengo buen ojo para las mujeres y Melanie, con ese nombre tan maravilloso, no puede ser una mala chica.

—Su padre es estadounidense.

Klaus, al comprender, respondió:

—¿Y qué? Eso no la hace mala persona, hijo, ni a su padre tampoco.

—Pero nunca me han gustado los gringos.

El hombre cabeceó e insistió:

—Generalizas por lo que nos pasó con Grete y ese militar. Pero no debes pensar así. En el mundo hay gente buena y gente mala, sean estadounidenses, chinos o alemanes. No generalices, Björn. Te lo he dicho muchas veces. Las personas son como son, nada tiene que ver su nacionalidad.

—Mel me está volviendo loco, papá.

Klaus soltó una risotada.

—Normal, hijo. Las mujeres son así. ¡Vuelven loco a cualquiera!

Ambos sonrieron y Björn, con cariño, explicó:

—Tiene una hija. Una maravillosa niña que estoy convencido de que te encantaría. Sami es preciosa, papá. Es divertida, ocurrente. Habla a su manera, alemán, español e inglés y es...

—¿Una niña? ¿Está casada?

—No, Mel es madre soltera. Tienes que ver cómo se desvive por Sami. Cómo la cuida, cómo la mima. Nunca he conocido a nadie como ella.

El anciano sonrió. Sin duda alguna, aquella mujer había calado hondo en su hijo.

—Por lo que cuentas, entonces es una luchadora. Y sé de lo que hablo. Prácticamente los he criado solo a ti y a Josh y sé lo mucho que cuesta criar un hijo. Y si me dices que ella sola lo está haciendo, gran luchadora tiene que ser.

—Pero no sé qué es lo que quiere, papá. Tan pronto todo va de maravilla, como cambia de opinión y... y yo no sé qué hacer.

Klaus, poniéndole una mano en el hombro, preguntó:

—¿Te gusta mucho?

—Sí...

El hombre cabeceó.

—Las mujeres son así, ¡indescriptibles! Y si esa Melanie te gusta tanto como estoy viendo, creo que debes luchar por ella. No permitas que otro hombre vea lo que tú has visto y te la arrebate. Sé listo, hijo, ¡enamórala! Haz que no pueda vivir sin ti.

Björn sonrió. Su padre era un romántico...

—De acuerdo, papá. Lo intentaré —dijo levantando su jarra de cerveza para brindar con él.

Klaus sonrió y, divertido, exclamó:

—¡Así me gusta, Björn, actitud positiva!

El domingo por la mañana, Björn salió por el periódico y se sentó en una cafetería a leerlo. Ese ritual siempre le había encantado. Domingo, tranquilidad, periódico y café.

Pero en esa ocasión no estaba tan concentrado como debía, había cambiado de cafetería y, siguiendo el consejo de su padre, había decidido luchar por Mel.

Había pasado una semana y ella no lo había llamado. Dispuesto a recuperarla, se sentó frente al edificio donde vivía. Si no respondía sus llamadas, al menos no se negaría a hablar con él cuando lo tuviera delante.

Mientras miraba el portal a la espera de que la puerta se abriera, marcó su número. Como siempre, Mel no respondió y Björn blasfemó. Cuando la viera, se iba a enterar de quién era él.

Al cerrar el teléfono, éste sonó. Era Rania, una de sus amigas. Cuando iba a contestar, el portal se abrió y vio salir a Mel con su pequeña en brazos. Sin importarle Rania, cortó la llamada, salió de la cafetería y fue a su encuentro.

Mel, sin darse cuenta de que Björn se acercaba, abrió la carriola de la niña y la sentó en ella. Tras sujetarla bien para que no se cayera, se incorporó y se sobresaltó al verlo a su lado.

—Demonios, ¡qué susto me has dado!

—¿Tan feo soy? —se burló él.

—*Pínsipe* tonto —soltó Sami, señalándolo.

Björn, agachándose, le dio un beso a la pequeña en la mejilla y murmuró con cariño:

—Hola, princesa.

Mel, enternecida por el gesto, añadió:

—Además de tonto, un poco feo sí eres, la verdad.

Él, sin moverse, tocó la naricilla de la niña.

—Si me dices guapo, te doy una cosa que te va a gustar mucho.

La niña sonrió y rápidamente dijo:

—Guapo.

Björn se sacó del bolsillo un paquete, se lo entregó y, cuando ella lo abrió, gritó emocionada:

—Una *codona dosaaaaaaaaaaaaaaaaa* de *pinsesaaaaaaaaaaaa*.

El duro abogado volvió a sonreír como un tonto al ver su reacción. La madre de la criatura murmuró:

—Lo tuyo es ser un gran embaucador. ¿Le has comprado a mi hija una corona de princesa?

Pero él no estaba para muchas bromas y, enderezándose para estar a su altura, preguntó:

—¿Qué ocurre, Mel? —Y sin dejarla responder, añadió—: ¿Por qué no me has llamado?

—He estado muy ocupada.

—¿Por qué no respondes mis llamadas?

Su presencia la había sorprendido. No lo esperaba allí e, intentando encontrar las fuerzas que la abandonaban cuando lo veía, respondió:

—Porque tengo otras cosas más importantes que hacer.

Björn blasfemó; así no iban por buen camino. Mirándola, afirmó:

—Tenemos que hablar.

—No.

—Sí.

Con una expresión que a él no le gustó, Mel dijo:

—De acuerdo, ya te llamaré para ir al Sensations.

—Mel...

Su paciencia comenzaba a agotarse y, agarrándola por la cintura, le confesó:

—Te extraño.

Zafándose de él, interpuso la carriola de su hija entre los dos y respondió con el ceño fruncido:

—Björn, no te aceleres.

—¿Cómo que no me acelere?

—No me grites.

Asintió con la cabeza. Ella tenía razón. No debía perder los estribos y, desesperado, musitó:

—Escucha, cielo...

—No me llames «cielo» —lo interrumpió ella y, sacándose del bolsillo del pantalón una cajetilla, encendió un cigarrillo ante el gesto incómodo de él.

A cada segundo más sorprendido y molesto, insistió:

—Mel, me estás volviendo loco. No sé qué te pasa. Creía que me considerabas algo tuyo. Creía que te gustaba y...

—Y me gustas —afirmó—. Pero hay cosas que tú no sabes y...

—¿Qué cosas? Habla conmigo, ¡dímelas! Carajo, Mel, creo que me conoces al menos un poco y sabes que soy un tipo con el que se puede hablar. ¿Qué ocurre? ¿Qué pasa para que estés tan negativa acerca de lo nuestro?

Ella lo miró. Deseaba contarle que era militar, pero no se atrevió y, finalmente, ignorando lo que su corazón le pedía a gritos, anunció:

—Tengo que irme.

—¿Adónde vas?

—Tengo una cita.

—¿Con quién?

No obtuvo respuesta.

Se estaba arrastrando por ella, pero Mel lo valía y, como un tonto, la miró y sin querer agobiarla más, preguntó finalmente:

—¿Me llamarás cuando regreses?

—No —contestó ella, apagando el cigarrillo en el suelo.

Alucinado por su rotundidad, la miró ofuscado.

—Pero, ¿por qué?

—Porque no sé a qué hora voy a regresar. Además, mañana me voy de viaje otra vez y...

—¿Que te vas otra vez?

—Sí.

—¿Adónde?

Sin saber qué decir, Mel respondió:

—Serán varios días. Es un vuelo transoceánico y desde allí luego...

—¿Y Sami?

—Estará con mi madre —lo informó con un hilo de voz.

Durante varios segundos se miraron y, dispuesta a acabar con aquel calvario, clavó sus azulados ojos en los de él y afirmó:

—Me he dado cuenta de que no quiero profundizar en nuestra relación.

—¿Cómo?

—Ambos éramos felices con nuestras vidas. Esto se nos está yendo de las manos y uno de los dos tiene que saber pararlo. Y si ésa debo ser yo, ¡de acuerdo! Asumo el papel de policía malo.

La miró incrédulo. Deseó gritarle. Deseó discutir con ella, decirle cuánto necesitaba su compañía, pero la pequeña Sami estaba allí y no debía hacerlo. La Melanie fría e impersonal que conoció al principio lo miraba y se sintió ridículo con aquella conversación. Estaba desnudando sus sentimientos y ella parecía un témpano de hielo. De pronto, un coche pitó a su lado y oyó:

—¡Eh, preciosa!

Mel sonrió al ver a Neill y a Fraser aparecer en la *Hummer*, mientras Björn los miraba con gesto ceñudo. Reconoció al primero como el tipo de la noche del hospital y, sin poder contener su furia, preguntó:

—¿Te acuestas con ellos?

A cada segundo más ofuscada, Mel respondió, dispuesta a alejarlo de ella:

—Sí. Con los dos y con otros que no ves. Tú no eres el centro de mi vida sexual. —Y al ver la dura mirada de él, añadió—: Márchate. Tengo que irme.

Molesto. Celoso. Furioso. Engañado. Así se sintió.

Mel le había dicho que debía confiar en ella, que él era el centro de su vida y, de pronto, nada de eso era verdad. Había vivido una increíble mentira y se la había creído. Esa sensación de vacío le dolió. Ninguna mujer le había hablado ni tratado así y cuando vio que aquellos hombres se bajaban del coche, recurrió al poco orgullo que le quedaba, se dio la vuelta y se marchó sin volver la vista atrás.

Cuando Fraser y Neill llegaron al lado de Mel, vieron que el hombre se alejaba a grandes zancadas. Fraser preguntó, mirando a Sami.

—¿Cómo está mi princesa?

La pequeña aplaudió y le tendió los brazos. Él la sacó de la carriola y la sentó en la silla trasera del automóvil. Neill, al ver que Mel observaba al hombre marcharse con expresión indescifrable, preguntó:

—¿Qué ocurre?

—Nada.

—¿Ése no es Björn?

—Sí.

Conocía a la teniente e intuía que lo que tenía con él era especial. Pero también conocía aquella expresión y, mirándola, insistió:

—¿Qué has hecho, Mel?

—No sabe que soy militar, Neill. Odia a los militares estadounidenses. Y he hecho lo que tenía que haber hecho hace tiempo, quitármelo de encima. No necesito a nadie. Sami y yo estamos bien y...

—Pero, Mel...

Ella, reactivándose en segundos, lo interrumpió:

—No quiero hablar del tema.

Una vez que los cuatro se subieron al coche, se dirigieron a la casa de Neill, donde Mel intentó disfrutar junto a la familia de éste de una estupenda comida de despedida, pero ya nada era igual. Ahora Björn ocupaba su mente. Miró su teléfono mil veces. Ni un mensaje. Ni una llamada.

Cuando por la noche llegó a su casa, encendió la computadora y miró su correo. Nada de Björn y, dolida y sin poder contener el llanto, incluyó en su *iPod* las canciones de Aaron Neville y Bruno Mars que había bailado y disfrutado con Björn. Le recordaban a él. Necesitaba escucharlas para sentirlo más cerca.

¿Por qué era tan testaruda a veces? ¿Por qué le había tenido que hablar así? ¿Por qué no había sido sincera con él desde el principio?

Cerró los ojos y vio su sonrisa, sintió cómo la besaba y cómo las cuidaba a ella y a Sami. Como decía la canción de Bruno Mars, había encontrado a una persona que la agasajaba, que la divertía, que le regalaba flores... Se sintió fatal. En ese instante necesitó hablar con él. Debía contarle la verdad. Debía dejarle decidir si la quería como era o no. Se había portado como una idiota. Como una niña y Björn no se lo merecía.

Lo llamó al teléfono celular pero en esta ocasión fue él quien no le respondió. Lo intentó varias veces, pero, al entender su negativa, con el corazón ensangrentado finalmente desistió.

A Björn, que estaba cenando con una de sus amigas, al ver su número en el teléfono, se le aceleró el corazón. ¿Debía responder la llamada? Optó por no hacerlo. Si él no era el centro de su vida, ella no iba a ser el de la suya y, mirando a la pelirroja que estaba frente a él, sonrió. Tenía una estupenda noche por delante con el abejorro Maya.

27

*A*l día siguiente a primera hora, Mel abordó un avión hacia España, concretamente hacia Oviedo. Esa misma noche salía de misión durante quince días y quería dejar a la pequeña Samantha a cargo de su familia. Cuando llegó a la ciudad, sonrió al ver a su hermana. Scarlett le quitó a Sami, que iba dormida, y se abrazaron. Sin demora, sentaron a la niña dormida en el asiento trasero del coche e iniciaron la marcha.

—¿Cómo está mi hermanita preferida? —se interesó Scarlett.

—Jodida —respondió ella, encendiendo un cigarrillo.

Mientras conducía, su hermana preguntó:

—¿Vuelves a fumar?

—No... Sí... Bueno, no sé.

—¿Qué pasa?

Apagando el cigarrillo recién encendido en el cenicero del coche, replicó furiosa:

—Soy una imbécil, una idiota. Soy la peor persona que podrás conocer en tu vida. Soy...

—Bueno... bueno... bueno. —Scarlett detuvo el vehículo y, mirándola, dijo—: Una vez que me has aclarado que tengo como hermana al ser más repugnante que existe en la Tierra, ¿qué ocurre?

—He terminado con Björn.

—¿Se ha enterado de que eres militar?

—No.

—¿Entonces?

—Hemos discutido y le he dado a entender que me acuesto con otros para que no quiera saber nada más de mí. No le he contado que soy militar porque no he podido. Cada vez que lo intento, me quedo paralizada como una idiota.

—Pero, ¿qué me dices?

—Lo que oyes.

—Pero, ¿cómo has podido dejar escapar a un hombre así?

—¿Y qué querías que hiciera? Mi relación con él estaba basada en una mentira. Y no por su parte, sino por la mía. Y, por favor, no se lo digas a mamá ni a la abuela. No quiero que me atormenten a preguntas, ¿de acuerdo?

Scarlett asintió y murmuró:

—Vaya..., no sé qué decirte.

Mel, negando con la cabeza, prosiguió:

—Me he comportado como una niña malcriada, Scarlett, y lo peor de todo, se me fue la lengua y he sido una cobarde, cuando en realidad estoy totalmente enamorada de él.

—Como diría la abuela, *¡te falta un tornillo!*

—Uno no, doscientos. Soy lo peor de lo peor.

Las dos hermanas se abrazaron y Mel pidió:

—Por favor, no me hables más de él, ¿de acuerdo? Necesito centrarme o no sé lo que va a ser de mí. Estoy de pésimo humor, pobre Neill y pobre Fraser.

—¿Fraser? —repitió su hermana, intentando enfriar el tema—. Oh, Dios... qué bueno está ese hombre.

—¡Scarlett!

—Madre mía, Mel, todavía recuerdo cuando él y yo... ¡Guau, qué calores me dan al recordarlo! Pero no pudo ser y la vida continúa.

—Te diré que él me sigue preguntando por ti.

—¿En serio?

—Totalmente en serio. Y quítate esa cara de zorra. Si no están juntos es porque tú no quisiste, no por él.

—Yo no quiero la vida de mamá, Mel —la interrumpió Scarlett—. Yo quiero a alguien que esté conmigo todos los días, no alguien a quien sólo pueda ver unos días al mes. Perooooooooo que esté a dieta no quiere decir que no mire el menú de los postres, ¡y Fraser es un buen postre!

Mel sonrió. Su hermana, como siempre, la animaba y con mejor humor se dirigieron a La Isla. Al llegar a la casa de su abuela y bajar del coche, Luján gritó:

—¡Qué alegría volver a ver a mis niñas!

Tras besar con adoración a su hija, la mujer sacó del coche a la pequeña, que ya se había despertado, y, besuqueándola, preguntó:

—¿Cómo está mi muñequita?

Sami, divertida, rio y contestó:

—Yaya tonta.

—¿Me has llamado «tonta», pequeña sinvergüenza? —rio Luján al oírla.

Todas sonrieron y Mel aclaró:

—Ha aprendido a decirlo y ahora para ella todos son tontos y tontas.

La puerta de la casa se volvió a abrir y apareció Covadonga, que al ver a su nieta, preguntó:

—¿Y Blasito?

Con el corazón encogido, Mel respondió:

—Trabajando, abuela. Te manda muchos besos.

La mujer sonrió. Estaba claro que Björn le había dejado buen recuerdo y, abriendo los brazos, exclamó:

—Ay, mi *neña*, ¡ven a darle un beso a tu *güela*!

Mel corrió hacia ella y la besuqueó. Covadonga observó:

—Estás en los huesos, *neña*. Has de comer más o cualquier día no te veremos.

—Abuela, siempre estás igual —se quejó Mel.

Covadonga, mirando a las vecinas que se asomaban a la puerta para ver quién había llegado, voceó:

—*¡Qué pasa, eh!*

Ellas saludaron con otros gritos y Luján, orgullosa de su nieta, se las fue a enseñar. Covadonga las miró y, torciendo la boca, cuchicheó al ver a una de las vecinas haciendo tonterías ante la pequeña Sami:

—*A la Isa le falta un tornillo.*

—Abuelaaaaaaaaaaa, ¡no empieces! —la regañó Scarlett.

Muerta de risa, Mel abrazó a la mujer y la metió en la casa, mientras reía a carcajadas ante las burradas que ella le comenzó a contar.

Esa tarde, tras decirle adiós a su pequeña y engañarla diciéndole que iba a comprar leche, se despidió del resto de la familia y, con Scarlett, se dirigió al aeropuerto. Una vez llegaron, su hermana murmuró, abrazándola:

—No te preocupes. Ya sabes que con nosotras Sami estará bien.

—Lo sé... lo sé..., pero cada día me cuesta más trabajo separarme de ella. Me paso la vida mintiendo a las personas que más me importan. A Sami... a Björn...

Abrazándola, Scarlett la entendió. Intuyó lo que pensaba y le aconsejó:

—Cuando regreses, debes hablar con él y contarle la verdad.

Mel encendió un cigarro, le dio dos fumadas y lo apagó.

—Lo haré. Te juro que lo haré, aunque sea la última vez que me hable.

Scarlett sonrió y comentó:

—Llevas el ejército en la sangre. Pero tú, a diferencia de papá, extrañas demasiado a tu hija y eres capaz de dejarlo todo por amor, ¿verdad?

Mel asintió y su hermana dijo:

—Ve a ese viaje y, cuando regreses, busca a Björn. Habla con él e intenta explicarle lo que sientes y el porqué de tus mentiras. Si por amor eres capaz de dejar el ejército, no creo que él te vaya a despreciar.

—¿Tú crees?

—No lo sé, reina, pero por un tipo como ése, te aseguro que yo remuevo cielo y tierra.

Mel sonrió y declaró:

—Te aseguro que si por fuera es impresionante, ¡por dentro es lo lo máximo!

Ambas rieron y ella anunció:

—Tengo que embarcar. Cuida de Sami hasta que yo regrese, ¿de acuerdo?

Abrazándola de nuevo, Scarlett asintió y, sin más, la dura teniente Parker se marchó. Cuando llegó a Múnich, junto con sus dos compañeros, que la esperaban en el aeropuerto, abordó el helicóptero que los llevó hasta la base estadounidense de Ramstein, al oeste de Alemania. Desde allí, casi a medianoche despegó hacia la base aérea de Balad, cerca de Bagdad, Irak.

28

Ni el martes, ni el jueves, ni la semana siguiente, Melanie apareció en el Sensations ni lo volvió a llamar.

El humor de Björn día a día se tornó oscuro y devastador. El joven divertido que sonreía a todos, de pronto se había convertido en un ogro que sólo protestaba y siempre estaba de mal humor. Ni con el sexo disfrutaba.

Escuchar la canción *Impossible*, de James Arthur, le revolvía las entrañas. Como decía la letra, había que tomar precauciones en el amor, pero con Mel había bajado la guardia y se sentía fatal. ¿Qué le ocurría? ¿Por qué era incapaz de olvidarla? ¿Realmente estaba enamorado de ella?

Nunca había dependido de la presencia de una mujer y no entendía por qué ahora, precisamente a ella no podía quitársela de la cabeza.

Se pasaba las horas frente a la cafetería de su casa, deseando verla entrar o salir. Tenían que hablar. Tenían que solucionar lo ocurrido. Pero ni ella ni la niña entraban o salían de allí. ¿Dónde se había metido?

De pronto, Mel se había convertido en una especie de droga para él. Necesitaba saber dónde se hallaba, con quién estaba... no saber de ella lo estaba volviendo loco.

Al final, decidió ir a la única fuente de información, su amiga Judith.

—No sé dónde está, Björn.

—Pequeña —intervino su marido, sentado a la mesa de la cocina—. Si sabes dónde está, díselo.

—Que no lo séééééé —gritó molesta.

Aquellos dos la estaban sometiendo a un interrogatorio y eso la estaba molestando mucho.

—No te creo, Jud —insistió Björn, clavando sus ojos en ella—. ¿Cómo no vas a saber dónde está?

—Seguro crees que yo no tengo otras cosas que hacer que estar chismeando sobre mis amigas. Además, ¿por qué ahora tengo yo que contarte cosas, cuando tú a mí antes no me las has contado?

—¡Diablos, Jud!

Eric miró a su mujer. El semblante serio de Björn le hizo saber que su amigo no estaba para jueguitos. Finalmente, Jud le aseguró:

—Te juro que no sé dónde está. Te lo prometo.

—Carajo —protestó de nuevo Björn, tocándose el pelo.

Ella, tras cruzar una mirada con su marido, preguntó:

—Te has enamorado de Mel, ¿verdad?

—Déjate de tonterías.

El silencio dominó de nuevo en la cocina y Judith, incapaz de callarse lo que pensaba, dijo, dando un puñetazo en la mesa:

—No, guapo. Déjate de tonterías tú...

—Judith —la interrumpió él—. No me fastidies más, por favor.

Ese arranque de furia hizo que ella y su marido se miraran. Por primera vez desde que lo conocían, Björn estaba así por una mujer y, poniéndole una mano sobre el brazo, replicó:

—No pretendía hacerlo. Sólo intento hablar contigo como tú lo hiciste conmigo o con Eric, ¿o acaso lo has olvidado?

Consciente de su mal humor, Björn miró a su amiga y susurró:

—Perdona. No sé qué me pasa.

La joven, sonriendo de nuevo, levantó el mentón y, ante el gesto divertido de su marido, recordó:

—Tú fuiste a buscarme a España. Hablaste conmigo. Me escuchaste y me pediste que luchara por Eric, y me consta que a él le pediste que hiciera lo mismo si realmente me quería y no podía vivir sin mí. ¿Por qué ahora nosotros no podemos pedirte a ti lo mismo si vemos que sufres por Mel? —Björn sonrió y ella añadió—: Todavía recuerdo el día en que me dijiste eso de que a ti las mujeres te gustan guapas, tentadoras, listas, desconcertantes y, sobre todo, que te sorprendan. —Y guiñándole un ojo, agregó—: Mel te ha sorprendido, ¿verdad?

Al darse cuenta de que ella tenía razón en todo, se levantó y se acercó al ventanal, desde donde vio a Simona con los niños en el jardín.

—Carajo, Judith. No sé qué me ha pasado con ella, pero...

—Pero si no podían soportarse. Aún recuerdo el día que la molestaste porque se mensajeaba con un hombre por el teléfono celular.

Al recordarlo, Björn sonrió y respondió:

—Ese día simplemente nos divertíamos ante ti.

Boquiabierta, Judith repuso:

—¿Tú eras el tipo con el que se mensajeaba y con el que después salió? —Björn asintió y ella exclamó—: ¡Par de babosos! —Y mirando a su marido, que reía, preguntó—: ¿Tú lo sabías?

Eric, levantando las manos, rio y Judith, totalmente bloqueada porque no se lo hubiera contado y le hubiera guardado el secreto a su amigo, se lamentó:

—¡Ocultándome cosas! ¡Idiotas!

Ambos se rieron y, finalmente, Judith también lo hizo. Luego, mirando a Björn, preguntó:

—¿Cuándo comenzaron a salir?

Dispuesto a ser sincero con ellos, explicó, sentándose a la mesa de nuevo:

—La encontré una noche en el Sensations.

—¿¡En el Sensations!? —gritó Judith, atónita.

Sin más, Björn le contó todo lo acontecido, mientras la joven, alucinada, escuchaba. Él, al ver su gesto de sorpresa, asintió y, mirando a su amigo, añadió:

—Por cierto, el último día que estuvimos allí con Diana y su novia, nos vio en el reservado.

—¿Y por qué no me ha dicho nada? —gritó Judith.

—Porque le dio vergüenza —aclaró Björn.

Desconcertada, ella se llevó las manos a la cabeza y murmuró:

—Carajo... carajo... carajo... ¡No lo puedo creer!

—Pequeña, controla tus hormonas —rio Eric.

—Cariño, no me fastidies más —replicó ella, tocándose la barriga—. Estoy enojada contigo, ¡para que lo sepas!

Eric soltó una risotada y mirándola con amor dijo:

—Pequeña, ¡eres tremenda!

—Es es una bruja —se burló Björn, divertido—. En vez de ayudarme, no hace más que poner trabas para que encuentre a la otra bruja. Y, por cierto, cuando la encuentre, no sé qué le voy a hacer.

—Vamos, morenita —insistió Eric—, dile a Björn dónde está Mel. ¿No te da lástima?

Judith intuyó que debía estar fuera del país y tentada estuvo a contarle la verdad sobre la profesión de su amiga, pero le había prometido guardar el secreto y, al ver que Mel no se lo había revelado a Björn, lo abrazó y le confesó:

—Sé lo mismo que tú. Estará de viaje. ¿Dónde? No lo sé.

Björn, por su cara, supo que decía la verdad y aquella noche, cuando llegó a su casa, decidió investigar por su cuenta. Dos días después, lo que encontró no le gustó.

29

Cuando aterrizaron en Alemania a las once de la mañana, Mel estaba exhausta. Aquel viaje había sido agotador y sólo deseaba llegar a casa para meterse en la cama y dormir... dormir y dormir. Necesitaba descansar un par de días antes de ir a Asturias a recoger a su pequeña.

Mientras descargaban el avión, ella se ocupó del papeleo. No veía el momento de terminar para marcharse, sin darse cuenta de que un par de ojos azules y furiosos la observaban desde no muy lejos.

—Buenos días, teniente Parker.

Volviéndose, se encontró con James y, tras saludarse con el típico gesto militar, ella respondió:

—Comandante Lodwud.

Durante un rato, ambos hablaron sobre el papeleo y luego el hombre, al ver que no había nadie a su alrededor, preguntó:

—¿Cenas conmigo esta noche?

—No —respondió ella, mientras caminaban.

—Vamos, Mel, la pasaremos bien, como siempre.

Ella sonrió y, mirándolo, explicó:

—Me voy esta misma tarde para Múnich.

Pero el comandante no se daba por vencido y al llegar a un lateral del avión, insistió:

—Vamos, Mel..., anímate.

—Hoy no, Lodwud.

El comandante aceptó la negativa, se dio la vuelta y se marchó. Al verlo alejarse, Mel continuó con lo suyo. Abrió una pequeña compuerta del avión y, cuando se iba a agachar, unas manos la sujetaron del brazo; ella, volviéndose, se quejó:

—Lodwud, no seas pesadito, por...

Pero no pudo continuar.

Ante ella estaba Björn, no Lodwud, y por su manera de mirarla no parecía contento. Durante unos instantes se contemplaron en silencio, hasta que él, paseando sus ojos por la ropa de ella, siseó en un tono nada conciliador:

—¡¿Teniente Parker?!

Mel no supo qué responder y él añadió furioso:

—Eres una jodida militar gringa, ¿y no me lo habías dicho?

—Björn...

—¿Dijiste azafata?

—Björn...

—¿La has pasado bien riéndote de mí? Maldita mentirosa.

Estaba furioso y, sin dejarla hablar, continuó:

—Nunca imaginé que al indagar en tu vida descubriría que...

—¿Has estado chismeando en mi vida? —preguntó molesta.

—Carajo... estaba preocupado por ti. De pronto, la niña y tú desaparecieron de la faz de la Tierra, ¿qué querías que hiciera?

Su enojo...

Su tono de voz...

Su mirada ofuscada...

Entendía su furia. Su inquietud. Y sin querer hacer más preguntas, sólo abrazarlo y pedirle perdón, intentó acercarse a él, lo necesitaba, pero Björn dio un paso atrás.

—¡Ni se te ocurra acercarte a mí nunca más en tu jodida vida, *teniente*! Ahora sí que no te considero nada mío y doy yo todo el asunto por finalizado.

Sin más, se dio la vuelta y se alejó. Pero Mel no podía dejar las cosas así. Björn se había convertido en su obsesión y corrió tras él. Cuando lo alcanzó, sin importarle quién los pudiera ver, lo agarró del brazo y cuando él se paró y la miró, empezó por disculparse:

—Siento no habértelo dicho, pero...

—Pero, ¿qué? —gritó él, descontrolado—. ¿Tan difícil era decir la verdad? ¿Tan difícil era decir «Soy militar y no azafata»? ¿Tan difícil era...?

—Sí... sí era difícil —contestó ella—. Contigo sí. Me dejaste muy claro que no te gustaban los militares. En concreto, me dejaste clarísimo lo que sentías por los militares estadounidenses. ¿Cómo crees que me he sentido yo todo este tiempo? Quería contarte la verdad, pero... pero no puedo ignorar lo que soy. ¡Soy militar estadounidense!

—Ahora entiendo de dónde viene esa soberbia, ¡teniente! —Y observando a Lodwud, que los miraba, añadió—: También te acuestas con ese tipo, ¿verdad?

—Björn...

—Ni Björn ni nada —voceó descompuesto—. Te he abierto mi casa, mi vida, y... mi... ¿Y tú me lo pagas mintiéndome? ¿Te la has pasado bien..., *nena*?

Su tono despectivo y la manera como la miraba le hicieron saber a Mel que había perdido el combate. Por ello prefirió callar y no responder. Björn estaba furioso y tenía que intentar entenderlo. No enfurecerlo más. Él no se lo merecía.

Durante unos segundos se miraron a los ojos y entonces sonó el teléfono de él. Al responder, reconoció la voz y, cambiando su tono de voz por otro más apacible, contestó:

—Hola, Agneta.

Mel, sin moverse, lo oyó decir:

—Sí. La pasamos bien el otro día. —Y mirándola a ella con desprecio, agregó—: Ponte guapa esta noche. Sí... yo también tengo ganas de verte.

Esa conversación hizo que la rabia de Mel llegara a límites insospechados, de modo que, sin importarle enfurecerlo, siseó:

—Eres un idiota... un tonto... un imbécil...

—Mejor me callo lo que creo que eres tú —replicó él con indiferencia.

Con ganas de patearle el culo, Mel dio un paso atrás y, dispuesta a no dejarle ver el dolor por aquella llamada y su desprecio, lo animó antes de darse la vuelta:

—Pásala bien con tu amiguita.

—Tú también diviértete.

Al oírlo, Mel se paró. Miró a Lodwud, que los observaba, y con una sonrisa que a Björn no le gustó nada, afirmó:

—No lo dudes..., nene.

Dicho esto y sin volver a mirarlo, se dio la vuelta y caminó hacia la parte delantera del avión. Desde allí, Fraser y Neill habían sido testigos de todo y cuando ella llegó donde estaban, el primero preguntó:

—¿Ése no es el tipo que estaba con Sami y contigo en la puerta de tu casa?

Mel no respondió y con un gesto le pidió a su amigo que se callara. Después le quitó los papeles que tenía en la mano y dijo alto y claro:

—Iré a entregarle todo esto al comandante Lodwud. Neill, esta noche me quedaré aquí. Mañana a primera hora saldré para Múnich. ¿Tú qué harás?

Sorprendido por el cambio de planes, su compañero la miró.

—Haces mal. Deberías hablar con Björn. Creo que...

—¡Cállate, Neill! No te he pedido tu opinión —ordenó furiosa.

El militar, al oírla, asintió y, tomando aire, respondió:

—Yo me iré esta noche. Quiero ver a mi mujer.

Mel asintió y se alejó.

Sus amigos la miraron asombrados. Había rabia en sus ojos y ninguno dijo nada. Sólo la vieron alejarse a grandes zancadas en dirección al hangar donde estaba el despacho del comandante. Al entrar en él, oyó:

—Teniente Parker.

Al volverse se encontró con su amigo Robert, que, con el ceño fruncido, preguntó:

—¿Qué ocurre?

—Nada... No ocurre nada.

Robert, que como muchos había presenciado su discusión con un hombre, la tomó del hombro y, llevándola a un lado, insistió:

—Mel, he visto lo que ha ocurrido. Diablos, somos amigos. ¿Qué te pasa?

Desolada pero conteniendo su rabia, contestó:

—He estado saliendo con ese hombre, pero hemos terminado porque lo he engañado y...

—¿Se ha enterado de lo de Lodwud?

Asombrada porque él supiera lo de ella con el comandante, murmuró:

—¿Y tú cómo sabes lo de Lodwud?

Robert, bajando la voz para que nadie los oyera, respondió:

—No sé qué tienes con él. Lo único que sé es que los vi una vez salir de madrugada de un hotel. Lodwud no es santo de mi devoción, Mel, y no creo que sea un buen hombre para estar a tu lado. Tú necesitas otra cosa.

Ella asintió. Robert sabía menos de lo que Mel temía y él añadió:

—Tampoco sé quién era el tipo con el que discutías en la pista, sólo sé que lo vi en el boliche, en aquella fiesta en la que me besaste el cuello para ponerlo celoso, y hoy aquí. Y reconozco que sin conocerlo me cae bien. Enfrentarse a la superteniente Parker no es fácil y él lo ha hecho maravillosamente bien. ¡Me agrada ese tipo! Y ahora, cuéntame en qué lo has engañado.

—Le he ocultado que era militar.

Sin entender nada, Robert preguntó:

—¡¿Y?!

—Él odia a los militares estadounidenses por un problema que tuvo en el pasado con un jodido comandante. —Y, callándose, se retiró el pelo de la cara y finalizó—: Mira, da igual. Yo... yo no necesito a nadie, Robert. Yo...

—¿Cómo que no necesitas a nadie? Todos necesitamos a alguien.

—Ese hombre, yo creía que era... era especial. Pero él no quiere hablar conmigo. Para él soy un jodido enemigo. Un militar gringo ¿Qué quieres que haga?

—Demonios, Mel... pues convéncelo de que eres mujer antes que militar, si es que él te importa. Haz el favor de olvidarte de una vez de tu pasado y retomar tu vida. Deja de ser la superteniente Parker las veinticuatro horas del día y sé Melanie. Te aseguro, cariño, que tu vida será mejor, porque todos necesitamos que alguien especial nos quiera.

—Teniente Smith —llamó García, la copiloto de Robert.

Él, tras hacerle una seña con la mano, miró a Mel, que lo observaba, y dijo:

—Esta conversación la tendremos que continuar en otro momento, ¿de acuerdo? Pero ve pensando que esto no puede seguir así. Y si ese hombre te gusta, ¡ve por él! Tú eres Melanie Parker, mujer más valiente que conozco y que no se rinde ante nada ni ante nadie. Por lo tanto, déjate de tonterías y si ese hombre te interesa intenta hablar con él y demostrarle que eres una mujer, además de una jodida militar gringa.

Ella asintió y cuando vio marcharse a Robert, continuó su camino. Pero su furia regresó al recordar que Björn había estado con Agneta. ¿Cómo podía haber hecho algo así?

Al llegar a la puerta del comandante Lodwud, llamó y cuando éste contestó, entró. Él, al verla, inquirió:

—¿Qué desea, teniente Parker?

Olvidando lo que había hablado segundos antes con Robert Smith, cerró con llave y, tirando los papeles en la mesa, respondió:

—Quiero sexo.

Lodwud asintió y, al recordar al tipo con el que ella discutía en la pista, preguntó:

—¿Estas enojada, Mel?

—Sí.

—Te he visto discutir con un hombre. ¿Es él quien te ha puesto furiosa?

Alejando sus pensamientos sobre Björn, contestó mirando al fornido militar que la deseaba:

—Sí.

No hizo falta decir más.

El comandante, sentado en su silla, vio cómo ella se bajaba el cierre del uniforme caqui para seducirlo y, sin dudarlo, pidió:

—Siéntese sobre mí, teniente.

Mel lo hizo y cuando estuvo frente a frente con él, Lodwud metió con premura una mano en el interior del uniforme hasta llegar a su vagina y, tras abrirle los labios, introdujo un dedo y preguntó:

—¿Cómo se llama ese hombre?

—Björn.

Moviendo el dedo y profundizando en ella, el comandante susurró:

—Esto te relajará, preciosa. Piensa en Björn.

Con maestría, movió su dedo dentro de ella y la masturbó. Mel cerró los ojos y disfrutó. El militar sabía lo que la excitaba y se lo dio. La conocía. El tiempo había hecho que conocieran sus gustos y sus demandas. Con la mano que le quedaba libre, subió la camiseta verde que llevaba bajo el uniforme y, tras sacarle un pecho del sostén, se lo mordió. Le succionó el pezón hasta que ella se apretó contra él y, diciendo el nombre de Björn, suplicó que no parara.

Mordiéndose los labios, Mel se tragó sus jadeos mientras buscaba su propio placer, como siempre que estaba con Lodwud. Cuando alcanzó el clímax y mojó los dedos de él, con frialdad se levantó y se acomodó la ropa. El comandante, sin dejar de mirarla, abrió un cajón, le lanzó una llave y dijo:

—Hotel Sedan. Habitación 367.

—Allí estaré a partir de las ocho.

30

Furioso y sin ganas de festejarle los chistes a nadie, Björn estaba con Agneta en el Sensations esa noche. Cuando vio aparecer a su amiga vestida tan *sexy* como siempre, literalmente se echó sobre ella y la llevó a un reservado para disfrutar del sexo. Pero en aquella ocasión el juego se volvió contra él y allí sólo gozó Agneta.

Eso lo puso de peor humor y, convencido de que aquello tenía que cambiar, invitó a dos parejas a entrar en el reservado y, tras varios whiskies y varios actos sexuales, todo mejoró. Disfrutó de una excelente noche de sexo e intercambios de pareja. Cuando dejó a Agneta en su casa, satisfecha, condujo su coche con altanería hasta su estacionamiento. Su vida volvía a ser sólo suya.

Sin embargo, al meterse en la cama, no pudo dormir. Las palabras de Mel y su expresión cuando le dijo que ella también la pasaría bien se le habían grabado en la memoria y no podía dejar de pensar en ellas. Miró el reloj. Las cinco y veinte de la madrugada. Necesitaba hablar con alguien y decidió enviar un mensaje al único que sabía todo lo que había descubierto de ella.

Eric, que estaba despierto al recibir el mensaje, rápidamente lo llamó.

—La he visto. He visto a esa jodida mentirosa y...

—Björn..., tranquilízate —pidió Eric.

Hasta no hacía mucho tiempo, él era el que se desesperaba ante las cosas que Judith hacía e, intentando entender lo que le ocurría a su amigo, añadió:

—Escucha, Björn, la diferencia entre tú y yo es que tú tienes una gran capacidad para entender las cosas y yo no. Tu sentido del humor siempre te ha ayudado y...

—Mi sentido del humor te aseguro que en este instante ha desaparecido.

Después de un tenso silencio en el que Eric intentó comprenderlo, éste insistió:

—Siempre me has dicho que antes de sacar conclusiones he de pensarlas y creo que ahora soy yo el que te lo tengo que decir a ti. —Al oírlo resoplar, añadió—: Sí, ella te mintió. Te ocultó que era militar pero, ¿eso es lo suficientemente importante como para que des por finalizado algo que te estaba ilusionando?

—Sí.

—Björn... tú tampoco se lo has puesto fácil. Si ella te hubiera dicho lo que era, no habrías querido saber nada más. Te conozco. Te conozco hace muchos años y sé lo que piensas de ciertas cosas... Y no me digas ahora que no.

—Carajo, Eric —protestó malhumorado.

Su amigo tenía razón. Pero descubrir aquello le había dolido. Lo había destrozado.

—¿Te recuerdo lo que me dijiste cuando Judith me ocultó a mí cierta información en el pasado?

Ambos sonrieron al recordar aquello y Eric prosiguió:

—Entiendo que estés molesto. Descubrir que alguien no es sincero contigo molesta, y molesta mucho, pero valora lo que sientes por ella. Te guste o no, Melanie ha conseguido llegar hasta ti como no lo ha hecho ninguna otra mujer. ¿De verdad no la vas a perdonar?

—No.

Sorprendido por su terquedad, Eric insistió:

—Eso no es propio de ti, amigo.

—¡¿Piloto?! Carajo, me dijo que era azafata y resulta que es una jodida piloto gringa.

—Björn, tranquilízate,

—No puedo, Eric... Me ha mentido y me siento como un tonto.

—Habla con ella, quizá tenga una razón para...

—No.

—Te arrepentirás.

—Lo dudo, Eric..., lo dudo.

Éste, consciente de lo que dolía el corazón cuando uno estaba enamorado, añadió:

—Mira, Björn, yo soy y seré tu amigo el resto de tu vida, pero en temas del corazón sólo puedes decidir tú. ¿Que te ha mentido? ¡Sí! Pero piensa que si lo ha hecho es porque temía tu reacción. Ahora bien, si no quieres retomar tu relación con ella por el motivo que sea, al menos perdónala. Intenta que entre ustedes quede una amistad; al fin y al cabo, Mel es amiga de Judith y tarde o temprano se volverán a ver.

—Espero que sea más tarde que temprano —siseó molesto—. Lo último que quiero es verla.

—Mientes, amigo. Te mueres por verla, reconócelo —lo contradijo Eric—. Cuanto antes lo asumas, será mejor para ti.

Björn no contestó. Su amigo tenía razón. Deseaba verla. Deseaba besarla. Pero estaba tan enojado con ella por sus mentiras, que no quería dar su brazo a torcer. Finalmente dijo antes de colgar:

—Eric, gracias por hablar conmigo.

—Aquí estoy y estaré siempre. Ya lo sabes.

Cuando Eric colgó el teléfono y miró hacia la puerta, su mujer estaba mirándolo y no se sorprendió cuando ella anunció:

—Mañana iré a ver a Mel a su casa. Esto se tiene que aclarar como sea.

31

Cuando Mel abrió los ojos, eran las cinco y media de la mañana. A su lado, desnudo, el comandante dormía plácidamente y, tras despertarlo, ambos se marcharon de la habitación.

Mel tomó un taxi hasta el aeropuerto, donde se encaminó hacia el helicóptero que la esperaba. Una vez comprobó que todo estaba bien, despegó en dirección a Múnich.

Cuando llegó, dejó el helicóptero en el hangar de siempre y, tras tomar otro taxi, a las nueve y media de la mañana entraba en su casa. Estaba agotada.

Llamó a Asturias, habló con su madre y le dijo que ya estaba en casa para que se quedara tranquila. Más tarde, cuando hubiera dormido todo lo que necesitaba, la volvería llamar de nuevo. Una vez colgó el teléfono, se tiró en su cama sin desvestirse y se durmió.

Un ruido estridente la despertó. Mel se restregó los ojos y cuando identificó que era el timbre de su casa, se puso la almohada sobre la cabeza y decidió seguir durmiendo. Pero cuando sonó el teléfono, saltó de la cama y al ver que se trataba de Judith, respondió.

—¿Dónde estás, Mel?

—En casa, en la cama.

—Pues abre. Estoy en tu puerta, llamando.

Como una zombi se levantó y fue a abrir. La sonrisa de su amiga la llenó de alegría. Tras darle dos besos, ésta preguntó:

—¿Duermes vestida?

Mel sonrió al ver que ni siquiera se había quitado la ropa y Judith volvió a preguntar:

—¿Cuándo has llegado?

Mel miró su reloj. Vio que eran las tres de la tarde y respondió:

—Hará unas cinco horas.

Horrorizada, Judith se llevó las manos a la cara y murmuró:

—*Aisss*, cariño... creía que llevabas más tiempo durmiendo. Me voy. Descansa.

Pero Mel, una vez despierta, dijo:

—Ni se te ocurra irte. Dame diez minutos para que me bañe, ¿de acuerdo?

Ella asintió y, enseñándole unas bolsas con comida, convino:

—De acuerdo. He traído algo de comida.

Diez minutos después, cuando Mel salió ya vestida del baño, se encontró la mesa puesta y cuando se sentó junto a su amiga, exclamó:

—Dios..., estoy muerta de hambre.

—¿Dónde está Sami?

—En Asturias, con mi familia. Mañana iré a recogerla.

Judith asintió y preguntó:

—¿Te quedarás allí unos días?

—Seguramente, aunque el jueves quiero estar ya de vuelta.

Durante la comida hablaron de todo, hasta que Judith, fijándose en el cuello de Mel, dijo:

—¿Eso es un chupetón?

Ella se tocó donde le indicaba, se levantó y, al mirarse en el espejo y verse aquello, murmuró:

—Maldito comandante.

—¿Comandante? —repitió Judith tras ella.

Al sentirse descubierta, Mel explicó:

—Un amigo.

—Pero, ¿un amigo... amigo... o un amigo para temas de sexo?

Sin ganas de mentir, ella contestó:

—Un amigo con el que tengo sexo cuando a ambos se nos antoja. Bien, entiendo que pienses que es una locura y seguramente creerás que soy una degenerada, pero quiero que sepas que...

Poniéndole la mano en la boca para callarla, Judith aseveró:

—Ni estás loca ni eres una degenerada. Yo también tenía amigos así antes de casarme con Eric, por lo tanto, no tienes que justificarte.

Ambas se miraron y Judith, deseosa de comentar una cosa con ella, preguntó:

—¿Crees que yo soy una degenerada por lo que me viste haciendo en el Sensations?

La cara de Mel se contrajo y su amiga añadió:

—Sé que vas al Sensations. Sé que me viste allí y quiero que hablemos de ello.

Bloqueada por lo directa que era, Mel respondió:

—Ya te contó todo el tonto de tu amigo.

Jud sonrió.

—Creo que para ti es algo más que un amigo, ¿verdad? Y no... no es tonto.

Poniéndose rápidamente a la defensiva, Mel replicó:

—No sé qué te ha contado el hablador de James Bond, pero...

—Björn me ha contado lo que tú ya sabes. Si hay alguien juicioso en este mundo es él y más tarde hablaremos sobre ese asunto. Pero ahora quiero saber por qué no me has dicho que me viste en el club.

Incómoda con la conversación, finalmente Mel respondió:

—Me dio vergüenza.

—¿Por qué?

—Porque hablamos de sexo, Judith, y reconozco que me sorprendió encontrarlos allí. Eric y tú parecen una pareja muy consolidada y...

—Somos una pareja muy consolidada —remarcó ella—. Y nada en lo referente al sexo ocurre sin que el otro esté perfectamente convencido. —Y al ver su expresión, aclaró—: Cuando yo conocí a Eric, no practicaba este tipo de relaciones. Recuerdo que la primera vez que fui a un sitio así, me escandalicé. Pensé que las personas que hacían eso eran unas degeneradas y un sinfín más de tonterías, pero ahora, pasado el tiempo, te aseguro que no me escandalizo ni pienso así. He aprendido a diferenciar lo que es el morbo, el sexo y mi marido. El sexo fuera de mi cama es sólo sexo. Para mí es un juego entre Eric y yo, y lo afrontamos con nuestras propias normas y limitaciones.

Mel la escuchaba y Judith añadió:

—Sé que nos han educado para no hablar abiertamente de sexo. Estoy convencida de que a ti te han educado como a mí. El sexo es tabú y tocarse es malo, ¿verdad? —Mel asintió y ella prosiguió—: Yo no hablo de sexo con cualquiera, y es una pena que mi amiga Frida esté viviendo en Suiza, porque con ella me la he pasado bomba hablando de estos temas y, si tú quieres, tú y yo podemos pasarla bomba también.

—¿Me estás pidiendo que tú y yo...?

—Noooooooooo, sólo me refiero a poder hablar de ello con normalidad —rio Judith—. A mí las mujeres no me gustan. Pero sí me gusta tener una amiga cercana con la que comentar cómo la he pasado haciendo tal o cual cosa.

—Pero yo vi cómo unas mujeres jugaban contigo y tú parecías pasarla bien.

—Y la pasaba bien. —Mel se sonrojó y Judith agregó—: Diana y su novia son tremendamente morbosas y, para que me entiendas, a mí las mujeres no me gustan, pero he descubierto que me encanta ser su juguete. Me vuelve loca dejar que sus bocas, sus dedos o cualquier juguetito que incluyan en nuestro juego entre en mí. Te aseguro que a Eric le encanta también. Ver su cara cuando yo la paso bien me provoca una excitación increíble y te garantizo que nuestras relaciones sexuales, ¡son lo máximo!

Colorada como un tomate, Mel susurró:

—Te vi también con Eric y Björn.

—¿Y?

—¿No les incomoda que un amigo tan amigo como Björn juegue con ustedes?

—Ese comandante que te ha dejado el chupetón, ¿no es tu amigo?

Ella asintió e, intentando explicarle lo que quería decir, respondió:

—Lodwud es mi amigo. Pero me refiero a que Björn, Eric y tú son amigos en el día a día. ¿Entiendes lo que quiero decir?

Judith asintió.

—La primera vez que accedí a hacer algo así fue con Björn. En ese momento yo no lo conocía, pero Eric sí y tenía la máxima confianza con él. Con el tiempo, Björn se ha convertido en un buen amigo y no me da ninguna vergüenza practicar sexo con él, porque él, Eric y yo tenemos muy claro todo en nuestras vidas. Por cierto, me parece fatal que fueras sola al Sensations.

—¡Además de hablador, chismoso!

Judith soltó una carcajada y, sin querer abandonar el tema, dijo:

—Mel, espero que a partir de ahora no te dé vergüenza hablar conmigo de sexo. Es bueno compartir las experiencias y te aseguro que es como todo en esta vida: ¡el saber no estorba!

—Intentaré que esos tabús desaparezcan.

Judith asintió.

—Esos tabús, al menos entre nosotras, deben acabar. A las dos nos gusta el sexo de una manera que no todo el mundo practica, y me encantaría poder hablar de ello con normalidad contigo. Y, ojito, las mujeres no me gustan para nada, por lo que si me caliento mucho hablando contigo, cuando mucho, cuando llegue a casa, Eric tendrá una excelente sesión sexual.

Mel sonrió y Jud añadió:

—Entre cuatro paredes y con mi marido me entrego al placer. Adoro que él me posea con otros hombres y me vuelve loca ver a Eric disfrutar cuando una mujer o un hombre está entre nuestras piernas. El sexo que comparto con él y con Björn es fantástico y cuando vamos a alguna fiestecita privada, disfrutamos de todo lo que se nos pueda antojar en el momento. Te aseguro que a mí no me importa que tú estés en un reservado. Sé lo que me gusta y ya te he dicho que las mujeres no son mi fuerte, ¿lo tuyo sí?

—Juego con ellas —contestó Mel—, y me gusta que jueguen conmigo.

Judith asintió y, divertida, preguntó:

—¿Te incomoda que hablemos del tema?

Sorprendida, Mel negó con la cabeza y su amiga propuso:

—Ahora que parece que nos hemos lanzado a contarnos intimidades, háblame de qué tipo de sexo has practicado.

—Sexo en grupo —respondió Mel con tranquilidad—. Me gusta que me posean y poseerlos. Cuando tomo yo las riendas, disfruto una barbaridad.

Jud soltó una carcajada e inquirió:

—¿Sexo anal?

—Sí, y cuando vi a tu marido y a Björn hacerlo contigo, reconozco que me excité mucho. Son dos hombres impresionantes.

Jud soltó una carcajada y comentó:

—Espero que no influya en nuestra amistad que Björn comparta con nosotros algo más que amistad.

—No..., no por favor. Lo de ustedes es algo en lo que yo no me voy a meter. No se me ocurriría.

—Mel, lo que los tres compartimos es morbo, sexo y fantasías. Y mi única manera de explicarlo es diciéndote que yo de Eric quiero todo. Quiero verlo disfrutar, quiero que disfrute de mí, quiero besarlo, que me bese, que me comparta, que yo lo comparta, que me abra las piernas, que me coja y disfrute cuando otros u otras lo hacen, y de Björn sólo quiero su juego morboso. Él no es mi pareja, ni mi amor. Él busca por su cuenta su propio disfrute, pero yo de eso no me preocupo. Yo sólo me preocupo de Eric y de mí. Eric es mío y yo soy suya. Eso es lo que marca la diferencia. —Al ver cómo la joven la escuchaba, añadió—: Creo que algo de lo que he dicho lo entiendes, ¿verdad? Es más, si su relación hubiera continuado, estoy segura de que habríamos coincidido alguna vez en un reservado, ¿no crees? —Mel se excitó con tan sólo imaginarlo. Judith prosiguió—: Parece frío lo que digo, pero así lo siento, Mel. Yo amo locamente a mi marido y he aprendido a diferenciar el juego del sexo entre cuatro paredes de la vida real. Ahora bien, si no me caes bien en la vida real, te aseguro que tampoco te quiero en mi juego. Eso me pasa por ejemplo con Foski. ¡No la soporto!

Sonrieron. El sentimiento que ambas tenían por Agneta era mutuo y Mel dijo:

—Foski es insoportable. Yo tampoco podría coincidir con ella en un reservado.

Ambas se miraron. Permanecieron en silencio unos segundos y Judith, deseosa de seguir hablando sobre lo que le rondaba por la cabeza, prosiguió:

—Sé que Björn y tú han salido juntos y también sé que él ha descubierto que no eres azafata, sino militar. Y antes de que digas nada, recuerda que yo te dije que notaba que se atraían, lo que no sabía era que ya salían y, tranquila, no te voy a reprochar que no me lo dijeras, pero sí quiero saber qué es James Bond para ti y por qué ese chupetón no te lo hizo él sino otra persona.

Retirándose el pelo de la cara, Mel respondió:

—Björn vino a verme a la base. Discutimos y me despreció quedando de verse delante de mí con Agneta, tras regodearse de haberla pasado bien con ella días antes. Yo estaba furiosa, necesitaba sexo y Lodwud siempre me lo da. Y en cuanto a Björn, reconozco que me gustó mientras duró.

—¿Sólo te gustó?

Mel, cerrando los ojos, decidió no seguir mintiendo y, angustiada, musitó:

—Estoy jodida, Judith. Totalmente jodida. Lo he hecho tan mal con él que me avergüenzo hasta de pensarlo. Björn es el hombre más maravilloso que he conocido en toda mi vida y...

—Guau, chica..., verdaderamente estás jodida.

Ambas sonrieron y Judith agregó:

—Él también está jodido. Como te dije, es un tipo excelente, pero creo que tu engaño le ha hecho mucho daño.

—Lo sé.

—¿Qué tienes pensado hacer?

A Mel le vino a la mente la conversación que había mantenido con su amigo Robert Smith. Él tenía razón: debía enseñarle a Björn que además de militar era mujer y, encogiéndose de hombros, respondió:

—No lo sé. —Y encendiendo un cigarrillo, añadió—: Me gustaría hablar con él, pero no creo que me dé la oportunidad.

—Si no lo intentas, no lo sabrás. A mí me tienes para ayudarte en todo lo que necesites y creo que Björn merece que lo intentes, ¿no crees?

Por primera vez en varios días, Mel sonrió y, mirando a su amiga, asintió.

—Él lo intentó con anterioridad conmigo y yo lo rechacé; lo mínimo que puedo hacer ahora es intentarlo. Intentar enmendar mi horrible error. Él se lo merece.

32

A partir de ese instante, Mel lo intentó todo.

Lo llamó por teléfono, pero él no respondió.

Le envió mensajes al teléfono celular y al correo electrónico, pero él no respondió.

Cansada de no recibir contestación, pidió una cita en el bufete de abogados. Allí no podría rehuirla.

Vestida con un traje oscuro y tacones, fue a la casa de Björn, con la diferencia de que en esta ocasión entró por la puerta del despacho y no por la del departamento. Mientras esperaba en la sala, le temblaban las rodillas y cuando una puerta se abrió y lo vio aparecer con su impoluto traje gris oscuro, junto a otros hombres, creyó morir.

Björn la miró sorprendido, ¿qué hacía ella allí? Con diplomacia y aplomo, se despidió de los hombres a los que había atendido y cuando éstos se fueron, su secretaria se levantó y anunció:

—Señor Hoffmann, la señorita Parker tiene cita con usted.

Un ofuscado Björn miró a la joven sentada en una de las sillas y con voz controlada dijo, señalando hacia una puerta:

—Señorita Parker, por favor, pase a mi despacho.

Ella se levantó e, intentando no caerse por los nervios, caminó en la dirección que él señalaba. Una vez entró en el despacho, aquel lugar donde en alguna ocasión habían hecho el amor, vio que Björn se sentaba al otro lado de la mesa; ella también tomó asiento.

Durante unos minutos, él miró su agenda; no se había percatado de que esa cita era la de ella y, tras tacharla, cerró el libro y, mirándola, habló:

—Dígame, señorita Parker, ¿para qué requiere mis servicios?

Con la boca seca, ella lo miró.

—Björn, quiero hablar contigo.

Él levantó su mirada y, clavándola con furia en ella, siseó:

—Usted dirá, señorita Parker.

Retorciéndose las manos, Mel se sentó al borde de la silla y dijo:

—No suelo contarle a nadie cuál es mi trabajo. Cuando comencé contigo, no creí oportuno decirte que era militar y después, cuando...

—Señorita Parker —la cortó él—. Esto es un despacho de abogados. Si su problema no tiene nada que ver con lo que aquí se trata, le ruego por favor que se levante y se marche.

—Björn..., por favor —suplicó.

Se miraron a los ojos durante unos segundos, hasta que él, levantándose, masculló:

—Haga el favor de salir de mi despacho.

Desesperada por aquella frialdad, Mel se levantó también y, apoyando las manos en la costosa mesa, insistió:

—Soy una idiota, una imbécil, una descerebrada, pero, por favor, ¡escúchame! Björn, te extraño, cariño.

Sus palabras le dolían y replicó:

—No me llames cariño, porque ni soy ni quiero ser nada tuyo.

Consciente de que iba a tener que esforzarse al mil por mil, se tragó la furia que sentía por su desprecio y replicó:

—Una vez dijiste que luchabas por mí porque sabías que yo estaba receptiva. Pues bien, ahora la que va a luchar por ti soy yo, para que me perdones y me entiendas, hasta que me quede sin fuerzas y...

—Muy yanquis y peliculeras tus palabras. Pero déjalo, no luches por algo que desde ahora te digo que has perdido.

—Björn.

Dando un manotazo a la mesa y fulminándola con la mirada, masculló, intentando no gritar ni provocar un escándalo en el bufete:

—Señorita Parker, haga el favor de salir de mi despacho inmediatamente. Usted y yo nada tenemos que hablar.

Mordiéndose el labio inferior ante la impotencia que sentía, Mel se levantó y, como pudo, se marchó de allí. Cuando llegó a la calle, respiró y, acalorada, se dirigió a una cafetería que había enfrente del despacho. No pensaba desistir tan fácilmente.

Durante dos horas permaneció en aquella cafetería sin quitarle la vista de encima al edificio y, cuando vio que salían las personas que había visto trabajando allí, se tomó una nueva copa para infundirse valor para lo que quería hacer.

Al entrar en su casa, Björn se quitó el saco y lo tiró sobre el sofá. Puso música y se sirvió un whisky. La visita de Mel lo había desconcentrado y todavía era incapaz de controlar la furia que sentía. Tomó su teléfono celular y tecleó:

«Te espero en mi casa.»

Dos segundos después, cuando Agneta respondió encantada, él sonrió y se dirigió a la regadera.

Veinte minutos más tarde, cuando llevaba únicamente un pantalón negro, el timbre de su puerta sonó. Sorprendido, miró el reloj. Agneta se había adelantado e, intentando sonreír, abrió, pero la sonrisa se le congeló cuando vio a Mel delante de él. Su insistencia lo estaba comenzando a agobiar y le preguntó, apoyándose en la puerta:

—¿Qué diablos haces aquí?

Entrando en su casa sin ser invitada, ella respondió:

—Tenemos que hablar.

Björn, todavía apoyado en la puerta, la miró y preguntó:

—¿Te he invitado a entrar en mi casa?

—No, pero tras ver cómo me has tratado hoy en tu despacho, imagino que tampoco me vas a invitar a entrar en tu casa, por lo tanto, ¡me acabo de invitar sola!

Alucinado como de costumbre por las contestaciones de ella, levantó las cejas y murmuró:

—A tu estilo... como siempre.

Después de un silencio más que significativo, Mel, sin quitarle los ojos de encima, musitó:

—Björn, yo...

Dando un portazo que hizo temblar los cimientos del edificio, él le espetó con furia:

—Carajo, ¿cuándo me lo pensabas decir? Eres una jodida militar, ¿qué esperabas para decírmelo?

—Tienes razón... tienes razón.

—Claro que tengo razón —replicó malhumorado.

Tener a Mel ante él le hacía plantearse mil cosas. La deseaba. La necesitaba. La quería, pero ella lo había defraudado. Iba a hablar, pero ella, plantándose ante él, dijo:

—Soy la teniente Melanie Parker Muñiz, hija del mayor Parker.

—Lo sé..., *nena*..., pero no gracias a ti.

—Trabajo para el ejército de Estados Unidos y desde hace años piloto un *Air Force C-17 Globemaster*. Me gusta mi trabajo, me gusta el ejército y no creo que todos los gringos seamos lo que tú piensas. Creo que debes entender que gente buena y mala la hay en todos lados y si no te dije antes nada fue porque no quería que pensaras de mí que soy...

—¿Que pensara qué de ti? ¿Y ahora qué crees que pienso?

—Escucha, Björn..., además de militar soy una mujer que...

—No me cuentes idioteces... bonita —explotó él—. Me he vuelto loco por primera vez en mi vida por una mujer, ¡por ti!, y loco estaría si volviera a confiar en ti. Pero, ¿qué quieres ahora? Me engañas, te ríes de mí, me sacas de tu vida diciéndome que yo no soy especial para ti y ahora vuelves. ¿Qué quieres, Mel?

—Te quiero a ti —respondió con un hilo de voz—. Te quiero, Björn, maldita sea. Te quiero como nunca he querido a nadie y necesito que me perdones para poder estar contigo. Eres importante para mí. Eres especial. Sin ti muchas cosas han perdido sentido. Cuando te conocí, era una mujer negada para muchas cosas, pero tú me enseñaste a creer que la felicidad en pareja existe, me besaste, me animaste a bailar, me regalaste flores, enamoraste a mi hija, a mi abuela y yo... yo no me porté bien contigo, pero quiero que sepas que estoy dispuesta a pedirte disculpas todos los días hasta que me perdones. Te quiero y necesito que me quieras.

Escuchar ese «Te quiero y necesito que me quieras» era lo máximo que Björn podía escuchar. Él nunca se había atrevido a decirle esas palabras, pero allí estaba ella, diciéndoselas, mientras con ojos suplicantes le pedía una nueva oportunidad.

Tras un silencio incómodo entre los dos, la miró con una frialdad que a ella le llegó al corazón y dijo:

—Lo siento, señorita Parker, pero ya no existe nada de lo que existió. Fuiste especial para mí, pero eso se acabó. No te necesito, no te quiero y mucho menos quiero que me quieras, ¿entendido?

Mel, dolida, asintió. Se lo merecía, pero el rechazo era doloroso. Lo intentó de nuevo.

—Björn, eres muy especial para mí, créeme.

Terriblemente enojado porque la situación se le estaba yendo de las manos, gritó:

—Pues tienes una manera muy curiosa de demostrarlo. —Mel se encogió—. Me contaste que el padre de tu hija murió en Afganistán. Me dijiste que era un jodido militar gringo. ¿Por qué no me dijiste que tú también lo eras y que tu padre también lo es y me dejaste creer que eras una azafata de Air Europa, cuyo inglés era muy americano por haber trabajado en American Airlines?

—Porque...

—Ya no me interesan tus explicaciones —la interrumpió.

Desesperada al ver que era incapaz de llegar a él, Mel insistió:

—¿Qué importa la nacionalidad o la profesión que yo tenga, Björn? Yo soy yo... soy Mel, el resto no debería importarte.

—Pues me importa. ¡¿No ves que me importa?! Y tus mentiras me han hecho daño, ¿no lo ves?

Mel se calló. Veía el dolor en sus ojos. Durante unos minutos, ninguno habló, hasta que él dijo:

—¿Cómo crees que me quedé cuando, preocupándome por ti, me enteré de quién eras y a qué te dedicabas? Te aseguro que leí al menos cinco veces las cosas porque no lo podía creer. No podía creer que la mujer que me había robado el corazón, la mujer por la que estaba volviéndome loco, fuera una jodida militar, además de una mentirosa.

Ella asintió. No había jugado limpio. Bloqueada por los sentimientos contradictorios que experimentaba en ese momento, iba a responder cuando él dijo con dureza:

—La diferencia entre tu trabajo y el mío es que yo dialogo y hago tratos con personas en los juzgados y tú vas a las guerras. Allí no se dialoga, Mel, allí las personas disparan armas y se matan por infinidad de desacuerdos. ¿Ves algo por lo que me tenga que preocupar? ¿Ves el peligro en lo que haces? ¿Ves por qué no quiero saber nada de ti?

Ella cerró los ojos, negó con la cabeza y se explicó:

—Intento desvincularme cuando no estoy de misión y llevar una vida relativamente normal por Sami y por mí. Por eso vivo en Múnich y no en la base de Ramstein. —Al ver que él no contestaba, sólo la miraba con gesto duro, prosiguió—: Te acabo de decir que lo siento, que lo hice mal, que te quiero, que no puedo vivir sin ti, ¿qué más quieres?

—No quiero nada de ti, Melanie, ¿todavía no te has dado cuenta?

Su rotundidad le hizo ver la realidad: él no la quería y no pensaba darle otra oportunidad. Pero no quería perderlo y, sorprendiéndolo, preguntó:

—¿Tampoco podemos ser amigos?

Enojado, la miró. Quería gritarle, sacarla de su casa, pero su mente, su cuerpo y su corazón no lo dejaban; finalmente respondió:

—No.

—¿Por qué?

—Porque yo decido a quién quiero como amigo —aclaró con gesto duro.

Con un conflicto interno terrible, Björn echó a andar hacia la puerta, pero desesperada por hacerlo entrar en razón, Mel se le adelantó y, metiéndose entre la puerta y él, lo agarró y, jalándolo para acercarlo, lo besó.

Fue un beso duro, un beso anhelado, un beso deseado. Ambos lo disfrutaron hasta que, de pronto, sonó el timbre de la puerta y

Björn, soltándola, dio un paso atrás y le advirtió:

—No vuelvas a besarme.

—¿Por qué? Me deseas, lo acabo de notar.

Con una sonrisa que a ella no le gustó, Björn le sujetó la barbilla y, mirándole el cuello, siseó:

—Bonito chupetón. —La soltó con desprecio y añadió—: Márchate. Tengo una cita.

Sin moverse de la puerta, miró al hombre que adoraba y suplicó, intentando quemar su último cartucho:

—Si no quieres continuar con lo que teníamos porque te he defraudado como pareja, al menos intenta ser mi amigo. No te quiero perder, Björn.

Ser amigos no entraba en sus pensamientos. Necesitaba olvidarla y lo que ella pedía era una locura. Por ello, forzando una sonrisa que sabía que le dolería, respondió:

—Mira, guapa, si lo que quieres es sexo, no se me antoja tenerlo contigo, y tú solita sabes muy bien cómo conseguirlo.

Sus palabras cargadas de rabia le dolieron y más cuando abrió la puerta sin importarle que ella estuviera apoyada en ésta y lo viera decir con una espectacular sonrisa:

—Hola, Agneta. Pasa, te estaba esperando.

Mel vio entrar a la siempre sensual presentadora de la CNN, que se quedó parada mirándola. Ambas mujeres se contemplaron y Agneta, agarrando a Björn por la cintura, preguntó:

—¿Qué hace ella aquí?

Él, con gesto impasible, la besó en el cuello.

—Tranquila. Ha sido una visita inesperada. Adiós, Melanie.

Su frialdad, cómo la miraba aquella mujer y el besito íntimo que Björn le había dado en el cuello la hicieron temblar de frustración. La rabia por lo que le estaba haciendo se apoderó de su cuerpo y, saliendo por la puerta, gritó:

—Eres un idiota, ¡un grandísimo imbécil!

Una vez ella salió, Björn dio un portazo, miró a Agneta y dándole una nalgada, dijo:

—Prepárame un whisky. Voy a terminar de vestirme y en dos minutos nos vamos.

Cuando su amiga se fue al salón, Björn apoyó una mano en la puerta, mientras con la otra se retiraba el pelo de la cara e intentaba calmarse, quitarse de la cabeza a Mel y su maravilloso olor a fresas.

33

~~~

Mel se fue a Asturias a recoger a su hija. Al llegar allí, su abuela le preguntó rápidamente por Blasito y ella consiguió sonreír y explicarle que tenía que trabajar. Durante un par de días eludió hablar del tema con su madre, hasta que una tarde en la que Mel estaba en la playa con la niña, Luján bajó con su tapete, se sentó al lado y dijo:

—Muy bien, hija. Dado que no me lo cuentas, ¿qué ha ocurrido con Björn?

—*Aiss*, mamáááá. No quiero hablar de eso.

—Te ha descubierto, ¿verdad?

—Sí.

—Cuéntame qué ha ocurrido.

Desesperada, Mel se sinceró con ella. Le contó cómo él se había enterado y lo mal que se lo había tomado. Una vez acabó, dijo:

—Y eso es lo que ha ocurrido, mamá. Ya lo sabes todo.

Luján asintió y, tras acariciar el cabello de su hija, comentó:

—Es una pena que piense así. Ese hombre, además de ser guapo, era un buen partido para ti. Sólo había que ver cómo te miraba y miraba a Sami para darse uno cuenta de que eras especial para él.

—*Era*, mamá. Lo has definido maravillosamente bien. Porque lo que había entre él y yo ha desaparecido —puntualizó, tocándose el dije en forma de fresa que él le regaló.

Dos días después regresó a Múnich algo más tranquila y una mañana, tras dejar a Sami en la guardería, al pasar por una florería sonrió al ver unas preciosas rosas rojas de tallo largo. Eran como las que Björn le había enviado durante mucho tiempo y no lo pensó. Entró en el establecimiento y encargó que le llevaran una rosa en una caja.

Cuando el mensajero dejó en el bufete del señor Hoffmann la caja, su secretaria se la llevó. Björn, al ver la rosa, frunció el entrecejo y blasfemó al leer:

Una vez te dije que yo te regalaría flores. Espero que te guste.
Mel

Durante unos segundos, Björn miró la flor y, ofuscado, le ordenó a su secretaria que la devolviera a su destino. Cuando la flor llegó a la casa de Mel, sin ninguna nota, ella se quedó sin habla. ¡Qué grosero! Pero dispuesta a insistir, bajó de nuevo a la florería.

Esa misma mañana, cuando la secretaria de Björn entró con una nueva caja, en esta ocasión más ancha, éste la miró incrédulo. A diferencia de la otra vez, sonrió al ver un cactus de espinas afiladas. Tomó la tarjeta y leyó:

Esto es mejor para ti, tonto.
Y ahora, si no quieres que te llame «tonto»... ¡dímelo!
Mel

Sin poder evitarlo, tomó aquel cactus de espinas afiladas y lo colocó en una mesa lateral de su despacho. Después se sentó ante su escritorio y no pudo dejar de mirarlo durante horas.

Sin dejarse vencer por lo que sentía, Mel lo siguió intentando. Fingía encuentros casuales con él en la puerta de su casa, pero Björn ni la miraba. Se encontraban en el quiosco de periódicos los domingos, pero él sólo saludaba a Sami. Hizo todo, todo lo que pudo para que Björn hablara con ella, pero éste le daba a entender con su desprecio que parara. No quería saber nada de ella y finalmente Mel lo aceptó.

Una tarde, mientras merendaba con Judith en una cafetería, exclamó:

—¡Se acabó! No puedo más.

Su amiga, desolada por lo que ella le había contado, suspiró y dijo:

—La verdad, creía que Björn reaccionaría.

—Te juro que si sigo arrastrándome así, me hago yo misma el *harakiri*. De acuerdo, asumo que le oculté que soy militar, pero cara-aajo..., ¡ya no puedo arrastrarme más! Por lo tanto, doy el tema Björn por terminado por mucho que me duela el corazón. Si superé lo de Mike, podré superar lo de él.

—Me molesta decirlo, pero creo que tienes razón —afirmó Judith—. Yo en tu lugar ya lo habría agarrado del pescuezo y seguramente matado. Y mira que nadie es más terco que Eric. Pero ahora, tras ver a Björn, comienzo a dudarlo.

Con un movimiento mecánico, Mel se quitó el dije en forma de fresa que llevaba colgado del cuello y, mirándolo, susurró:

—Se acabó. Ahora sí que se acabó. Le haré llegar este maldito dije y después normalizaré mi vida y continuaré viviendo, ¡que no es poco!

En ese instante, sonó el teléfono de Judith.

—Hola, Marta. —Y tras un silencio, añadió—: ¡Genial! ¿El sábado? Bien...bien... Me apunto y se apunta una amiga mía. Nos vemos allí como a las diez, ¿te parece?

Cuando colgó, miró a Mel y preguntó:

—¿El sábado tienes algo que hacer?

—Nada. Estaré con Sami.

Judith, sonriendo, le guiñó un ojo y le expuso:

—El sábado, Sami se quedará con tu vecina o en mi casa. Acabo de ponerme de acuerdo con mi cuñada Marta y unos amigos para ir a bailar y tomar unas copas a un bar cubano llamado Guantanamera, ¿lo conoces?

—No.

Judith sonrió e intentó animarla:

—Ponte guapa y *sexy*, que este sábado vas a gritar «¡Azúcar!».

34

Esa noche, cuando Eric supo los planes de su mujer, de entrada se molestó. No le gustaba que fuera a aquel antro cubano.

—He dicho que no Jud, no vas a ir —insistió, sentado ante la mesa de su despacho—. Estás embarazada, por el amor de Dios. ¿Qué pretendes, beber mojitos y gritar «¡Azúcar!» con mi hermana como haces siempre?

—La verdad es que lo de los mojitos me tienta y gritar «¡Azúcar!» ni te cuento —se burló.

Eric, ofuscado, miró a la loca de su mujer y cuando iba a protestar, ella, en tono dulzón, le soltó:

—¡Ya tú sabes, mi *amol*!

Incrédulo por su poca vergüenza, iba de nuevo a protestar cuando Judith, sentándose sobre él, dijo:

—Cariño, simplemente quiero salir a divertirme con mis amigas. No pretendo ser la reina de la pista, ni beber un solo mojito. Sólo quiero pasar un rato agradable y diferente antes de que nazca Conguito.

—He dicho que no, Jud. Y no es no.

Pero ella lo tenía claro, iría le gustara a él o no y, llevándolo por donde sabía que tenía que llevarlo para conseguir lo que deseaba, le dijo, acercándose:

—Vamos a ver, cariño...

—No. No vamos a ver nada. Y no te pongas cariñosa que te conozco, morenita. Sabes que no me gusta que vayas allí y...

Pero no pudo continuar. Jud, acercando su boca a la de él, murmuró:

—Escúchame, cariño.

—No. No piens...

Besándolo con pasión, lo hizo callar y cuando se separó de su boca, añadió:

—Vayamos juntos.

—¿A ese antro? Ni loco.

Jud soltó una carcajada y, paseando su lengua por la boca de él, cuchicheó mientras se apretaba contra su cuerpo:

—Ese lugar te excita, piensa en cómo a nuestro regreso haremos el amor. Cerraremos con llave la habitación y tú y yo jugaremos y la pasaremos bien y...

—Jud...

Escuchar aquello lo tentaba. Siempre que regresaban del Guantanamera la pasaban bien reconciliándose. Era un clásico.

—Vamos, Iceman, dame ese capricho. Prometiste que cada cierto tiempo me acompañarías a mi bar preferido. Anda..., dime que sí. Estoy embarazada y no me puedes decir que no. Mira que si el niño por un antojo sale con acento cubano, ¡será culpa tuya!

Esas palabras lo hicieron sonreír y Jud, que lo conocía mejor que nadie, insistió:

—Vamos, cariño. Sabes que me gusta bailar. Es más, si quieres invita a Björn para que venga también, así estarás más acompañado. Seguro que la pasamos genial.

Incapaz de negárselo, se dio por vencido y, sonriendo, preguntó:

—¿Irá Mel? —Judith asintió y Eric, divertido, la acusó—: Pequeña, eres una enredosa ¿Qué pretendes que ocurra?

—De entrada, que se encuentren. Si nosotros no hacemos algo, esos dos nunca se reconciliarán.

—Jud... no.

—Cariño, piensa. Björn nos ayudó mucho a nosotros, ¿por qué no ayudarle ahora a él?

—Porque no sé si Mel es la chica que necesita. ¿Te parece buena contestación?

Jud soltó una carcajada y, besando a su marido, preguntó:

—¿Y por qué sabía él que yo era la persona que tú necesitabas?

—Eric no contestó y ella insistió—: ¿Quizá porque te vio confundido? ¿Quizá porque se percató de que yo era especial para ti? Vamos a ver, cariño, desde que conoces a Björn, ¿alguna vez te ha hablado de alguna mujer como te habló de Mel? ¿Alguna vez lo has visto tan afectado por alguna como lo está ahora? ¿De verdad no ves que Mel le gusta y mucho?

Eric no respondió. Simplemente se acercó a la boca de su mujer, le chupó el labio superior, después el inferior y, tras darle un mordisquito, murmuró:

—Morenita..., eres una bruja.

Divertida, ella asintió.

—Y a ti te gusta que lo sea, ¿verdad?

—Me encanta...

Eric la besó con el morbo que siempre había entre ellos y cuando sus labios se separaron, preguntó:

—¿Y si Björn no reacciona bien al verla?

Jud, deseosa de seguir saboreando sus labios, lo regañó:

—Iceman, ahora olvídate de todo y céntrate en mí.

35

El sábado, tras dejar a Sami con la vecina, Mel llegó al bar donde había acordado reunirse con su amiga y se sorprendió al ver a Eric allí. Después de saludarla, Jud le presentó a sus amigos y, divertida, vio cómo instantes después Mel ya estaba bailando con Reinaldo.

Cuando Björn llegó, Jud sonrió, pero el gesto se le torció al ver a su lado a Agneta y, acercándose a su marido, preguntó:

—¿Qué hace Foski aquí?

Reprimiendo una sonrisa, Eric acercó su boca a su oreja y respondió con su acentazo alemán:

—¡Ya tú sabes, mi *amol*!

Se quedó boquiabierta al oírle decir eso y Eric, soltando una carcajada, explicó:

—Cariño, cuando le propuse que viniera, no le pude decir que viniera solo. Lo conozco y rápidamente hubiera sospechado.

—Carajo —murmuró Jud, molesta.

Miró hacia la pista donde Mel seguía bailando con Reinaldo y cuando Björn y su acompañante se acercaron a ellos, Judith los saludó con una forzada sonrisa. Pidieron unos mojitos y cuando los estaban bebiendo, llegó Mel, divertida, junto a Marta, y dijo sin percatarse de los recién llegados:

—Madre mía, Judith, qué bien baila Reinaldo.

—Es grandioso —convino ella.

—Pues espera a bailar con Máximo —comentó Marta—. Entre lo bueno que está y lo bien que baila, te aseguro que no te dejará indiferente.

—¿Quieren algo de beber? —preguntó Eric.

—Hombre, Björn —gritó Marta—, no te había visto. ¿Cuándo llegaste, guapetón?

A Mel se le puso la carne de gallina. ¿Björn? ¿Dónde estaba? Y mirando a su derecha, lo vio tras Eric. Sonriendo a pesar de la confusión que sentía, movió la cabeza a modo de saludo.

A Agneta, al verla allí, le afecto muchísimo. Aquella mujer había sido la que había separado a Björn de ella en los últimos meses y, agarrándolo del brazo, marcó su territorio.

Ese gesto no pasó desapercibido para nadie y menos para Mel, que, indiferente, pidió al mesero una bebida:

—Un *Bacardi* con *Coca-Cola*.

Durante un buen rato, todos hablaron. Mel y Björn no se dirigieron la palabra, pero sus miradas cargadas de reproches se encontraron en varias ocasiones. Judith, al verlo, intentó mediar entre ellos.

—Björn, no he visto que saludaras a Mel.

—Tengo ojos, no soy idiota —repuso él.

Mel, al oírlo, con toda la mala intención del mundo lo miró y dijo:

—De eso, *muñeco*, no estoy muy segura.

Sorprendido de que ella volviera al juego de antes, iba a contestar, pero Mel fue más rápida y se marchó a bailar con Reinaldo.

No pensaba aguantar un segundo más los gestos que la rubia idiota que colgaba del brazo de Björn le hacía a éste.

Jud, que se había percatado de todo, cuando vio que Agneta se marchaba al baño, se acercó a su amigo y cuchicheó:

—Eres tonto.

—Gracias, Jud. ¡Tus piropos me encantan!

—Pero, ¿no ves que Mel está aquí?

Con gesto incómodo, él la miró y respondió:

—Por mí, como si no estuviera.

Irritada por su indiferencia, insistió:

—Mel vale mil veces más que Foski, ¿no te das cuenta?

Él sonrió con amargura y, sin ganas de entrar en el tema, objetó:

—Agneta me da todo lo que quiero y no miente. Con eso me basta.

—¡Sexo!... bien —replicó Judith—. Pero te conozco y sé que no la estás pasando bien. Mel te gusta y ella te puede dar sexo y amor. No seas necio.

La palabra «amor» le cayó como un baño de agua fría y, apretando los dientes, clavó una furiosa mirada en Jud y siseó:

—¿Qué tal si no te metes donde no te llaman, queridísima Judith, y por una vez en la vida, ¡puedes olvidarte de que existo!?

Esa contestación y cómo la miró dolieron a Jud. Nunca, en todo el tiempo que se conocían, le había hablado así y, mirando a su cuñada Marta, que conversaba con Eric, dijo:

—Marta, acaba de llegar Máximo.

—¿Dónde está Don Torso Perfecto?

—Allí —respondió Jud, señalando.

Máximo, un argentino guapo y galante hasta rabiar, saludaba a unas chicas de la entrada cuando Marta informó:

—Ha terminado con Anita y se siente muy solo. Ayer estuvo en casa con Arthur y conmigo.

Eric miró a su mujer y ésta, haciéndolo reír, respondió:

—Pero, ¿qué me dices? —Y levantando la voz para que Björn la oyera, propuso—: Presentémosle a Mel. Seguro que se caen muy bien.

Las dos mujeres se marcharon. Eric miró a su amigo y, con complicidad, preguntó:

—¿Otra copa?

Björn asintió y cuando el mesero dejó ante ellos la bebida, Eric carraspeó.

—Hablando de mi mujer. ¿Eres consciente de lo que acabas de hacer esta noche?

Al ver que Björn no se había percatado, aclaró:

—Jud está muy, pero muy molesta contigo con tu contestación. Ya sabes, ¡las hormonas! La conozco y esto traerá consecuencias.

—Carajo —murmuró Björn.

—Y la primera consecuencia —continuó Eric— es Don Torso Perfecto.

—¿Quién?

—Máximo, el caprichito de las nenas, ¿no lo conoces?

Furioso porque hubiera otro caprichito que no fuera él, se interesó:

—¿Y ése quién es?

Siguiendo la dirección de su mirada, Björn se tensó al ver a Mel dándole dos besos a un galán con estilo. Se percató de cómo sonreía él ante la presencia de la joven y le molestó cómo rápidamente la agarró de la cintura y la invitó a bailar.

Eric, divertido por cómo se le abrían las aletas de la nariz, se acercó a él y le informó:

—Ése es Máximo. Y por lo que sé de él, ¡las vuelve locas!

El resto de la noche fue una auténtica tortura para Björn. Mel parecía haber encontrado al hombre que le seguía el juego y no paró de bailar y reír con él.

La vio moverse con él, gritar «¡Azúcar!» con las locas de Judith y Marta y fue testigo de cómo el alcohol comenzaba a hacer mella en ella y en su sensual forma de bailar. Eric, que observaba en silencio todo lo que ocurría, al ver cómo su buen amigo tensaba la mandíbula, murmuró:

—Cuando tú quieras, damos la noche por finalizada.

Björn negó con la cabeza e intentó sonreírle a Agneta. Ésta bailaba insinuándosele, pero no tenía ni de lejos la sensualidad que desprendía Mel.

La música cambió y el *disc-jockey* comenzó a poner a los Orishas, un grupo cubano que por allí gustaba mucho. Cuando sonó la canción *Cuba*, todo el mundo bailó y cantó y cuando ésta acabó, las chicas se acercaron hasta donde estaba el resto del grupo y pidieron algo de beber. Mel tomó uno de los mojitos y, tras darle un trago que le supo a gloria, oyó decir detrás de ella:

—¿No crees que estás bebiendo demasiado?

Sorprendida, se volvió y, al ver a Björn, levantó las cejas. Mirando a un lado y a otro, preguntó:

—¿Es a mí a quien hablas?

—Sí.

Alucinada sonrió y murmuró:

—Eres un tonto.

A Björn le molestó oír esa palabra. Ella sabía que no le gustaba que lo llamara así e, intentando llamar su atención, dijo:

—Ayer me llegó por mensajero tu dije.

Mel asintió y, tras beber otro trago, replicó:

—No es mi dije, es tu dije. Digamos que yo te he devuelto tu fresa con el mismo desprecio con que tú me has devuelto a mí la mía. Ahora estamos en paz, ¿no crees?

Molesto, no respondió y Mel, encogiéndose de hombros, soltó una risotada y siseó:

—Que no te quite nada el sueño, tonto... ya comprendí que no te importo. Por lo tanto, tranquilo, lo superaré. Nadie es indispensable en esta jodida vida.

Bebió otro trago y un golpe de una joven al pasar por su lado la hizo dar un traspié. Björn la sujetó antes de que cayera al suelo.

Al notar sus manos en su cintura desnuda, sintió que el vello se le ponía de punta y cuando él la soltó, sólo pudo murmurar:

—¡Azúcar!

Björn no contestó. El olor a fresas que desprendía se le había metido en las fosas nasales y, dándose la vuelta, decidió alejarse cuando oyó decir:

—Si vuelves a tocarlo, vas a tener un problema.

Sorprendido al escuchar la vocecita de Agneta, se volvió y vio que Mel le advertía:

—Si no me sueltas el brazo, el dentista se va a volver millonario contigo.

—Agneta, ¿qué haces?—preguntó Björn.

Mel, con una torcida sonrisa, lo miró y le aconsejó:

—Controla a Foski o esta noche sale sin dientes del bar ¡Oh... sí!

Dicho esto, se alejó. Continuó bailando y disfrutando de la noche mientras ellos dos discutían.

Una hora más tarde, Mel entró en el baño para refrescarse e instantes después la idiota de Agneta, con ganas de pleito, entró también y gritó:

—¿Quién te has creído que eres?

Mel la miró de arriba abajo y, sin moverse del sitio, respondió:

—De momento, la teniente Melanie Parker, y como no saques tu culito de perra en celo ahora mismo de aquí, me voy a enojar. Y yo cuando me enojo, soy muy... muy mala.

—¿Me estás amenazando?

Mel se miró en el espejo y con una soberbia propia de ella, asintió:

—Sí. Definitivamente, sí. Creo que te voy a jalar los pelos, te voy a arrastrar por el suelo y...

Asustada, la otra se marchó despavorida y Mel soltó una carcajada. Se estaba mojando el pelo cuando la puerta se abrió de nuevo, dejando paso a un furioso Björn.

—James Bond... éste es el baño de mujeres y si vienes a buscar a Foski, me complace decirte que acaba de salir de aquí hace apenas unos segundos.

Sin contestar, él la agarró del brazo y, arrinconándola contra la pared, preguntó:

—¿Qué le has hecho a Agneta?

—¿Yoooooooooooo?

—Dice que la has agredido.

Mel sonrió y, consciente de su cercanía, contestó:

—Te aseguro que si yo a ésa la agredo, no le dejo ni la lengua para contártelo.

Björn, molesto al ver que Agneta le había mentido, le advirtió:

—Aléjate de ella y de mí. Tú y yo no tenemos nada que hacer juntos.

Mel, sin querer contener sus impulsos, lo detuvo, se acercó a él y, poniéndose de puntillas, lo contradijo:

—Oh, sí, nene... Hay un par de cosas que podemos hacer.

Bloqueado, Björn vio cómo acercaba su boca a la suya para besarlo. Reclamó sus labios como sólo ella sabía y él respondió. Sin hablar. Sin apenas mirarse, la tomó entre sus brazos y la apretó contra él. El morbo se hizo presente. Durante varios minutos, mientras la gente seguía divirtiéndose afuera, ellos dos se besaron con auténtica pasión. Sin delicadeza, Mel posó su mano sobre su entrepierna y susurró:

—Vamos, *muñeco*..., dame eso que quiero y tú deseas.

Björn comenzó a perder la razón. ¿Qué estaba haciendo? Su cuerpo parecía moverse solo y al sentir la lengua de ella en su boca, se apretó contra Mel justo en el momento en que la puerta del baño se abría. Eso lo hizo regresar a la realidad.

Como si le quemara los labios, la soltó, la miró y siseó antes de salir:

—No bebas más o terminarás muy mal.

Cuando él se marchó y entró la mujer que había abierto la puerta, Mel respiraba con dificultad. Ansiaba aquellos labios, aquellas grandes manos que le habían recorrido el cuerpo. Lo necesitaba. Pero volviendo a la realidad, como Björn había hecho segundos antes, abrió la puerta y salió a la sala para divertirse.

Máximo, disfrutando de la locura y frescura de la joven, al verla aparecer la agarró para beber una copa con ella. El *disc-jockey* puso de nuevo a los Orishas. Al oír la canción *Nací Orishas*, Máximo agarró las caderas de Mel y salieron a bailar a la pista mientras cantaban...

> *Yo nací Orishas en el underground.*
> *Oye si de Cayo Hueso si tu bare.*
> *Yo nací Orishas en el underground...*

Björn, desde la barra, los observó. No podía apartar la vista de ellos. Mel se contoneaba ante aquel joven, mientras él se arrimaba a ella paseando las manos por su cuerpo. Era algo que no quería ver, pero no podía dejar de mirar. Contemplar cómo el tatuaje de su espalda se movía y aquel imbécil lo tocaba lo estaba poniendo enfermo.

Cuando acabó la canción, comenzó otra y ellos continuaron bailando tan felices. El enojo de Björn fue en aumento. Mel, por su parte, no se volvió a acercar al grupo donde estaban él y su acompañante. Se negaba a verlos.

De madrugada, cuando Eric y Björn hablaron de marcharse, Jud asintió. Estaba cansada y, acercándose a su amiga, se despidió de ella. Björn, al ver que todos se iban excepto Mel, al salir se paró junto a Jud y le preguntó:

—¿Mel se queda?

—Ajá...

—Pero todos nos vamos...

Sin sorprenderse mucho, Jud miró a su amigo y respondió:

—Se queda en muy buena compañía, imbécil. —Y al intuir que él iba a decir algo más, añadió molesta—: Queridísimo Björn, ¿qué tal si te largas con Fosky a darle su alfalfa, dejas a Mel tranquila y no te metes donde no te llaman?

Dicho esto, Judith se agarró al brazo de su cuñada y Eric, acercándose a su amigo, cuchicheó:

—Te lo he dicho..., ahí tienes otra consecuencia.

36

Pasó un mes y Mel y Björn no volvieron a saber nada el uno del otro. Daban su relación por finalizada, aunque eran incapaces de olvidarse.

Las fiestas de fin de año llegaron y Jud se empeñó en poner su tradicional árbol rojo de Navidad. Mel acudió a la llamada de su amiga para ayudarla. Entre las dos, Flyn y los pequeños, adornaron el árbol mientras reían por las cosas que aquellos adornos hacían.

—Como dice mi hermana —rio Judith—, ¡me fascinan!

—¿Cuándo vienen la tía Raquel y Luz? —preguntó Flyn.

Judith, al pensar en su familia, sonrió y, encantada, contestó:

—Dentro de cuatro días estarán todos aquí y celebraremos una estupenda Navidad. Por cierto, Mel, ¿cuándo te vas a Asturias?

—Pasado mañana.

—Oh, qué lástima. No vas a ver a mi familia —se quejó Judith.

Mel se encogió de hombros y con una candorosa sonrisa se lamentó:

—Me temo que no. Tengo un permiso de doce días y quiero aprovecharlo al máximo en Asturias. —Y mirando a su pequeña, dijo—: Sami, no le quites el coche a Eric.

Judith asintió. El pequeño Eric era igual a su padre, excepto en su carácter, risueño y alegre como el de su madre. Ver a Eric y a Sami juntos era precioso. Ambos tan rubios, tan blanquitos de piel y con aquellos ojos azules estaban para comérselos.

Con una barriga descomunal, Judith se levantó. Se agachó para recoger un juguete de su hijo y de pronto murmuró:

—Ay, Dios..., noooooooooooooooooooo.

—¿Qué ocurre?

Flyn la miró y rápidamente dijo:

—¿Te estás haciendo pipí, mamá?

Blanca como la cera, ella negó con la cabeza y, mirando a Mel, pidió:

—Ve a avisar a Eric al despacho. ¡Se me acaba de romper la fuente!

Cuando Mel llegó, abrió las puertas sin llamar y, acelerada, gritó:

—¡Eric, tenemos que llevar a Judith al hospital! ¡Ya!

A partir de ese momento, todo se volvió un caos. Simona, Norbert y el pequeño Flyn se quedaron en casa con los niños y Mel acompañó a Judith y Eric en el coche. Éste conducía como un loco por Múnich, hasta que su esposa gritó:

—Si sigues así..., nos matamos.

—Pequeña, ¿estás bien? —preguntó él, angustiado.

—Sí, tranquilo. Sólo se me ha roto la fuente, no es necesario que te pases todos los semáforos en rojo.

Mel sonrió. Un nuevo bebé llegaba al mundo y eso siempre era un motivo de felicidad; intentando relajar a su amiga, que se retorcía las manos, comentó:

—Desde luego, avísame cada vez que necesites mi ayuda cuando vayas a parir.

Judith sonrió, pero preocupada por cómo Eric iba con el coche, gritó:

—Eric, si vuelves a pasarte otro alto, te juro que me bajo del coche y conduzco yo.

Él, muerto de preocupación, asintió y a partir de ese instante procuró calmarse. Al llegar al hospital, ya los esperaba una enfermera con una silla de ruedas y cuando Judith bajó del vehículo, murmuró, mirando a su marido:

—Cariño... la epidural. Que me pongan litros y litros de epidural.

—Por supuesto, pequeña... —la tranquilizó él retirándole la mano del cuello para que no se lo frotara, o sus ronchas empeorarían—. En cuanto te vea la doctora se lo recordamos.

Cuando ésta los vio aparecer, rápidamente los atendió y, para sorpresa de todos, tras el examen les dijo que tenían que hacerle una cesárea de urgencia. El bebé traía un par de vueltas del cordón umbilical en el cuello.

Eric, al ver el susto en la cara de su mujer, exigió estar presente, pero la obstetra se negó. En un parto de riesgo como aquél, el padre sólo era un estorbo. Al final, únicamente Judith pudo convencerlo y, tras darle un beso en los labios, se quedó junto con Mel en la salita a la espera de noticias.

—Tranquilo, todo saldrá bien. No te preocupes —intentó animarlo Mel.

Eric asintió. No estar con Jud en un momento así lo había desconcertado completamente y, mirándola, le apretó la mano.

—Lo sé. Jud no permitirá que nada salga mal.

Esperaron sin decir nada más. Eric no estaba muy comunicativo y Mel decidió respetar su silencio. Cuando apareció Björn, media hora después, todavía no habían salido a decirles nada. Simona le había avisado.

—¿Cómo va todo?

Eric no respondió. Tenía tal agobio que era incapaz de articular más de dos palabras seguidas. Björn, sin entender nada, miró a Mel en busca de una contestación y ésta dijo:

—Están haciéndole una cesárea de urgencia. El bebé tiene enrollado el cordón umbilical en el cuello, pero le decía a Eric que todo va a salir bien.

Björn miró a su amigo, que tenía la vista fija en el suelo e, intentando ser positivo como Mel, afirmó:

—Por supuesto que va a salir todo bien.

El tiempo pasaba. Nadie decía nada y Eric comenzaba a desesperarse, hasta que, de pronto, la puerta del quirófano se abrió y la doctora, con un bebé en los brazos, se acercó a Eric.

—Enhorabuena, papá. Tienes una niña preciosa.

Aquel rubio alemán miró a su pequeña, pero con un hilo de voz preguntó:

—¿Cómo está mi mujer?

La mujer sonrió y, entregándole a la bebé, respondió:

—Está perfecta y deseando verte. Vamos, sígueme, te llevo con ella.

La sonrisa de Eric se ensanchó: Jud estaba bien.

Encantado, contempló a su hija. Ahora sí podía respirar y sonreír y, mirando a su buen amigo, que estaba junto a él, dijo:

—Colega, aquí tengo a mi otra morenita.

Se abrazaron emocionados mientras Mel los observaba con una sonrisa en los labios. Qué amistad tan maravillosa la de aquellos dos gigantes. Después, Eric la abrazó a ella y rieron al ver lo mucho que aquella pequeñita se parecía a Judith.

Cuando Eric desapareció con la doctora y la bebé por las puertas del quirófano, Björn y Mel se miraron y sonrieron. Sin tocarse ni abrazarse ni dirigirse la palabra, ambos caminaron hacia el exterior del hospital. Al llegar al coche de Björn, éste se ofreció:

—Si quieres, te puedo llevar a tu casa.

Alegre por la felicidad de su amiga, pero triste por lo que aquel momento le había hecho recordar, Mel lo miró e, intentando sonreír, contestó:

—No gracias. Iré por mi cuenta.

Björn asintió y cuando ella se alejaba, la llamó. Mel se volvió a mirarlo.

—Siento todo lo que ha ocurrido entre nosotros.

Ella, encogiéndose de hombros, tragó el nudo de emociones que tenía en la garganta y respondió:

—Yo también lo siento.

Björn, confuso y sin saber qué hacer, finalmente le tendió la mano y preguntó:

—¿Amigos?

—¿A pesar de que sea militar?

Él sonrió y Mel, tomándole la mano, se la estrechó con fuerza y asintió.

—Amigos.

Dicho esto, se dio la vuelta y continuó andando, mientras las lágrimas le resbalaban por la cara. No quería que Björn la viera llorando.

37

Pasaron las fiestas navideñas y todo volvió a la normalidad. La pequeña Hannah era una muñequita morena, Judith estaba totalmente repuesta y Eric, como siempre, era el hombre más feliz del universo.

Cuando Mel regresó de Asturias, traía muchas novedades que contar y lo primero que hizo fue ir a ver a su amiga. Emocionadas, ambas miraban a la pequeñina cuando llegaron Eric y Björn. Sami, al verlo, corrió hacia él y arrojándose a sus brazos gritó:

—*Pínsipeeeeeeeeeeee.*

Encantado como siempre que veía a la pequeña, Björn la tomó en brazos y la estrechó contra él. Aquella Navidad había sido muy diferente. Había extrañado a Sami y a su madre más de lo que hubiera podido imaginar, pero dispuesto a no enredar más las cosas y dejarlas como estaban, no dijo nada. Se limitó a actuar ante sus amigos y a sufrir cuando llegaba a su hogar.

Mel, al ver cómo abrazaba a Sami, se levantó sonriendo y lo saludó con cordialidad. Tras decirles cientos de monadas a los niños, los dos hombres se retiraron al despacho y Judith preguntó:

—¿Cómo vas con lo de Björn?

—Bien. Como dice mi abuela, el tiempo todo lo cura.

—Mi padre usa también eso de que el tiempo pone a cada uno en su lugar.

Mel sonrió y, colocándole la coronita en la cabeza a Sami, dijo:

—Tengo algo que contarte.

—No me asustes, Mel, que tu expresión no me da buenas vibraciones.

Ella sonrió y, tras respirar hondo, explicó:

—Voy a trasladarme a la base Fort Worth.

—¿Y eso dónde está?

—En Texas.

La cara de Judith se contrajo al oírla y comenzó a llorar. Mel, al verla, se sentó a su lado e, intentando consolarla, murmuró:

—Por favor..., por favor..., no llores.

—¿Cómo no voy a llorar si todas las amigas que tengo aquí se van? Primero Frida a Suiza y ahora tú quieres irte a Texas.

Mel sonrió. Que Judith le tuviera tanto cariño le encantaba y, abrazándola, intentó consolarla:

—Piensa que si me voy, tendrás casa allí también. Podrás venir siempre que quieras y te aseguro que será mucho más bonita y grande que la de aquí.

—¿Y por qué te vas? ¿Es por Björn?

Éste era una parte importante de su decisión. Poner tierra entre ambos era lo más recomendable, pero quitándole importancia, respondió:

—No, él no tiene nada que ver.

—¿Seguro?

—Segurísimo.

—Entonces, ¿por qué te vas a trasladar?

—Sinceramente, Judith, quedarme en Alemania ahora se me complica.

—¿Por qué?

Sentada junto a ella, explicó:

—Scarlett regresa a casa y mis padres, por muy increíble que parezca, han decidido darse otra oportunidad. De hecho, ahora mismo están las dos en Texas, arreglando sus traslados.

—Eso es magnífico.

—Lo sé —asintió Mel, mirando a su hija.

—Pero no entiendo qué tienes que ver tú en todo eso.

—Si mi hermana y mi madre regresan a Texas, cuando yo tenga viajes largos no podrán quedarse con Sami. Mi abuela es muy anciana para ocuparse de una niña y...

—Pero la puedes dejar aquí. Sabes que Eric y yo la cuidaremos bien mientras tú estés de viaje.

—Lo sé, cielo. Claro que sé que la cuidarían bien, sólo tengo que ver el cariño que nos dan a ella o a mí cuando estamos con ustedes, pero Sami necesita tener su propia familia y la mía es lo que tiene. Si yo viajo, lo normal es que Sami esté con ellos. No debo ser egoísta y sí pensar en mi pequeña. Ella necesita una familia y, la suya estará en Fort Worth. Aquí sólo me tiene a mí y, si me pasa algo, necesitará estar cerca de sus parientes. Lo entiendes, ¿verdad?

Judith asintió, ¡claro que lo entendía! Se fundieron en un abrazo y a ambas se les saltaron las lágrimas. La puerta de la cocina se abrió y Björn, que entraba por unas cervezas, las miró extrañado y preguntó:

—Pero, ¿qué les ocurre a las dos Superwomen?

Judith lo miró con pena, pero cuando iba a hablar, Mel se le adelantó:

—Ya ves, muñequito, hasta las Superwomen tenemos sentimientos.

Sorprendido, las miró y, dispuesto a indagar en el tema, cuando regresó al despacho con las dos cervezas supo lo que tenía que hacer para enterarse, así que dejando las botellas sobre la mesa de su amigo, dijo:

—Tu pequeña está llorando a moco tendido en la cocina.

No hizo falta decir más. Eric rápidamente se levantó y se encaminó hacia allá. Björn lo siguió y lo oyó preguntar en cuanto abrió la puerta:

—¿Qué te ocurre, cariño?

La preocupación de Eric fue el detonante para que Jud comenzara de nuevo a lloriquear. Mel miró a Björn y susurró:

—Qué chismoso eres.

Él, con una mano en el bolsillo y la cerveza en la otra, se apoyó en el quicio de la puerta mientras veía a su amigo abrazar a su mujer. Cuando a ésta se le pasó el sofoco, Eric, que la conocía bien y sabía que no lloraba si no era por algo importante, la animó a hablar:

—Cuéntame, pequeña, ¿qué te ocurre?

Judith miró a su amiga. Ésta negó con la cabeza, pero sin importarle ese gesto, ella anunció:

—Mel se va a ir a vivir a Fort Worth.

Los dos hombres la miraron sorprendidos y ella dijo divertida:

—Texas, *yeah!*

Björn sintió tal sacudida ante la noticia que tuvo que sujetarse al mostrador de la cocina. ¿Qué era eso de que Mel se iba? Completamente perturbado por aquello, dejó la cerveza y replicó:

—Es broma, ¿no?

Mel negó cómicamente con la cabeza y respondió:

—No. Hoy es martes y los martes no miento.

—Pero vamos a ver —insistió él—, ¿qué van a hacer ustedes en Texas?

Camuflando los sentimientos que ese traslado le ocasionaba, Mel contestó:

—Trabajar y vivir, ¿te parece poco?

—¿Y por qué te quieres ir a vivir allí? —volvió a preguntar.

Ella, mirándolo, frunció el ceño y repuso:

—¿Y a ti qué te importa..., nene?

—Qué grosera.

—Oh... hoy no duermo del disgusto. ¡Me has llamado «grosera»! —exclamó, sentándose en una de las banquetas de la cocina.

Judith, al ver que iban a comenzar como antes, los miró y, levantando la voz, gritó:

—¡Por favor, no discutan! Bastante disgusto tengo con saber que Mel se va a ir, como para que encima ustedes empiecen de nuevo a llevarse mal.

Sami, al ver a su madre con gesto serio, se acercó a ella mirando a Björn y soltó:

—¡*Pínsipe* tonto!

Cargándola, Mel la besó y murmuró:

—No, cariño, el príncipe no es tonto, ¡es tontísimo!

Al ver que las dos lo miraban con una sonrisa cómplice, Björn tomó su cerveza y salió de la cocina. Tres minutos después, lo siguió su amigo.

—Muy bien, princesa —dijo Mel, levantándose con su hija—. Comencemos a recoger juguetes. Tenemos que marcharnos a casita.

—¿Vendrás el sábado a comer? —quiso saber Judith.

—Claro que sí. ¡No me quiero perder tu cocido madrileño ni muerta!

Media hora después, a través de la ventana, Judith observaba a su amiga salir con su hija en los hombros, cuando Eric entró para ver cómo se encontraba y, abrazándola, preguntó:

—¿Ya te sientes mejor?

Ella sonrió y Eric inquirió:

—¿Me puedes decir por qué se quiere trasladar?

—Es un tema familiar, Eric —sonrió Jud—. Su hermana y su madre que viven en Asturias regresan a Texas y ella, por el bien de Sami, sabe que debe hacerlo para que siga teniendo una familia que la cuide y la quiera. Aquí, aun teniéndonos a nosotros, está muy sola.

Eric asintió y no preguntó más. Eso sí, luego se lo contó a su amigo.

Esa noche, Mel necesitaba desfogarse. Quería ir al Sensations, pero sabía que, si iba, con seguridad se encontraría a Björn, por lo que decidió cambiar de sitio. Iría al Destiny, un nuevo club como el Sensations que estaba un par de calles más arriba.

Vestida con una falda de tubo negra y unos tacones, llegó al club. Tras entrar, se encaminó con seguridad hacia la primera barra, donde pidió algo de beber. La ejecutiva de relaciones públicas, al verla sola, se presentó y le enseñó el lugar. Pasearon por las diferentes salas del mismo y a Mel le llamaron la atención unas cabinas plateadas. Una vez acabaron la visita, la mujer le presentó a una pareja y juntos pasaron a la siguiente sala. Allí había unos butacones y decidieron sentarse para continuar platicando.

Tras tomarse un par de *Bacardís* con *Coca-Cola*, decidieron ir al *jacuzzi*. Primero pasaron por los vestidores y al salir alguien la llamó.

—Mel.

Sorprendida, miró y sonrió al encontrarse con Carl.

—¿Qué haces tú por aquí?

Él, tras darle dos besos, respondió:

—He venido con una amiga. —Mel sonrió y el hombre añadió—: Llevaba mucho tiempo sin verte. No vas al Sensations, ¿dónde te metes?

Mel sonrió y, encogiéndose de hombros, contestó:

—He estado muy ocupada últimamente. Había oído hablar de este sitio y he decidido venir a conocerlo.

Carl asintió. ¿Qué hacía Mel allí sola, sin Björn? Y antes de despedirse, dijo:

—Diviértete, Mel.

Con una sonrisa, ella se alejó sin darse cuenta de que Carl tecleaba algo en su teléfono celular.

Tras reunirse de nuevo con la pareja, fueron hasta una barra lateral cercana al *jacuzzi* y allí pidieron de nuevo algo de beber. La música era atronadora. Para el gusto de Mel sonaba demasiado fuerte. Cuando estaba sentada esperando su bebida, la pareja se encontró con otra y se los presentaron. Dos segundos después, las dos mujeres se pusieron juguetonas y terminaron en el *jacuzzi*, mientras Mel y los hombres las observaban. Ninguno la tocó. Ella no había dado permiso para ello y todos la respetaban. Cuando los hombres vieron que no parecía querer jugar, decidieron unirse a sus mujeres y disfrutaron del intercambio de pareja.

Pasado un rato, Mel sintió curiosidad y fue a las cabinas plateadas, donde vio unos carteles muy curiosos colgando de las puertas. Éstos eran explícitos. Indicaban la gente que había dentro y lo que se buscaba. Tres hombres buscaban una mujer. Dos mujeres, un hombre, y cuando vio una cabina en la que no decía nada, supo que estaba vacía y decidió utilizarla ella.

Cuando entró, miró alrededor. El espacio no era muy grande.

Había una mesita con preservativos, agua y toallas limpias, una butaca y, colgado del techo, un columpio sexual.

Con curiosidad, lo tocó y notó que sus correas eran suaves. Miró los carteles que había sobre la mesita. Debía colgar en la puerta que era una mujer e indicar lo que buscaba. Durante un rato, dudó y al final se decidió. Dos hombres. Necesitaba disfrutar de buen sexo. Con seguridad, tomó ambos carteles y los colgó en la puerta.

Se encaminó hacia el interruptor de luz y la bajó hasta dejarla tenue. Se sentó en el columpio y recostó la espalda en la cuerda trasera, columpiándose. De pronto, la puerta se abrió y un hombre entró. Mel no pudo verlo hasta que se le acercó. Su cuerpo se estremeció y preguntó con un hilo de voz:

—¿Qué haces aquí, Björn?

Él, con gesto serio y una frialdad increíble, respondió:

—Hago lo mismo que tú. Busco sexo.

Los dos se miraron en silencio, hasta que él preguntó con voz neutra:

—¿Alguna vez has utilizado un columpio?

Mel negó con la cabeza y él dijo:

—Como estás, coloca las piernas en las cuerdas inferiores. Quedarás suspendida y con las piernas abiertas. El placer que proporciona el columpio es increíble. La penetración más profunda y el disfrute para ambos es mayor.

Ese tecnicismo y su frialdad llamaron su atención e hizo lo que decía. Pronto quedó suspendida como él había explicado y Björn, que había entrado desnudo, se acercó más. Sin inmutarse, paseó su mano por la vagina de ella e inquirió:

—¿Tienes algún problema en que yo juegue contigo esta noche?

¿Problema?

¡Tenía muchos problemas!

Excitada por su presencia y lo que en ella provocaba, negó con la cabeza, pero preguntó:

—¿Te ha avisado Carl?

—Sí.

—¿Por qué?

—Como buen amigo que es, me ha dicho que tú estabas aquí. Las últimas veces nos vio juntos en el Sensations y le ha extrañado verte sola aquí. Nada más.

La puerta de la cabina se abrió de nuevo y un hombre entró. Björn lo miró.

—Hemos cambiado de opinión. Lo siento.

Cuando el hombre salió de la cabina, Mel, incrédula por lo que él había hecho, lo miró y siseó:

—Te has pasado. Yo no he cambiado de opinión.

Björn no respondió, se limitó a mirarla. Ella insistió:

—¿Acaso has entrado aquí para estropearme la diversión?

Ahora eran las palabras de ella las que incomodaban a Björn y éste, con gesto impasible, repuso:

—Busco sexo, Mel. No busco nada que no busque la gente que viene a este club. Pero si te incomoda mi presencia, me iré y buscaré a otros para jugar.

Tentada estuvo de decirle que se marchara, que se alejara de ella, pero no pudo. Su corazón y su ansia de él no la dejaron y, tomándolo de la mano, lo retuvo. Encontrarse allí con Björn había sido una agradable sorpresa que no pensaba desaprovechar.

—Tranquilo, tonto. Podemos pasarla bien.

—No me llames «tonto».

Mel sonrió y con burla, para ocultar sus sentimientos, añadió:

—Perdón, señor Hoffmann... perdón.

Durante unos segundos, ambos se miraron a los ojos. La tensión sexual se hizo presente. Si él era frío, ella podía ser un témpano de hielo. Pero sus cuerpos se calentaban segundo a segundo y, finalmente, Björn, deseoso de ella, dijo mientras se sentaba en el suelo:

—Ábrete para mí.

Mel hizo lo que le pedía mientras en su estómago cientos de mariposritas revoloteaban y su vagina comenzaba a palpitar de excitación. Sentado en el suelo, Björn, totalmente atraído por ella, sujetó con sus manos la cuerda que le pasaba bajo el trasero para acercarla y, tras mirar aquella fresa que tanto le gustaba, posó su boca en el centro de su deseo y ella jadeó.

La joven cerró los ojos. Sentir su boca, su ansiosa boca sobre ella era lo último que pensaba sentir aquella noche. Sin ningún pudor, se entregó a él deseosa de sexo.

Björn, por su parte, le apretaba las nalgas mientras metía aquella húmeda vagina en su boca y la degustaba. La chupaba, la lamía... aquello era maravilloso.

—Agárrate a las cuerdas y échate hacia atrás —pidió.

Agarrada a las cuerdas, Mel se volvió loca. Estar suspendida en el aire mientras el hombre que ocupaba su corazón y su mente le abría las piernas para hacer lo que ella tanto ansiaba, la hizo gemir. Sin piedad, Björn buscó lo que necesitaba y, succionando el clítoris maravilloso de ella, se sintió vibrar. Era un sueño.

Aún atontado por lo que hacía, gimió y como un lobo hambriento la apretó contra su boca. No podía creer lo que estaba haciendo, pero allí estaba. En cuanto recibió el mensaje de Carl, no lo dudó y fue en busca de la mujer que deseaba.

Los jadeos se apoderaron de la estancia, mientras Mel, enloquecida, se abría para Björn y experimentaba lo que era el sexo en un columpio. Era increíble, ¿cómo no lo había probado antes?

Cada uno desde su posición disfrutaron del momento y, cuando él se levantó del suelo, Mel lo miró con los ojos velados por la lujuria. Björn era impresionante y cuando se fue a poner un preservativo, ella lo detuvo:

—No te lo pongas.

Sin hablar y tremendamente confuso, tiró el preservativo al suelo y con impaciencia guió su pene. Agarrándose a las cuerdas superiores del columpio, lenta y pausadamente se introdujo en ella. Una vez se sintió dentro, hizo un movimiento rápido y Mel jadeó.

—Estar suspendida te da mayor placer.

Agarrada a las cuerdas, lo miró. Un seco movimiento de Björn la hizo gritar y él murmuró sin besarla:

—La cabina está aislada, podemos gritar cuanto nos plazca.

Una nueva embestida los hizo gritar a ambos. Esta vez sin reservas. El placer era intenso y oír la resonancia de sus gritos los excitó:

—El columpio nos da una profundidad extrema. ¿Lo sientes? —preguntó Björn.

—Sí.

—¿Te gusta?

Mel gritó de nuevo y Björn no paró. Una y otra vez entraba y salía de ella con movimientos rítmicos y devastadores. Necesitaba aquel contacto, necesitaba hacerla suya, y lo hizo mientras Mel gritaba de pasión, volviéndolo loco.

El columpio les proporcionaba unas sensaciones diferentes. Sus cuerpos descontrolados chocaban, consiguiendo que ambos jadearan, gimieran, gritaran y cuando Mel echó la cabeza hacia atrás, Björn dio un paso adelante y profundizó aún más.

Chillidos de placer retumbaron en aquella cabina, mientras los dos buscaban su propio deleite. Se deseaban, se necesitaban, pero ninguno lo decía. Sólo experimentaban con sus cuerpos y se dejaban dominar por la lujuria del momento.

Cuando Björn sintió que iba a llegar al clímax, hizo un movimiento para salir de ella, pero Mel, agarrándolo de las manos, no lo dejó y, mirándolo a los ojos, susurró:

—No te salgas. Termina lo que has comenzado. Sabes que tomo la píldora anticonceptiva y no hay peligro de que quede embarazada.

Incapaz de negarle aquello, Björn agarró de nuevo las cuerdas del columpio y, sin dejar de mirarla, comenzó un infernal bombeo que los llevó al séptimo cielo, y cuando no pudo más, tras un gutural y ronco gemido, se vino; ella lo siguió.

Apenas sin respiración, Mel, al verlo sudando, le enjugó con una mano el sudor de la frente y musitó:

—Como siempre, ha sido genial, Björn.

Él asintió y, sin salir de ella y a escasos centímetros de su boca, preguntó:

—¿Por qué te vas a Texas?

—Por Sami.

—¿Sólo por Sami?

Acalorada por aquella cercanía y por la tentación de tomar aquellos labios que tanto ansiaba, respondió:

—Ella se merece una familia y al estar sola con ella en Múnich se la niego. En Fort Worth tendrá, además de una madre, unos abuelos y una tía. Si me quedo aquí, Sami sólo tendrá una madre por temporadas, pero nada más. Estoy sola, Björn, pero Sami no quiero que lo esté.

Él cerró los ojos. Le dolía oír eso y, a pesar de que la entendía, dijo egoístamente:

—Aquí podría tener otro tipo de familia. Están Jud, Eric, los niños, tus amigos estadounidenses y estoy yo. Entre todos podríamos...

—No —lo interrumpió—. Debo pensar en ella y en lo que más le conviene y aquí nunca tendrá una familia como la que se merece.

Confuso por sus palabras, asintió. Sin decir nada, se separó de Mel y ésta se bajó del columpio. Al quedar uno frente al otro, la tensión se palpaba en el ambiente y cuando Björn se iba a dar la vuelta para marcharse, ella lo agarró y le pidió:

—No te vayas. —Él la miró y Mel añadió—: Juguemos juntos una última noche.

Oír lo de «última noche» a Björn le hizo aletear el corazón. Sentía por ella tanto que el cuerpo le dolía. Su orgullo como hombre estaba herido y tenerla tan cerca lo confundía más a cada instante. Pero deseoso de continuar la noche a su lado, con un gesto impasible preguntó:

—¿Segura?

—Segurísima —afirmó Mel, a pesar de saber que más tarde se arrepentiría de ello.

Intentando mantener la compostura, Björn asintió. Jugar con ella. Estar con ella era lo que más quería en el mundo y tomándola de la mano, convino:

—Muy bien, Mel. Disfrutemos de la noche.

Salieron de la cabina y se dirigieron a unas regaderas. Una vez se refrescaron, sin hablar, de la mano, se encaminaron hacia unas camas donde más personas disfrutaban del placer y el contacto. Tríos. Orgías. Intercambios de pareja. Todos aquellos eran sus juegos. Unos juegos calientes que disfrutaban con amigos y desconocidos y donde ellos ponían sus propios límites y sus propias reglas.

Cuando Mel se sentó en una de las camas junto a aquellas personas, Björn la miró y, tras cruzar una significativa mirada con dos hombres y una mujer que los observaban, éstos rápidamente se acercaron.

Con un hombre a cada lado y Björn mirándola, Mel supo lo que ambos deseaban y, sujetando la cabeza de los dos desconocidos, las guió hasta sus pechos. Ellos rápidamente comenzaron a chupar con ímpetu sus pezones y la mujer, sin dudarlo, se metió entre sus piernas y tras Mel abrirlas, la chupó con gusto.

Björn los observaba sin variar de expresión. Se excitaba con lo que veía. Mel era su máxima fuente de placer y una experta jugadora. Jadeos llenaron la habitación mientras todos disfrutaban de lo que les gustaba. Sexo. Morbo. Fantasías.

Durante horas, el placer primó entre ellos, distintas manos los tocaron, distintos cuerpos tomaron los suyos y compartieron el disfrute, pero Mel se dio cuenta de que Björn no la besaba. Ella lo intentó un par de veces, pero al ver que se retiraba, lo aceptó y continuó con el juego sin querer pensar en nada más.

A las cuatro de la madrugada, tras una noche plagada de sexo y morbo, ambos salieron del club en busca de sus coches. Con caballerosidad, Björn la acompañó hasta el suyo y, cuando llegaron, ella, con mejor humor que él, dijo:

—Ha sido una buena noche. Me alegro de que Carl te avisara.

Ese buen humor a Björn le llegó al corazón ¿Cómo podía sonreír y él era incapaz? Y con voz dura, le espetó:

—Entre tú y yo no hay nada especial. Simplemente hemos disfrutado del sexo.

Esa aclaración innecesaria a Mel le dolió. Pero dispuesta a disfrutar hasta el último momento de su cercanía, dijo, confundiéndolo:

—Sé muy bien lo que ha sido, Björn. No te agobies.

Él asintió. Estaba lleno de contradicciones que ni él mismo entendía y la apremió:

—Vamos, sube al coche y márchate. Es tarde.

Mel asintió. Pero deseosa de algo más, dijo:

—Quiero un beso de despedida.

Perturbado, Björn la miró. Llevaba toda la noche intentando no acercar sus labios a los de ella o sabía que no podría dejar de besarla y se negó.

—No.

Esa negativa tan directa la hizo sonreír y, encogiéndose de hombros, murmuró, acercándose a él:

—Mira, amiguito, me gusta tu boca. Me gustan tus besos y que te pida uno no significa que te esté pidiendo amor eterno, pero si...

No pudo continuar.

Björn tomó las riendas del momento. Acercó su boca y, sin demora, hizo lo que deseaba. Metió su lengua en aquella boca que adoraba y la besó. Pasó sus manos por su cintura y, entregándose al deleite de aquel duro y exigente beso, le dio lo que ella quería y su propio cuerpo le gritaba. Cuando segundos después se separaron, Mel aún estaba con los ojos cerrados, disfrutando del beso, y él murmuró sobre su boca:

—¿Esto es lo que buscabas, Mel?

Abriendo los ojos de golpe, se encontró con la furia en su mirada. Lo que para ella había sido un deseado y anhelado beso, para él parecía haber sido una atormentadora obligación, y resurgiendo como siempre había hecho de las cenizas, se separó de él, sonrió, buscó a la teniente Parker en su interior y, encendiendo un cigarrillo, respondió:

—Oh, sí, tonto... Me he dado cuenta de que adoro besar a los hombres.

Ese comentario tan mordaz, a Björn le tocó la fibra, pero no se lo hizo saber. Él tampoco estaba siendo especialmente amable con ella. Sin decir más, Mel se metió en su coche y, tras guiñarle un ojo con una fingida sonrisa, arrancó y se marchó.

Cuando Björn quedó solo en medio de la calle, la furia lo dominó. ¿Qué había hecho? ¿Por qué había ido a aquel sitio?

Sus sentimientos por Mel lo estaban destrozando. Aún recordaba el día en que ella le dijo que lo quería. En su mente seguían las palabras «Te quiero y necesito que me quieras». Varios minutos después, cuando su cuerpo dejó de temblar, decidió marcharse a su casa. Era lo que debía hacer. Entre los dos había quedado todo claro.

38

*El sábado, día de cocido madrileño en casa de los Zimmerman Flores, como siempre, se congregaba un buen número de gente. Todos querían degustar ese maravilloso plato que Judith cocinaba como nadie.

Mel aquella mañana se había despertado con su hija en la cama y juntas habían jugado a los ponis durante horas en pijama. ¡Qué divertido era jugar con Sami!

Cuando estaba preparando las cosas de la pequeña para ir a casa de Judith, recibió una llamada de comandancia.

Tenía que ir urgentemente a la base de Ramstein y reincorporarse. Debían partir en apenas cuatro horas para Afganistán. Uno de los aviones de suministro había sido abatido en vuelo y no había supervivientes.

Sin recibir más información, se quedó mirando el teléfono desconcertada mientras las manos le temblaban. Podría haber sido su avión. Podrían haber sido ella y sus hombres. El teléfono volvió a sonar. Era Neill.

—¿Te han llamado?

—Sí.

—Mel..., siento lo del teniente Smith.

Al oír eso, se dejó caer en la silla y con un hilo de voz, preguntó:

—¿Era el avión de Robert?

Tras un conmovedor y doloroso silencio, su compañereo respondió:

—Lo siento, Mel.

El gemido que Neill oyó a través del teléfono le partió el corazón. Sabía lo especial que era Robert para su teniente, la amistad que los unía. Dispuesto a ir cuanto antes a casa de ella, dijo:

—Tranquila, Mel. Tranquila.

Pero la tranquilidad en un momento así y tras aquella noticia era imposible. Robert, su buen amigo Robert, había sido abatido en vuelo y Mel se sintió morir. Pensó en la joven mujer de él. En el duro trance por el que iba a tener que pasar y se angustió. Ella lo había pasado cuando ocurrió lo de Mike y era doloroso. Muy doloroso. Imágenes de Robert acudieron a su mente. Su actitud positiva, su sonrisa, cómo quería a su pequeña y las lágrimas, en tromba, le nublaron la razón.

Durante varios minutos, Neill habló y habló, intentando que se recompusiera y la teniente Parker apareciera. Cuando ella dejó de llorar, el militar musitó:

—Tranquila, Mel. Voy para tu casa a recogerte.

—Espera, Neill —lo cortó entre lágrimas—. ¿Romina se puede quedar con Sami hasta que mi madre o mi hermana vengan a buscarla?

—Lo siento, Mel, pero Romina está aún con los niños en California.

Nerviosa y confusa al recordarlo, Mel asintió y murmuró:

—Es verdad. De acuerdo. No te preocupes. Me las arreglaré para encontrar a alguien que la cuide.

Cuando colgó, sintió ganas de vomitar. No podía creer que Robert hubiera muerto. No lo quería creer. ¿Cómo le podía haber pasado eso a Robert?

—Mami, ¿*po* qué *llodas*?

Al oír la voz de su hija se reanimó. Se limpió las lágrimas de la cara e, intentando sonreír, respondió, enseñándole un dedo:

—Me he hecho daño aquí, pero...

La niña, sin dejarla terminar, corrió a su bolso, sacó la caja de curitas de princesas y, mirándola, preguntó:

—¿Te *pono* una?

Abatida y con unas terribles ganas de llorar, Mel asintió y su hija, cumpliendo con el ritual de siempre, le puso aquel curita rosa alrededor del dedo y cuando con su media lengua terminó de decirle lo que siempre se decía, la teniente Parker la miró y dijo con una amplia sonrisa:

—Biennnnnnnn... ¡Ya no me duele!

Sami sonrió y Mel, tras darle un enorme beso en la mejilla, la sentó frente al televisor y le puso caricaturas. La niña se enganchó a ellas y mientras ella la miraba, se tragó sus lágrimas al ver que llevaba puesta la última coronita que Robert le regaló.

Afligida, se dio aire con la mano. Debía tener la cabeza fría y pensar en su hija. Debía encontrar con quién dejarla. Pero su angustia creció y creció y tuvo que correr al baño para vomitar lo que había desayunado. Pensar en la cruda realidad de Robert y sus hombres la horrorizó y, tapándose la cara con las manos, se permitió llorar sin hacer ruido.

Cinco minutos después, se lavó la cara con agua fría e intentó recuperar el control por su hija. Sami no debía verla llorar. Así pues, se tragó sus emociones y se organizó. Regresó al salón, donde la pequeña continuaba viendo caricaturas, se cambió la pijama por ropa militar, preparó su mochila en dos minutos y la maleta de Sami en otros dos.

El teléfono sonó de nuevo. Era su padre.

—Cariño, ¿estás bien?

—Sí, papá.

El mayor Parker, al enterarse de lo del avión, creyó morir. Pensar que podría haber sido su hija lo había vuelto loco y, sabiendo quién era el piloto abatido, murmuró:

—Siento mucho lo del teniente Smith. Robert era un buen muchacho.

—Sí, papá. Lo era —respondió emocionada.

Incapaz de escuchar a su hija llorar, el mayor retomó su voz de mando y preguntó:

—¿Te han movilizado ya?

Dándose aire en la cara para no llorar, contestó:

—Sí. En cuatro horas salimos para Afganistán.

La voz de su madre sonó en el teléfono.

—Ay, cariño... ¡qué susto nos hemos dado!

Se pudo imaginar lo que habrían pasado al llegar las noticias al despacho de su padre, pero intentando ser fuerte como ella era, respondió:

—Lo sé, mamá. Me imagino.

—¿Qué vas a hacer con Sami? Oh, Dios, mi niña. ¿Dónde vas a dejar a mi pequeña hasta que yo vaya a recogerla?

Ése era precisamente uno de los problemas que quería evitar cuando su madre y su hermana se trasladaran a Texas y, pensando con rapidez, murmuró:

—Ahora hablaré con Dora. Ella seguramente podrá cuidarla hasta que tú llegues.

—Confírmamelo. No cuelgues y ve a hablar con ella.

Sin protestar, Mel hizo lo que su madre le pedía. Dora, al verle los ojos llenos de lágrimas, la abrazó. Ella de nuevo se desmoronó y la mujer la consoló. Cuando se repuso, le pidió que se quedara con la pequeña y Dora lloró al tener que decirle que sólo podía tenerla una hora. Se iba de viaje con su hermana. La mente de Mel trabajó a toda velocidad y pensó en Judith. Ella se las arreglaría sin ningún problema con Sami. Dora se las arreglaría con Sami y Judith la recogería. Se despidió de la vecina, corrió hacia su casa, tomó el teléfono y dijo:

—Mamá, Dora no se puede quedar con ella. Cuando vengas, tendrás que recogerla en casa de mi amiga Judith.

—¿La niña estará bien con ella?

Al oír eso, Mel sonrió con tristeza y con toda seguridad asintió:

—Sí, mamá, Eric y Judith cuidarán a Sami tan bien como a sus hijos.

—Bueno, hija, si tú lo dices, confiaré en que así sea. Estoy buscando vuelo y lo más pronto que llegaré allí será pasado mañana.

—Sin problema, mamá. Sami estará bien.

Una vez le dio la dirección de Judith, colgó y llamo al teléfono celular de su amiga, pero no le contestaba. Sin tiempo que perder, colgó y pensó en llamar un par de minutos más tarde.

Con la mirada velada por la tristeza, Mel abrazó a su niña. No le gustaba separarse de ella tan repentinamente y menos por un motivo así. Sami, al verla con la ropa militar e intuir que se iba, se agarró a ella con desesperación. Pero Mel, intentando tranquilizarla, la besuqueó y bromeó mientras bajaban en el elevador para ir con Dora.

Cuando la *Hummer* de Neill apareció, Mel fue rápida en su despedida. Dejó a la niña llorando en brazos de Dora y subió al vehículo. Debía cumplir con su deber aunque tenía el corazón destrozado por el llanto de su pequeña y la muerte de Robert. Neill, al ver su estado, la abrazó.

En casa de Judith y Eric, olía a cocidito madrileño que daba gusto. Eric, encantado con la reunión familiar de los sábados, se acercó a su atareada mujer y preguntó:

—¿Vendrá Mel con la niña?

—Eso me dijo.

Extrañada por la tardanza, miró su teléfono celular y vio cuatro llamadas perdidas de ella. La llamó, pero no le respondió. Eso le extrañó y dejó un mensaje de voz.

—*Hola Mel. He visto que me hablaste. Llámame o te volveré a marcar yo. Un beso.*

Después saludó a Marta y a Arthur, que llegaban en ese momento junto con otros amigos. Cuando Björn llegó, fue recibido con cariño, aunque tras lo ocurrido en la última ocasión, Judith le echó una miradita española.

Él resopló. No le gustaba que Jud lo mirara así y cuando ya no pudo más, se acercó a ella, que estaba con Eric, la cogió del brazo y, obligándola a entrar con él y su marido en la cocina, dijo:

—Muy bien. Soy un imbécil. Pero, por favor, ¡háblame!

Jud contuvo la risa. Estaba claro que Björn no resistía que lo mirara así y le soltó:

—Haz el favor de mantener hoy el piquito cerrado. Quiero tener la fiesta en paz. Odio cuando Mel y tú discuten.

—Te lo prometo.

Ella asintió y, deseosa de decirle algunas cosas, añadió:

—Mira, Björn, te voy a decir esto y te prometo que nunca más me voy a volver a meter en tu vida, pero quiero que sepas que Mel vale mil veces más que Foski y me importa una mierda que me consideres una jodida chismosa y metiche; eres mi amigo y te lo tengo que decir, porque yo creo que si hablaras con Mel, podrían llegar a un acuerdo. Y antes de que me digas que no, soy consciente de cómo te preocupas por ella y sé que a Eric le preguntas si ella está bien. Y otra cosa más. Va a venir a comer, haz el favor de dejarte de estupideces e intenta solucionar todo este malentendido, porque una cosa está clara, a ti te gusta y tú le gustas a ella, ¿vas a permitir que se marche a Texas?

Alucinado por el discurso que le había echado, cargado de verdad, la miró y se lo echó en cara.

—Te has quedado a gustito, ¿no?

—Sí —respondió Jud—. No sabes cuánto.

Eric abrió el refrigerador sin dejar de observarlos. Sacó dos cervezas y una *Coca-Cola* y, ofreciéndoselas, propuso:

—Brindemos por la amistad.

Los tres sonrieron, chocaron sus botellas y bebieron un trago. De pronto, el teléfono celular de Judith sonó y, al ver que se trataba de Mel, rápidamente respondió:

—¿Dónde estás? —preguntó, al oír un ruido atronador.

En el aeropuerto de Múnich, Mel corría junto a sus compañeros hacia el hangar y dijo acelerada:

—Jud. Sólo tengo unos minutos y necesito pedirte un favor muy grande y no me puedes decir que no.

Asustada, miró a los hombres que a su vez la miraban e inquirió:

—¿Qué ocurre?

Sin saber si ella había visto las noticias o no, contestó con un hilo de voz:

—He dejado a Sami con Dora porque yo voy camino de Afganistán. Ha habido un problema militar y...

—¿Qué ha pasado?

Incapaz de contener un gemido al hablar con su amiga, la dura teniente Parker murmuró:

—Mi amigo Robert, el hombre que me acompañó a la fiesta de la empresa de Eric, ha muerto... él y sus hombres, han muerto. Dios mío, Robert ha muerto, Judith, y no lo puedo creer.—E intentando reponerse, respiró hondo y añadió—: Necesito que vayas a recoger a Sami a casa de mi vecina y la lleves a tu casa. Dora se tiene que marchar en menos de una hora. Probablemente pasado mañana llegará mi madre de Texas e irá a tu casa para llevársela. ¿Puedes por favor hacerte cargo de Sami hasta que ella llegue?

Su voz acelerada y desesperada mostraba lo nerviosa que estaba y Judith respondió:

—Por supuesto, Mel. Tranquilízate y no te preocupes por nada.

—Judith, por favor...ve a buscar a Sami —gimió, mirándose el curita rosa del dedo.

—En cuanto cuelgue me voy por la niña, te lo prometo. —Björn la estaba mirando cuando Jud preguntó—: Pero, ¿tú estás bien?

—Por mí no te preocupes. Sólo importa Sami. No creo que pueda llamarte en las próximas horas. Por favor, no te olvides de ella, por favor.

—Tranquila, Mel. Ahora mismo voy a recogerla, no te preocupes por nada. Sabes que nosotros la cuidaremos bien.

—Tengo que dejarte. Gracias, Judith.

Cuando ésta colgó, miró a los hombres que estaban a su lado con gesto desencajado y anunció:

—Hay que ir por Sami a casa de su vecina.

—¿Qué ocurre? —preguntó Björn.

Judith, sin entender la gravedad de la situación, se retiró el pelo de la cara y dijo:

—No lo sé bien. Un amigo de Judith llamado Robert ha muerto. Mel no viene, va camino a Afganistán.

¡¿Muerto?!

Esa palabra a Björn le desencajó el semblante. Mel, su Mel, se marchaba y él no había podido hablar con ella. Con gesto furioso, dio un puñetazo al mostrador de la cocina. Eric, al verlo, lo cogió del brazo y le pidió calma. Dos segundos después, Björn trató de reponerse.

—Jud, vamos por Sami —dijo.

Cuando llegaron a la casa de la vecina de Mel, la pequeña aún lloraba. Tenía los ojitos hinchados por la tristeza de ver marchar a su madre y al ver a Björn le echó los brazos lloriqueando. Necesitaba sus mimos.

Con un cariño que le llegó hasta el fondo de su corazón, aquel grandulón y guapo alemán acogió entre sus brazos a la pequeña y, acunándola, la consoló mientras la besaba en la cabeza:

—No llores, princesa. No llores más.

—¿*Anone* está mami?

—Ha ido a trabajar, pero luego vendrá, cariño. Te lo prometo.

La niña asintió y, mirando al hombre que la sujetaba, susurró, restregándose los ojos:

—Mami ha *llodado, peo* le he *pueto* una *cudita* de *pinsesas* y ha dejado de *llodá*.

Confuso, Björn no sabía qué decir y, mirando a Judith, que los observaba, abrazó de nuevo a la pequeña y murmuró:

—Has hecho bien, Sami. Las princesas la protegerán.

La vecina, horrorizada por las noticias que había visto y por el estado de Mel, les contó lo ocurrido con aquel avión como el que la joven militar pilotaba. Eso acrecentó la angustia y el miedo de todos. Judith sujetó la maleta que la mujer les entregaba cuando Björn, intentando pensar con claridad a pesar de su aturdimiento, preguntó:

—¿Dónde está *Peggy Sue*?

Dora, al recordar al hámster, se llevó las manos a la cabeza. Mel, en su prisa por marcharse, se había olvidado del animal. Rápidamente, todos fueron a su casa.

Björn, al entrar por primera vez en aquel lugar, observó a su alrededor y entendió por qué ella nunca había querido que subiera. La casa era muy pequeñita y estaba llena de fotos militares. De Mel con su padre. De su familia de Asturias con Sami. De ella y Sami con Neill, Fraser y más hombres vestidos de militares ante un avión, y al ver una de un hombre rubio, supo que era Mike. Tenía la misma sonrisa que la pequeña.

Había muchas instantáneas de Sami y sonrió al ver una foto de él y Mel cuando estuvieron en Asturias, con la cara embarrada de chocolate. Eso lo conmovió. Le hizo ver todo de pronto con claridad. ¿Cómo había sido tan idiota y había estado tan ciego?

Cuando Dora cogió la jaula del hámster, Sami la agarró con sus manitas y preguntó, mirando a Björn:

—¿*Peggy Sue* se viene?

Él sonrió y, besándole la cabecita, asintió.

—Claro que sí, princesa. *Peggy Sue* se viene con nosotros.

Conmovida, Judith lo observó. Lo que estaba viendo en su amigo era amor puro y verdadero y cuando llegaron al coche y colocaron a la pequeña en la sillita de atrás del vehículo, ésta lo miró y preguntó:

—¿Por qué has permitido que todo llegue a estos límites, Björn? ¿Por qué? Sabes que Mel te quiere y tú la quieres a ella. Mel intentó llamar tu atención, pedirte perdón y tú se lo negaste. ¿Cómo has podido ser así?

Él, desesperado y muerto de preocupación, suspiró.

—El orgullo me cegó, Judith. —Y al ver cómo lo miraba, dijo—: Vamos... dímelo. Me lo merezco. Lo estoy esperando.

—Estúpido. Eres un auténtico estúpido.

—Lo sé... te doy toda la razón.

Abatido como nunca antes en su vida, Björn se tocó los ojos y Judith, conmovida, se acercó y dispuso:

—Debes solucionar esto, Björn. Cuando regrese, debes hacer algo o Mel se irá a Texas y los dos serán infelices.

Convencido de que así era, pero angustiado por no saber cómo estaba Mel, afirmó:

—Te prometo, Jud, que cuando regrese lo solucionaré.

Esa tarde, en la casa de Eric y Jud, la pequeña Sami no se separó ni un segundo de Björn, ni él la dejó. Jugó con ella a las princesas y a los ponis. La metió con él en la piscina y cuando la hizo sonreír se sintió el hombre más feliz del universo, a pesar de que la preocupación por lo que había visto en las noticias lo estaba carcomiendo por dentro.

Por la noche, tras dar de comer a *Peggy Sue*, consiguió que la pequeña cenara y posteriormente se durmiera, agarrada a su cuello.

—Björn —dijo Eric, mirándolo—, creo que es mejor que la llevemos a la cama.

Sentado en el sofá con la niña encima, le quitó la coronita y, como un tonto, murmuró:

—Es preciosa, ¿verdad?

Eric miró a la pequeña de bucles rubios y, sonriendo, asintió:

—Sí. Es una preciosidad de niña. —Y tocándole el hombro, añadió—: No te preocupes por nada, Mel estará bien.

Björn asintió y, sin comprenderla por completo, comentó:

—¿Cómo se le pudo ocurrir ser militar? Está en peligro continuo. ¿Acaso no se da cuenta?

En ese instante entró Judith y, sentándose a su lado, respondió a lo que había oído:

—La rebeldía la llevó a ser militar. Su padre siempre quiso un hijo que siguiera sus pasos, pero tuvo dos niñas y al final Mel decidió ser ese chico que su padre nunca tuvo. Como ella me dijo, le quiso demostrar que no hacía faltar tener algo colgando entre las piernas para ser fuerte y ser militar.

Eso a Björn lo hizo sonreír. Nunca le había dado a Mel la oportunidad de contarle aquello y Judith prosiguió:

—A ella le gusta lo que hace, pero dice que desde que tiene a Sami realmente no sabe si lo está haciendo bien, pero no le queda más remedio. Debe continuar en el ejército para sacar a su hija adelante.

—Cuando regrese, le ofreceré un trabajo en Müller —musitó Eric.

Björn, al oír a su amigo, afirmó:

—Cuando regrese, yo me ocuparé de ella. Te lo puedo asegurar.

Tras un silencio entre los tres, Judith le dijo a su marido:

—Cariño, carga a Sami y llévala a la habitación con Eric.

—¿Les importa si hoy duermo aquí? —preguntó Björn.

Su buen amigo, al entender lo que pretendía, respondió:

—En la habitación de al lado de la de Eric podrán dormir los dos. Hay dos camitas.

Dos minutos después, con mimo, Björn dejó a la pequeña en la cama y puso varios almohadones encima y en el suelo, como en otras ocasiones Mel había hecho. Pero no contento, decidió mover su cama y juntarla a la de ella para evitar que se cayera.

Tras besarla en la cabeza, bajó al salón donde Eric le dejó una computadora y se metió en internet. Necesitaba buscar noticias sobre lo ocurrido. Al ver las primeras imágenes del avión abatido, donde no había supervivientes, la sangre se le heló en las venas y la preocupación lo hizo volverse loco. Con el corazón congelado, leyó que otros dos aviones habían salido hacia el lugar del desastre. A partir de ese instante, la palabra «tranquilidad» desapareció de la vida de Björn.

39

Al día siguiente, tras dejar a Sami en la guardería, Björn, acompañado de Judith, fue hasta el canal CNN, donde trabajaba Agneta. Ella seguramente tendría noticias recientes de lo ocurrido. Cuando ésta lo vio aparecer, una grata sonrisa le iluminó el rostro, pero al ver a Judith desapareció.

¿Qué hacía aquélla allí?

Judith se dio cuenta y decidió permanecer en un segundo plano. Allí sólo importaba Mel.

Subida en sus impresionantes tacones y contoneándose bajo su carísimo traje de diseño, la presentadora se acercó a Björn y con voz cantarina dijo, tras besarlo en la mejilla:

—Qué alegría verte aquí. —Y al ver su incipiente barba, preguntó—: ¿Qué te ocurre, cielo?

Sin ganas de saludos, Björn la cogió del brazo y dijo:

—Agneta, necesito un favor.

—Tú dirás. —Parpadeó, mirando con desagrado a Judith.

Sin tiempo que perder, él le contó lo que sabía del incidente militar y una vez terminó, agregó:

—Por eso estoy aquí. Sé que ustedes en la redacción reciben noticias continuamente sobre lo ocurrido y con seguridad me podrás decir más de lo que sé.

El gesto a Agneta cambió y con expresión agria, preguntó.

—La tal Mel de la que hablas, ¿es la mujer que...?

—Sí... —la interrumpió Björn. No estaba para tonterías.

La popular presentadora, al entender quién era aquella mujer y ver el poder que su información tenía en aquel momento, torció el gesto y se ofreció:

—Cena conmigo esta noche y veré qué puedo contarte.

Björn, que no estaba para cenas ni para lo que ella sugería, protestó:

—He venido a pedirte ayuda, no una cena.

Molesta por sus palabras y su duro gesto, la presentadora respondió:

—Pues lo siento, Björn. No puedo informarte nada.

—Agneta —suplicó con desesperación—. Por favor.

Judith, al oírlo suplicar, se acercó y vio como la joven, sin importarle el estado de su amigo, se miraba las uñas y contestaba:

—No. Imposible. Las noticias que llegan a redacción pasan por unos filtros antes de que podamos darlas. Por lo tanto, no. No te puedo informar sobre lo que ha ocurrido.

La furia se apoderó de Björn, pero tras cruzar una mirada con Judith, que bullía de rabia, intentó controlarla. Necesitaba aquella información. Necesitaba saber que el avión de Mel había llegado bien. Durante un buen rato intentó por todos los medios que Agneta cambiara de opinión, hasta que fue consciente del juego sucio de ella y, cuando no pudo más, explotó:

—¿Me estás diciendo que por saber que estoy enamorado de Mel no vas a darme esa información?

Sin pestañear y con una fría mirada, Agneta contestó:

—Sí.

Björn no quiso escuchar más. Estaba claro que no iba a ayudarlo y, con expresión de desagrado total, siseó antes de marcharse:

—¿Sabes, Agneta? La amistad es algo que yo valoro mucho en esta vida y tú hoy me estás demostrando que de amiga no tienes absolutamente nada. Sabes que amo a esa mujer con locura y en lugar de tranquilizarme y ayudarme en lo que necesito, estás poniendo trabas en el camino. Pues muy bien, a partir de este momento, olvídate de que existo, como yo me voy a olvidar definitivamente de ti.

Cuando Björn comenzó a caminar ofuscado hacia el exterior del edificio, Judith, que se había mantenido al margen, por el bien de la información que necesitaban, se acercó hasta la joven y dijo:

—Nunca me has agradado.

—Tú a mí tampoco.

Con ganas de cogerla por el cuello, Judith se metió las manos en los bolsillos para no utilizarlas y, sin acercarse más de lo estrictamente necesario, dijo en voz alta para que todos la oyeran.

—Siempre me has parecido una imbécil creída por el simple hecho de ser presentadora. Pero lo que acabas de hacer ahora con Björn me hace darme cuenta de que además de imbécil eres una zorra impresentable. No sabes lo que es la amistad ni el amor y estoy segura de que nunca lo vas a saber, porque eres tan mala persona que eres incapaz de mirar más allá de tu puñetero ombligo.

Los que pasaban por su lado las miraron y Judith, alejándose, finalizó:

—Lo único bueno que Björn va a sacar de todo esto es darse cuenta de la clase de perra que eres. Adiós, Foski, te aseguro que con esto él ya no volverá a acercarse a ti en toda su vida.

Dos días después aparecieron los padres de Mel en casa de Judith.

La pequeña, al ver a su abuela, corrió hacia ella y la abrazó. Judith, contenta, los hizo entrar en su casa y Luján se sorprendió al ver a Björn allí. Encantada, lo saludó y le presentó a su marido. El mayor Parker, al entender por la mirada de su mujer que aquél era el joven con el que su hija había tenido algo especial, asintió y endureció su rostro.

Judith los invitó a comer. Era una estupenda anfitriona y todos intentaron, por el bien de Sami, no dramatizar. No sabían nada de Mel, excepto que su avión había despegado del lugar del siniestro rumbo a una base estadounidense.

Mientras Eric hablaba con el mayor Parker y Judith, Luján, mirando a Björn, que estaba observando a Sami jugar, dijo:

—Siento mucho lo ocurrido entre mi hija y tú. Y quiero que sepas que los estadounidenses y los militares no son mala gente, Björn.

Judith me contó lo que te ocurrió con ese sinvergüenza de comandante y sólo te puedo decir que lo siento. Pero no debes medir a todo el mundo con la misma regla, porque te equivocas.

—Lo sé, Luján..., lo sé y me siento fatal.

La mujer, al oír eso, prosiguió:

—Mi hija es la teniente Parker, pero cuando se quita el uniforme y las botas militares es Melanie, una encantadora joven que intenta salir adelante como puede. Como la vida le permite. —Y, pesarosa, añadió—: Y estoy segura de que no está bien. El piloto que ha muerto, Robert Smith, era un buen amigo de ella. Un muchacho excelente y sé que mi hija, a pesar de lo dura que intenta ser, está sufriendo por ello. Tanto ella como Robert o los hombres que los acompañan en sus vuelos son una gran familia que se cuida, se protege y se quiere. Estás muy equivocado si crees que por ser gringos son fríos y no tienen sentimientos.

Avergonzado por lo que Luján parecía saber, Björn mostró su acuerdo:

—Tienes razón, Luján. Lamento en el alma lo idiota que he sido. Y nunca me cansaré de pedirles perdón por haberme comportado como un auténtico imbécil. Sé que he pagado con Mel algo que a mí me atormentó en el pasado y no supe entender que el primero que ponía esos límites para que ella no me contara la verdad era yo. Pero ten por seguro que cuando regrese lo voy a solucionar.

—Llegas tarde, Björn. Su padre lo está arreglando todo para que su vida la continúe en Fort Worth cuando regrese de esta misión. Contrataremos una mudanza y lo poquito que tiene aquí se lo llevarán y...

—No voy a permitir que se vaya.

—Björn... es militar y...

—Luján —la interrumpió él—, tu hija y Sami no se van a ir a ningún sitio. Se van a quedar conmigo y yo me voy a ocupar de ellas.

Al oír eso, todos lo miraron y el mayor Parker repuso:

—Melanie se viene a vivir con nosotros a Fort Worth, muchacho. Por lo tanto, te pediría que la dejaras en paz. Ya le has hecho suficiente daño, ¿no crees?

Sin acobardarse ante aquel militar que lo miraba con gesto duro, aseveró:

—Asumo el daño que le he podido hacer, pero no voy a dejarla en paz. Y le aseguro que ella y Sami se quedarán en Múnich viviendo conmigo. Me ocuparé de ellas porque las quiero. Adoro a Mel y adoro a Sami. Y no voy a permitir que se alejen de mi lado por mucho que usted se empeñe en hacérmelo creer.

El mayor Parker, con un gesto de lo más militar, frunció las cejas y siseó:

—Le recuerdo, joven, que mi hija sigue siendo militar y estadounidense. Siempre ha estado orgullosa de sus genes y no voy a permitir que nadie la haga cambiar de opinión.

Björn, sentándose frente a él, aclaró:

—Nadie la va a hacer cambiar de opinión. Sólo pretendo cuidar de ella y ser el hombre que necesita para que se quede conmigo en Alemania. —Al ver cómo él lo miraba, agregó—: Si usted quiere, podemos hablar. Pero quiero que le quede claro que ni sus galones, ni sus medallas, ni porque suba la voz me impresiona. Yo no tengo galones, pero sé subir la voz y sé defender lo que quiero, y a su hija la quiero.

Aquella noche, tras hablar con el mayor Cedric Parker durante más de cuatro horas y cuando éste y su mujer se llevaron a Sami, el corazón de Björn se resintió. Por primera vez en toda su vida, la sensación de soledad lo superó y, al llegar a su casa y mirar a su alrededor, lloró de impotencia.

40

≈)⌒

Un mes después, la teniente Melanie Parker y su equipo aterrizaron con su *C-17* de nuevo en la base de Ramstein, al oeste de Alemania, tras varios viajes que los habían llevado a Líbano, a Kuwait y a Estados Unidos para asistir a los funerales de los compañeros caídos en el avión abatido. Y después de pasar por Bagdad y recoger a varios soldados heridos y a un par de periodistas estadounidenses liberados.

El funeral de Robert fue triste. Desolador. Savannah, abrazada a ella, lloraba inconsolable y Mel no pudo hacer nada salvo abrazarla a su vez y compartir su dolor.

El comandante Lodwud, al saber que el avión de Mel había aterrizado, fue a verla y, cuando estuvo frente a ella, la saludó:

—Teniente Parker. Bienvenida.

—Gracias, señor.

—Estaré en mi despacho esperando los informes.

Mel asintió. Rellenó junto a Fraser y Neill todo el papeleo y se encaminó hacia el hangar. Cuando llegó frente a la puerta, como siempre, llamó. Tras escuchar la voz del comandante, entró y, a diferencia de otras veces, no cerró con llave.

Lodwud fue consciente de ello y, levantándose de la mesa, caminó hacia ella y la abrazó.

—Estaba preocupado por ti. ¿Estás bien?

—Sí.

—Siento lo del teniente Smith y sus hombres. Sé la amistad que los unía.

—Gracias, James.

Separándose de ella, se sentó de nuevo y Mel, que había permanecido de pie ante la mesita, dijo:

—Si me firma los papeles, señor, podré regresar con mis hombres.

—¿Es cierto que te vas a Fort Worth?

—Sí. El mayor Parker se está ocupando de todo.

—¿Por qué te vas?

—Temas familiares.

Lodwud asintió y, sin preguntar nada más, firmó los papeles. Mel, con una sonrisa, lo miró. A su manera, aquel militar siempre había sido un buen amigo y compañero y dijo:

—Espero que algún día superes lo de Daiana, como yo creo haber superado lo de Mike. Te mereces una vida mejor, James, y sé que la vas a tener. Lo sé.

Él la miró y murmuró:

—Ha sido un placer haberte conocido, Mel.

Ella caminó hacia él, se agachó, lo abrazó y respondió:

—Lo mismo digo, James. Gracias por todo, porque a nuestra extraña manera me ayudaste a seguir viviendo. —Ambos sonrieron—. Y espero que si alguna vez vas por Fort Worth nos volvamos a ver, aunque nuestros encuentros ya no sean como los de estos últimos tiempos.

Ambos sabían que aquello era una despedida. Había llegado el momento de olvidar los fantasmas del pasado e intentar retomar sus vidas. Cuando se separaron, Mel tomó los papeles que él había firmado y abandonó el despacho. Cuando salió, el comandante miró la puerta y sonrió por Mel. Era una buena chica.

Aquella tarde, en la base de Ramstein y vestidos aún con la ropa de camuflaje, Neill y Mel se despidieron. Ella abordaría un vuelo que la llevaría a Madrid y desde allí otro hasta Asturias. Su hija volaba con su madre y su hermana desde Fort Worth para reunirse con ella allí.

—Fraser a última hora se fue en el pájaro de Thomson. Ha regresado a Kuwait. Por lo visto, su hermano está destacado allí y quería verlo.

Neill asintió y, cansado del viaje, le aconsejó:

—Mel, descansa cuando llegues a Asturias. Lo necesitas.

—Tú también.

Con una triste mirada, el militar la miró y se sinceró:

—Pilotar contigo estos años ha sido estupendo. Espero que en Fort Worth te traten como te mereces.

—Lo mismo digo, Neill. Pero no me vas a perder de vista. Seguro que nos volveremos a encontrar en algún otro conflicto, aunque ya sabes que dentro de diez meses, mi intención es dejar el ejército para dedicarme a otra cosa. Necesito cambiar de aires, por Sami y por mí.

Ambos rieron y Neill comentó:

—Creo que el ejército va a perder un estupendo piloto, pero el mundo algún día va a ganar una estupenda ilustradora.

Se abrazaron con cariño y cuando Neill se marchó y ella se quedó sola en el aeropuerto, se sacó del bolsillo el curita de princesas que su hija le puso el día que se fue y sonrió. Después se echó la mochila a la espalda y caminó en busca del avión que la llevaría hasta España.

41

∾

La llegada a Asturias en esta ocasión fue diferente. Que Scarlett no fuera a recogerla al aeropuerto la entristeció. Se había acostumbrado a ver a su loca hermana allí y no tenerla la hizo añorarla el doble.

Vestida de militar, alquiló un coche y fue directo a la casa de su abuela. Al llegar, la puerta de la casona se abrió. Covadonga, al ver que se trataba de su nieta, con los brazos en alto corrió a recibirla.

—¡*Aiss*, mi *neña*..., *aiss*, mi *neña* que ya está en casa!

Mel sonrió. Abrazó a aquella mujer que tanto quería y susurró:

—Hola, abuela. Ya estoy aquí de nuevo.

La preocupación de Covadonga en ese momento desapareció y, mirando a su *neña* con ojos vidriosos, preguntó:

—¿Estás bien, mi vida?

—Sí.

—Estaba muy, muy, muy preocupada por ti.

—Estoy perfecta, ¿no me ves? —rio encantada.

Covadonga la besuqueó y gritó a todas sus vecinas que la hija del *Ceci* y su hija Luján habían regresado. Al verla vestida de militar, todos la trataban como a una heroína. En esta ocasión, Mel no corrigió a su abuela. Si ella había decidido llamar a su padre *Ceci*, no pensaba corregirla nunca más.

Aquella tarde, como a las siete, cuando Mel cayó en la cama, durmió durante muchísimas horas. Estaba agotada. Covadonga la dejó dormir, sólo había que ver la cara de cansancio de su pequeña para saber que lo que necesitaba era descanso.

Cuando se despertó al día siguiente eran las tres de la tarde. Había dormido casi veinte horas, a pesar del par de veces que se despertó angustiada por las pesadillas. No podía olvidar lo ocurrido y eso no la dejaba descansar con tranquilidad.

Al levantarse, miró por la ventana y vio que el día estaba grisáceo y con algo de niebla.

En marzo los días en Asturias solían ser grises y aquél era uno de tantos. Cuando su abuela la vio aparecer, sonrió y, abrazándola, preguntó:

—¿Ha descansado bien mi *neña?*

—Sí, abuela —mintió—. He dormido, como se suele decir, ¡a pierna suelta!

Covadonga, feliz por tenerla allí, le puso un plato de sopa y la apremió:

—Vamos, come algo.

Arrugando la nariz, ella gruñó:

—Me acabo de levantar, abuela. No se me antoja comer.

Pero la mujer, dispuesta a engordar a su *neña*, insistió:

—¡Come! Pareces un saco de huesitos.

Sin muchas ganas, al final le hizo caso y dos segundos después, mientras aquel caldito asturiano le entraba en el cuerpo, reconoció que le estaba cayendo a las mil maravillas. Miró el reloj: las cuatro.

—¿A qué hora dijo mamá que llegaba su avión?

Cogiendo un papel de encima de la chimenea, Covadonga se lo entregó.

—Dijo que llegaban a las siete. Ah... y el *Ceci* viene también.

—¿Viene papá?

—Sí, *neña*..., tu padre viene también. Seguro que a dar lata, como siempre.

—¡Abuela!

La anciana soltó una risotada y Mel tuvo que reír también. A la mujer le gustaba su padre más de lo que quería admitir y ambas rieron. Cuando se terminó el caldito, Mel miró por la ventana y dijo:

—Abuela, voy a dar un paseo por la playa. Tiene que estar hoy preciosa.

—¿Con esta humedad? —se extrañó la anciana, pero conociendo a su nieta, añadió—: Ve... ve..., *neña*, ve, siempre te gustó pasear por la playa. Pero antes cámbiate de ropa. No vayas a ir en pijama.

Como no tenía mucha ropa en Asturias, volvió a ponerse lo mismo que el día anterior. Pantalón de camuflaje y chamarra del ejército. Cuando llegó a la preciosa playa de La Isla sonrió. A pesar de la neblina, aquel lugar era el más bonito y mágico que había visto nunca.

Caminó hacia un lado y se sentó sobre una roca. Durante un buen rato miró a unas mujeres que paseaban y disfrutó del sonido y la visión del mar. Observarlo siempre la relajaba.

Pensó en su pequeña, estaba deseando verla y, contra su voluntad, pensó en Björn. A él también estaba deseando verlo, pero sabía que no debía hacerlo. Verlo y continuar con su morboso juego sólo le ocasionaría dolor y sufrimiento. Debía cortar por lo sano y una excepcional manera de hacerlo era como lo iba a hacer: marchándose a Fort Worth. Eso evitaría tentaciones.

Cuando el trasero comenzó a dolerle de estar sentada sobre aquella fría piedra, se levantó y caminó hacia la orilla, aunque antes de que el agua le rozara, se detuvo. Mojarse era una imprudencia. El agua del Cantábrico en marzo era un témpano de hielo, pero se agachó y la tocó con la mano.

Comenzó a caminar hacia el otro extremo de la playa mientras en su cabeza bullían cientos de pensamientos. Robert. Savannah. Björn. Sami. Afganistán. ¿Cómo podía ser que allí hubiera tanta paz, pudiera pasear tranquilamente y en otros lugares la gente se matara sin sentimientos de forma descontrolada?

Estaba sumida en sus pensamientos, cuando el sonido de un coche atrajo su atención, y al voltear vio que se estacionaba junto a uno de los pintorescos almacenes de alimentos sobre pilares. De él se bajaron dos personas. Desde lejos vio que se trataba de un hombre y un niño. Los observaba cuando un movimiento del pequeño que corría llamó su atención.

Curiosa, lo observó. Aquel saltimbanqui corría con la misma gracia que su hija. Eso la hizo sonreír. Eran tales las ganas que tenía de ver a su Sami, que ya creía verla donde no estaba. Pero a medida que se acercaba a ellos, el corazón le comenzó a latir con fuerza al oír el sonido de su risa.

Mel se paró en la playa y explotó de felicidad cuando vio que no eran otros que Sami y Björn.

¿Björn? ¿Qué hacía él con su hija?

—¡Mami... mami...! —gritaba la pequeña.

Emocionada, Mel echó a correr por la playa. Aquélla era su pequeña. Quien la llamaba era Sami y, a medida que se acercaba a ella, la pudo ver con claridad. Su niña, con su famosa coronita en la cabeza, corría con los brazos abiertos en busca de su mamá. Cuando Mel llegó hasta ella, se agachó y, cerrando los ojos, la agarró y la abrazó, mientras sonreía emocionada por el encuentro.

Sami olía a vida, a niñez, a inocencia y futuro, y sentir sus manitas alrededor de su cuello casi la hizo llorar de felicidad. ¡Cuánto la había extrañado...!

Durante varios minutos permaneció abrazada a su niña y, cuando abrió los ojos, vio a Björn acercándose con las manos en los bolsillos de los pantalones de mezclilla. Su corazón se descontroló al verlo allí, con una chamarra negra de lana. Su sonrisa la perturbó y más aún cuando la saludó:

—Hola, teniente Parker.

Sin entender bien qué hacía él allí con su hija, iba a hablar cuando la pequeña, llamando su atención, dijo:

—Mami, *Peggy Sue* se escapó en el coche y el *pínsipe* lo tuvo que *descatá.*

Sorprendida, miró a Björn y éste, divertido, afirmó:

—Asqueroso. Casi me da un ataque cuanto tuve que parar el coche y coger a ese animal, pero por mi princesa Sami rescato lo que sea. Eso sí, a tu madre casi le da un infarto al ver al bicho suelto por el vehículo.

De pronto, unos gritos llamaron su atención. En un costado de la playa, sus padres y su hermana Scarlett llamaban a la pequeña. Ésta, al verlos, salió corriendo dejando a solas a Björn y a su madre. Desconcertada por la presencia de éste, Mel preguntó:

—¿Cuándo han llegado mis padres con Sami?

—Hace una hora. He ido a recogerlos al aeropuerto. Luego hemos ido a casa de la abuela y ella nos ha dicho que estabas aquí.

Alucinada, parpadeó, lo miró y preguntó:

—¿Y tú qué haces aquí?

Con voz segura a pesar de los nervios que sentía por tenerla delante, él respondió:

—Tenía que verte, Mel.

Sorprendida, no supo qué decir y Björn añadió:

—Siento mucho lo que le ocurrió a tu amigo Robert y a sus hombres. Lo siento de todo corazón, cariño.

«¡¿Cariño?!»

Cuánto había deseado oír esa palabra, pero recordar la muerte de su amigo la hizo cerrar los ojos. Pensar en que nunca más volvería a ver a Robert aún le dolía demasiado.

Cuando recuperó el control, abrió los ojos y lo miró. Miró al hombre que quería, que deseaba, que necesitaba. Sin hablar, se dijeron lo que sentían. Sin hablar se comunicaron. Y, finalmente, Björn, deseoso de su contacto, al ver sus ojeras y su cara de cansancio, se disculpó:

—Perdóname, cariño. Yo tampoco te lo puse fácil.

Confusa por todos los sentimientos que de pronto afloraban en ella por lo ocurrido, vio a su hija llegar junto a sus padres y susurró con un hilo de voz:

—Estás perdonado.

Björn sonrió, sacó las manos de los bolsillos y, tendiéndolas hacia ella, pidió:

—Ven aquí, preciosa.

Sin dudarlo, se echó a sus brazos y él la aceptó.

La acunó mientras repartía cientos de besos por su rostro. Aquel rostro que no había podido quitarse de la cabeza y que tanto sufrimiento le había ocasionado. Tenerla en sus brazos fue la medicina que Björn necesitaba para volver a sonreír y finalmente se besaron. Al sentirlo reclamando su beso, Mel sonrió. Se sintió especial de nuevo. Se sintió protegida y mimada y cuando sus bocas se separaron, murmuró:

—No he dejado de pensar en ti.

Encantado de oír eso, Björn, sin separar su rostro del de ella, dijo:

—Ni yo en ti, cielo. Ni yo en ti.

Después de varios minutos en los que ninguno habló pero no dejaron de abrazarse, él añadió:

—Estaba tremendamente preocupado por ti. Y antes de que digas nada, déjame decirte que me he comportado como un idiota y que estoy dispuesto a hacer lo que sea para que me vuelvas a querer como yo te quiero a ti.

—Björn...

—¿Sabes? —insistió nervioso, sin dejarla hablar—. Mi padre me aconsejó que para enamorarte te hiciera reír, pero quiero que sepas que cada vez que te ríes, yo me enamoro como un idiota más de ti. Te quiero. Te quiero con toda mi alma y nunca he estado más seguro de nada en mi vida. Y si no me quieres, vas a tener que comprar un gran cargamento de curitas de princesas para quitarme el dolor tan terrible que...

—Björn...

—Antes de que digas nada —la volvió a interrumpir—. Quiero que sepas que estoy dispuesto a luchar por ti. No me importa que seas militar, ni gringa, ni rusa, ni polaca. No voy a permitir que te vayas a Texas. Y si lo haces, prepárate, porque voy a seguirte y no pienso dejarte en paz hasta que te rindas y decidas regresar conmigo, porque te quiero y necesito que me quieras.

Esas últimas palabras que recordaba que ella le había dicho la hicieron sonreír. Eso era lo que Mel necesitaba. Necesitaba a Björn y su amor. Sobrecogida por todas las cosas maravillosas que él le estaba diciendo, posó una mano en su boca para hacerlo callar y confesó:

—Te quiero.

Emocionado, enternecido y totalmente enamorado porque ella

le diera la oportunidad que él no le dio, la miró embobado y ella, acercándose, exigió, deseosa de su contacto.

—Te quiero y me quieres, por lo tanto, ¡bésame ya! Lo estoy esperando.

Sin demora, lo hizo. La cargó en sus brazos y la besó como llevaba semanas deseando hacerlo. De pronto, en su vida volvía a tener a la persona que necesitaba. Ella estaba bien, sana, salva y receptiva y con eso de momento era suficiente.

Esa tarde, después de varias horas con Björn en la playa hablando de sus sentimientos, al llegar a la casa de su abuela, sus padres y su hermana los esperaban con su niña. Al verla aparecer, todos la besaron y Mel pudo ver lo bien que su padre y Björn parecían llevarse. Luján, al ver cómo los miraba, se acercó a ella y, emocionada, la informó:

—Debes saber que ese muchacho ha peleado como una fiera con tu padre por ti.

—¿En serio?

Scarlett, acercándose a su hermana, puntualizó:

—Qué firme carácter tiene el alemán. Ha callado hasta a papá. ¡Impresionante!

Alucinada, Mel miró a su madre y ésta afirmó:

—Sí, cariño. Totalmente en serio. Y ya sabes cómo es tu padre, pero Björn no se ha acobardado y cuanto más le gritaba papá, más le gritaba él, hasta que papá se tranquilizó. Increíble pero cierto. Con decirte que ha paralizado tu traslado a Fort Worth por petición de Björn hasta que él hable contigo y tú decidas realmente lo que quieres hacer.

—Mi Blasito no es militar, pero nada tiene que envidiarle al *Ceci* —comentó Covadonga—. Me alegra que no se acobarde ante él y le ponga los puntos sobre las íes a ese gringo.

—Mamáááá, no empieces —protestó Luján.

Boquiabierta, Mel miró a Björn. Que se hubiera enfrentado a su padre era inaudito. Nadie se enfrentaba al mayor Parker. Pero él lo había hecho y eso la hacía feliz. Luján, al ver el gesto de su hija, insistió:

—¿Qué vas a hacer, cariño?

Mel sonrió. Si Björn había conseguido que su padre cediera, estaba claro que había luchado, como decía su madre, como un león por ella y, dispuesta a darle una oportunidad al amor, murmuró:

—De momento, me iré con él a pasar la noche fuera. —Y mirando a su hermana, le pidió—: Scarlett, necesito una *suite* en el hotel.

Su hermana, que andaba con el teléfono celular, dijo mirándola:

—Ya la tienes reservada, pero el chocolate no te lo he podido conseguir.

—¡¿Chocolate?! —preguntó la anciana—. ¿Para qué quieres chocolate, *neña*?

Las hermanas soltaron una carcajada y Luján, al ver las caras de sus hijas, se dio cuenta.

—Muy bien... no quiero saber más, ¡sinvergüenzas!

42

Esa noche, cuando Mel durmió a Sami, sorprendiendo a Björn lo hizo subir al coche. Cuando llegaron al hotel, divertido, la miró y ella murmuró:

—Esta vez no hay chocolate.

Encantado porque todo hubiera salido bien, la abrazó y dijo:

—Tengo lo único que necesito. A ti.

Tras pasar por recepción y recoger su llave, entraron en el elevador, donde se besaron como locos hasta llegar a su piso. Una vez llegaron, Björn preguntó:

—¿Qué habitación es?

—215.

Mientras caminaban por el pasillo, Björn se fijó en lo guapa que estaba vestida de militar y, agarrándola por la cintura, le comentó:

—¿Sabes que me gustas mucho vestida así?

—¿Ah, sí?

Cosquilleándole la cintura, murmuró:

—Teniente..., tienes mucho morbo vestida de militar.

Mel sonrió y, parándose frente a una habitación, repuso:

—Creo que te voy a gustar más desnuda.

Una vez entraron, Mel fue directo al equipo de música y tras poner un CD que se sacó del bolsillo, los primeros acordes de la canción de Bruno Mars, *When I was your man* sonaron, lo miró y preguntó:

—¿Bailas?

Él no lo dudó. En las últimas semanas, esa canción y los CDs de música que tenía de ella habían sido el único nexo de unión con Mel y, abrazándola, disfrutó de su cercanía mientras bailaban la bonita canción.

Too young, too dumb to realize
That I should have bought you flowers and held your hand.
Should have gave all my hours when I had the chance.
Take you to every party 'cause all you wanted to do was dance.
Now my baby is dancing, but she's dancing whith another man.

Una vez terminó, Björn la besó y cuando sus labios se separaron, ella, poniéndose muy seria, se apartó de él y dijo, tendiéndole un papel:

—Quiero que leas esta carta. Es de Mike. Y una vez la leas, quiero romperla y no volver a leerla nunca más.

Conmovido, Björn la tomó y, mirándola a ella, preguntó:

—¿Estás segura? Esto es algo entre tú y él.

Mel, con una sonrisa, asintió.

—Sí, cariño. Estoy segura. Léela.

Björn sacó el papel del sobre y comenzó a leer, ante su atenta mirada.

Mi querida Mel:

Si tienes esta carta en tus manos es porque nuestro buen amigo Conrad te la ha hecho llegar y eso significará que yo he muerto. Quiero que sepas que eres lo mejor que he tenido en mi vida, a pesar de que en ocasiones me he comportado como un idiota contigo. Siempre has sido demasiado buena para mí y tú lo sabes, ¿verdad?

El motivo de esta carta es para disculparme por todo lo que vas a descubrir ahora de mí. Me avergüenza pensarlo, pero así es mi vida y ante eso nada puedo hacer, salvo pedirte disculpas y esperar que no me odies eternamente.

Deseo que conozcas a un hombre especial. Un hombre que te cuide, te lleve de fiesta con él, baile contigo, quiera a nuestro hijo y te dé esa familia que yo sé que tú siempre has querido formar. Espero que ese hombre sepa valorarte como yo no he sabido y que seas lo primero para él. Te lo mereces, Mel. Te mereces encontrar a una persona así. No todos son como yo y, aunque sabes que te quise a mi manera, también sabes que eso nunca fue suficiente para ti.

A nuestro bebé dile que su padre lo hubiera querido mucho, pero deja que quiera como a un padre a ese hombre que espero que algún día llegue a tu vida. Eres fuerte, Mel, y sé que saldrás adelante. Tienes que rehacer tu vida. Prométemelo y rompe esta carta después.

Los quiere,
Mike

Cuando terminó de leerla, Björn guardó la carta y miró a Mel. Ella, con una sonrisa que le llenó el alma, dijo emocionada:

—Tú me valoras. Bailas conmigo, cuidas de mi hija y de mí y quieres darnos la familia que él nunca nos quiso dar, sin que yo te lo pida. Björn, tú eres ese hombre único y especial que yo siempre he querido conocer, y te aseguro que Sami y yo te queremos con todo nuestro corazón, porque...

No pudo continuar, la emoción la dominó y Björn la abrazó. Cuando la calmó, con todo el amor que estaba dispuesto a darle, dijo:

—¿Sabes?, no me alegro de lo que le pasó a Mike, pero sí me alegro de que no esté contigo, porque eso me ha permitido conocerte y volverme loco por ti. Y quiero que sepas que voy a cuidar y a mimar a mis dos princesas como se merecen.

Mel asintió y, cogiendo la carta, la rompió en pedazos. Definitivamente, Mike, como hombre, era pasado y Björn era su futuro.

Una vez dejó los papelitos sobre la mesa, Björn, despojándose de la chamarra de lana negra que llevaba, exigió, haciéndola sonreír:

—Desnúdate, teniente.

Ambos se desnudaron con rapidez sin dejar de mirarse. Björn terminó antes que ella y murmuró:

—Estoy tan duro que te voy a romper.

Ella sonrió y, con coquetería, lo retó:

—Rómpeme, pero con cariño.

La cogió entre sus brazos y, poniéndola contra la pared sin ningún tipo de preliminares, le abrió las piernas y con urgencia la penetró. Ambos jadearon y él, mirándola a los ojos, dijo con voz ronca:

—Ni te imaginas cómo te he extrañado.

Moviéndose para darle más profundidad, repuso:

—Ni te imaginas cuánto he pensado yo en ti.

Mordiéndole la barbilla, volvió a penetrarla.

—Te quiero para mí y, como le dice un buen amigo a su mujer: «Tu boca, tu cuerpo y toda tú, quiero que sea mío, sólo mío», ¿entendido?

—No me des más órdenes —jadeó—. La teniente aquí soy yo.

Björn sonrió y y, dándole una nalgada, musitó:

—Tu grado a mí no me importa, preciosa.

Esa reacción hizo reír a Mel y Björn la besó. Enloquecida por la pasión que él le demostraba, se abandonó a sus caricias y dejó que guiara el morboso juego. Sin darle tregua, Björn la penetró una y otra vez y, cuando él jadeó demasiado alto, ella murmuró:

—Chisss..., no quiero que nos corran del hotel.

Divertido, respondió dándole otra palmada en el trasero.

—El hotel no me importa, sólo me importa que te vengas para mí.

—¿Sólo para ti?

Penetrándola de nuevo, asintió y afirmó con seguridad:

—Sólo para mí siempre que juguemos.

Un jadeo de ella lo hizo reactivarse y, enloquecido por la pasión que sentía, preguntó:

—¿Te gusta, Mel?

—Sí... sí... me gustan nuestros juegos.

Björn sonrió y, sin parar su asolador movimiento, murmuró:

—Morbosa... —Mel jadeó ante una nueva embestida y Björn dijo—: Dime a qué quieres jugar.

Dispuesta a caldear el momento con fantasías, con voz plagada de sensualidad, murmuró ante sus nuevas embestidas:

—Estoy de pie en la regadera y tú estarás detrás de mí; los hombres, de rodillas, desearán que les meta mi fresa en la boca y tú me lo pedirás. Desde atrás me abrirás los labios y les darás acceso a mi interior mientras les pides que me masajeen el clítoris y me pides al oído que me venga para ti. Sólo para ti. Primero, uno meterá su boca entre mis piernas, después otro y cuando cumpla lo que me pides, saldremos de la regadera, me acostarás en la cama y me cogerás delante de ellos para enseñarles lo que nos gusta.

—Sigue..., morbosa..., sigue.

—Cuando te vengas —gritó, llegando al clímax—, abrirás mis piernas, otro me penetrará y... y cuando éste acabe, rápidamente se introducirá en mí el siguiente, mientras tú me pides que me venga para ti. Sólo para ti, y yo moriré de placer.

Björn en ese instante no pudo más y, hundiéndose en ella, alcanzó también el clímax. Sus cuerpos se convulsionaron al unísono y, cuando sus respiraciones se acompasaron, Mel, mimosa, lo besó en la cabeza y preguntó:

—¿Te ha gustado el juego?

Mirándola con deseo, él asintió.

—Tus deseos son órdenes para mí, teniente. Cuando regresemos a Múnich, prometo cumplir esa fantasía.

Aquella noche, cuando ella se durmió, Björn se quedó contemplándola como un tonto. Tenerla en su cama y bajo su cuidado era lo mejor que le había pasado en mucho tiempo y, deseoso de hablar con alguien, tomó su teléfono celular y llamó a su buen amigo Eric. Tras dos timbrazos, éste contestó y Björn dijo:

—Estoy con Mel.

Eric asintió. Aún recordaba lo desesperado que Björn había estado con todo lo ocurrido e, incorporándose en la mesa, preguntó:

—¿Está bien?

—Sí. Cansada, pero bien. Ahora está durmiendo.

—¿Tú cómo estás?

Björn, tocándose el pelo, respondió:

—Feliz... feliz como nunca en mi vida. Sólo quiero estar con ella y cuidarla y...

—No puedes dormir, sólo puedes mirarla, ¿verdad?

Björn sonrió. Eric lo conocía mejor que nadie en el mundo y añadió:

—Me siento como un idiota.

—Te entiendo —convino Eric, al pensar en su mujercita—. El día que conocí a Jud, con su carácter rebelde me dejó fuera de combate y creo que ese temperamento en Mel es lo que te ha dejado fuera de combate a ti también. Mel y Jud se parecen en muchas cosas y una de ellas es ese maldito carácter.

Björn sonrió. Miró a Mel, que dormía plácidamente en el centro de su cama y murmuró:

—Me vuelve loco ese carácter, amigo.

—Escucha, Björn, si tu corazón ya ha elegido, nada podrás hacer contra él. Mi consejo es que te dejes llevar por los sentimientos y disfrutes del momento. Lo que tenga que ser... será.

—Carajo, amigo, ¡me estás asustando!

Eric sonrió y, antes de colgar, bromeó:

—¡Asústate!

Cuando cerró el teléfono, Björn se sentó en la cama y observó dormir a la mujer que le había quitado el sueño desde hacía un tiempo. Deseoso de estar a su lado, se acostó con ella y, cuando la acercó a él para sentirla más cerca, musitó:

—Melanie Parker..., estoy loco por ti.

Una sonrisita le hizo saber que ella estaba despierta y, haciéndole cosquillas en las costillas, susurró mientras Mel reía.

—¿Escuchando conversaciones ajenas?

Ella soltó una carcajada y, agarrándole las manos, dijo:

—Si te pones a hablar a mi lado, ¿cómo no quieres que me entere?

Björn sonrió. Se levantó de la cama y fue hasta su cartera, de donde lo vio sacar algo. Se sentó en la cama y la hizo sentarse. Después le enseñó el dije de la fresa mojada en chocolate y preguntó:

—¿Me dejas que te lo ponga de nuevo?

Mel asintió y él lo hizo. Cuando acabó, lo miró y, divertida, comentó:

—Por favor... te has puesto tan serio que parece como si me hubieras regalado un anillo de compromiso.

—Cásate conmigo. Sé la señora Hoffmann.

Alucinada al oírlo no pudo articular palabra y Björn, dispuesto a conseguir su propósito, afirmó:

—Puedo ser muy convincente.

Ella lo miró y dijo:

—Tendrás que esforzarte..., *muñeco*.

Con gesto simpático, Björn asintió. Ella era la mujer que siempre había buscado. Era el sentido de lo que tantas veces había buscado en su vida y, dejándose llevar por lo que sentía, propuso:

—Melanie Parker, aunque de momento no te quieras casar conmigo, ¿me harían tú y Sami el honor de venir a vivir a mi casa, que será nuestra casa en el momento en que aceptes mi proposición?

Parpadeando al comprender lo que eso suponía para la vida de los tres, respondió emocionada:

—Sí..., aceptamos.

Björn la besó y de pronto ella, separándose, dijo:

—Un momento... un momento.

Él, al ver su ceño fruncido, se preocupó y preguntó alarmado:

—¿Qué ocurre? ¿Qué pasa ahora?

—¿*Peggy Sue* también podrá venir?

Björn, soltando una carcajada, besó a la mujer que adoraba por encima de todo y, acostándose sobre ella, cuchicheó:

—Claro que sí, cariño... *Peggy Sue* es la más importante de la familia.

Epílogo

Múnich... un año después

El espectáculo en la guardería era un momento especial para los padres. Ataviados con disfraces de verduras, los niños cantaban y bailaban, mientras ellos los grababan en video y les tomaban infinidad de fotografías.

Sami, vestida de zanahoria, cuando terminó su número corrió a los brazos de Björn, que la cargó encantado. La maestra corrió tras la niña y, agarrándola de la mano, dijo:

—No, Sami... regresa a la fila.

—*Quiedoo* con mi papáááá.

Mel soltó una carcajada. Sami sentía pura adoración por Björn. Desde que vivían juntos, la niña le había otorgado ese título y él, encantado, lo había aceptado. Emocionado como un tonto, Björn se colgó la cámara de fotos al cuello y, cuando iba a hablar, la maestra dijo:

—Samantha..., quítate la corona. Todavía no te la puedes poner.

Él, al ver la cara de su pequeña, miró a la mujer y, con gesto de enojo, dijo:

—La función ha terminado. Ella ha estado sin su corona durante el espectáculo. Ha cumplido su promesa y ahora nosotros tenemos que cumplir la nuestra. Le dijimos que se pondría la corona de princesa cuando acabara la función y así ha de ser.

La maestra cruzó una mirada cómplice con Mel y ésta puso los ojos en blanco. Al final, dando su brazo a torcer, la maestra dijo:

—De acuerdo. Pero que regrese a la fila con los demás.

Björn, encantado por haberse salido con la suya, miró a Sami, que, con su corona de princesa, lo observaba, y dijo con convicción:

—Eres la princesa zanahoria más bonita que he visto en mi vida. Pero ahora tienes que volver a la fila. Prometo ir a recogerte a la puerta de la guardería en cinco minutos con mamá, ¿de acuerdo?

La niña, tras regalarle una espectacular sonrisa, asintió y corrió junto a sus compañeros. Mel, que había permanecido en un segundo plano, agarró la mano de Björn y, jalándolo, dijo:

—No sé quién es peor. Si tú o la princesa zanahoria.

Björn sonrió y, agarrando a Mel, caminó hacia la puerta de la guardería, donde habló con otros padres del maravilloso espectáculo que los niños les habían ofrecido. Era un papá orgulloso.

Una vez recogieron a su pequeña, los tres subieron al coche y se fueron a casa de sus amigos. Judith, al ver llegar a la pequeña, aplaudió.

—Samiiiiiiiii...., estás preciosaaaaaaa.

La niña, aún con su disfraz de zanahoria, los miró a todos y aclaró:

—Soy la *pinsesa zanahodia*.

Eric soltó una risotada y Björn exclamó:

—¡Mi princesa es la bomba! La hubieran visto en el escenario. Se ha comido en su número al tomate y a la coliflor.

Mel puso los ojos en blanco. Cualquier cosa que Sami hiciera, para Björn siempre estaba bien. Judith, al oírlo, se acercó a su amiga y cuchicheó:

—Te aseguro que Eric, el día que los peques vayan a la guardería, babeará igual. ¡Es único con sus niños!

Divertidos por el comentario, todos entraron a tomar algo, mientras Mel agarraba a Björn y, besándole, le decía:

—Venga, *muñeco*..., te mereces una copita.

En el año que llevaban juntos todo había sido estupendo. Maravilloso. Se habían trasladado a vivir con Björn y éste había adaptado su casa a las necesidades de Sami. Fort Worth estaba olvidado.

En repetidas ocasiones le había pedido a Mel que se casaran, pero ella se hacía de rogar, aunque le había prometido que si un año después seguían juntos, lo harían. Björn finalmente aceptó.

En ese tiempo, él conoció a Neill, a Fraser y a otros militares y nuevamente se dio cuenta de lo equivocado que había estado. Aquellos estadounidenses eran una gran familia y sólo había que ver cómo se cuidaban entre ellos, y cada vez que Mel tenía que pilotar, le prometían que la cuidarían.

Al principio, cada vez que ella se tenía que ir a Afganistán, o Irak o a cualquier otra parte, Björn no dormía y estaba todo el día pegado al noticiero. Cuidaba de Sami con cariño y sólo pensar que algo le pudiera pasar a Mel le quitaba la vida.

Pero el tiempo había pasado y, como ella le prometió, en cuanto el ejército lo permitió pasó a ser una civil. Dormía todas las noches con su hija y con Björn y era completamente feliz. Ahora tenía tiempo para terminar el curso de diseñadora gráfica que un día comenzó y disfrutaba de una tranquila vida. No sabía si a la larga extrañaría al ejército, pero lo que sí sabía era que por primera vez era completamente feliz y estaba creando su propia familia.

Aquella noche, cuando los pequeños se durmieron, las chicas propusieron ir a la fiesta que unos amigos organizaron en su casa. Eric y Björn, tras mirarse con complicidad, aceptaron encantados. Simona y Norbert se quedaron con los niños y ellos se marcharon a divertirse.

Al llegar a la fiesta, las chicas, tras saludar a algunos conocidos, se dirigieron a una barra para tomar algo. Una vez pidieron las bebidas, Mel se acercó a su amiga Judith y cuchicheó:

—Vaya...vaya..., acabo de ver a Diana y a su novia.

Judith sonrió. En aquel tiempo se habían encontrado con ellas en el reservado del Sensations más de una vez y, cada una a su manera, la había pasado bien. Divertida, miró a su marido, que hablaba con Björn y dos hombres y le preguntó a Mel:

—¿Qué te parecen los hombres que están con los chicos?

Ella los miró y, entendiendo lo que proponía, asintió. Björn, al ver la mirada de su chica, sonrió y le guiñó un ojo.

—Cuatro hombres para nosotras dos. ¡Bien!

Judith sonrió y cuchicheó tras cruzar su mirada con Eric:

—A Iceman, por su gesto, también le gusta.

Eric, que como Björn se había percatado del cuchicheo de las mujeres, divertido le comentó algo a su amigo y éste asintió.

Sin necesidad de hablar, los cuatro se entendieron. Ellas, sonriendo, tomaron sus bebidas y se encaminaron hacia un lado del salón. Segundos después, los hombres caminaron hacia ellas y Björn, abrazando a su mujer, la besó en el cuello, abrió una cortina y vieron varias camas con varias personas practicando sexo y unos columpios de techo.

Mel, al ver aquello, asintió. Pegó sus labios a los de él y lo besó. Björn, excitado, respondió a aquel ardoroso beso ofreciéndole su lengua, que ella saboreó.

Sin demora, entraron en la estancia. Allí, Björn y Eric se sentaron en una de las camas y, mirando a los hombres que estaban junto a ellas, les pidieron que las desnudaran. Una vez estuvieron las dos desnudas, caminaron hacia sus parejas y se sentaron a horcajadas sobre ellos. Björn, tras devorar los labios de Mel, dijo:

—Siéntate al revés, mirando a Alfred.

Mel lo hizo. Björn, excitado, le tocó los muslos y susurró en su oído:

—Alfred se muere por saborearte, cariño, y yo deseo que lo haga. ¿Qué te parece?

Ella sonrió. Miró a Judith y a Eric, que se divertían sobre la cama con otro de los hombres, y dijo:

—Me parece una idea excelente.

Björn paseó sus manos por las piernas de su mujer y, abriéndole los muslos, dijo, mirando al hombre que los observaba:

—Juega con su clítoris... eso le gusta.

Alfred sonrió y, poniéndose de rodillas, contestó:

—Voy a jugar con tu clítoris hasta que te vengas en mi boca.

Se puso de rodillas y, tras echar agua sobre su vagina y secarla con un paño limpio, acercó la boca y succionó con deleite. Las manos de Björn le abrían los labios internos y, dándole acceso a ella, murmuraba en su oído:

—Así, Mel..., permíteme abrirte para él...

Echando las caderas hacia atrás, ella preguntó:

—¿Así te gusta?

Acalorado por lo que ella le hacía sentir, Björn asintió y murmuró:

—Sí, cariño..., sí... Métete en su boca.

Un chillido escapó de los labios de Mel al sentir cómo aquel hombre cogía con sus labios su clítoris, mientras con la lengua le daba dulces golpecitos.

—Te quiero, preciosa..., chilla..., disfruta.

Las manos de Björn subieron hacia sus pechos y comenzaron a pellizcarle los pezones mientras murmuraba:

—Estoy muy duro, Mel... Vente para que yo te pueda coger.

El cuerpo de ella tembló y, cuando Alfred la cogió de los muslos y se los abrió más, volvió a chillar mientras Björn cuchicheaba:

—Sí..., así..., cariño.... Para mí. Sólo para mí.

Su voz... las cosas que decía, cómo se entregaba y el morbo eran excitantes. Escuchar la voz apasionada y caliente de Björn en su oído mientras sus manos le pellizcaban los pezones siempre la volvía loca.

Cuando Mel gritó y al llegar al clímax se convulsionó, Björn dijo:

—Sí..., cariño... sí... Vente en su boca...

Sin fuerzas, Mel apoyó sus manos en la cabeza de Alfred, apretándolo contra ella, mientras él chupaba y lamía enloquecido su clímax. Así estuvo unos minutos hasta que Björn, deseoso, le indicó que su momento había acabado y que la lavara. Alfred lo hizo, la secó y cuando se levantó, Björn, ansioso, le dio la vuelta a Mel y, mirándola a los ojos, guió con su mano el pene hasta su húmeda vagina y preguntó:

—Dime, Cat Woman, ¿quieres ser mía sobre la cama o sobre un columpio?

Mel, excitada por el hombre que adoraba y que la trataba como a una princesa, lo besó en los labios y, deseosa de recibirlo como él quisiera, murmuró:

—Sorpréndeme…, James Bond.

 **Megan Maxwell** es una reconocida y prolífica escritora del género romántico. De madre española y padre estadounidense, ha publicado novelas como *Te lo dije* (2009), *Deseo concedido* (2010), *Fue un beso tonto* (2010), *Te esperaré toda mi vida* (2011), *Niyomismalosé* (2011), *Las ranas también se enamoran* (2011), *¿Y a ti qué te importa?* (2012), *Olvidé olvidarte* (2012), *Las guerreras Maxwell. Desde donde se domine la llanura* (2012), *Los príncipes azules también destiñen* (2012), *Pídeme lo que quieras* (2012), *Casi una novela* (2013), *Llámame bombón* (2013), *Pídeme lo que quieras, ahora y siempre* (2013), *Pídeme lo que quieras o déjame* (2013) y *¡Ni lo sueñes!* (2013), además de cuentos y relatos en antologías colectivas. En 2010 fue ganadora del Premio Internacional Seseña de Novela Romántica, en 2010, 2011 y 2012 recibió el Premio Dama de Clubromantica.com y en 2013 recibió el AURA, galardón que otorga el Encuentro Yo Leo RA (Romántica Adulta).

Pídeme lo que quieras, su debut en el género erótico, fue premiada con las Tres plumas a la mejor novela erótica que otorga el Premio Pasión por la novela romántica.

Megan Maxwell vive en un precioso pueblecito de Madrid, en compañía de su marido, sus hijos, su perro *Drako* y sus gatos *Romeo* y *Julieta*.

Encontrarás más información sobre la autora y sobre su obra en: www.megan-maxwell.com